mtb

Umwelthinweis:
Dieses Buch wurde auf chlor- und säurefreiem Papier gedruckt.

Susanne Schomann

Der Holundergarten

Roman

MIRA® TASCHENBUCH
Band 25817
1. Auflage: März 2015

MIRA® TASCHENBÜCHER
erscheinen in der Harlequin Enterprises GmbH,
Valentinskamp 24, 20354 Hamburg
Geschäftsführer: Thomas Beckmann

Originalausgabe

Konzeption/Reihengestaltung: fredebold&partner GmbH, Köln
Umschlaggestaltung: pecher und soiron, Köln
Redaktion: Daniela Peter
Titelabbildung: Thinkstock/Getty Images, München
Autorenfoto: © by Sabine Kayser, Fotostudio Blendenspiel, Hamburg
Satz: GGP Media GmbH, Pößneck
Druck und Bindearbeiten: CPI – Ebner & Spiegel, Ulm
Printed in Germany
Dieses Buch wurde auf FSC®-zertifiziertem Papier gedruckt.
ISBN 978-3-95649-111-5

www.mira-taschenbuch.de

Für meinen Agenten Ingo Stein
und für die wunderbare Irmgard Stein,
weil ein Dankeschön oft nicht ausreicht,
um auszudrücken, was man gerne sagen möchte.

Seit ich ihn gesehen,
Glaub' ich blind zu sein;
Wo ich hin nur blicke,
Seh' ich ihn allein;
Wie im wachen Traume
Schwebt sein Bild mir vor,
Taucht aus tiefstem Dunkel
Heller nur empor.

Wie so bang mein Busen,
Wie so wonnevoll!
Wüsst' ich nur mit Worten,
Wie ich's sagen soll;
Komm und birg dein Antlitz
Hier an meiner Brust,
Will ins Ohr dir flüstern
Alle meine Lust.

(aus „Frauen-Liebe und Leben"
von Adelbert von Chamisso, 1781–1838,
Dichter und Naturforscher)

In the eyes of the world,
being born was my first big mistake,
can't get a break.

But in the eyes of my woman I stand like a hero,
a giant, a man who's as tall as can be.
Any fool can see that she's

looking through the eyes of love.
She's looking through the eyes of love, when she looks at me.

(aus „Looking through the eyes of love"
von David Cassidy & The Partridge Family,
Album: The Definitive Collection)

KAPITEL 1

Manche Tage werden von den stärksten Gefühlen geprägt, die ein Mensch überhaupt empfinden kann. Ob diese gut oder schlecht sind, spielt keine Rolle; die Erinnerung an sie wird für das ganze Leben bestehen bleiben.

Auch für Luisa Milchert gab es solche Tage. Und jeder einzelne davon hatte allein mit einem einzigen Menschen zu tun.

Er wird zurückkommen!

Sie konnte kaum noch an etwas anderes denken. Der Gedanke saß ihr im Nacken, klebte an ihr, verfolgte sie jeden Tag und erst recht in den Nächten. Sie konnte ihn einfach nicht abschütteln. Dabei gab es eine Menge Dinge, über die sie viel eher nachdenken müsste. Ihr Leben raste im Augenblick förmlich von einer Hürde zur anderen.

Seit Wochen führte sie nun schon einen Betrieb, der ihr nicht gehörte, nur damit es irgendwie weiterging. Es war nicht leicht gewesen, sich in so kurzer Zeit auch in die Bereiche des Geschäfts einzuarbeiten, mit denen sie sich bisher nur am Rande befasst hatte. Vierundzwanzig Angestellte, sie eingeschlossen, waren darauf angewiesen, dass sie es hinbekam. Selbst wenn all das eine Menge zusätzlicher Arbeit bedeutete, tat sie es gern.

Die Gärtnerei Brix war nicht einfach nur eine Ansammlung von Gewächshäusern, Pflanzen und Sträuchern. Nein, sie war viel mehr. Natürlich gab es das alles, aber zur Gärtnerei gehörten auch die Baumschule und der kleine Blumenladen, der noch bis vor wenigen Monaten Luisas einziges Betätigungsfeld gewesen war. Zudem war der Betrieb der größte Arbeitgeber in Lunau, ihrer Heimat, einem beschaulichen Dorf, das mitten in der schönen Lüneburger Heide lag. Doch vor allem war die Gärtnerei und alles, was damit zusammenhing, Luisas Zuhause, ihr Leben.

Vor sechs Wochen war die Besitzerin Julia Brix, Luisas Chefin und gute Freundin, aus dem Leben gerissen worden. Gerade dreiunddreißig Jahre alt, war sie viel zu früh gestorben, weil ein bösartiger Tumor in ihrem Kopf grausam Schicksal gespielt hatte. Zwischen der schrecklichen Diagnose und dem Ende waren ihnen nur wenige Monate geblieben, um alles Notwendige in die Wege zu leiten. Für die Menschen, die hier arbeiteten, war es schließlich Glück im Unglück gewesen, dass Julia Brix noch kurz vor ihrem Tod Luisa zur offiziellen Geschäftsführerin mit all den notwendigen Vollmachten ernannt hatte. So konnte sie vorerst den Betrieb am Laufen halten, ohne größere Formularschlachten mit den Behörden oder Probleme mit Kunden befürchten zu müssen.

So wie ihre verstorbene Chefin hatte auch Luisa einst Garten- und Landschaftsbau studiert, doch in den vergangenen Jahren hatte sie sich vorwiegend auf ihre große Leidenschaft konzentriert, die Floristik. Julia hatte kaum Interesse an dem Laden gehabt und Luisa die Möglichkeit gegeben, in dem Blumenladen, der direkt am Dorfplatz lag, ihre bescheidenen Träume zu verwirklichen.

Beides, sowohl die Gärtnerei als auch das kleine Blumengeschäft „Luisas Blütenmeer“, war inzwischen weit über die Grenzen Lunaus bekannt. Luisas kunstvolle Gestecke waren äußerst beliebt, sie schmückten so manche Festtafel in den Dörfern der Lüneburger Heide.

Er wird zurückkommen!

Rafael Brix, Julias älterer Bruder, wurde schon seit Tagen in Lunau erwartet, um den Nachlass seiner Schwester zu regeln. Allein schon bei dem Gedanken an eine Begegnung mit ihm schlug Luisa das Herz bis zum Hals, sie konnte nichts dagegen tun.

Inzwischen war sie körperlich und auch mental ziemlich am Ende, da machte sie sich nichts vor. Die zusätzliche Arbeitsbelastung zehrte an der Substanz, und die Trauer um Julia ließ ihr noch immer das Herz schwer werden. Das Letzte, was Luisa jetzt gebrauchen konnte, war das Wiedersehen mit ihrer ersten großen Liebe. Vor allem nicht, weil sie so elend lange gebraucht hatte, um einigermaßen über ihn hinwegzukommen.

Rafael war der Mann, der sie nie wirklich wahrgenommen hatte. Sie war noch zu jung gewesen, als damals das Furchtbare passiert war, das ihn letztlich aus seinem Heimatdorf vertrieben hatte. Ganz allein hatte sie sich damals mit ihren großen Gefühlen und ihrem grenzenlosen Kummer gequält. Dabei hatte sie nie den Mut besessen, ihm ihre Liebe zu gestehen. Warum auch? Wahrscheinlich hätte er sie sowieso nur ausgelacht.

Um die bedrückenden Gedanken zu vertreiben, schüttelte Luisa leicht den Kopf und sah aus dem Fenster. Das Wetter war grausig, eine andere Bezeichnung hatte es schlicht nicht verdient. Schon seit einer Stunde war niemand mehr ins Geschäft gekommen, geschweige denn auf der Straße zu sehen. Es wurde Zeit, endlich den Laden zu schließen und für heute Schluss zu machen. Es war zwar noch eine Stunde bis zum Feierabend, aber an so einem Tag würde kaum noch jemand vor die Tür gehen, um Blumen zu kaufen. Luisa fegte noch einmal den Boden, säuberte die steinerne Verkaufstheke und erledigte schnell die Tagesabrechnung. Beim Blick auf die beiden Kübel mit Tulpen seufzte sie laut auf. Heute Vormittag hatte sie zwar viel verkauft, aber es waren noch immer genug Blumen übrig, um mindestens vier dicke Sträuße zu binden.

Da es draußen inzwischen wie aus Eimern schüttete, schlüpfte sie in ihre Gummistiefel, zog die alte Regenjacke über, die sie stets für diese Fälle im Hinterzimmer des Geschäfts bereithielt, und griff nach ihrem Schirm. Kaum auf der Straße, entschloss sie sich, noch auf einen Feierabendtee bei ihrer besten Freundin vorbeizuschauen. Kurzerhand ging sie zurück in den Laden und raffte die übrig gebliebenen Tulpen zusammen. Sie hoffte, dass das Buchladen-Café, das Isabell zusammen mit ihrer Schwiegermutter Christa führte, trotz des schlechten Wetters noch geöffnet hatte.

Auf der breiten und wunderschönen Holzveranda des Cafés schüttelte Luisa den tropfenden Schirm aus und hängte ihn über das Geländer der Veranda. Dann lugte sie durch das Fenster der Tür und öffnete sie. Zu ihrer Freude wurde sie nicht enttäuscht. Das Café war zwar bereits leer, aber Isabell erledigte noch die letzten Handgriffe. Hinten, im Buchladenteil des Geschäfts, bestückte Christa Loewenthal noch einige Büchertische mit neuen Taschenbüchern. Als Luisa hereinkam, wurde sie von beiden Frauen erfreut begrüßt.

„Habt ihr noch Zeit für einen Tee?“, kam sie sofort auf den Punkt, während sie die Sohlen ihrer Stiefel säuberte. „Ein kleiner Plausch käme mir gerade recht.“

„Ja, klar!“, antwortete Isabell sofort. „Ich bin hier fertig und Kjell macht sowieso noch einige Hausbesuche. Eine Stunde habe ich mindestens noch Zeit. Außerdem weiß er ja, wo er mich findet, wenn ich nicht zu Hause bin.“ Sie lachte.

Auch Isabells Schwiegermutter lächelte sie erfreut an. „Gute Idee! Bei dem Wetter passiert hier heute sowieso nichts mehr.“

„Seht mal, ich hab euch auch ein paar bunte Frühlingstupfer mitgebracht. Die sind übrig geblieben.“ Luisa hielt den dicken Strauß Tulpen in die Höhe.

„Oh, wie wunderhübsch“, rief Isabell. „Danke schön, Lu! Genau das Richtige bei dem furchtbaren Regen da draußen. Bring sie mal her, ich stelle die solange hier in den Eimer, damit sie uns nicht verdursten, bis wir sie nachher aufteilen.“

Kurz darauf saßen sie zusammen an einem der Tische des Cafés und genossen ihren Tee. Wieder einmal fiel Luisa auf, wie glücklich und zufrieden ihre Freundin wirkte. Erst vor einigen Monaten, im vergangenen Herbst, hatte Isabell Lunaus einzigen Arzt Dr. Kjell Loewenthal geheiratet, und Luisa hatte noch nie zuvor ein glücklicheres Paar gesehen. Sie freute sich sehr für die beiden. Kjell kannte sie schon, solange sie denken konnte. Er war einer der beiden besten Freunde von Rafael gewesen.

Da war er wieder, der störende Gedanke. *Rafael!*

„Die Ehe mit dem Großen bekommt dir“, sagte sie, auch um sich selbst ein bisschen abzulenken. „Du siehst toll aus.“ Ihre Freundin begann sofort zu strahlen, als hätte irgendjemand die Sonne angeknipst.

Christa lächelte wissend. Sie war sehr stolz auf ihren Sohn, und es war kein Geheimnis, wie sehr sie Isabell ins Herz geschlossen hatte.

„Oh ja!" Isabell schüttelte ihre blonden Locken. „Es irritiert mich allerdings immer noch, wenn du Kjell so nennst."

Sie winkte ab. „Alte Gewohnheiten legt man nur sehr schwer ab. Für uns alle hier war er halt immer nur der Große."

„Hast du schon etwas von Rafael gehört?", mischte sich Christa in die Unterhaltung ein, und Luisa schluckte hart. Sie hatte auf ein wenig Ablenkung gehofft, doch daraus würde wohl vorerst nichts werden.

„Bei mir hat er sich noch nicht gemeldet, aber damit habe ich auch nicht gerechnet. Bisher hat ja nur Kjell mit ihm gesprochen, und ich weiß nicht mehr als das, was er mir gesagt hat. Ich habe keine Ahnung, wann genau er auftaucht. Ich weiß nur, dass es irgendwann demnächst sein wird." Luisa griff nach ihrer Teetasse, trank jedoch nicht, sondern hielt sie mit beiden Händen umfangen. Ihr war kalt. Es war eine Kälte, die sie bis tief in die Knochen spürte.

„Auch wenn die Umstände nicht gerade angenehm sind, freue ich mich doch darauf, einen weiteren der berüchtigten drei Musketiere von Lunau kennenzulernen", sagte Isabell und spielte damit auf den Spitznamen an, den ihr Mann Kjell und seine zwei besten Freunde in ihrer Jugendzeit bei den Lunauern gehabt hatten. „Kjell spricht nicht oft über diese Zeit, dabei höre ich so gerne die Geschichten von früher." Isabell stellte einen Teller Plätzchen auf den Tisch und goss Tee nach. „Warum ist Rafael eigentlich nicht schon zur Beisetzung seiner Schwester erschienen? Ich fand das irgendwie merkwürdig."

„Na ja, Julia hatte ja im Vorfeld so weit alles geregelt", erklärte Christa und holte seufzend Luft. „Sie bestand auf dieser anonymen Beerdigung ohne Trauerfeier, daraus hat sie ja kein Geheimnis gemacht. Und natürlich wusste auch Rafael davon. In den Wochen vor ihrem Tod haben die beiden sehr viel miteinander telefoniert. Julia hat seinen Besuch abgewendet, indem sie ihm gegenüber ihren Zustand verharmlost hat, das weiß ich von Kjell. Dann ist sie gestorben …" Sie schwieg kurz. „Und es kam kaum noch darauf an, ob er hier gewesen wäre oder nicht. Außerdem hat er sich in den letzten Monaten beruflich in den Vereinigten Staaten aufgehalten und ist erst vor wenigen Tagen von dort zurückgekehrt. Er arbeitet für eine sehr renommierte Werbeagentur in Hamburg als Grafiker und *Creative Director*, sitzt bei denen sogar in der Geschäftsleitung, soweit ich weiß. Die haben Kunden auf der ganzen Welt." Ein weiteres Mal seufzte Isabells Schwiegermutter tief auf. „Wie auch immer, es wird ohnehin nicht leicht für ihn sein, wieder zurück nach Lunau zu kommen. Das Dorf hat es nicht unbedingt gut mit ihm gemeint."

Luisas Herz begann auf der Stelle schneller zu schlagen. Das Thema behagte ihr ganz und gar nicht.

„Was ist er eigentlich für ein Typ?", setzte Isabell ihre Fragen fort. „Kjell hat mal erwähnt, Rafael sei in seiner Jugend ein ziemlicher Rebell gewesen."

Christa lächelte versonnen und nickte. „Ein Rebell? Ja, das war er wohl irgendwie, aber das ist nicht immer so gewesen. Ich habe ihn immer für ausgesprochen sensibel gehalten, für einen Künstler halt. In seiner wilden Zeit hat er sich nur auf seine eigene Art zur Wehr gesetzt, nehme ich an. Ansonsten war er immer eher der stille Typ. Wie gesagt, er hatte es in seiner Jugend nicht leicht." Sie seufzte wieder tief. „Angel, so haben ihn damals alle genannt. Er war der schönste Junge, den ich jemals zu Gesicht bekommen habe."

„Und? Ist er immer noch so gut aussehend?", wollte Isabell wissen.

Innerlich aufstöhnend, nahm Luisa endlich einen Schluck von ihrem Tee. Nachdem sie den Becher gesenkt hatte, sah Isabell sie jedoch immer noch erwartungsvoll an. Luisa zuckte nur mit den Schultern. Sie hatte nicht die geringste Lust, etwas zu dem Thema beizutragen.

„Rafael ist zu einem umwerfend attraktiven Mann herangewachsen", sprang Isabells Schwiegermutter ein. „In den vergangenen Jahren habe ich ihn zwar nur noch selten zu Gesicht bekommen, aber alle paar Jahre treffen wir uns ganz spontan in Hamburg auf einen Kaffee oder verabreden uns zu einem

Abendessen. Ich habe mich immer sehr gefreut, wenn er mal wieder von sich hören ließ. Allerdings ist unser letztes Treffen nun auch schon wieder fast zwei Jahre her … Aber um deine Frage zu beantworten, Isa, mit seinen schwarzen Haaren und den wunderschönen grünen Augen sieht er tatsächlich noch immer wie ein dunkler Engel aus. Die Mädchen haben es ihm immer leicht gemacht. Denn man kann sich seiner faszinierenden Ausstrahlung nur sehr schwer entziehen."

„Oho! Hört, hört!", erwiderte Isabell lachend. „Das hast du mir nie so genau erzählt, Lu."

Luisa zuckte leicht zusammen. Christas Beschreibung hatte Rafaels Gesicht vor ihrem geistigen Auge sofort heraufbeschworen, und sie musste sich erst wieder ein bisschen fangen. „Ich … Nun, ich fand es nicht besonders wichtig. Schließlich kenne ich Rafael schon mein ganzes Leben lang, da … äh … stumpft man mit der Zeit ab."

„Immer wenn es um Rafael geht, wirst du ziemlich einsilbig, Lu. Magst du ihn nicht?", fragte Isabell schmunzelnd und sah sie sehr eindringlich an.

„Ähm …"

„Lass Lu jetzt damit in Ruhe, Isabell, und ärgere sie nicht auch noch. Du siehst doch, wie erschöpft das Mädchen ist", mischte Christa sich ein und sah ihre Schwiegertochter nachdrücklich an, die daraufhin amüsiert die Lippen schürzte und nach ihrer Teetasse griff.

Weil ihr nichts anderes einfiel, setzte Luisa ein Lächeln auf und stand auf. Sie hatte schon länger ein schlechtes Gewissen, weil sie ihrer Freundin noch nichts von ihrem Kummer erzählt hatte. Dabei ahnte Isabell sicher schon lange, dass sie noch immer unter einer enttäuschten Liebe litt. Schon oft hatte Isabell auf sanfte Weise versucht, mehr von ihr zu erfahren, aber es war auch nicht Isabells Art, andere zu bedrängen. Sie war die beste Freundin, die Luisa jemals gehabt hatte, dennoch hatte sie noch nicht die Kraft aufgebracht, ihr von Rafael zu erzählen. Das lag vor allem auch daran, dass sie das Glück ihrer Freundin nicht beeinträchtigen wollte. Sie gönnte es ihr von ganzem Herzen. „Entschuldigt mich, es wird bald dunkel und Christa hat recht. Ich bin doch ziemlich müde und abgespannt. Ich sehne mich nach einer heißen Dusche und einem gemütlichen Feierabend vor dem Fernseher. Vielleicht werde ich auch einfach gleich ins Bett kriechen und noch ein bisschen lesen."

„Du hast es auch wirklich nicht leicht im Moment. Kommst du denn klar, mit alldem, meine Kleine?", fragte Christa mitfühlend.

Mit einer fahrigen Bewegung strich sich Luisa einige ihrer braunen Haarsträhnen aus dem Gesicht und steckte sie hinters Ohr. Ihr kräftiges Haar war ein bisschen widerspenstig. Im Laufe des Tages lösten sich regelmäßig Strähnen aus dem hoch angesetzten Pferdeschwanz, den sie üblicherweise während der Arbeit trug. Bei so feuchtem Wetter wie heute war es besonders schlimm. „Na ja, es ist nicht ganz leicht", beantwortete sie Christas Frage. „Die Jungs aus der Gärtnerei helfen aber tüchtig mit, da kann ich mich nicht beschweren. Sie wissen schließlich auch, worum es geht. Für uns alle bildet die Gärtnerei unsere Lebensgrundlage, da kann man schon mal eine Weile alle Kraftreserven aktivieren, finde ich. Inzwischen habe ich Jan Bruckner ein bisschen mehr Verantwortung gegeben. Seit ein paar Tagen übernimmt er die Personaleinteilung. Das hilft mir schon mal ungemein. Wir brauchen aber unbedingt noch zwei oder drei gute Leute, das hat sich in den letzten Tagen immer deutlicher gezeigt."

Sie blickte auf ihre Hände. „Das wussten wir zwar schon, als Julia noch gelebt hat, aber sie ist leider nicht mehr dazu gekommen, jemanden einzustellen. Ohne Rücksprache mit Rafael möchte ich jedoch keine derartigen Entscheidungen treffen. Ich hoffe nur, dass er uns schnell eine vernünftige Lösung und einen guten Geschäftsführer präsentiert."

„Wenn er schlau ist, überlässt er die Geschäftsleitung weiterhin dir. Du hast doch alles super im Griff, das sagt jeder, der in der Gärtnerei arbeitet."

Luisa lächelte. Es tat ihr gut, ein wenig Bestätigung zu bekommen. „Danke, Christa, aber die Entscheidung liegt dann wohl bei ihm."

„Wie auch immer. Du solltest dich auf jeden Fall mal ordentlich ausschlafen, Lu." Isabell wirkte sichtlich besorgt. „Du siehst sehr erschöpft aus. Bitte, pass gut auf dich auf, hörst du!"

Luisa nickte. „Das werde ich. Mach dir keine Gedanken, Isa. Ich habe vorhin bereits beschlossen, den Laden morgen nicht zu öffnen, damit ich mal ausschlafen und mich ein bisschen erholen kann. Meine Jungs wissen bereits Bescheid und wenden sich an Jan, falls irgendetwas sein sollte. Ich bräuchte beizeiten wirklich mal jemanden, der mich zumindest zeitweise im Blumenladen vertreten kann. Hört euch doch mal ein bisschen um."

„Wird gemacht", entgegnete Isabell lächelnd. „Aber du solltest zusätzlich ein Schild in dein Schaufenster stellen. Wir machen das immer zur Hauptsaison und das klappt ganz wunderbar."

Als Luisa das Café verließ, regnete es nicht mehr. Erleichtert machte sie sich auf ihren Heimweg. Kaum war sie jedoch ein Stück die Hauptstraße entlanggegangen, öffnete der Himmel erneut seine Schleusen und es begann wieder wie aus Kübeln zu schütten. Zu allem Überfluss hatte sie den Schirm auf der Veranda des Cafés vergessen, und da die uralte Regenjacke schon seit Jahren keine Kapuze mehr hatte, wurde Luisa völlig nass. Heute ist wirklich nicht mein Tag, dachte sie entnervt. Schon nach wenigen Minuten lief ihr der Regen aus den durchnässten Haaren über das Gesicht und in den Kragen ihrer Jacke.

Ihre ohnehin schon schlechte Laune sank noch um einige Grade, als ihr auf der anderen Straßenseite ihre ältere Schwester Barbara entgegenkam und kurz die Hand zum Gruß hob. Luisa nickte nur, blieb jedoch nicht stehen, sondern eilte weiter. Sie und Barbara hatten sich seit etlichen Jahren nicht mehr viel zu sagen. Bereits kurz nach dem frühen Tod ihrer Eltern war Luisa aus dem gemeinsamen Haus ausgezogen und hatte es Barbara überlassen. Als Julia ihr damals die kleine Einliegerwohnung im Anbau des Brix-Hauses angeboten hatte, war sie unendlich dankbar gewesen und hatte sofort die Gelegenheit am Schopf ergriffen. Nein, mit ihrer Schwester wollte und konnte sie nicht mehr unter einem Dach leben. Nicht mehr … nicht mehr, seit das Furchtbare passiert war. Sofort dachte sie wieder an Rafael. Schon wieder! Entnervt schüttelte sie den Kopf.

Missmutig stapfte sie durch den Matsch und die tiefen Pfützen, die sich in der Auffahrt zum Haus ihrer verstorbenen Chefin angesammelt hatten. Schon vor einer kleinen Ewigkeit hatte Julia geplant, die gesamte Auffahrt teeren zu lassen, doch dieses Vorhaben war im wahrsten Sinne des Wortes immer wieder im Sande verlaufen. So bestand der überwiegende Teil der Zufahrt noch immer aus einer Mischung aus Kies und Sand, die sich dann bei starkem Regen regelmäßig in eine rutschige und unschöne Hügellandschaft verwandelte. Erst direkt vor dem Haus gab es feste Wege, die mit Steinfliesen belegt waren.

Vor dem Gebäude und endlich auf festerem Boden angekommen, wollte Luisa gerade den kleinen Seitenweg einschlagen, der zu ihrer Einliegerwohnung führte, als sie ein dröhnendes Motorengeräusch hörte, das stetig näher kam und lauter wurde. Sie wusste sofort, was das bedeutete, und jeder einzelne Muskel in ihrem Körper schien sich in Sekundenschnelle zu verkrampfen.

Rafael!

Wie erstarrt blieb sie an Ort und Stelle stehen, holte tief Atem und versuchte sich zu sammeln, jedoch ohne Erfolg. Es kostete sie enorme Anstrengung, sich zumindest umzudrehen, um ihm entgegenzusehen.

Das schwere Motorrad fuhr nun langsam die völlig durchweichte Auffahrt entlang. Der Fahrer umfuhr die tiefsten Pfützen und Schlammkuhlen, so gut es eben ging. Es dauerte nur wenige Sekunden, bis er direkt neben ihr zum Stehen kam, den Motor abstellte und das regennasse Visier seines schwarzen Helms nach oben klappte.

„Hi, Lu", begrußte er sie mit der noch immer leicht heiseren, rauchigen Stimme, deren Klang ihr schon früher direkt unter die Haut gekrochen war. Fünfzehn Jahre lang hatte sie diese Stimme nicht mehr gehört. Die Wirkung auf sie war jedoch unverändert geblieben.

„Hallo, Rafael." Durch den Helm, der den größten Teil seines Gesichts bedeckte, war es ihr nicht möglich, viel mehr von ihm zu sehen als seine bemerkenswerten Augen. Unverändert grün wie polierte Jade, die hier und da Einschlüsse von glitzerndem Opal aufwies. Schon immer hatte es ausgesehen, als würde ein Sturm in diesen Augen toben.

„Was für ein Mistwetter", fluchte er, während er sich die Motorradhandschuhe auszog. „Blöder April! In Hamburg schien vorhin noch die Sonne. Zumindest als ich losgefahren bin."

„Ah ja. Bis auf kurze Unterbrechungen regnet es hier schon seit Stunden." In seiner schwarzen Lederkleidung sah er beeindruckend und sogar ein bisschen gefährlich aus; auch das war schon früher so gewesen. Erst jetzt registrierte sie, dass er auf dem Rücken einen Rucksack trug, der recht schwer aussah. Die Maschine, auf der er saß, erschien ihr riesig, die großen Motorradkoffer am Heck ließen sie noch wuchtiger aussehen. Er hat offenbar einiges an Gepäck dabei, erkannte Luisa, wusste aber nicht genau, was ihr Gehirn mit dieser Information anfangen sollte.

„Du wolltest gerade nach Hause, oder?", fragte er in das Durcheinander von Eindrücken und Gedanken hinein, die ihr durch den Kopf schwirrten wie ein lästiger Schwarm Mücken.

„Ja. Ich hab ... ähm ... eben erst Feierabend gemacht. Wie du siehst, brauche ich jetzt erst einmal eine Dusche." Sie fühlte einen Tropfen über ihren Nasenrücken laufen und wischte ihn unwillig weg.

Unvermittelt ging ihr auf, wie furchtbar sie aussehen musste, in der alten flaschengrünen Jacke, den schmutzigen knallgelben Gummistiefeln und ihrer nassen Jeans, deren Hosenbeine sie vorhin ziemlich unordentlich in die Schäfte der Stiefel gestopft hatte. Am liebsten wäre sie auf der Stelle im Boden versunken. Da begegnete sie ihm nach all den Jahren endlich wieder und sah aus wie ein triefender Putzlappen!

„Du siehst aus wie ein begossener Zwergpudel, Lu." Er lachte leise und dunkel in sich hinein, und es kam ihr vor, als hätte er soeben ihre Gedanken gelesen.

„Danke für das nette Kompliment", entgegnete sie schnippischer als beabsichtigt. In null Komma nichts brachte er sie aus der Fassung. So wie es aussah, hatte sich auch das nicht geändert. „Ich nehme an, wir sehen uns morgen. Bis später dann."

Statt zu antworten, nickte er, dann griff er sich unters Kinn, nahm seinen Helm ab und fuhr sich mit der freien Hand durchs dunkle Haar. Vollkommen gebannt blieb Luisa an Ort und Stelle stehen und starrte ihn an.

„Alles okay mit dir, Lu?"

Seine Frage brach den seltsamen Zauber sofort. Sie rief sich innerlich zur Ordnung. „Ja!" Sie räusperte sich. „Ja, natürlich." Gerade wollte sie sich abwenden, um endlich in ihre Wohnung zu flüchten, da hörte sie ihn fragen: „Bist du heute Abend zu Hause? Ich würde gerne so schnell wie möglich etwas mit dir besprechen."

Ihr ohnehin schon donnernder Herzschlag nahm noch mehr Fahrt auf. „Gib mir … eine Stunde, dann kannst du gerne zu mir rüberkommen." Sie konnte kaum glauben, dass sie das tatsächlich gesagt hatte. Ein leichter Schwindel erfasste sie für einen Augenblick, verschwand dann aber zum Glück sofort.

„Ehrlich gesagt bin ich am Verhungern und habe bei dem Wetter nur wenig Lust dazu, heute Abend noch einmal auf meine Maschine zu steigen. Hast du zufällig etwas Essbares da, das du mit mir teilen würdest? Ich nehme an, der Kühlschrank im Haupthaus ist gähnend leer, oder? Du brauchst dir keine Umstände zu machen. Ich würde mich auch mit ein paar Scheiben Brot zufriedengeben."

Ihr blieb auch nichts erspart. „Ja, der Kühlschrank bei … dir ist tatsächlich leer. Nach Julias …" Sie musste husten. „Was ich sagen will: Ich habe natürlich aufgeräumt, und ich wusste ja nicht, wann du eintreffen würdest. Allerdings habe auch ich nicht viel anzubieten. Vielleicht … könnte ich … ähm … irgendwas mit Nudeln machen, wenn dir das reicht."

„Super! Pasta geht immer. Ich bin in einer Stunde bei dir." Er lächelte schief und entfachte damit eine kleine Feuersbrunst direkt unter ihrem Bauchnabel. Schnell wandte sie sich ab, rutschte dabei mit einem Fuß von dem gepflasterten Weg ab und stapfte geradewegs in eine riesige Pfütze.

Rafael Brix konnte nicht anders, er musste lachen, als Luisa zunächst in die tiefe Pfütze stolperte, hörbar und wenig mädchenhaft vor sich hin fluchte, und kurz darauf die Tür der Einliegerwohnung etwas zu laut hinter sich zuschlug. Schon früher hatte er die kleine Luisa Milchert ausgesprochen amüsant gefunden. Irgendwie empfand er es als ein wenig tröstlich, dass gerade sie die erste Person war, die ihm hier in seinem ansonsten so verhassten Heimatdorf Lunau über den Weg lief. Vielleicht war das ein gutes Omen.

Nein, so vergnüglich würde es nicht bleiben, da brauchte er sich nichts vorzumachen. Bis auf ganz wenige Ausnahmen hassten die Lunauer ihn ebenso sehr, wie er sie hasste. Sein Aufenthalt hier könnte sich schnell zu einem Spießrutenlauf entwickeln.

Dennoch freute er sich auch auf einige Menschen, die hier lebten. Auf seinen alten Freund Kjell zum Beispiel, der nach vielen Jahren als Arzt und Elitesoldat bei der Marine erst im vorigen Jahr nach Lunau zurückgekehrt war. Natürlich war er auch gespannt darauf, Kjells Ehefrau Isabell kennenzulernen. Dass es schließlich doch nicht Julia gewesen war, die seinen Freund vor wenigen Monaten vor den Altar bekommen hatte, sondern vielmehr eine junge Britin, hatte ihn überrascht. Kjell hatte sich im vergangenen Jahr offenbar Hals über Kopf verliebt.

Und auf Christa freute er sich, die Frau, die für ihn wie eine Löwenmutter gekämpft hatte. Sie war immer für ihn da gewesen, obwohl er nicht ihr Sohn, sondern lediglich ein guter Freund ihres Sohnes war. Er würde niemals vergessen, wie unverrückbar sie an seiner Seite gestanden hatte – damals. Zu jener Zeit, als sein Leben vollkommen aus den Fugen geraten war, denn das hatte letztlich auch Christas Kämpfernatur nicht verhindern können.

Es hatte eine Zeit gegeben, da war Lunau für ihn tatsächlich ein Zuhause gewesen, doch das war lange vorbei. Denn vor Jahren hatte er sich geschworen, niemals wieder zurückzukommen. Ach, wie hieß es so treffend: Wenn du willst, dass die Engel im Himmel über dich lachen, mach Pläne. Rafael lächelte resigniert.

Als Kjell ihm die Nachricht von Julias Tod übermittelt hatte, war er gerade zu wichtigen Verhandlungen in Los Angeles gewesen. Den Schock, dass seine Schwester schon in so jungen Jahren sterben musste, hatte er noch nicht verarbeitet. Sicher, er hatte vor einigen Monaten von ihrer tödlichen Krankheit erfahren, dennoch lag es wohl in der Natur des Menschen, still zu hoffen und verzweifelt auf ein Wunder zu warten, das dann leider nicht eintraf. Kurz nach der furchtbaren Diagnose hatte er oft mit Julia telefoniert, manchmal mehrmals am Tag. Vergeblich hatte er versucht, sie von der Operation zu überzeugen, zu der Kjell und auch andere Ärzte dringend geraten hatten, die sie selbst jedoch so vehement abgelehnt hatte. Und dann war sie gestorben, eines Nachts, einfach so im Schlaf. Kjell hatte ihm am Telefon versichert, dass sie nicht gelitten hatte.

Bevor Julia krank geworden war, hatten sie nicht mehr allzu viel Kontakt gehabt, aber er hatte sich ihr dennoch immer nahe gefühlt. Sie war alles gewesen, was ihm an Familie geblieben war.

Jetzt war seine Schwester gegangen, und damit konnte er die letzte Brücke nach Lunau unwiderruflich abreißen. Endlich!

Im Flur seines Elternhauses stellte Rafael seinen Rucksack ab, zog die schweren Lederstiefel aus und hängte seine Motorradkleidung zum Trocknen auf. Dann marschierte er barfuß, nur in Boxershorts und T-Shirt, durch das Haus, um es einer ersten Bestandsaufnahme zu unterziehen.

In diesem Gebäude war er aufgewachsen, doch von einem bestimmten Zeitpunkt an war auch dieses Haus nur noch ein Ort voller Leid für ihn gewesen. Es war ein eigenartiges Gefühl, wieder durch die vertrauten Räume zu gehen, auch wenn von der ursprünglichen Einrichtung nicht mehr viel übrig geblieben war. Inzwischen gab es moderne, schlichte Möbel, eine funkelnagelneue Einbauküche und neue Bäder. Alles wirkte viel heller und offener als früher. Seine Schwester hatte bei der Einrichtung Geschmack bewiesen, das musste er zugeben. Und er war ihr dankbar, denn im Grunde sah es heute kaum noch wie das Haus seiner Kindheit aus. Das machte es ein bisschen leichter.

Das Haus war alles andere als klein. Im Erdgeschoss gab es ein fünfzig Quadratmeter großes Wohnzimmer, die Küche mit angeschlossenem Essbereich und ein Gästezimmer mit eigenem Bad. Im oberen Stockwerk befanden sich das Schlafzimmer, das große Bad, Julias winziges Büro und zwei weitere Räume. Einer davon, sein altes Refugium, stand leer. Das andere Zimmer war ebenfalls wie ein Gästezimmer eingerichtet, aber deutlich geräumiger als das Pendant im Parterre. Außerdem gab es ein sehr viel breiteres Bett. Da er es ohnehin nicht fertigbringen würde, in dem Zimmer zu schlafen, das Julia gehört hatte, entschied Rafael sich für das größere Gästezimmer oben.

Nach der Schlechtwetterfahrt sehnte er sich vor allem nach einer heißen Dusche. Zuerst musste er jedoch das restliche Gepäck aus den Motorradkoffern holen. Seufzend ging er die Treppe hinunter. Im Keller des Hauses gab es einen direkten Zugang zur Garage, wo er vorhin seine Maschine abgestellt hatte.

Unten angekommen holten ihn für einen Augenblick die Erinnerungen ein. Schon vor Jahren hatte er sie tief in der hintersten Ecke seines Bewusstseins vergraben, aber nun kamen sie mit aller Macht zurück, so als wären sie niemals fort gewesen.

Wie festgenagelt blieb er minutenlang am Fuße der Kellertreppe stehen. Ein wilder Fluchtinstinkt ergriff plötzlich von ihm Besitz und brennende Übelkeit stieg in ihm hoch. Am liebsten wäre er wieder nach oben gerannt. Alles in ihm kämpfte gegen eine Panik, die immer gnadenloser über ihn hereinbrach. Das Herz in seiner Brust begann laut zu trommeln und innerhalb von wenigen Sekunden war jeder Millimeter seines Körpers mit kaltem Schweiß bedeckt. Seine Beine wollten nachgeben, doch auch dagegen setzte er sich zur Wehr. Um ein Haar hätte er sich einfach auf die Treppe fallen lassen, dennoch blieb er stehen.

Keuchend, wie nach einem langen Lauf, versuchte er Luft in seine Lungen zu pumpen und sich mit reiner Willenskraft wieder zu sammeln. Schließlich schaffte er es, war froh, nicht aufgegeben zu haben, und sein Herzschlag fand wieder zu einem annähernd normalen Rhythmus zurück. Erst jetzt bemerkte er seine geballten Fäuste. Er musste fast würgen, während er auf seine kampfbereiten Hände starrte, und löste sie langsam, wie in Zeitlupe. Mit ausladenden Schritten, ohne auch nur einen einzigen Blick zu den hinteren Räumen des Kellers zu wagen, hielt er schließlich geradewegs auf die Tür zur Garage zu.

Als er nur wenige Minuten später wieder oben war, fühlte es sich wie eine Befreiung an.

Nach einer langen und sehr heißen Dusche schlüpfte er in saubere Jeans und zog sich ein frisches Hemd an, dann griff er nach seinen schwarzen Turnschuhen. Der Blick auf seine Armbanduhr verriet ihm, dass die Stunde Wartezeit, die er mit Luisa vereinbart hatte, schon fast um war.

Rafael setzte sich auf die Treppe und zog seine Schuhe an. Hier im Flur, gleich neben der Garderobe, gab es eine doppelte Tür mit einem kleinen Hohlraum dazwischen. Sie führte direkt in die Einliegerwohnung, die Luisa schon seit mehreren Jahren bewohnte.

Er verspürte nicht die geringste Lust, noch einmal hinaus in den Regen zu gehen. Kurzerhand öffnete er seine Seite der Verbindungstür, klopfte an der zweiten und wartete. Es dauerte nur einen Moment, bis Luisa öffnete.

„Ich hoffe, es ist dir recht, dass ich diese Möglichkeit gewählt habe. Bei dem Regen wollte ich nicht noch einmal um das gesamte Haus laufen."

„Ist schon in Ordnung", entgegnete sie und lächelte leicht. „Julia und ich haben diese Tür auch benutzt, wenn wir uns gegenseitig besucht haben. Komm doch rein."

Er ging an ihr vorbei und stand plötzlich im engen Flur der kleinen Wohnung. Es war ein krasser Gegensatz zu den großzügigen Räumen im Haupthaus, und doch fühlte er sich seltsam erleichtert. Hier hatten früher, als er noch klein gewesen war, seine Großeltern gelebt. Die Einliegerwohnung lag in einem Anbau des Hauptgebäudes. Sie war ebenerdig und es gab nur zwei Zimmer, eine Küche sowie ein kleines Badezimmer. Alles in allem waren es nicht viel mehr als fünfzig Quadratmeter. Er erinnerte sich gut daran, dass seine Mutter die Wohnung immer als Puppenstube bezeichnet hatte. Eine sehr passende Bezeichnung, dachte er.

„Das Essen ist gleich so weit. Wenn du nichts dagegen hast, essen wir in der Küche", sagte Luisa. Ihr braunes, schulterlanges Haar war noch feucht, wie er feststellte. Auch sie trug einfache Bluejeans und dazu ein schmal geschnittenes Shirt aus pinkfarbener dünner Baumwolle, das weit bis über ihre Hüften reichte und ihre zierliche Figur betonte. Rosa lackierte Zehennägel schmückten ihre nackten Füße, die in farblich passenden Flipflops steckten.

Er fand Luisa irgendwie niedlich, wie sie so dastand und mit ihren großen silbergrauen Augen zu ihm aufsah. „Ich habe Hunger wie ein Wolf, mir ist völlig egal, wo du mich fütterst", antwortete er und bemühte sich dabei um ein gefälliges Lächeln.

Schweigend drehte sie sich um, und er ließ sie vorausgehen.

Die alten zusammengesuchten Küchenmöbel seiner Großmutter waren verschwunden. Stattdessen gab es jetzt auch in Luisas Wohnung eine moderne Einbauküche. Allerdings bestand sie nicht aus Hochglanzflächen und Stahl wie die im Haupthaus, sondern aus schlichten, weiß lackierten Holzmöbeln. Trotz der geringen Größe war die Küche im Stil einer behaglichen Landhausküche gehalten. An den Wänden hingen Bilder von Blumensträußen, die verspielt und sogar eine Spur kitschig wirkten. Ihm gefiel das, weil es zu Luisa passte. Zumindest zu der Luisa, die er in Erinnerung hatte.

„Nimm doch schon mal Platz", bat sie ihn und deutete auf die Essecke, wo der Tisch bereits für zwei gedeckt war. „Möchtest du etwas trinken? Ich habe auch Wein da, oder hättest du lieber ein Bier?", fragte sie.

„Gerne ein Bier", antwortete er. Es duftete herrlich, und sein Magen knurrte vernehmlich.

Da saß nun der Mann an ihrem Küchentisch, der sie jahrelang in ihren heißesten Träumen verfolgt hatte, und wartete darauf, dass sie ihm das Essen servierte. Luisa hätte sich am liebsten gekniffen, um sicherzugehen, dass sie tatsächlich wach war.

Auch im hellen Licht der Küchenlampe betrachtet, hatte sich Rafael Brix kaum verändert. Sein Haar war auffallend voll und dunkel. Es war nicht zu kurz, aber gut geschnitten, genauso, wie sie es bei Männern am liebsten mochte. Natürlich sah er insgesamt etwas reifer aus, erwachsener und vielleicht eine Spur ernster als früher, aber er war noch immer der eindrucksvollste und attraktivste Mann, den sie jemals zu Gesicht bekommen hatte. Seine ebenmäßigen Züge machten allerdings nicht den besonderen Reiz aus. Es waren vielmehr die Besonderheiten dieses Gesichts, die ihn so außergewöhnlich anziehend machten. Der volle ausdrucksstarke Mund, die geheimnisvollen grün schillernden Augen, umrahmt von Wimpern, kurz, aber so dicht und tiefschwarz, wie es nur selten vorkam. Sie musste sich richtiggehend darauf konzentrieren, ihn nicht unentwegt anzustarren. Das war schon früher so gewesen. Wie oft hatte sie ihn heimlich beobachtet, es still genossen, ihn einfach nur ansehen zu dürfen? Manchmal war es sehr praktisch gewesen, dass er sie kaum beachtet hatte.

„Es duftet großartig", unterbrach er ihre Gedanken und trank einen Schluck Bier.

„Ich hoffe, es schmeckt auch so", erwiderte sie und versuchte dabei möglichst entspannt zu lächeln. Das Kochen beruhigte ein wenig. Es war ihr schon immer leichter gefallen, mit aufregenden Situationen umzugehen, sobald ihre Hände etwas zu tun hatten. Ihr war klar, dass sie jetzt deshalb etwas länger als nötig in der kleinen Kasserolle mit der Soße rührte.

„Ah, ich liebe Spaghetti carbonara", rief er, als sie die Schüsseln schließlich auf den Tisch stellte. Während sie sich ein Glas Wasser einschenkte, füllte er ganz selbstverständlich zuerst ihren, dann seinen Teller.

„Da bin ich aber beruhigt. Ich hatte kein Fleisch mehr im Haus, nur noch den Schinken, deshalb habe ich ein wenig improvisiert. Und statt eines Eies ist Sahne in der Soße."

„Lecker!", lobte er sie, nachdem er probiert hatte. „Du hast mir gerade das Leben gerettet. Ich habe den ganzen Tag gearbeitet und bin gleich danach losgefahren. In wenigen Minuten wäre ich höchstwahrscheinlich den Hungertod gestorben."

Sein rauchiges Lachen schien kleine vibrierende Erdbeben direkt unter ihrem Herzen zu erzeugen. Luisa brachte kaum etwas hinunter, während er mit Appetit aß und auch noch eine zweite Portion verdrückte.

Nach dem Essen half er ihr sogar beim Aufräumen. Es kam ihr völlig unwirklich vor, ihn in ihrer kleinen Küche werkeln zu sehen. „Möchtest du noch ein Bier?", fragte sie, nachdem sie die Küche wieder in Ordnung gebracht hatten.

„Lieber einen Kaffee, wenn du einen dahast."

„Kein Problem. Ich trinke gerne einen mit. Wir können auch ins Wohnzimmer wechseln, wenn dir das recht ist."

Kurze Zeit später saß sie auf der Couch und nippte an ihrer Tasse. Rafael hatte es sich in ihrem Lieblingssessel gemütlich gemacht. Sie fand es ganz wundervoll, wie er so zufrieden und gesättigt dasaß.

„Übrigens, ich danke dir, dass du den Mut aufbringst, mich überhaupt in deine Wohnung zu lassen", ergriff er nach einer Weile das Wort.

Es sollte wohl ein Scherz sein, aber es klang seltsam ernst, so wie er es sagte. Luisa wollte einfach keine passende Antwort einfallen.

„Du wolltest mit mir sprechen", erinnerte sie ihn, um auf ein anderes Thema zu kommen. Das Risiko, dass das Gespräch sonst auf die Vergangenheit kam, war zu groß. Es gab Dinge, über die sie einfach nicht mit ihm sprechen wollte. Dazu war von ihrer Seite alles gesagt. Und er sollte ihre Haltung mittlerweile kennen.

Er räusperte sich. „Ja. Ähem, Lu, ich … wollte dir zuerst dafür danken, dass du dich um alles hier so großartig gekümmert hast."

„Das ist doch selbstverständlich, Rafael. Julia war nicht nur meine Chefin, sondern auch eine sehr gute Freundin. Ich habe ihr viel zu verdanken."

Plötzlich wirkte er, als würde er angestrengt über etwas nachdenken. „Arbeitet deine Schwester eigentlich noch in der Verwaltung des Feriendorfes?"

„Ja. Barbara hat inzwischen sogar die Leitung übernommen", antwortete Luisa schnell. Sie musste husten.

„Okay." Seine düstere Miene ließ nicht den geringsten Zweifel daran, dass er das überhaupt nicht in Ordnung fand. Er legte den Kopf in den Nacken und stieß geräuschvoll die Luft aus. „Komisch, ich hatte tatsächlich die Hoffnung, dass sie Lunau inzwischen auch verlassen hätte, aber egal. Na ja, ich muss dir ja nicht erläutern, wie ich zu diesem Dorf stehe, oder?"

Langsam schüttelte sie den Kopf. Ein ungutes Gefühl stieg in ihr hoch, wurde von Sekunde zu Sekunde stärker. „Nein."

Er stellte seine leere Tasse ab und erhob sich, ging mit wenigen Schritten vor dem Couchtisch auf und ab. „Warum soll ich lange drum herumreden? Es wird nie den richtigen Zeitpunkt dafür geben, denke ich. Was ich dir sagen will … Lu, ich werde das hier alles verkaufen und den gesamten Betrieb auflösen."

„Was? Nein!" Auch sie hielt es nun nicht mehr auf ihrem Platz. Sie sprang auf und starrte ihn an, konnte kaum glauben, was er da soeben gesagt hatte.

„Mir ist klar, dass dir das nicht gefallen kann, aber ich … Also, ich habe mich schon vor ein paar Wochen, gleich nach Julias Tod, dazu entschlossen, das Haus und das Land zu verkaufen. Mir liegen bereits einige gute Angebote vor."

In ihr war plötzlich alles kalt und leer. „Die Gärtnerei sichert den Lebensunterhalt von fast dreißig Familien in Lunau, Rafael."

„Auch wenn du ein bisschen übertreibst, weiß ich das natürlich. Und einmal davon abgesehen, dass mir die meisten Leute hier im Dorf vollkommen gleichgültig sind, mir tut es für dich wirklich leid, Lu. Deshalb wollte ich auch rechtzeitig mit dir sprechen, damit du dir … in Ruhe eine neue Bleibe suchen kannst."

„Wie bitte?" Kälte. Da war nur noch diese Kälte in ihr und auf ihrer Zunge breitete sich ein bitterer Geschmack aus. Sie fühlte sich hilflos und furchtbar klein, während sie dastand, fassungslos zu ihm aufsah und darauf wartete, dass er endlich zugab, dass er nur einen bösen Scherz gemacht hatte. Seine Miene wirkte jedoch unverändert düster und entschlossen.

„Das Haus hier wird voraussichtlich abgerissen", fuhr er ungerührt fort. „Ja, auch das ist schade, ich habe natürlich gesehen, was Julia alles investiert hat. Doch so wie es aussieht, werden hier einzelne Baugrundstücke für kleinere Einzelhäuser abgeteilt werden. Besonders viele junge Hamburger Familien zieht es aus der Stadt raus."

„Das ist doch alles nicht dein Ernst, Rafael! Das kann nicht dein Ernst sein! Die Gärtnerei läuft super. Wir haben Stammkunden im gesamten Umkreis, auch Großkunden sind dabei. Und der Blumenladen …"

„Den Blumenladen würde ich dir natürlich überlassen", unterbrach er sie. „Du kannst ihn sogar kaufen, oder ich verpachte ihn dir einfach lebenslang, wenn es dir lieber ist. Wir werden uns da schon einig werden, glaub mir. Ich weiß von Julia, wie sehr du daran hängst. Egal ob du dich fürs Kaufen oder Pachten entscheidest, du kannst den Laden in Eigenregie weiterführen, er würde ganz allein dir gehören."

Mit allen zehn Fingern raufte sie sich die Haare, trat noch einen Schritt auf ihn zu und stemmte die Hände auf die Hüften. Verzweifelt suchte sie nach überzeugenden Argumenten, um ihn von diesem unerwarteten Entschluss wieder abzubringen. „So so, den Laden willst du mir also großzügigerweise überlassen, ja? Rafael, der Laden lebt fast ausschließlich von der Gärtnerei! Die Jungs sind nur selten zum Großmarkt nach Hamburg gefahren. Die meisten Schnittblumen kommen aus unseren eigenen Gewächshäusern. Mein Angebot ist daher zwar nie besonders groß, aber zuverlässig frisch und von guter Qualität. Meine Kunden wissen das zu schätzen. Ohne die Gärtnerei kann ich ‚Luisas Blütenmeer' vergessen, Rafael." Sie musste sich sehr darauf konzentrieren, ihn nicht anzuschreien, und zischte den letzten Satz geradezu.

„Na ja, aber andere Blumengeschäfte überleben doch auch ohne dazugehörige Gärtnerei."

Das kurze Lachen, das er ausstieß, klang ein wenig unsicher, wenn sie sich nicht täuschte. Verzweifelt griff sie nach diesem Strohhalm. Ihre Stimme wurde nun doch lauter. „Aber doch nicht hier mitten in der Lüneburger Heide! Bitte, denk doch mal nach! Ich müsste meine Schnittblumen aus den anderen Gärtnereien beziehen. Bis jetzt sind das unsere Konkurrenten, verstehst du? Und ich kann wohl kaum jede verdammte Nacht nach Hamburg fahren, um mein Geschäft selbst mit frischer Ware zu versorgen!"

Die Wut kam mit voller Wucht. So als wäre sie in den vergangenen Minuten mühsam gezügelt worden, brauste sie nun durch sie hindurch. Und mit der Wut kam auch die endgültige Erkenntnis, dass es ihm mit seinem Vorhaben wirklich und wahrhaftig ernst war. Plötzlich sah Luisa in ihm nichts Anziehendes mehr. Dieser Mann war im Begriff, ihr alles zu nehmen. Ihr Zuhause. Ihre Arbeit. Alles! Als hätte er ihr nicht schon genug das Leben zur Hölle gemacht, schlicht weil es ihn gab.

„Du machst alles kaputt! Du bist ein … ein egoistischer Mistkerl, Rafael Brix!"

Luisa stand vor ihm wie die Rachegöttin persönlich und sah zu ihm auf. Die Nasenflügel bebten, ihre Brust hob und senkte sich unter ihrem schnellen Atem und ihre Augen schienen tödliche Silberpfeile auf ihn abzufeuern. Die mehrfach gerauften Haare schienen um ihre harte Miene zu wogen. Sie sah aus, als wäre sie zu einem Mord bereit, zumindest solange er das Opfer abgeben würde.

Wow!

Das war der einzige Gedanke, der in diesen Sekunden noch Platz in ihm hatte, der andere, gewichtigere Teil seiner Reaktion war rein körperlich. Plötzlich fühlte er den schier unbezwingbaren Drang, sie an sich zu ziehen, ihr die Kleider vom Leib zu reißen und sie auf der Stelle nach allen Regeln der Kunst zu verführen.

Instinktgesteuert machte er einen Schritt auf sie zu, bis sein Körper ihren fast berührte.

Halt! Stopp! Das hier ist die kleine Lu, schon vergessen?

Nach einem sehr tiefen Atemzug ging er wieder auf Abstand, rieb sich kurz das Gesicht, weil er selbst kaum glauben konnte, was da gerade mit ihm passiert war, und sah sie wieder an. „Du bist verdammt erwachsen geworden, kleine Lu."

Eine Sekunde lang wirkte sie verwirrt. „Und du bist verdammt rücksichtslos geworden, großer Rafael", sagte sie leise, es klang fast traurig. „Die Gärtnerei gehört seit vielen Generationen deiner Familie. Wie kannst du das nur tun? Wie kannst du das Lebenswerk deiner Schwester so mit Füßen treten? Julia hat hier in den letzten Jahren schwer geschuftet. Sie hat wirklich großartige Arbeit geleistet und die Gärtnerei zu dem gemacht, was sie heute ist. Außerdem hat sie den Betrieb über alles geliebt, ebenso wie ihre Arbeit, das Land, das Leben mit der Natur und dieses Haus. Wie kannst du auch nur daran denken, das hier alles in Schutt und Asche zu legen und dann wildfremden Leuten zu überlassen, Rafael?"

„Die Gärtnerei gehörte seit vielen Generationen der Familie von Klaas Brix", erinnerte er sie lahm. „Julia war sein Kind, ich nicht."

„Aber du bist hier genauso geboren und aufgewachsen wie sie. Es ist doch auch dein Zuhause gewesen."

„Das ist lange her." Er räusperte sich und hatte plötzlich das Gefühl, dass er ihr eine Erklärung schuldig war, wusste aber schlicht nicht, wie er das anstellen sollte. Er fühlte sich überfordert und merkwürdig beschämt. „Es tut mir leid, Luisa, wirklich."

„Das glaube ich dir nicht." Sie verzog ihren hübschen Mund. „Vielleicht wäre es besser, wenn du jetzt gehst."

„Hör zu ..."

„Rafael, noch ist das hier meine Wohnung, also geh bitte! Wir reden morgen weiter, verstehst du?"

Ihm blieb nichts anderes übrig, als ihrer Aufforderung zu folgen, also nickte er.

„Danke fürs Essen, Lu. Bis morgen."

Es war noch viel zu früh, um schlafen zu gehen. Rafael hatte bereits eine Weile aus dem Fenster gestarrt, als ihm bewusst wurde, dass der Regen inzwischen aufgehört hatte. Da er nicht richtig zur Ruhe kam, beschloss er, ein bisschen frische Luft zu tanken. Um diese Zeit saßen die Lunauer in der Regel vor dem Fernseher und genossen ihren Feierabend. Die Wahrscheinlichkeit, dass er jemandem über den Weg lief, war deshalb eher gering. Um trotzdem sicherzugehen, dass er nicht sofort erkannt wurde, schlüpfte er in eine wetterfeste Jacke und zog sich die Kapuze über den Kopf, bevor er das Haus verließ.

Nachdem er das Gelände der Gärtnerei hinter sich gelassen hatte, schlug er den Weg zur Hauptstraße ein. Die wenigen kleinen Geschäfte, die sich hier aneinanderreihten, waren typisch für Lunau. Einige von ihnen waren seit mehreren Generationen familiengeführt. Es gab sie schon, solange er sich erinnern konnte. Der Lebensmittelladen von Klaus und Sonja Lehmann wirkte in seiner Aufmachung etwas moderner als früher, aber die kleine Drogerie der Steinbachs hatte sich keinen Deut verändert, seit er das letzte Mal hier gewesen war. Schon seit Jahrzehnten stand das Wort „Drogerie" in verwitterten blassblauen Buchstaben über dem Schaufenster, und noch immer hing das große D etwas schief. Den Friseursalon führte inzwischen Katja Reichert, wie er auf dem Schild lesen konnte, das in der Ladentür hing. Katja kannte er aus Schulzeiten. Sie war eine Klasse über ihm gewesen. Wenn er sich richtig erinnerte, hatte sie nach der zehnten Klasse die Schule abgebrochen, um eine Ausbildung im Laden ihrer Mutter zu machen. Die Geschäfte waren kaum beleuchtet, das war auf dem Dorf anders als in der Großstadt, wo auch nach Feierabend und nachts die Schaufenster hell erstrahlten. So etwas gab es in Lunau nicht.

Der alte Gasthof stand noch immer leer, wie Rafael überrascht bemerkte. Wenn man genau hinsah, konnte man bereits erste Spuren des Verfalls erkennen. Eigentlich war das alte Backsteingebäude ein richtiges Schmuckstück, doch nun blätterte die Farbe von den ehemals weißen Fensterläden und das Unkraut wuchs an der Hausmauer empor.

Obwohl es ihm gleichgültig sein sollte, empfand Rafael es fast als Schande, so ein herrliches Haus ungenutzt verkommen zu lassen. In seiner Kindheit war der Gasthof ein beliebter Treffpunkt gewesen. Jedes Jahr während der Heideblüte, die hier die fünfte Jahreszeit genannt wurde, hatte der Wirt sogar einige Gästezimmer an Touristen vermietet. Nachdem der frühere Besitzer vor Jahren verstorben war, kümmerte sich nun offenbar niemand mehr darum.

Seufzend wandte er sich ab, ging noch ein Stück weiter die Straße hinunter. Hinter dem Dorfplatz teilte sich die Fahrbahn. Rafael wusste natürlich, dass die rechte Spur aus Lunau herausführte, deshalb hielt er sich links. Mit gemächlichem Schritt ging er weiter. Wie oft war er in seiner Kindheit und Jugend diesen Weg gegangen, entlanggerannt oder -gehüpft? Unzählige Male. Und noch immer endete diese Straße in einer Sackgasse.

Schließlich stand er vor dem Gebäude, in dem er sich stets viel mehr zu Hause gefühlt hatte als in seinem Elternhaus. Das Buchladen-Café von Christa Loewenthal hatte sich sehr verändert. Die hübsche Holzveranda vor dem Haus war modernisiert und vergrößert worden.

Hinter mehreren Fenstern in der oberen Etage brannte Licht, und Rafael fühlte sofort eine seltsame Geborgenheit in sich aufsteigen, ein Gefühl, das ihm seit Jahren fremd war. Kurz überlegte er, ob er an der Haustür klingeln sollte, dann verließ ihn der Mut. Morgen war auch noch ein Tag, und er wollte Christa nicht ihren verdienten Feierabend verderben, indem er sie störte.

Noch einmal sah Rafael sich um und betrachtete versonnen das Haus auf der gegenüberliegenden Straßenseite. Er wusste, dass dort inzwischen sein alter und bester Freund Kjell Loewenthal wohnte und praktizierte. Bis auf eine kleine Außenbeleuchtung lag das ansehnliche Gebäude in Dunkelheit. Im Licht der Straßenbeleuchtung war das typische weiße Schild einer Arztpraxis allerdings klar zu erkennen.

Rafael wollte sich gerade auf den Rückweg machen, als er plötzlich Schritte hörte. Hastig drehte er sich um – und konnte nur mühsam eine kleine hellgraue und sehr quirlige Promenadenmischung abwehren, die an ihm hochsprang und ihn begrüßte wie ein lang vermisstes Familienmitglied. Rafael musste lachen, beugte sich hinunter und streichelte dem Hund den wuscheligen Kopf. Der Mann, dessen Schritte näher kamen, lachte ebenfalls. Die Stimme war ihm so vertraut wie seine eigene.

Eine Weile sahen sie einander grinsend an. Dann nahmen sie sich brüderlich in den Arm.

„Rafael, es tut so gut, dich zu sehen“, sagte Kjell, nachdem sie sich voneinander gelöst hatten.

„Ich freue mich auch!“ Obwohl sie sich ewig nicht gesehen, sondern nur telefoniert hatten, stellte sich die alte Vertrautheit sofort wieder ein, aber das überraschte ihn nicht. Kjell und er hatten sich schon immer verstanden, auch ohne viele Worte machen zu müssen. Noch einmal klopfte er Kjell auf die Schulter, dann betrachtete er den kleinen Hund, der aufgeregt zwischen ihnen herumtollte. „Dieser Springinsfeld gehört offenbar zu dir, ja?“

Kjell nickte. „Ja, das ist Siggi, also eigentlich heißt er Sigmund Freud. Lass dich nicht von seinem albernen Benehmen und Aussehen täuschen. Er ist der beste und klügste Hund der Welt. Übrigens ist er, wenn es um Menschen geht, sehr wählerisch, du kannst dir also etwas darauf einbilden, dass er dich gleich so freundlich begrüßt hat." Kjell deutete mit dem Kopf auf das Haus seiner Mutter und grinste. „Wolltest du deiner Ersatzmama einen Besuch abstatten?"

„Ehrlich gesagt war ich gerade im Begriff zu gehen. Ich war zwar versucht zu klingeln, wollte aber nicht so spät stören."

„Ach komm, Rafael, meine Mutter wird ausflippen vor lauter Freude, wenn sie dich endlich wiedersieht. Du könntest sie gar nicht stören, sie liebt dich viel zu sehr." Kjell legte ihm eine Hand auf die Schulter. „Na los, wir sitzen heute Abend alle zusammen bei ihr in der Küche und läuten gemeinsam das Wochenende ein. Das machen wir oft am Freitagabend. Siggi musste kurz raus, deshalb habe ich eine kleine Runde gedreht. Es ist also überhaupt nicht zu spät; trink noch ein Glas mit uns. Ich kann es kaum erwarten, dir Isabell vorzustellen."

„Ich muss zugeben, ich bin nicht wenig gespannt auf die Frau, die es geschafft hat, meine Schwester aus dem Rennen zu schicken."

„Isabell ist die Frau meines Lebens, ich hatte letztlich keine Wahl." Kjell lächelte leicht. „Du nimmst das hoffentlich nicht persönlich. Julia und ich, das war schon seit Jahren vorbei. Wir haben wohl beide nur zu lange gebraucht, um das einzusehen. Deiner Schwester ist das letztlich auch klar geworden, denke ich. In den Wochen vor ihrem Tod hatte ich jedenfalls den Eindruck. Auf uns alle wirkte sie viel sanfter und ausgeglichener als in all den Jahren zuvor. Ich denke, sie ist mit Frieden im Herzen gegangen." Er atmete tief durch, bevor er weitersprach: „Es tut mir unendlich leid, dass ich ihr nicht helfen konnte, Rafael."

„Niemand kann etwas dafür, Kjell. So wie die Sache zum Schluss aussah, hätte ihr kein Arzt der Welt mehr helfen können. Sie war es, die keine Operation wollte, obwohl du und auch die anderen Ärzte ihr dringend dazu geraten hatten. Du hast alles getan, was du konntest. Und was deine Heirat anbelangt … Wenn ich mich richtig erinnere, habe ich dir schon vor langer Zeit gesagt, dass du meinem Schwesterchen den Laufpass geben solltest, weil sie einfach nicht zu dir passt, aber damals wolltest du ja nicht auf mich hören."

„Nun, wahrscheinlich brauchte ich einfach eine Entscheidungshilfe. Du kennst mich ja. Früher habe ich dazu geneigt, die Dinge viel zu lange in mich hineinzufressen. Das ist zum Glück vorbei, seit ich Isabell kenne. Ich habe viel von ihr gelernt, weißt du."

Eine Weile blieben sie noch vor der Veranda stehen und sahen sich in stillem Einvernehmen an.

„Na los, dann lass uns was zusammen trinken und auf das Wiedersehen anstoßen", unterbrach Kjell den nachdenklichen Moment.

„Seht mal, wer Siggi und mir draußen über den Weg gelaufen ist", rief Kjell und schob Rafael vor sich her.

Christa Loewenthal sprang von ihrem Platz hoch. Einen Augenblick lang konnte sie kaum fassen, dass Rafael Brix nach all den Jahren dort in der Tür stand und sie breit angrinste. Sie kannte ihn noch immer gut genug, um zu wissen, dass es eine Mischung aus Wiedersehensfreude und Verlegenheit war, die sich auf seinem Gesicht abzeichnete.

„Angel!", entfuhr es ihr leise. „Wie schön!"

Sofort ging sie auf ihn zu, zog ihn zu sich herunter, küsste ihn auf beide Wangen und drückte ihn so fest an sich, wie sie es auch bei ihrem eigenen Sohn ab und zu tat. Schließlich gab sie ihn frei, lächelte ihm glücklich zu und wischte sich eine Träne von der Wange. „Meine Güte, Rafael! Ich bin so froh, dich endlich wiederzusehen. Du warst viel zu lange fort, mein Junge!"

„Du siehst großartig aus, Christa, hast dich kaum verändert", erwiderte Rafael mit etwas heiserer Stimme.

„Ach, du! Hast mit den Jahren nichts verlernt, was?" Sie lachte und winkte ab. „Nun komm, du musst unbedingt die beiden Neuen in unserer kleinen Familie kennenlernen." Sie griff nach seiner Hand und zog ihn hinüber zum Tisch. „Dies ist meine entzückende Schwiegertochter Isabell, und der alte

Drahtesel daneben ist meine liebe Freundin Ruth Rogalski, die übrigens auch die Praxishelferin von Kjell und uns allen inzwischen unentbehrlich geworden ist." Als Ruth protestieren wollte, lachte Christa nur. „Ihr beiden, das hier ist Rafael, und kommt gar nicht erst auf die Idee, euch zu siezen. Rafael gehört für mich genauso zur Familie wie alle hier."

Rafael gab den beiden Frauen nacheinander die Hand und lächelte dabei so herzlich, wie es ihm möglich war.

„Es freut mich sehr, dich endlich kennenzulernen", sagte Isabell und schenkte ihm ihrerseits ein strahlendes Lächeln.

Sie war eine zarte Schönheit mit goldblonden Locken und leuchtend hellblauen Augen. Kein Wunder, dass Kjell sich in dieses bezaubernde Geschöpf verliebt hat, dachte Rafael. „Mich freut es auch sehr, Isabell." Sein Blick huschte kurz zu Kjell, der ihn erwartungsvoll und mit sichtbarem Stolz ansah. Rafael zwinkerte ihm zu und grinste, bevor er sich wieder Isabell zuwandte. „Dein Mann kann sich wirklich glücklich schätzen."

Die junge Frau strahlte noch ein kleines bisschen mehr. „Danke für das nette Kompliment. Allerdings habe auch ich eine Menge Glück gehabt, diesen tollen Mann abzubekommen."

Rafael nickte anerkennend.

Auch Ruth Rogalski war ihm sofort sympathisch. Sie war ungefähr in Christas Alter und sah aus, als wäre sie geradewegs einer Hippiekommune der siebziger Jahre entsprungen. Sie war ebenso klein und schlank wie Christa, trug jedoch ihr langes eisgraues Haar zu einem dicken Zopf geflochten, und um ihren Hals hingen mindestens fünf verschiedene Ketten aus kunterbunten Holzperlen. Nachdem er sich auch mit ihr bekannt gemacht hatte, setzte sich Rafael zu den anderen an den Tisch.

„Immer noch am liebsten Bier?", fragte Kjell und öffnete die Kühlschranktür.

„Jep. Wenn deine Mutter ein kaltes Bier für mich hat, würde ich mich nicht dagegen wehren."

„Und?", fragte Christa ihn ohne Umschweife, so wie es ihre Art war. „Bist du schon jemandem über den Weg gelaufen?"

Er schüttelte den Kopf. „Ich bin erst am frühen Abend eingetroffen. Luisa und ich haben vorhin zusammen gegessen. Sie war so nett und hat mich vor dem Hungertod gerettet. Ich muss sagen, die Kleine ist ziemlich groß geworden.“ Er lachte, aber es klang sogar in seinen Ohren ein wenig bitter. „Ihr seid jetzt die nächsten, die ich treffe. Andere Lunauer sind mir noch nicht begegnet.“

„Ich glaube, wir haben dir noch gar nicht unser Beileid ausgesprochen, Rafael“, sagte Isabell sanft. „Ich meine, bis auf die Karte, die Kjell dir geschrieben hat. Mir tut dein Verlust sehr leid.“

Rafael nickte. „Danke, Isabell, aber ich weiß auch so, dass ihr mit mir fühlt. Ich war unglaublich dankbar, dass ihr alle für sie dagewesen seid, weil ich … nun, weil ich aus den verschiedensten Gründen nicht hier sein konnte. Leider hat sie mir auch viel zu lange verschwiegen, wie ernst es wirklich um sie stand. Natürlich wusste ich, dass sie sehr krank war, aber am Telefon hat sie es immer heruntergespielt. So kam ihr Tod für mich trotz allem unerwartet.“

„Ja, das habe ich mitbekommen“, warf Kjell ein. „Sie wollte verhindern, dass du siehst, wie sie stirbt. Sie wollte dich nicht hier haben und ich konnte sie nicht davon überzeugen, dass deine Anwesenheit ihr gutgetan hätte. Du weißt, dass mir die Hände gebunden waren. Sie hatte mir klare Anweisungen gegeben, was und wie viel ich dir am Telefon erzählen durfte. Von ihrer Krankheit durftest du wissen, vom nahenden Ende nicht, da war sie eindeutig.“

„Mach dir keinen Kopf, Kjell. Inzwischen bin ich recht gefasst und habe mich mit der Situation auseinandergesetzt. Dennoch, Julia wird mir sehr fehlen. Sie war alles, was ich noch an Familie hatte.“ Er setzte ein schuldbewusstes Grinsen auf, sah Christa an und zwinkerte ihr zu. „Außer euch natürlich.“

„Na, das will ich meinen“, konterte Christa.

„Wie lange kannst du bleiben?“, wollte Kjell wissen, nachdem er alle mit Getränken versorgt und neben seiner Frau Platz genommen hatte.

Schulterzuckend griff Rafael nach dem Bier und nahm einen kräftigen Schluck. „Das kommt ganz darauf an. Vorerst habe ich zwei Wochen Urlaub genommen. Sollte ich länger brauchen, wäre das auch nicht weiter schlimm. In meinem Beruf kann ich ganz gut online arbeiten, und sollte ich doch mal in die Agentur müssen, ist Hamburg ja nicht allzu weit weg. Ich muss Julias Nachlass regeln, alles durchsehen, das kann eine Weile dauern."

„Wenn du mich fragst, überlass die Leitung des Betriebs einfach weiterhin Luisa. Es ist ja sowieso nicht unbedingt dein Metier und sie hat das alles großartig im Griff. Allerdings solltest du ihr zugestehen, noch jemanden für die Geschäftsleitung einzustellen. Auf die Dauer wird das für sie allein ein bisschen viel", warf Christa ein. „Schon in den Monaten vor Julias Tod hat sie die Gärtnerei praktisch allein geführt."

Zum wiederholten Mal an diesem Abend stieg Übelkeit in ihm hoch. Er musste sich räuspern, sah Kjell an und danach wieder dessen Mutter. „Ich werde den Betrieb auflösen, Christa."

Mit einem Schlag war es so still im Raum, dass die Atemzüge jedes Einzelnen zu hören waren.

„Das kannst du doch nicht ernst meinen", brachte Kjell schließlich hervor.

Rafael seufzte tief auf. „Das ist sogar mein voller Ernst. Mir war allerdings klar, dass mich hier niemand verstehen würde. Lu hat mich vorhin sogar aus ihrer Wohnung geworfen."

„Oh nein", warf Isabell leise ein.

„Du willst also an jemanden verkaufen, der die Gärtnerei weiterführt?", fragte Kjells Mutter.

„Nein, Christa. Ich will das gesamte Land verkaufen. Eine Genehmigung für die Erschließung von Baugrundstücken liegt bereits vor. So wie es jetzt aussieht, werden auf dem Gelände der Gärtnerei bald eine Menge Familien wohnen."

Kjell hielt es offenbar nicht mehr auf seinem Platz. Er stand auf, kam um den Tisch herum und machte ein paar ausladende Schritte durch die Küche. „Dir ist klar, dass du damit vielen Lunauern ihren Lebensunterhalt nimmst, ja?"

Rafael nickte. „Ja, und das fällt mir auch nicht leicht, aber ich …"

„Du willst die letzten Brücken abbrechen, habe ich recht?" Kjell war sichtlich wütend. „Du bist rachsüchtig und noch immer verbittert, Rafael, nichts weiter."

„Das stimmt so nicht. Mir geht es nur darum …" Er stand ebenfalls auf. Es erschütterte ihn, dass sein Freund praktisch genau die Worte benutzte, die ihm selbst durch den Kopf gegangen waren. „Ich denke, es ist wohl besser …"

„Setz dich, Rafael!" Christas helle Stimme durchschnitt den Raum wie ein scharfes Messer. Rafael reagierte sofort, wie er es auch schon früher getan hatte. Bereits in seiner Jugend hatte sie ihm immer mal wieder den Kopf gewaschen. Leider hatten ihre Erziehungsversuche bei ihm nie sehr lange vorgehalten.

„Ich kenne dich so gut, als wärst du mein eigener Sohn", sagte sie barsch. „Und ich weiß, dass du kein schlechter Mensch bist. Im Gegenteil! Allerdings hast du dich schon immer viel zu sehr von deinen Gefühlen und Leidenschaften lenken lassen. Und das hier, mein Lieber …" Sie schnaufte, erhob sich und kam zu ihm. „Sieh mich an, wenn ich mit dir spreche!", forderte sie ihn auf, woraufhin er sich ihr zuwandte.

Bewusst nahm er dabei eine fast herablassende Haltung ein, indem er die Arme vor der Brust verschränkte, doch davon ließ Christa Loewenthal sich nicht im Geringsten beeindrucken.

Sie stand vor ihm, diese kleine energische Person mit den streichholzkurzen, tizianroten Haaren, und legte ihm die Hände auf die Schultern. „Das hier sieht mir doch sehr nach einer deiner typischen Kurzschlusshandlungen aus. Kjell hat recht. Du bist noch immer wütend auf dieses Dorf. Niemand kann das besser nachvollziehen als ich, Rafael, aber lass nicht zu, dass dich dein Zorn dazu treibt, Dinge zu tun, die du später nicht mit deinem Gewissen vereinbaren kannst." Sie schüttelte ihn leicht, während sie das sagte, dann ließ sie ihn abrupt los, ging zurück zu ihrem Platz und setzte sich wieder. „Verdammt, mach jetzt keinen Fehler, den du irgendwann bereuen würdest", setzte sie nach. Erneut schnaubte sie unwillig, dann griff sie nach ihrem Weinglas und trank es in einem Zug aus.

Minutenlang blieb es still im Raum, bis sich Isabell erhob. Als Rafael sie ansah, kam es ihm vor, als wäre sie blass geworden. „Ich muss zu Lu", ließ sie die anderen wissen. „Da sie morgen nicht arbeiten will, wird sie sicherlich noch wach sein."

„Soll ich dich hinbringen, Bella?", fragte Kjell.

„Nein, lass nur." Sie winkte ab. „Die paar Schritte schaffe ich auch allein. Du könntest sie aber kurz anrufen, um ihr zu sagen, dass ich auf dem Weg zu ihr bin, damit sie keinen Schrecken bekommt, wenn ich bei ihr klingele. Ich würde es ja selbst tun, aber mein Handy liegt zu Hause auf dem Couchtisch."

„Wird gemacht."

Isabell verabschiedete sich kurz von Rafael, verlor aber keinen weiteren Kommentar zu seinen Neuigkeiten.

„Sie ist unglaublich wütend auf mich", murmelte er.

„Ich bin nicht wütend auf dich, Rafael", antwortete Isabell und sah ihm ins Gesicht, während sie bereits in ihre Jacke schlüpfte.

„Nein, ich meinte auch nicht dich, sondern Lu."

„Deshalb will ich ja zu ihr. Luisa ist meine Freundin. Vielleicht braucht sie mich jetzt", entgegnete Isabell und der Blick aus ihren eisblauen Augen wirkte jetzt nicht mehr strahlend, sondern eher kühl. „Wenn ich dich richtig verstanden habe, bist du im Begriff, ihr alles zu nehmen, was ihr wichtig ist und ihr Leben ausmacht. Wenn sie dich vorhin vor die Tür gesetzt hat, ist das jedenfalls eine Reaktion, die überhaupt nicht zu ihr passt." Sie reckte sich, zog ihren hochgewachsenen Mann an seinem Hemd zu sich herab und drückte ihm einen Kuss auf den Mund. „Ich ruf dich an, sobald ich dich brauche. Vielleicht kannst du mir dann später entgegenkommen, Doc."

„Ich warte auf deinen Anruf oder hole dich später einfach ab. Siggi wird sich vielleicht freuen, wenn er heute einen kleinen nächtlichen Spaziergang machen darf."

Rafael bemerkte, wie liebevoll Kjell seine Frau anschaute und ihr noch einmal über die goldblonden Locken strich. Da war es wieder, das ungute Gefühl in der Magengegend. Hatte Christa etwa recht? Plagte ihn doch das schlechte Gewissen? „Ich könnte Isabell begleiten“, schlug er hastig vor. „Wir haben sowieso denselben Weg.“

„Du trinkst jetzt erst einmal in Ruhe dein Bier aus, Rafael. Wir sind hier noch nicht fertig“, sagte Christa streng.

„Ich habe Luisa vorhin gesagt, dass es mir für sie leidtut“, setzte er noch einmal an. „Aber sie wollte nicht …“

„Ich gehe ein Stück mit“, wurde er von Ruth Rogalski unterbrochen. Die ältere Frau hatte während der ganzen Szene keinen Ton von sich gegeben und schien erst jetzt aus einer Art Meditation zu erwachen. „Es wird ohnehin Zeit für mich, da ich morgen in aller Herrgottsfrühe zu Margarethe Meissner muss. Wenn ich nicht aufpasse, nimmt unsere älteste Einwohnerin womöglich ihr Blutdruckmittel nicht.“ Sie sah in die Runde und nickte jedem zu, griff dann nach der Jeansjacke mit Lederfransen, die über ihrer Stuhllehne hing und zog sie über. Dabei bedachte sie ihn mit einem Blick, der ihm gleichzeitig gedankenvoll und eindringlich erschien. Eine eigenartige Person, diese Ruth Rogalski, dachte er.

Schweigend gingen Isabell und Ruth nebeneinanderher die Hauptstraße entlang. Vor dem Haus von Barbara Milchert, in dem Ruth eine kleine Wohnung unter dem Dach bewohnte, blieben sie noch einen Moment stehen.

„Das sieht ganz nach Ärger aus, oder was meinst du?“, fragte Ruth.

Isabell nickte. „Ja, das glaube ich auch.“ Sie seufzte. „Ich mag nicht glauben, dass Rafael ein schlechter Mensch ist, dafür halten Kjell und Christa viel zu viel von ihm. Aber das …“

„Meine Menschenkenntnis ist legendär.“ Ruth lächelte schief. „Und ich glaube, dieser Mann ist sehr unglücklich und verbittert, aber böse ist er sicherlich nicht.“ Wieder schmunzelte sie.

„Als er reingekommen ist, hatte ich im ersten Moment meine Zweifel, ob er wirklich echt ist. Meine Güte, wenn ich nur zwanzig Jahre jünger wäre!“

Isabell musste ebenfalls lachen. „Du nun wieder.“

„Na stimmt doch. Er ist ein echtes Sahnestückchen.“ Sie kicherte.

„Vielleicht hast du ja Glück, und der schöne Rafael steht auf etwas reifere Frauen“, sagte Isabell amüsiert.

„Hör mir bloß auf, meine Süße! Puh, nein! Ein bisschen Gucken reicht mir völlig aus. Kerle hatte ich in meinem Leben schon mehr als genug, und die waren allesamt Knalltüten. Viel Getöse und noch mehr heiße Luft. Männer wie dein Kjell sind seltene Einzelstücke.“ Ruth atmete durch. „So, und nun ab zu Lu. So wie ich die Sache sehe, wird das Mädchen in der nächsten Zeit häufiger deinen Beistand brauchen.“

Nachdem Kjell sie angerufen hatte, wusch Luisa sich das Gesicht gründlich mit kaltem Wasser, auch wenn sie wusste, dass das nicht mehr viel bringen würde. Ihre Lider waren angeschwollen und gerötet. Isabell würde sofort erkennen, dass sie die letzte Stunde vor allem heulend zugebracht hatte.

Seufzend ging sie in die Küche und zog eine Flasche von Isabells Lieblingswein aus dem Regal. Kaum hatte sie zwei Gläser und die Flasche ins Wohnzimmer getragen, klingelte es auch schon an der Haustür.

Wortlos nahm Isabell sie kurz in den Arm, zog sich dann die Jacke aus und warf sie auf einen der beiden Haken im Flur.

„Ich habe uns eine Flasche Wein aufgemacht“, sagte Luisa.

„Das ist gut. Bei Christa habe ich nur Tee getrunken.“

Im Wohnzimmer schenkte Luisa ein. „Du weißt es also schon?“, fragte sie. „Ich meine, was Rafael vorhat.“

„Ja. Er hat es uns erzählt. Er sitzt noch bei Christa in der Küche. Sie macht ihm gerade die Hölle heiß.“

„Ich glaube nicht, dass das etwas nützt. Er hat doch sehr … entschlossen gewirkt.“ Nach einem tiefen Atemzug prostete sie Isabell zu und nahm einen großen Schluck. „Wenn ich ehrlich bin, kann ich ihn sogar ein wenig verstehen. Er will wahrscheinlich nur mit allem hier abschließen und ein für alle Mal seine Ruhe haben."

Aufmerksam sah Isabell sie an. „Was ist damals eigentlich genau passiert, Lu? Kjell hat mir irgendwann einmal erzählt, dass Rafael praktisch aus Lunau vertrieben wurde, aber den eigentlichen Grund hat er mir nicht verraten. Na ja, ich habe, glaube ich, auch nicht weiter nachgehakt. Bisher war er ja nicht sonderlich wichtig für unser Leben."

„Du hattest im vergangenen Jahr so viel um die Ohren. Kjell und du, ihr hattet eine echte Nuss zu knacken, bis ihr endlich zusammengekommen seid. Ja, und dann noch eure Hochzeit. Da war ja gar kein Platz für andere Dinge. Außerdem … ach, das ist alles so lange her."

„Ja, und du hast sowieso immer gleich dichtgemacht, wenn die Sprache auf Rafael gekommen ist."

Luisa nickte stumm. Erneut fühlte sie Tränen in sich aufsteigen und kämpfte dagegen an.

„Okay, deine Reaktion ist eindeutig. Er war es, oder?", hörte sie ihre Freundin fragen.

„Was meinst du?"

„Er ist der Mann, der dir vor Jahren das Herz gebrochen hat. Wenn ich ehrlich bin, habe ich mir das schon vor heute Abend gedacht."

Um Verständnis bittend sah Luisa sie an. „Ich möchte nicht darüber sprechen, Isa."

„Das sagst du jedes Mal. Wir sind Freundinnen, Lu, schon vergessen?"

„Natürlich habe ich das nicht vergessen, es ist nur … Ach, ich weiß überhaupt nicht, wo ich da anfangen sollte. Es ist alles furchtbar kompliziert."

„Versuch es doch wenigstens." Sie lehnte sich zurück. „Ich habe Zeit. Wenn es nötig ist, höre ich dir die ganze Nacht zu."

Noch einmal nahm Luisa einen Schluck von ihrem Wein, dann stellte sie das Glas ab. „Okay." Ein tiefer, fast schluchzender Atemzug entwich ihr. „Ja, er ist derjenige, der mir das Herz gebrochen hat, aber er kann überhaupt nichts dafür. Ich meine, er hat nichts dafür getan. Er wusste nie, wie verliebt ich in ihn … war."

„Du hast es ihm also nicht gesagt? Ihr seid nie ein Paar gewesen?"

Begleitet von einem unwillkürlichen und bitteren Lachen schüttelte sie den Kopf. „Nein, wir waren niemals ein Paar. Rafael hat bis heute keine Ahnung." Sie stand auf, ging hinüber zum Fenster, kam zurück und setzte sich wieder hin. „Für alle, die damals zur angesagten Clique gehörten, war ich immer nur die kleine Schwester von Babsi. Niemand hat mich wirklich ernst genommen. Barbara ist ja fast drei Jahre älter als ich. Sie war unglaublich schön damals, das begehrteste Mädchen der Schule."

„Sie sieht immer noch toll aus."

„Ja, das stimmt. Nahezu alle wollten sie, Rafael bildete da keine Ausnahme."

„Also war er Barbaras Freund?"

„Nein, so kann man es nicht sagen. Ähm … Meine Schwester war ziemlich eigen, wenn es um die Jungs ging. Eine Zeit lang hat sie versucht, sich Philip zu angeln, aber der gehörte zu den wenigen, die überhaupt nichts für sie übrighatten, also blieb sie solo. Sie fand Rafael sexy und genoss es sicher sehr, dass alle Mädchen hinter ihm her waren und sie es war, die ihn ins Bett bekommen hat. Aber mehr war da nicht. Barbara wollte sich damals ihre Freiheit bewahren. Zum Leidwesen meiner Eltern war sie allerdings nicht unbedingt wählerisch, wenn es um die Typen ging, mit denen sie im Bett landete. Einmal, sie war kaum achtzehn, verschwand sie sogar für mehrere Monate nach Hamburg. Als sie zurückkam, wurde es nur noch schlimmer mit ihr."

„Was hat das mit Rafael und dir zu tun?", hakte Isabell nach.

„Entschuldige, ich schweife ab. Aber die Sache ist wirklich nicht so einfach zu erklären." Erneut griff sie nach ihrem Wein.

„Ich glaube, ich hatte mich ernsthaft in Rafael verliebt, als ich ungefähr zwölf oder dreizehn Jahre alt war. Nur damals wusste ich selbstverständlich noch nicht, was es mit meinen Gefühlen auf sich hatte. Plötzlich wollte ich ihn immerzu ansehen und in seiner Nähe sein. Er war so … überwältigend."

„Und er hat dich natürlich nicht beachtet."

„Genau. Er ist gut fünf Jahre älter als ich. Für ihn war ich nur die kleine Lu, mehr nicht. Ganz niedlich vielleicht, aber das war es dann auch schon. Die meiste Zeit über schien er mich schlicht nicht wahrzunehmen. Wenn er überhaupt Notiz von mir nahm, war er zwar immer nett zu mir, behandelte mich dabei aber wie ein Baby. Ich gab mich also damit zufrieden, sooft es nur ging, bei der Clique zu sein. So konnte ich ihn wenigstens in Ruhe anschmachten." Sie lachte kurz auf. „Oh Gott, wie das klingt! Glaub mir, so bedauernswert, wie sich das anhört, habe ich das damals gar nicht empfunden. Ich hätte niemals erwartet, dass er mich überhaupt als mögliche Freundin wahrnimmt, verstehst du, was ich meine?"

„Ich weiß genau, was du meinst. Erzähl weiter."

„Zwei Jahre später, kam Philip von Hoven auf die Idee, ein sommerliches Kostümfest zu organisieren."

„Ach ja, Philip ist der dritte der berühmten drei Musketiere von Lunau, nicht wahr? Kjell hat mir schon manche lustige Geschichte erzählt, die die drei zusammen erlebt haben."

„Genau, Kjell, Rafael und Philip waren damals die dicksten Freunde, die du dir nur vorstellen kannst. Philip ist überwiegend auf dem Gutshof bei seinem Großvater aufgewachsen, und der hat ihm nahezu jeden Wunsch erfüllt. Er hatte also die Möglichkeit, so eine Feier zu organisieren, weil es auf dem Anwesen die große Scheune gab, in der öfter Feste gefeiert wurden."

„Du meinst die hübsche Scheune, in der Kjell und ich unsere Hochzeit gefeiert haben? Sag das doch gleich! Ach, dieser herrliche verwunschene Garten dahinter, mit dem kleinen Pavillon … Der hat es mir besonders angetan. Die Fotos, die wir dort gemacht haben, sind großartig geworden."

Luisa sah auf ihr Glas. „Ja, die beliebte Lunauer Scheune. Sie war damals noch nicht ganz so hübsch wie heute, aber den Garten und den Pavillon gab es schon." Luisa musste unwillkürlich lächeln. „Ich hatte gerade meinen fünfzehnten Geburtstag gefeiert, und gleich danach habe ich wochenlang meinen Vater bekniet, bis er mir schließlich erlaubt hat, auch auf dieses Fest zu gehen." Sie setzte sich auf. „Ich war so aufgeregt, Isabell. Meine Mutter hatte mir ein Kleid genäht, so ein verspieltes Schäferinnenkostüm mit weitem Petticoat, einem ausladenden Hut und einer großen Maske, alles aus rosafarbenem Satin, mit Tüll, Federn, Blumen und allem Drum und Dran. Albern und kitschig, aber auch sehr romantisch. Sobald ich die Maske trug, sah man nur noch meine Augen und gerade eben noch den Mund. Ich fand mich wunderschön in dem Kleid und mit der Maske, vielleicht auch, weil ich damit so völlig anders und viel erwachsener aussah. Wochenlang hielt ich geheim, in welcher Verkleidung ich zum Fest erscheinen würde. Noch nicht einmal Barbara hat es gewusst. Meine Mutter hatte dichtgehalten. Sie hat wohl geahnt, wie wichtig mir das gewesen ist."

„Wie aufregend. Ich ahne schon, was passiert. Erzähl weiter!" Isabell nahm ihr Glas in die Hand und trank einen Schluck.

Luisa sah ihr an, dass sie ernsthaft gespannt war, und musste lächeln. Es tat ihr gut, ihrer Freundin endlich davon zu berichten. Sie hatte ja lange versucht, jedes Erlebnis, das sie mit Rafael verband, in den hintersten Winkel ihres Bewusstseins zu verdrängen – als sie noch geglaubt hatte, dass das möglich wäre. Ein Gespräch hätte dabei nicht geholfen. Jetzt war Luisa froh und fragte sich, warum sie sich Isabell nicht viel eher anvertraut hatte.

„Barbara hatte sich kurz vor dem Fest eine heftige Erkältung eingefangen und musste das Bett hüten. Ich hatte wirklich Angst, mein Vater würde mich ohne sie nicht gehen lassen, aber zu meinem Glück erlaubte er es mir trotzdem. Ich war furchtbar aufgeregt, denn es war meine allererste Party. Meine Mutter zauberte mir Korkenzieherlöckchen, die lustig unter dem Hut hervorwippten, und ich zog mein Kostüm an. Dann marschierte ich ganz allein los zur Festscheune. Es passierte etwas ganz Unvorstellbares, Isabell. Niemand erkannte mich, und die Jungs waren ganz anders zu mir als sonst. Kjell, Philip und Rafael trugen natürlich Musketier-Kostüme. Sie waren extra nach Hamburg zu einem großen Kostümverleiher gefahren. Du kannst dir vorstellen, wie umwerfend sie aussahen. Rafael wich mir kaum noch von der Seite und schaute mich unentwegt mit einem Blick an, der mich ganz schwindelig machte. Ich konnte mein Glück kaum fassen. Die ganze Zeit über blieb ich stumm, denn ich wollte auf keinen Fall, dass er mich doch noch erkannte. Natürlich versuchten sie alle, mich zum Sprechen zu verleiten. Philip machte sogar den Versuch, mir die Maske vom Gesicht zu reißen, schaffte es aber nicht. Es war ein wunderschöner Abend. Ich tanzte mit Rafael und fühlte mich wie in einem Traum."

„Oh Hilfe, ist das romantisch!"

„Ja, das war es. Rafael tanzte nur noch mit mir, hatte nur noch Augen für mich. In den Tanzpausen trank ich Fruchtbowle. Es war kaum Alkohol darin, aber ich fühlte mich trotzdem wie berauscht. Als uns warm wurde, griff er nach meiner Hand und zog mich nach draußen. Direkt vor der Scheune war es ziemlich voll, also ging er weiter und ich folgte ihm natürlich nur zu gerne. Schließlich waren wir in dem Garten. Meine Güte, was hat mein Herz geklopft! Du weißt ja, dort gibt es viel Holunder ringsherum und der stand gerade in voller Blüte. Ich werde niemals den süßen Duft vergessen, der uns umgab." Sie stockte, es fiel ihr plötzlich schwer weiterzusprechen. Sie griff wieder nach ihrem Glas, hielt es aber nur in den Händen.

„Er hat dich geküsst?", fragte Isabell treffsicher.

„Ja, er hat mich geküsst. Oh, und wie! Wir standen hinter dem Pavillon, sodass man uns von der Scheune aus nicht sehen konnte. Na ja, wir gerieten recht schnell … in eine … also …"

„Du meinst, er wollte mehr?"

„Oh ja, ich glaube, vor allem ich wollte mehr, Isabell! Er … war plötzlich so leidenschaftlich und wild. In meiner jugendlichen Verliebtheit war mir alles egal. Ich wäre viel weiter gegangen, wenn er nicht gerade noch zur Vernunft gekommen wäre." Luisa nahm nun doch einen Schluck von dem Wein und stellte ihr Glas wieder ab. „Ich habe niemals wieder so intensive Gefühle erlebt wie damals."

„Glaub mir, ich weiß ganz genau, wovon du sprichst. Und er hat trotzdem aufgehört?"

„Ja, das hat er. Das war auch gut so, denn inzwischen waren wir nicht mehr allein im Holundergarten. Ich hatte zunächst gar nicht bemerkt, dass sich draußen ein Grüppchen gebildet hatte. Wir waren beide … sehr erregt, aber er war halt schon viel erfahrener als ich. Was heißt hier eigentlich erfahrener?" Sie lachte kurz auf. „Ich hatte bis zu diesem Moment überhaupt noch keine Erfahrung, wenn man es genau nimmt. Wir versuchten uns ein bisschen zu beruhigen, dann fragte er mich nach meinem Namen und wo ich wohnen würde, sagte, dass er mich unbedingt wiedersehen wolle, und bat mich mehrmals, doch endlich mit ihm zu sprechen. Natürlich versuchte er auch, mir die Maske abzunehmen, aber ich hielt sie fest. Wahrscheinlich nahm er an, ich wäre einfach nur eine übermütige Touristin aus dem Feriendorf, die auf einen schnellen Flirt aus war, keine Ahnung."

„Lass mich raten, du hast ihm deinen Namen nicht verraten und bist stumm geblieben?"

„Richtig. Ich habe kein einziges Wort gesagt. Meine Angst war viel zu groß, dass er mich an meiner Stimme erkennen könnte und mich dann auslachen und verspotten würde. Als ich nicht antwortete, wollte er mich wieder an sich ziehen, flüsterte mir dabei verführerische Sachen ins Ohr, doch ich bekam plötzlich Panik, wich ihm aus und lief kopflos davon."

„Aber du hast keinen gläsernen Schuh verloren, oder?"

„Lass die Witze, Isabell. Ich hatte wirklich Angst, er würde mir folgen, aber das tat er nicht. Eine Weile versteckte ich mich hinter den alten Pferdeställen, die es dort zu jener Zeit noch gab. Als ich sicher war, dass er mir nicht hinterherkam, lief ich direkt nach Hause. Ich war so verdammt jung und unerfahren."

„Lu, das heißt, er weiß bis heute nicht, dass du das Mädchen gewesen bist, dass er damals im Holundergarten um ein Haar vernascht hätte?"

„Sehr bildlich ausgedrückt, danke!" Wieder musste sie lachen. „Aber du hast recht. Es stimmt, er weiß nicht, dass ich es war, die er damals geküsst hat."

„Ich mag mir gar nicht vorstellen, wie die darauffolgenden Tage für dich gewesen sein müssen. Ihm wieder zu begegnen, muss doch ..."

„Es war furchtbar! Grauenhaft! Einfach eine Tortur! Natürlich verhielt er sich mir gegenüber wie immer. Er wusste es ja nicht. Und ich ... Ich war so unsagbar verliebt, dass ich in seiner Nähe kaum noch atmen konnte, weil ich nur noch an den Vorfall im Holundergarten denken konnte. Von da an bin ich ihm ein bisschen aus dem Weg gegangen, weil ich es einfach nicht mehr ausgehalten habe." Noch einmal stockte sie. Bevor sie weitererzählte, brauchte sie eine Pause. „Willst du noch Wein?"

„Warum nicht, ein kleines Gläschen gern", antwortete Isabell. Ihr Blick war voller Anteilnahme. „Ich kenne das Gefühl sehr gut. Es ist, als würde man an seiner Sehnsucht ersticken, nicht wahr?"

Sie nickte, füllte die Gläser nach und blieb eine Weile stumm. Isabell ließ sie gewähren. Sie lehnten sich zurück und prosteten einander zu.

„Ein paar Wochen später hat dann das Unglück seinen Lauf genommen", fuhr Luisa schließlich fort. „Die Clique wollte eines Abends in einen angesagten Club nach Hamburg fahren. Ich blieb natürlich hier, weil ich noch viel zu jung war, und beneidete Barbara glühend, die mitfahren durfte. Ich weiß noch, dass ich von meinem Fenster aus beobachtet habe, wie sie zusammen mit Rafael auf die Rückbank von Kjells Auto stieg. Ich war ziemlich übel gelaunt und ging früh ins Bett an dem Abend. Ich ..." Sie brach ab, weil es in diesem Moment an der Tür klingelte.

Isabell sah auf die Uhr. „Das könnte mein Mann sein", sagte sie und zog einen Mundwinkel nach oben. „Es ist schon nach

Mitternacht. Wahrscheinlich macht er sich Sorgen, du kennst ihn ja. Er ist immer so wahnsinnig verantwortungsbewusst." Isabell verdrehte die Augen, lächelte aber.

„Hm." Luisa stand auf. „Isa, sollte sich Kjell jetzt noch zu uns setzen, wäre das in Ordnung für mich. Ich wollte dir gerade erzählen, warum Rafael Lunau verlassen hat. Und das weiß Kjell genauso. Ich möchte allerdings nicht, dass er erfährt …"

„Schon klar, mach dir keinen Kopf", winkte Isabell ab und machte eine scheuchende Bewegung mit den Händen, als es zum zweiten Mal läutete.

Luisa ging Kjell die Tür öffnen.

„Braucht ihr noch Zeit für euch, oder lasst ihr mich rein?", fragte er und grinste. „Ich fühle mich ein bisschen einsam. Sogar mein Hund schläft schon tief und fest."

„Komm schon rein, du Störenfried." Luisa mochte Kjell. Neben Isabell und seiner Mutter war er der vertrauenswürdigste Mensch, den sie kannte – und das eben nicht, weil er der Lunauer Arzt war.

Kjell ließ sich ebenfalls ein Glas Rotwein reichen, setzte sich zu seiner Frau auf die Couch und legte einen Arm um sie. Kurz darauf hörten sie, wie nebenan die Haustür aufgeschlossen wurde. Rafael war offenbar nach Hause gekommen. Keiner von ihnen verlor ein Wort darüber.

„Luisa wollte mir gerade erzählen, warum Rafael damals aus Lunau fortgegangen ist", erklärte Isabell.

„Du kennst die Geschichte noch nicht?", fragte Kjell sichtlich erstaunt. „Ich habe doch meinen besten Freund mehr als einmal erwähnt. Und meine Mutter tauscht sich ja auch regelmäßig mit dir aus."

Isabell schüttelte den Kopf. „Ihr seid alle immer ein wenig … wie soll ich sagen … verhalten, wenn es um Rafael geht."

„Wir beide haben doch über ihn gesprochen, wenn ich mich richtig erinnere, Bella."

„Ja, das haben wir, Doc. Damals hast du allerdings nur erwähnt, dass Lunau nicht unbedingt gut mit Rafael umgegangen ist. Deine Mutter hat sich ganz ähnlich ausgedrückt. Kein Wort über die eigentlichen Hintergründe. Ich habe zugegebenermaßen auch nie danach gefragt, aber nun bin ich doch neugierig geworden."

„Ihr seid lustig, wenn man euch so zuhört", mischte sich Luisa ein und griff nach ihrem Glas. „Meine Güte, ich werde morgen Kopfschmerzen haben. Normalerweise genehmige ich mir ein einziges Glas, und das auch eher selten."

„Na, dann Prost, liebste Freundin, dies ist bereits das dritte, wenn ich noch richtig zählen kann." Die Frauen lachten.

„Sei so lieb und erzähl du deiner beschwipsten Ehefrau, was damals passiert ist, Großer", bat Luisa. „Du bist ein Mann, du kannst das sicherlich viel kürzer und präziser wiedergeben. Außerdem bist du im Gegensatz zu mir nahezu nüchtern."

Kjell machte einen tiefen Atemzug und schüttelte amüsiert den Kopf. „Also gut." Er setzte sich so, dass er Isabell besser ansehen konnte, bevor er begann: „Ich lasse das ganze Drumherum mal weg und komme gleich auf den Punkt. Die Sache ist ... warte mal ... ungefähr fünfzehn Jahre her. Es war Frühsommer, wenn ich mich richtig erinnere. Ich bin übers Wochenende nach Hause gekommen. Zu der Zeit sahen wir uns alle nicht mehr ganz so häufig, da einige bereits studierten oder in den Städten arbeiteten und nur noch selten hier in Lunau waren. Aber an diesem einen Wochenende waren wir alle hier, und das wollten wir gebührend feiern. Wir fuhren also nach Hamburg in eine Großdiskothek. Zwei von uns erklärten sich bereit zu fahren. Ich war einer davon."

„Das nennst du, das Drumherum weglassen?" Isabell lachte.

„Halt einfach deinen süßen Mund und hör zu." Kjell beugte sich kurz vor und drückte seiner Frau einen schnellen Kuss auf die Lippen. „In dem Club war es nicht so toll, wie wir es uns vorgestellt hatten, deshalb machten wir uns schon kurz nach zwei Uhr wieder auf den Heimweg. Wie immer habe ich Rafael, Phil und Babsi hier oben an der Gärtnerei abgesetzt und bin danach zusammen mit Julia zu mir gefahren, also damals noch zu meiner Mutter."

Er machte eine kleine Pause und trank einen Schluck, dann räusperte er sich. „Am nächsten Morgen war praktisch das ganze Dorf in Aufruhr, denn Barbara war kurze Zeit, nachdem ich sie und die anderen abgesetzt hatte, offenbar brutal vergewaltigt und misshandelt worden."

„Was? Oh Gott, davon wusste ich gar nichts." Isabell wirkte tief erschüttert.

„Wie auch", sagte Luisa. „Es redet ja niemand mehr darüber."

„Sie hatte mehrere Verletzungen, die ziemlich übel aussahen", fuhr Kjell fort. „Barbara behauptete ... beziehungsweise sie behauptet bis heute, dass Rafael ihr das angetan hat. Kurz darauf wurde er auch schon festgenommen."

„Oh nein!" Isabell sah von Kjell zu Luisa, die sofort heftig den Kopf schüttelte.

„Rafael wäre zu so einer Tat niemals fähig", beeilte sie sich zu sagen.

„Das sahen unsere lieben Lunauer allerdings anders, auch wenn sich das erst später herausstellte", brummte Kjell und griff erneut nach seinem Glas. „Die folgenden Monate waren für ihn eine einzige Qual. Immer wieder hat er seine Unschuld beteuert, aber da gab es etwas, was ihm die Sache ziemlich erschwerte."

„Was denn, um Gottes willen?", fragte Isabell.

„Er hatte in derselben Nacht Sex mit ihr", hörte Luisa sich wispern.

„Er hatte ... oh!" Isabell holte tief Luft und ließ sich zurück in die weichen Kissen des Sofas sinken. „Das ist ..."

„Wie ich schon sagte, das hat es ihm nicht unbedingt leichter gemacht, seine Unschuld glaubwürdig zu machen. Hinzu kommt noch, dass Rafael in Lunau einen gewissen Ruf hatte. Sein Auftreten und seine Ausstrahlung waren nie ... ähm ... unauffällig, im Gegenteil. Er war der wilde Typ mit den schwarzen Lederklamotten und dem schweren Motorrad, verstehst du? Der gefährliche Bursche, einer von der Sorte, der den Mädchen reihenweise das Herz brach." Luisa bemerkte, wie Isabells Blick kurz zu ihr huschte, sich dann aber wieder auf Kjell konzentrierte. „Rafael war schlicht der personifizierte Sündenfall auf zwei Beinen, der Junge, der den besonders spießigen Lunauern schon lange ein Dorn im Auge war. Besonders denen, die heranwachsende Töchter hatten, aber nicht zuletzt auch seinem eigenen Vater."

„Rafaels eigener Vater zweifelte an seiner Unschuld?", hakte Isabell nach.

„Ja, leider. Die beiden hatten nie ein gutes Verhältnis", bestätigte Kjell. „Und ich gebe Luisa recht. Rafael wäre zu so einer Tat niemals fähig, heute nicht und damals auch nicht. Er ist immer wild, manchmal sogar rebellisch gewesen, aber er neigt generell nicht zur Gewalt. Selbst wenn er zu der Zeit richtig wütend wurde oder ihn jemand provoziert hat, was nicht selten vorkam, hat er sich immer mit Worten zur Wehr gesetzt. Natürlich konnte er auch ausflippen, dann hat er getobt und geschrien, aber nie geschlagen. Wir waren damals ständig zusammen und ich habe nie erlebt, dass er sich geprügelt hat. Meiner Meinung nach ist das sogar ein kleines Wunder, denn sein Vater war weiß Gott nicht zimperlich, wenn er ihn, wofür auch immer, mal wieder hart bestraft hat. Ich kenne Rafael schon mein ganzes Leben lang. Und genauso lange kenne ich Barbara. Ich bin mir sicher, dass sie seinerzeit gelogen hat. Ich finde allerdings keine Erklärung dafür, warum sie ihre Lüge so vehement aufrechterhält." Kurz sah er Luisa an. „Entschuldige, Lu, aber ..."

„Schon gut, Kjell, du weißt ja, dass wir in diesem Punkt einer Meinung sind. Zum besseren Verständnis müssen wir noch hinzufügen, dass Rafael im Gegensatz zu Julia nicht das leibliche Kind von Klaas Brix gewesen ist", ergriff Luisa wieder das Wort. „Als Klaas und Rafaels Mutter heirateten, war sie bereits mit Rafael schwanger. Er wurde zwar ehelich geboren, aber Klaas ist nicht der Erzeuger gewesen. Jeder hier wusste davon. Meine Mutter hat mir einmal erzählt, dass Rafaels Mutter mit einem berühmten Rennfahrer aus Argentinien verlobt gewesen war, den sie während eines Familienurlaubs kennengelernt hatte. Der Mann ist später bei einem Rennen ums Leben gekommen.

Erst kurz darauf hat sie die Schwangerschaft bemerkt, ist nach Lunau zurückgekommen und hat Klaas Brix geheiratet, der ihr schon früher den Hof gemacht hatte."

Stirnrunzelnd sah Kjell auf seine Armbanduhr. „Ich will ja nicht ungesellig sein, aber es ist gleich halb zwei."

„Ich muss noch wissen, wie die Sache ausging, sonst kann ich unmöglich ins Bett gehen, geschweige denn schlafen. Also erzähl weiter, Doc", drängte Isabell und lachte, als ihr Ehemann nun theatralisch die Augen verdrehte.

„Also, Rafael hat weiterhin seine Unschuld beteuert, aber nicht abgestritten, an jenem Abend Sex mit Barbara gehabt zu haben. Dass Zeugen bestätigt haben, dass Barbara und Rafael immer mal wieder etwas miteinander hatten, sprach für ihn. Selbst Barbara hatte nie ein großes Geheimnis daraus gemacht, dass sie ab und zu mit Rafael geschlafen hat. Phil und ich wussten davon, aber auch meine Mutter und sogar Luisa, obwohl sie damals noch sehr jung war. Es kam schließlich zu einer Verhandlung, in der wir auch gehört wurden. Natürlich wurde festgestellt, dass Rafael zwar ein ziemliches Temperament hat und zu jener Zeit reihenweise Mädchen verführt hat, aber weder auffallend gewaltbereit, aggressiv oder gar vorbestraft gewesen ist. Außerdem gab es keine Zeugen für die eigentliche Tat. So stand praktisch Aussage gegen Aussage. Rafael wurde letztlich freigesprochen."

Luisa seufzte. „Aus Mangel an Beweisen, wie es so schön heißt."

„Und natürlich hast du deshalb so ein gestörtes Verhältnis zu deiner Schwester", sagte Isabell. „Es steckt doch mehr dahinter, als dass ihr euch nicht besonders gut versteht und zu verschieden seid."

„Stimmt."

„Und deshalb ist er also fortgegangen?"

Kjell zog die Augenbrauen hoch. „Vor allem ist er fortgegangen, weil die meisten Lunauer ihn für schuldig hielten und es ihn spüren ließen. Das veränderte schließlich auch ihn. Die ständige

Wut tobte in ihm und begann ihn zu beherrschen. Schließlich ließ er sich tatsächlich auf eine Prügelei ein. In einem Club in Lüneburg. Einer von den bescheuerten Typen, die nur auf Randale aus sind, hatte ihn bis aufs Blut gereizt und provoziert. Für die meisten Dorfbewohner war Rafael von da an der brutale Vergewaltiger und Schläger, und so behandelten sie auch. Glaub mir, das hält niemand lange aus."

„Es war wirklich furchtbar, Isabell", nahm Luisa das Wort wieder auf. „Sein Vater hat ihn rausgeworfen. Eine Zeit lang ist Rafael zwar bei Christa untergekommen, aber als er mitbekommen hat, wie auch ihr Geschäft darunter zu leiden begann, hat er die Notbremse gezogen und ist ganz nach Hamburg gegangen, wo er ohnehin zu der Zeit bereits studiert hat. Er wollte wieder zu sich finden, das hat er Julia damals gesagt. Danach ist er allerdings nie wieder hier gewesen. Er ist erst heute zurückgekehrt."

„Ihm blieb eigentlich nichts anderes übrig", warf Kjell ein. „Hier im Dorf hatte er wirklich nur wenig Unterstützung. Philip studierte in London, ich steckte ebenfalls mitten im Unistress und kam nur noch selten nach Hause. Eigentlich blieben nur meine Mutter und Julia. Doch selbst Julia konnte nichts gegen ihren Vater ausrichten. Lu zeigte sich, wie ich erst viel später erfahren habe, zwar ebenfalls von Rafaels Unschuld überzeugt, doch sie war noch ein Teenager und wurde vor Gericht nicht als Zeugin gehört."

Luisa nickte. „Damals habe ich mich noch nicht getraut, meine Meinung öffentlich zu vertreten. Meine Familie war nach dem Vorfall völlig außer sich und ich fühlte mich meiner Schwester verpflichtet."

„Du warst noch viel zu jung, Lu. Selbstvorwürfe sind da nicht angebracht", stellte Kjell nüchtern fest und klopfte sich entschlossen auf die Oberschenkel. „So, jetzt muss ich aber noch ein paar Stunden schlafen. Morgen ist zwar Samstag und deshalb keine Sprechstunde, aber irgendein Dorfbewohner wird am Wochenende immer krank."

Das Telefon klingelte genau in dem Augenblick, als Rafael das Wasser in der Dusche abdrehte. Hastig schlang er sich ein Badetuch um die Hüften und lief in den Flur, wo einer der drei Apparate des Hausanschlusses stand.

„Ja?"

„Ich nehme an, dein Kühlschrank hat dir nicht sehr viel zu bieten, also komm zu uns rüber", sagte Kjell ohne jegliche Vorrede. „Unser Frühstückstisch wartet nur noch auf dich."

„Sehr gern! Danke für die Einladung! Ich komme grad aus der Dusche und bin in drei Minuten da."

„Immer mit der Ruhe. Wir warten. Isabell und ich haben genug Zeit."

Wenig später verließ Rafael das Haus. Er nahm die Abkürzung über den kleinen gepflasterten Weg zur Dorfstraße, der an Luisas Haustür vorbeiführte. Im Vorbeigehen fiel ihm auf, dass die Rollläden der Einliegerwohnung noch alle geschossen waren. Es war Samstag. Vielleicht gönnte sich Luisa nach all dem Stress der vergangenen Wochen einfach eine kleine Auszeit, oder sie verkroch sich einfach, nachdem er ihr gestern seine Pläne eröffnet hatte. Rafael konnte es ihr nicht verdenken.

Natürlich begegneten ihm jetzt am Tag einige Leute. Mit möglichst gleichmütiger Miene nickte er grüßend, sobald ihm jemand bekannt war, doch nur selten erwiderte jemand den Gruß. Viel eher blieben die Menschen sichtlich erstaunt stehen und starrten ihm nach, als käme er von einem anderen Stern. Mehr als einmal spürte Rafael die bohrenden und abweisenden Blicke im Rücken, und es ärgerte ihn, dass diese Reaktionen ihn nach all den Jahren noch immer verletzen konnten.

Das Frühstück mit Kjell und Isabell versöhnte ihn wieder ein wenig mit dem Rest der Welt. Kjell und seine zauberhafte Frau sorgten gemeinsam dafür, dass er sich an ihrem Küchentisch fast wie zu Hause fühlte, und er war dankbar, dass sie den Verkauf der Gärtnerei vorerst nicht noch einmal zur Sprache brachten. Nachdem Isabell sich verabschiedet hatte, um einige Kleinigkeiten für den Nachmittag zu backen, saßen er und Kjell noch zusammen und schwelgten in Jugenderinnerungen.

„Kannst du dich daran erinnern, wie wir um ein Haar einen der Pferdeställe des Guts abgefackelt hätten, weil wir dort heimlich geraucht haben?", fragte Rafael. „Mann, hab ich einen Schiss gehabt!"

„Erinnere mich bloß nicht daran. Dreizehnjährige Jungs und Streichhölzer ... Wir hatten verdammtes Glück, dass der alte Stallbursche auftauchte und wusste, wo der Feuerlöscher hing. Er hat uns nicht verpfiffen und uns dreien damit jede Menge Ärger erspart." Sie lachten.

„Ja, wir haben dem alten Hinrichsen viel zu verdanken."

Kjell wurde wieder ernst. „War eine tolle Zeit damals", sagte er gedankenvoll.

„Schade, dass unser Baron nicht auch hier ist. Ich würde ihn zu gerne wiedersehen, wo ich nun schon mal in Lunau bin", gab Rafael zu.

„Philip lebt irgendwo in Kalifornien und schreibt seine Seifenopern. In den letzten Jahren habe ich kaum noch etwas von ihm gehört. Zumindest noch weniger als von dir, mein Lieber." Kjell stand kurz auf, griff nach der Kaffeekanne und schenkte ihnen nach. „Allerdings wird sein Großvater im nächsten Jahr fünfundachtzig Jahre alt. Soweit ich informiert bin, bittet der alte Helge Philip schon seit Monaten, endlich nach Hause zu kommen, um die Leitung des Guts zu übernehmen. Die Chancen stehen vielleicht gar nicht so schlecht, dass er auch wieder hier eintrudelt."

„Eigenartig, als wir noch ganz jung waren, bin ich immer davon ausgegangen, dass wir uns niemals aus den Augen verlieren würden. Philip und du, ihr habt zu meinem Leben gehört wie Brüder. Wir waren ein tolles Team, wir drei."

„Oh ja, das waren wir", stimmte Kjell zu. „Mir ging es genauso. Ich habe früher fest daran geglaubt, dass wir drei irgendwann zusammen auf einer Bank sitzen und unseren Enkelkindern beim Spielen zuschauen."

„Ihr seid immer viel mehr meine Familie gewesen als meine eigene. Ihr habt einiges kompensiert, weißt du? Tja, und dann ist plötzlich das Leben passiert." Rafael lächelte seinem Freund zu.

„Ich glaube, du solltest wirklich noch einmal in Ruhe über alles nachdenken, so wie es dir meine Mutter geraten hat."

„Du sprichst jetzt von der Gärtnerei, oder?"

Kjell nickte nur.

Als er Kjells Haus verließ, wärmte ein Anflug von innerer Ausgeglichenheit und ungewohnter Ruhe sein Innerstes. Kurz entschlossen sah Rafael noch auf einen kleinen Plausch bei Christa vorbei, nicht zuletzt auch, um sicherzugehen, dass er es sich am vergangenen Abend nicht vollkommen mit ihr verscherzt hatte.

„Na, hast du dich eines Besseren besonnen?", fragte Christa zur Begrüßung.

Das Café öffnete am Wochenende erst am Nachmittag und Isabell war oben in der Küche ihrer Schwiegermutter, Christa und er waren allein.

„Ich weiß, dass du enttäuscht von mir sein musst, Christa, aber ich habe meine Gründe. Wie ich schon sagte …"

„Enttäuscht? Nein, ich bin nicht enttäuscht von dir. Und deine Gründe kenne ich zur Genüge. Ich bin nur überzeugt davon, dass es ein Fehler wäre, die Gärtnerei aufzulösen und alles zu verkaufen. Du bist mir wichtig, mein Junge, nur deshalb sage ich dir so klar und deutlich meine Meinung."

Ihr Blick wirkte ein wenig streng, aber er wusste natürlich, dass sie es gut mit ihm meinte. Das hatte sie immer getan. „Ich kann dir höchstens versprechen, noch einmal über alles nachzudenken."

„Nun, das wäre ein Anfang", erwiderte sie lächelnd.

Nachdem das geklärt war, saßen sie zusammen im Buchladenteil ihres Geschäfts und plauderten ebenso entspannt wie früher miteinander.

„Und das hier hast du alles allein auf die Beine gestellt? Ich bin beeindruckt."

Begeistert berichtete Christa ihm über den Erfolg des Buchladen-Cafés, seit es Isabell und ihre fantastischen Torten in Lunau gab. Sie erzählte ihm auch, wie wahnsinnig glücklich es sie machte, dass Kjell in Isabell seine große Liebe gefunden hatte.

„Du bist noch immer Single, oder?“, fragte sie ihn.

„Ja.“ Er nickte. „Ich denke, ich tauge nicht unbedingt für die Ehe.“ Mutwillig grinste er. „Du wirst das sicher verstehen, so wie ich dich kenne.“

„Hm, du weißt ja, dass ich noch nie zu den Frauen gehört habe, die hinter einem Ehemann her waren. Gott bewahre! Nein, ich bin mein Leben lang eher geflüchtet, sobald es ernst wurde. Und Sex?“ Sie grinste und winkte ab. „Den kann ich auch so haben, wenn mir danach ist. Allerdings muss ich zugeben, dass mein Sohn und seine Frau mir täglich gute Argumente dafür liefern, dass es auch anders laufen kann.“ Ihr Blick heftete sich auf sein Gesicht. „Inzwischen halte ich Leute, die unbedingt heiraten wollen, zumindest nicht mehr für restlos bescheuert. Ich glaube eher, dass man einfach das Glück haben muss, dem richtigen Menschen zu begegnen. Einem, der dich genauso liebt, wie du bist. Ja, ich denke, das wird das Geheimnis sein.“

„Na, ich weiß nicht, Christa. Der anfängliche Rausch geht doch immer irgendwann vorbei.“

„Vielleicht kann es auch anders laufen, Rafael, und der Rausch, wie du es nennst, klettert dann nur auf eine andere Ebene.“

„Merkst du was? Wir philosophieren schon wieder genauso wie früher.“ Schmunzelnd schüttelte er den Kopf.

„Gib es zu, das hast du vermisst.“ Ihr helles und unverfälschtes Lachen erinnerte ihn an das eines jungen Mädchens.

Es war bereits früher Nachmittag, als Rafael wieder den kleinen Weg entlangging, der an Luisas Haustür vorbeiführte. Er hatte gesehen, dass der Blumenladen heute geschlossen war. Das stand zumindest auf einer Tafel, die in der Tür des kleinen Geschäfts hing.

Kurz überlegte er, ob er bei Luisa klingeln sollte, um noch einmal mit ihr zu sprechen, verwarf den Gedanken aber sofort wieder. Stattdessen spazierte er weiter, auch an seiner Haustür vorbei, und machte sich auf, um einen Blick auf die Gärtnerei zu werfen.

Im Laufe der Jahre hatte Julia hier einiges verändert. Das Geschäftsgebäude des Betriebes war allerdings noch immer in einem der älteren Gewächshäuser untergebracht. Es lag direkt am großen Kundenparkplatz. Wer auch immer das Gelände der Gärtnerei betreten oder verlassen wollte, musste hier durch, es sei denn, man kannte den Zugang für das Personal, für den man jedoch einen eigenen Schlüssel benötigte. Da sämtliche Schlüssel an einer Hakenleiste im Flur des Wohnhauses hingen, war das für ihn kein Problem.

Von außen konnte er den modernisierten Kassenbereich sowie Kübel, diverse Gartendekorationen und ganze Paletten und Regale mit Pflanzen erkennen, die ausgesprochen verkaufsfördernd angeordnet waren. Alles wirkte sehr gepflegt. Nachdem er das Gebäude umrundet hatte, sah er sich weiter im Freiluftbereich der Gärtnerei um. Da es Samstag war, befanden sich außer ihm noch eine Menge Kunden auf dem Gelände, so schenkte ihm kaum jemand besondere Beachtung. Am Wochenende kamen die Leute ohnehin meist von außerhalb. Sie betrachteten die Pflanzen, suchten aus und luden die von ihnen begehrten Objekte schließlich auf die Ladeflächen ihrer Einkaufswagen. Kisten mit Frühblühern, aber auch Stauden und kleinere Gehölze wurden in eindrucksvollen Mengen zum Kassenbereich geschoben.

Insgesamt ist hier viel mehr Betrieb als früher, stellte Rafael ein wenig überrascht fest. Es war nicht zu übersehen, dass die Gärtnerei tatsächlich sehr gut lief, Luisa hatte nicht übertrieben.

Während er langsam weiterschlenderte, beobachtete er auch die Angestellten, die leicht an ihrer beschrifteten Arbeitskleidung zu erkennen waren. Mit Rat und Tat standen sie der Kundschaft zur Seite, erklärten, halfen beim Beladen der Einkaufswagen und waren jederzeit ansprechbar.

Als Rafael um einen hohen Stapel mit Blumenerde herumkam, entdeckte er Luisa, die in ein Gespräch mit einem der Mitarbeiter vertieft war. Sie hatte ihm den Rücken zugekehrt, aber der Gärtner sah auf, als er ihn entdeckte, und nickte knapp, deshalb wurde auch Luisa auf ihn aufmerksam. Sie drehte sich zu Rafael um, sah ihm kurz ins Gesicht, verzog aber keine Miene, hob noch nicht einmal grüßend die Hand.

Er kannte den hochgewachsenen blonden Mann, mit dem sie sprach. Vor vielen Jahren hatte er zusammen mit Jan Bruckner die Oberstufe eines Gymnasiums in Lüneburg besucht. Rafael hatte seinen Gruß erwidert, sich sogar an einem angedeuteten Lächeln versucht. Jan hatte zwar nicht unbedingt zu seinen engeren Freunden gehört, aber er war ihm immer sympathisch gewesen. Außerdem stammte Bruckner aus Lüneburg und kannte die Lunauer Geschichten vermutlich nicht.

Beim Näherkommen sah Rafael, dass Bruckner Luisa lächelnd über den Oberarm strich und etwas zu ihr sagte, das er nicht verstand. Die Geste und auch die Art, wie Bruckner sich ihr zuneigte, legten durchaus den Schluss nahe, dass die zwei recht vertraut miteinander waren. Seltsamerweise rief diese Schlussfolgerung eine Art Verstimmung in Rafael hervor, die er nicht einzuordnen wusste. Nachdem Luisa Bruckner noch einmal zugenickt hatte, wandte dieser sich ab und ging in Richtung des Geschäftsgebäudes.

„Hallo, Lu", begrüßte Rafael sie, als er vor ihr stand.

„Hallo." Ihr grauer Blick wirkte ernst, fast ein wenig abweisend. Sie war noch immer ziemlich wütend auf ihn, das war nicht zu übersehen.

Er deutete mit dem Kopf in die Richtung, in die Jan Bruckner verschwunden war. „Ich kenne ihn aus der Oberstufe. Seit wann arbeitet er hier?"

„Jan ist erst seit ungefähr zwei Jahren bei uns. Genau wie Julia und ich hat er Landschaftsarchitektur studiert. Deine Schwester kannte ihn von der Uni und war mit ihm befreundet. In den letzten Wochen hat er mir sehr geholfen."

Es begann zu tröpfeln, und sie sahen beide zum Himmel. Dunkle Wolken zogen sich schnell zusammen.

„So ein Mist", fluchte Luisa. „Den ganzen Vormittag war es trocken, jetzt fängt es schon wieder an zu regnen. Das ist nicht besonders gut fürs Geschäft."

„Aprilwetter eben", murmelte er und sah ihr wieder ins Gesicht. Luisa war fast ungeschminkt, wie er bemerkte. So wie gestern, als er sie vor dem Haus getroffen hatte, trug sie einen hohen Pferdeschwanz, der bei jeder Kopfbewegung hin und her schwang. Ihre Beine steckten in hellen, ausgewaschenen Jeans, die auffallend kleinen Füße in schwarzen Sneakers. Unter einer hüftlangen, dunkelroten Strickjacke lugte der Kragen eines rosafarbenen Poloshirts hervor. Sie sah nicht unbedingt nach Arbeit, eher nach Freizeit aus. „Wir sollten vielleicht noch einmal miteinander reden", schlug er vor.

„Hast du deine Meinung geändert?"

Sie zwinkerte einen Regentropfen fort, der ihr auf das Augenlid gefallen war, und sah mit schräg gelegtem Kopf zu ihm auf. Es war ihm noch nie aufgefallen, wie ungewöhnlich lang und dicht ihre Wimpern waren. Allerdings musste er zugeben, dass er sie auch noch nie so genau angeschaut hatte. In ihrer auffallenden Natürlichkeit war sie wirklich hübsch anzusehen, stellte er fest.

„Nein, Lu, das habe ich nicht", beantwortete er nach kurzem Zögern ihre Frage.

„Dann gibt es nichts, worüber wir reden müssten."

„Das sehe ich anders."

„Dein Problem." Erneut zwinkerte sie einen Regentropfen fort und wandte sich mit trotziger Miene von ihm ab.

Ohne zu überlegen, folgte er ihr. „Lu, warte doch mal!"

„Ich habe zu tun."

So konnte und wollte er sie nicht davonkommen lassen. „Tee? Kaffee? Ein Stück Kuchen vielleicht? Komm schon, Luisa, gib mir noch eine verdammte Chance, dir meine Beweggründe zu erklären." Er wusste im Grunde nicht, warum es ihm so verdammt wichtig war, mit ihr zu reden, sie irgendwie friedlicher zu stimmen. Es war einfach so.

Gib jetzt bloß nicht nach, dann hast du verloren, dachte Luisa wütend, aber da war es schon zu spät. Seufzend blieb sie stehen und wandte sich Rafael zu, verschränkte die Arme vor der Brust und verdrehte absichtlich die Augen. „Okay, dann Kaffee. Ich will ein riesiges Stück Torte. Wir treffen uns in einer halben Stunde im Buchladen-Café. Du zahlst, damit das klar ist. Schließlich bist du im Begriff, mir meinen Lebensunterhalt zu versauen."

Offensichtlich hatte es ihm die Sprache verschlagen, denn er sah sie nur stumm an, nickte aber.

„Bis gleich dann", schickte sie noch mal nach, bevor sie sich erneut von ihm abwandte, den Schlüssel aus ihrer Hosentasche zog und zielsicher auf die eiserne Pforte zumarschierte, die zum Wohnhaus führte.

Natürlich verließen sie kurz darauf fast gleichzeitig das Haus, um zu ihrer Verabredung im Buchladen-Café zu gehen. Rafael war Luisa einige Schritte voraus. Als er sie bemerkte, blieb er stehen, sah ihr entgegen und wartete.

„Da bist du ja", sagte er überflüssigerweise.

„Ja, schau an, da bin ich", antwortete sie betont kühl.

Wortlos gingen sie eine Weile nebeneinander die Lunauer Hauptstraße entlang bis zum Dorfplatz. Der kurze Regenschauer war vorbei und die Sonne blitzte immer wieder durch die Wolken, trotzdem waren nur wenige Menschen auf der Straße. Luisa konnte sich gut vorstellen, dass es ihm alles andere als leichtfiel, einfach so durch Lunau zu spazieren. Auch wenn er eine gleichmütige Miene aufsetzte, glaubte sie doch eine gewisse Anspannung zu spüren, die von ihm ausging.

Am Buchladen-Café angekommen, mussten sie sich mit der Tatsache auseinandersetzen, dass kein einziger Platz mehr frei war. Sogar auf der überdachten Veranda des Cafés waren alle Tische besetzt. Luisa winkte ihrer Freundin Isabell nur kurz zu, dann drehten sie und Rafael wieder ab.

„Was nun?“, fragte er. Sein Blick wirkte unentschlossen.

„Komm“, erwiderte sie. „Wir nutzen die trockene Phase aus und gehen ein paar Schritte. Vielleicht sieht es in einer halben Stunde schon anders aus und wir bekommen einen Tisch. Wenn nicht, nehmen wir einfach ein Stück Kuchen mit nach Hause.“

Rafael nickte. „So machen wir es.“

Sie gingen auf den schmalen Feldweg zu, der einige Meter neben Kjells und Isabells Haus direkt in die weite Heidelandschaft führte. Kurze Zeit spazierten sie schweigend nebeneinanderher, verließen in stiller Übereinkunft den Weg und gingen querfeldein. Jetzt, zu Beginn des Frühjahrs, wirkte die Umgebung fast ein wenig karg, hatte aber dennoch einen ganz eigenen Reiz. Die silbrigen Stämme der Birken, der würzige Duft des Wacholders und die bräunlichen Tupfen des verblühten Heidekrauts im satten Grün der Frühlingswiesen bildeten eine wildromantische Kulisse. In der Ferne sahen sie einen Schäfer mit einer Herde Heidschnucken durch die Landschaft streifen. Luisa bemerkte, dass Rafael immer wieder tief einatmete, während er sich umsah, so als wäre er zum ersten Mal hier.

„Na? Kommen da Heimatgefühle auf?“

Seine schwarzen Augenbrauen zogen sich zusammen, er nickte verhalten. „Ich hatte fast vergessen, wie schön es hier ist, wie friedlich es sein kann.“

Über seine Lippen huschte ein träges Lächeln, und der Wind blies ihm eine dunkle Haarsträhne in die Stirn. Trotz des angedeuteten Lächelns ging noch immer eine rätselhafte Aura von ihm aus, die Luisa aufs Neue in ihren Bann zog.

„Natürlich nur, wenn es gerade mal nicht regnet“, fuhr er fort. Es sollte wohl ein Scherz sein, doch der Blick aus seinen Augen war verhangen und unverändert ernst.

Sie fühlte, wie ihr Herz weich wurde, wie der Zorn auf ihn viel zu schnell verrauchte. Dieser Mann schaffte es immer wieder, sie zu verzaubern. Hastig wandte sie den Blick von seinem anziehenden Gesicht ab und unterdrückte ein Seufzen. „Obwohl ich hier geboren und aufgewachsen bin, kann mich diese

Landschaft noch immer begeistern“, erwiderte sie. „Dies hier wird immer meine Heimat bleiben“, schob sie leise nach und wünschte sich dabei inständig, die Wut auf ihn würde zurückkommen, um all dies etwas leichter zu machen.

Unvermittelt blieb er stehen und sah sie an. Sein Gesichtsausdruck wirkte eindringlich und anhaltend ernst. „Ich kann nicht anders, Lu, ich muss die Gärtnerei verkaufen. Es tut mir leid, aber es gibt für mich keine Alternative.“

Sie sah zu ihm auf, erwiderte seinen Blick und machte einen tiefen Atemzug. „Hast du … finanzielle Probleme?“

„Nein, darum geht es nicht.“ Kurz schloss er seine Augen. „Verdammt noch mal, ich weiß einfach nicht, wie ich es dir erklären soll, dabei möchte ich es so gern. Ich …“ Er brach ab und zuckte mit den Schultern. „Ich habe mir das wirklich leichter vorgestellt.“

„Was hast du dir leichter vorgestellt? Dieses Gespräch oder dein Vorhaben in die Tat umzusetzen?“

Sein flüchtiges Lachen klang bitter. „Beides, Lu, beides. Ich muss zugeben, dass ich kaum ein Auge zugemacht habe letzte Nacht. Seit ich wieder hier bin … wie soll ich es nur ausdrücken … fühle ich mich irgendwie … erschüttert.“

Den winzigen Hoffnungsschimmer, der jäh in ihr aufglomm, konnte sie einfach nicht ignorieren. Instinktiv legte sie ihm eine Hand auf den Arm. „Dann lass dir doch noch ein wenig Zeit mit alldem, Rafael. Lass dir Zeit!“, wiederholte sie nachdrücklicher.

Sie fühlte, wie seine Wärme ihre Haut erreichte, und zog hastig die Hand zurück, bevor sie weitersprach: „Ein paar Tage der Einkehr werden dir sicher guttun, glaub mir. Bitte, denk noch einmal in Ruhe über alles nach. Erklären kannst du es mir auch später noch, wenn dir das so wichtig erscheint.“

Mutwillig lächelte sie, fühlte aber dennoch die Traurigkeit, die sie begleitete, seit er ihr von seinen Plänen berichtet hatte. „Ich laufe ja nicht weg. Wo sollte ich auch hin?“

Sein Blick, so unglaublich grün, so glitzernd und betörend, fixierte den ihren. Seltsam gebannt nahm sie wahr, dass er sich zu ihr herunterbeugte und einen leichten Kuss auf ihre Wange hauchte. „Du bist echt süß, kleine Lu“, hörte sie ihn flüstern, doch dann war der traumhafte Moment auch schon wieder vorbei.

Sie stand da wie vom Donner gerührt.

Doch er richtete sich auf, sah sich mit düsterer Miene noch einmal um und pumpte erneut Luft in seine Lungen. „Komm, lass uns zurückgehen und nachsehen, ob wir dir jetzt ein Stück Torte kaufen können.“

Sie bekamen tatsächlich einen Tisch, sogar Luisas Lieblingsplatz im Café ganz hinten in einer Ecke, schon fast im Buchladen. Man saß dort mit Blick auf die Bücherregale, umgeben von romantischen Dekorationen, in bequemen Sesseln an einem kleinen runden Tisch, der mit blau-weißen Fliesen ausgelegt war.

Als Christa sah, wie sie Platz nahmen, winkte sie ihnen fröhlich lächelnd zu, musste sich jedoch zunächst um einige Kunden kümmern.

Luisa liebte die besondere Atmosphäre des Buchladen-Cafés. Draußen auf der Holzveranda war es auch schön, aber dort befanden sich die üblichen Bistrotische mit den passenden Stühlen. Im Innenraum hingegen gab es ganz individuelle Sitzgelegenheiten: Sofas, reich verzierte alte Holzstühle, mit und ohne Polster, und teilweise wunderschöne antiquarische Tische. Christa hatte das Mobiliar ihres Cafés nach und nach zusammengetragen und den gesamten Raum mit großer Liebe zum Detail ausgestattet. Der Übergang zum Buchladen mit den herrlichen Bücherregalen aus dunklem Holz war fließend, sodass man sich im hinteren Teil des Cafés fühlte, als würde man in einer gemütlichen Bibliothek sitzen.

Isabell servierte ihnen Käsekuchen und Kaffee, schenkte ihnen beiden ein strahlendes Lächeln und verschwand dann gleich wieder. Nach dem offenen Gespräch am vergangenen Abend machte sie sich sicherlich ihre Gedanken, ließ sich aber nicht das Geringste anmerken. Luisa war ihr sehr dankbar dafür.

„Ihr seid gut befreundet, Isabell und du, oder täusche ich mich?“, fragte Rafael, als hätte er wieder einmal ihre Gedanken gelesen.

„Wir sind sogar ganz besonders gut befreundet“, antwortete sie lächelnd.

„Das wundert mich nicht, sie ist wirklich nett. Und ihr passt irgendwie gut zueinander.“ Sein kurzes Lachen war verhalten, dunkel und leise.

„Ach ja? Woher willst du das denn wissen? Du kennst uns doch kaum.“

„Also, hör mal, ich kenne dich schon mein ... äh, nein, dein ganzes Leben lang, Lu.“

Sie verkniff sich jeden weiteren Kommentar. Schließlich wusste sie genau, dass er sie nie wirklich wahrgenommen hatte. Das eine Mal im Holundergarten zählte nicht, denn da hatte er ja überhaupt nicht gewusst, dass er es mit ihr zu tun gehabt hatte. Die Erinnerung an den Kuss versetzte sie kurz in einen träumerischen Zustand, das kannte sie schon.

„Ist was?“ Seine Frage holte sie sofort wieder zurück in die Gegenwart.

„Ähm, nein, was soll sein?“

„Du hast ein eigenartiges Geräusch gemacht, ich dachte, ich frage mal nach, ob es dir auch gut geht.“

„Ein Geräusch?“ In ihrem Magen begann es zu vibrieren.

„Ja, eine Art ... Seufzen, würde ich sagen.“

Während sie noch überlegte, was sie ihm antworten sollte, fühlte sie auch schon die Hitze, die ihr ärgerlicherweise ins Gesicht stieg. Sehr wahrscheinlich war sie inzwischen puterrot. „Der Kuchen“, stieß sie hastig hervor und schob sich schnell einen kleinen Bissen in den Mund. „Ich liebe diesen Käsekuchen.“

„Aha, du seufzt also laut und deutlich, wenn dir etwas schmeckt. Das ist ... faszinierend.“ Er hob einen Mundwinkel. „Ich glaube, ich kenne dich doch nicht so gut, wie ich dachte.“

Rafael fand Luisa Milchert äußerst amüsant, das war schon früher so gewesen. Ihre spezielle Art hatte er teilweise sogar urkomisch gefunden. Zu seiner Verwunderung schaffte sie es auch jetzt, dass er sich deutlich wohler fühlte, als er es gewohnt war. Ihre Unterhaltung war weder besonders lebhaft noch tiefgründig, und doch fühlte er ein seltsames Behagen in sich aufsteigen, das von Minute zu Minute stärker von ihm Besitz ergriff. Es war nicht leicht für ihn, sich mitten in Lunau ins Café zu setzen. Sicherlich war das auch ihr bewusst. Natürlich nahm er die teils neugierigen, teils geringschätzigen Blicke wahr, die ihnen zugeworfen wurden, doch Luisa schien sie überhaupt nicht zu bemerken, oder sie wollte es schlicht nicht. Das gefiel ihm und ließ auch ihn viel gelassener mit der anstrengenden Situation umgehen.

„Würdest du mit mir den Abend verbringen?", fragte er aus einem Impuls heraus, der ihn selbst überraschte.

Sie ließ die Kuchengabel sinken und starrte ihn an, als würden ihm in dieser Sekunde lange Hörner aus der Stirn wachsen. Er hätte nicht sagen können, ob sie fassungslos oder einfach nur überrumpelt war.

„Luisa?", hakte er nach, als sie unangenehm lange schwieg.

Sie hustete trocken und nahm einen Schluck von ihrem Kaffee, danach sah sie ihn wieder an. „Ja ... Ja, natürlich."

„Wir könnten nach Lüneburg zum Essen fahren, wenn du magst. Dann kann ich mich gleich für die Spaghetti revanchieren."

„Essen? Ähm ... gerne." Noch einmal hustete sie.

„Hast du dich erkältet? Du bist gestern Abend ganz schön durchnässt gewesen."

„Oh ... oh nein, ich hatte wohl nur einen ... Kuchenkrümel im Hals. Schon vorbei."

Süß! Ja, ich finde sie tatsächlich zuckersüß, gestand er sich ein und unterdrückte ein Grinsen. „Ist es okay, wenn wir deinen Wagen nehmen? Wie du weißt, bin ich mit der Harley hier. Und solange das Wetter so unberechenbar ist, wäre es mit dem Auto sicher angenehmer für uns beide."

„Kein Problem."

Knapp drei Stunden später stand er vor dem Haus und wartete auf sie. Zu seiner eigenen Verwunderung hatte er sich dabei ertappt, dass er den Abend kaum hatte erwarten können. Gut, er hatte sich ein wenig damit abgelenkt, dass er noch einmal auf seine Maschine gestiegen war, um nach Lüneburg zu fahren. Auf die Schnelle hatte er dort ein paar notwendige Kleinigkeiten und Lebensmittel eingekauft und bei der Gelegenheit gleich einen Tisch für sie reserviert. Die Geschäfte in Lunau zu betreten, kam für ihn schlicht nicht infrage. Natürlich musste er sich auch endlich um Julias Nachlass kümmern und Unterlagen sortieren. Doch auch damit hatte er es nicht eilig. Das konnte bis morgen warten.

Als Luisa aus ihrer Wohnung trat, blieb sie kurz in der offenen Tür stehen, sah ihn an und lächelte flüchtig, fast ein wenig verlegen. Danach wandte sie sich noch einmal von ihm ab, um die Tür zuzuziehen und abzuschließen, doch das Schlüsselbund fiel ihr aus der Hand. Rafael musste lächeln, als sie sich leise fluchend bückte, um es wieder aufzuheben. Sie ist einfach niedlich, dachte er amüsiert.

„Soll ich fahren?“, fragte er, als sie vor ihm stand und ihn erwartungsvoll anblickte.

„Lass nur, mir macht es nichts aus. Ich fahre gern“, erwiderte sie lächelnd. „Mein Auto steht in Julias … ich meine natürlich: in deiner Garage.“

Er nickte. „Hab ihn schon gesehen, als ich meine Harley dort abgestellt habe. Da ich wusste, dass Julia nur noch einen der Lieferwagen der Gärtnerei fuhr, bin ich davon ausgegangen, dass der blaue Winzling dir gehört.“

„Hey, rede nicht so abfällig über meinen fahrbaren Untersatz. Ich mag ihn.“ Sie lachte. „Außerdem ist er nicht einfach blau, sondern veilchenblau, das ist ein riesiger Unterschied.“

„Okay, okay.“ Auch er musste lachen.

Sie parkten Luisas Wagen auf einem öffentlichen Parkplatz in der Nähe der Lüneburger Altstadt. Anschließend dirigierte Rafael sie zu einem der hübschen Restaurants in der Schröderstraße, in dem er den Tisch für sie reserviert hatte. Da sie nach dem reichhaltigen Kuchen am Nachmittag beide noch keinen großen Hunger verspürten, beschlossen sie, sich eine bunt gemischte Fischplatte zu teilen, zu der sie herzhaftes dunkles Brot aßen.

Während des Essens unterhielten sie sich über unverfängliche Themen. Er erzählte ihr ein wenig über seine Zeit in New York und seine Arbeit in der Werbeagentur in Hamburg. Luisa hörte aufmerksam zu, stellte ab und zu Fragen und wirkte sehr interessiert.

„Aber du zeichnest auch noch, oder?"

„Natürlich! Das Zeichnen an sich ist meine Passion. Inzwischen male ich sogar in Acryl, wenn ich Zeit dafür finde. Ich bin immer froh, wenn ich kreativ arbeiten kann. Für die Agentur mache ich das nicht mehr häufig, seit ich in der Geschäftsleitung sitze. Allerdings arbeite ich nebenher auch noch als freier Grafiker, um meine Kreativität zu füttern."

Luisa legte den Kopf etwas schief und lächelte. „Deine Kreativität füttern? Was meinst du denn damit?"

„Ich glaube fest daran, dass man als schöpferischer Mensch auch kreativ bleiben muss, um das Talent nicht verhungern zu lassen."

„Hm, ich denke, ich weiß, was du damit meinst." Ihr Lächeln vertiefte sich. „Als ich noch ein kleines Mädchen war, habe ich mal gesehen, wie du mit Kreide verschiedene Tierbilder auf den Asphalt des Schulhofs gezeichnet hast. Ich war sehr beeindruckt."

Er lachte. „Ah ja, ich erinnere mich. Das war ein Frühlingsfest in der Grundschule. Ich war eigentlich schon hier auf dem Gymnasium, habe aber zusammen mit einigen anderen bei der Ausrichtung der Schulfeier im Dorf geholfen. Meine Mutter hatte mich dazu verdonnert."

„Die kleinen Mädchen haben sich ständig neue Tiere gewünscht, und du hast sie dann für sie gezeichnet. Das war nett von dir."

„Das war sogar besonders nett von mir, denn ich war gerade in einem Alter, wo ich kleine Mädchen äußerst lästig fand." Es hob wirklich seine Laune, so mit ihr zu plaudern. „Hast du dir damals auch ein Tier gewünscht, Lu?"

Sie schüttelte den Kopf und wurde ein bisschen rot, das fand er reizend. „Nein, nachdem ich über den Eimer mit deiner Straßenkreide gestolpert bin und ihn umgeworfen hatte, habe ich mich nicht mehr getraut."

„Na, dann hast du noch ein Bild bei mir gut", sagte er und zwinkerte ihr zu.

„Du machst dich über mich lustig, Rafael."

„Oh nein, ich meine es vollkommen ernst. Es muss ja nicht unbedingt ein Tier sein."

Wie schon am Nachmittag unterhielten sie sich vergnügt, es gab keine peinlichen Gesprächspausen, sondern war einfach sehr angenehm. Erneut bemerkte Rafael, wie wohl er sich in Luisas Gegenwart fühlte, aber er erfasste auch, dass sie sich verhaltener, fast ein wenig scheu verhielt. Das war ja auch kein Wunder. So süß und mädchenhaft sie ihm auch erscheinen mochte, so wusste er doch, dass sie eine intelligente und erwachsene Frau war, die in den vergangenen Wochen in vielerlei Hinsicht Schwerstarbeit geleistet hatte, um den Betrieb seiner Familie am Laufen zu halten. Er konnte nur dankbar dafür sein, dass sie auch noch diesen Abend mit ihm verbrachte, nachdem er ihr erst vor nicht einmal vierundzwanzig Stunden mitgeteilt hatte, was er vorhatte. Die Erinnerung an ihre erschütterte Reaktion und sein schlechtes Gewissen machte ihm zu schaffen. „Möchtest du noch etwas trinken?", fragte er, um sich selbst von diesen unguten Empfindungen abzulenken.

„Ich glaube nicht." Sie sah sich um. „Hier ist es sehr laut, findest du nicht? Ehrlich gesagt wäre mir ein ruhigerer Ort deutlich lieber."

Auch er hatte registriert, dass das Restaurant inzwischen sehr gut gefüllt war. Es war Samstagabend, und offensichtlich trafen sich hier vorwiegend die Studenten der kleinen Universitätsstadt. „Okay, dann lade mich doch einfach noch auf ein Bier bei dir zu Hause ein. Was sagst du dazu? Ich bin dir noch immer ein paar Erklärungen schuldig."

„Es ist nur noch eine einzige Flasche Bier im Kühlschrank", erwiderte sie mit einem Gesichtsausdruck, den er nicht zu deuten wusste. „Aber Wein ist noch genug da", fügte sie fast hastig hinzu.

„Ich möchte dich nicht … Also, wenn es dir nicht recht ist, Lu, dann lass uns einfach gehen und …"

„Oh nein, es ist in Ordnung. Wir können gerne bei mir noch etwas trinken, wirklich!"

„Gut, dann zahle ich mal. Und übrigens, ich trinke auch dann und wann gerne ein Glas Wein."

Sie senkte den Blick, und er hatte erneut das Gefühl, als wäre ihr irgendetwas zunehmend unangenehm. Heute Nachmittag, während ihres kurzen Spaziergangs, war sie ihm gelöster, weniger verkrampft vorgekommen. Irgendetwas schien sich verändert zu haben … Wenn er sich nicht täuschte, hatte diese Veränderung ihren Anfang genommen, nachdem er sie gefragt hatte, ob sie mit ihm den Abend verbringen würde.

Nachdem er die Rechnung beglichen hatte, gingen sie wortlos nebeneinander die Straße entlang bis zu Luisas Auto. Er hielt ihr die Tür auf und wartete, bis sie eingestiegen war. Dann umrundete er den Wagen und ließ sich auf den Beifahrersitz fallen. Sie warf ihm kurz ein Lächeln zu, drehte den Zündschlüssel und fuhr los. Während der Fahrt dachte er noch immer darüber nach, was genau sie nur so verunsichert hatte. Die erste Erklärung, die ihm durch den Kopf ging, gefiel ihm überhaupt nicht, und er beschloss sofort, die unliebsamen Gedanken in die hinterste Ecke seines Kopfes zu verbannen, solange es nur ging. Er atmete tief durch, lehnte sich im Sitz zurück und versuchte sich ein wenig zu entspannen, aber der kleine bohrende Stachel saß nun in seinem Gehirn und gab keine Ruhe mehr.

In ihrer Wohnung angekommen, nahm er Luisa die Jacke ab und folgte ihr ins Wohnzimmer.

Luisa verschwand kurz in der Küche und kam mit einer Flasche Rotwein zurück, die sie ihm reichte. „Wärst du so lieb? Der Korkenzieher liegt dort in der mittleren Schublade." Sie deutete auf die Regalwand hinter ihm. „Ich hole noch eben die Gläser."

„Natürlich", antwortete er und setzte ein Lächeln auf. „Du hast eine Menge Bücher", stellte er fest, als er den Korkenzieher aus der besagten Schublade nahm und sich dabei die Regale etwas genauer ansah. „Mir ist das schon gestern Abend aufgefallen."

„Ich lese für mein Leben gern", erwiderte sie. Sie platzierte zwei Weinkelche auf dem Couchtisch. „Aber das ist nur ein kleiner Teil meiner Sammlung. Im Schlafzimmer und in einem riesigen alten Koffer im Keller sind noch viel mehr. Ich sollte wirklich mal aussortieren."

„Offensichtlich hat du eine ausgeprägte Schwäche für Liebesromane!" Amüsiert beobachtete er, wie auf ihren Wangen erneut eine zauberhafte Röte erschien.

„Stimmt. Die mag ich besonders gern, aber mach dich deshalb ja nicht lustig über mich."

„Das würde ich nie tun", antwortete er grinsend und schüttelte dazu bekräftigend den Kopf. „Hat nicht irgendwer mal gesagt, in der Literatur sind nur zwei Dinge wirklich relevant: die Liebe und der Tod?"

„Nicht einfach irgendwer hat das gesagt, sondern der Literarturpapst Marcel Reich-Ranicki höchstpersönlich." Sie drehte das Licht der Deckenleuchte ein wenig herunter und beugte sich anschließend über den Couchtisch, um zwei dunkelrote Kerzen in Glasleuchtern anzuzünden.

„Ach ja, stimmt, der war es." Rafael hatte keine Ahnung, ob das stimmte. Es war ihm auch gleichgültig. Er kam zu ihr, entkorkte die Flasche und schenkte ein. Dabei beobachtete er, wie sie nervös den Saum ihrer Strickjacke knetete, bevor sie sich aufs Sofa setzte. Ihm war auch nicht entgangen, dass sie zeitweise etwas atemlos klang, sobald sie sprach. Da war er wieder, der Stachel.

„Lu, ist es wirklich okay, dass ich jetzt hier bei dir bin?“, hakte er noch einmal nach, bevor er sich, so wie am vergangenen Abend, in den einzigen Sessel setzte.

Ihre außergewöhnlichen Augen wurden weit und sie nickte. „Natürlich.“

„Warum habe ich dann das Gefühl, dass du am liebsten vor mir weglaufen möchtest?“

„Das ist … doch Unsinn“, stieß sie leise hervor.

Er betrachtete sie genauer. Da war etwas an ihr, das er früher nie bemerkt hatte, aber das verwunderte ihn eigentlich nicht. Als er Lunau verlassen hatte, war sie noch ein halbes Kind gewesen. Nun saß eine erwachsene Frau vor ihm, eine äußerst anziehende Frau sogar, wie er zugeben musste. Seine Reaktion auf sie überraschte ihn trotzdem und ließ eine Art Schuldgefühl in ihm aufkeimen. Fast kam es ihm vor, als würde er von Sekunde zu Sekunde mehr an ihr entdecken, das ihn begeisterte. Und das machte ihn zunehmend nervös. Während des gesamten Nachmittags und auch heute Abend hatte er ein immer stärker werdendes Interesse gespürt, männliches, sexuelles Interesse, wenn er ehrlich war. Nicht nur die Art, wie sie sprach, was sie sagte und wie sie sich bewegte, fesselte ihn, auch ihr Aussehen hatte es ihm angetan. Sie war klein und insgesamt eher zart gebaut, doch ihre weiblichen Formen waren nicht zu übersehen und außerordentlich anziehend. Das dichte, schulterlange Haar hatte die Farbe von reifen Haselnüssen. Luisas volle Lippen waren rosig und sahen zum Anbeißen süß aus. Die etwas kürzere Oberlippe verlieh ihrem Mund eine angedeutete Herzform. Und ihre Augen … Schon früher war er stets etwas irritiert gewesen, wenn er in diese silbrig grauen Tiefen geblickt hatte, daran erinnerte er sich plötzlich. Es war nicht nur die seltene Farbe, die ihn faszinierte, sondern auch die ungewöhnliche Form. Ihre Augen waren schmal und trotzdem groß, selbst wenn das widersprüchlich klang, anders ließen sie sich nicht beschreiben. Graue Augen hatten es ihm schon vor Jahren angetan, auch wenn Luisa erst die zweite

Frau in seinem Leben war, die mit dieser auffälligen Augenfarbe aufwarten konnte.

Verdammt, dachte er, als ihm ein Erlebnis aus seiner Jugend einfiel, daran habe ich ja schon seit Ewigkeiten nicht mehr gedacht.

Er musste sich räuspern, weil er nur zu genau wusste, dass er sich gerade selbst belog. „Ich könnte verstehen, wenn dir meine Gegenwart nicht unbedingt angenehm ist, Lu, aber ich kann dir versichern, dass ich nicht gefährlich bin. Ich werde nicht über dich herfallen und …"

Sie sprang auf. „Hör sofort auf damit, Rafael! Du spinnst doch! Wie kommst du nur darauf, dass ich … Angst vor dir haben könnte?"

„Tja, du wirkst auf mich … sagen wir mal, nicht unbedingt entspannt. Und heute Nachmittag war das noch anders. Ich habe ziemlich sensible Antennen für so was, weißt du."

„Ich. Habe. Keine. Angst. Vor. Dir. Kapiert!", entgegnete sie langsam und betonte dabei jedes einzelne Wort. Nach einem tiefen Atemzug griff sie nach ihrem Weinglas und prostete ihm zu, als hätte es dieses Gespräch niemals gegeben. „Zum Wohl!"

Er nahm sein Glas und tat es ihr nach, doch der Stachel blieb.

Luisa war aufgewühlt. Nein, das war untertrieben. Inzwischen schien alles in ihr regelrecht zu vibrieren. Eigentlich müsste sie diesen Mann hassen, zumindest sollte sie wieder wütend auf ihn sein, doch er tat seit Stunden nichts anderes, als sie zu verführen, ohne auch nur die geringste Ahnung davon zu haben. Er verhielt sich ihr gegenüber freundschaftlich und umsichtig. Und doch schien er sie mit jedem einfachen Wort, das er sagte, mehr und mehr auf ihn zu fokussieren. Das ist so furchtbar albern und grotesk, dachte sie. Aber wenn sie ihn nur ansah, spielten ihr Herz und ihr Körper in einem bizarren Gleichklang verrückt. In seiner Nähe spürte sie reine physische Lust. So gern wollte sie ihn berühren und hatte zugleich doch Angst davor, es tatsächlich zu tun.

Ja, er hatte recht, sie war heute Nachmittag noch viel entspannter gewesen. Mit Angst hatte das allerdings bei Weitem nichts zu tun. Das Unverständnis, die Wut und der Kummer über seinen Entschluss, die Gärtnerei und ihr Zuhause zu verkaufen, hatten es ihr anfangs noch leichter gemacht. Dann hatte er sie unvermittelt gefragt, ob sie mit ihm ausgehen würde. Er hatte es anders ausgedrückt, doch diese Nuance war ihr egal. Sie hatte ein Date mit Rafael Brix. Und seit sie aus dem Auto gestiegen waren, war das Gefühl, zu nah am Feuer zu sitzen, allgegenwärtig. Mehr gab es dazu nicht zu sagen.

„Worüber denkst du nach?“, fragte er und holte sie damit in die Realität zurück.

Seufzend stellte sie ihr Glas ab, bemühte sich, sich ein wenig zu fangen, und sah ihn an. „Was glaubst du denn, worüber ich nachdenke? Seit gestern versuche ich mir ein Leben ohne die Gärtnerei vorzustellen. Von meinem Zuhause hier will ich gar nicht erst anfangen.“

Er schwieg, trank einen weiteren Schluck Wein und drehte das Glas zwischen seinen Fingern hin und her. Das lenkte ihren Blick auf seine schönen Hände. Erneut seufzte sie leise. Es ist wirklich schwierig, in seiner Gegenwart nicht dauernd in diesen schwärmerischen Zustand zu geraten, dachte sie bei sich.

„Wie ich heute Nachmittag schon sagte, ich kann nicht anders, Lu.“

„Es sind so viele Jahre vergangen, Rafael. Die Leute hier sind auch älter geworden, oder sie leben nicht mehr. Niemand hier würde dir noch …“

„Du weißt, dass das nicht stimmt“, unterbrach er sie. Sein Tonfall war eine Spur härter geworden. „Für die meisten Lunauer werde ich immer der Vergewaltiger und brutale Schläger bleiben, egal wie viele Jahre noch vergehen mögen. Der Richter hat mich nicht verurteilt, aber die Menschen hier haben es getan, und dem muss ich mich weiß Gott nicht aussetzen.“ Seine jadegrünen Augen leuchteten im Schein der Kerzen. „Du hast heute Nachmittag im Café doch auch die Blicke gespürt,

Lu! Ich sehe nur Feindseligkeit und … Abscheu in den Gesichtern."

„Du hast hier auch Freunde, Rafael, das solltest du nicht vergessen."

„Freunde? Da sind nur noch Christa und Kjell."

Damit rammte er ihr, ohne es zu wissen, ein Messer direkt ins Herz. Luisa spürte, wie ihr die Kehle eng wurde. Sie wollte ihm gerade sagen, dass sie schließlich auch noch da wäre, da fuhr er bereits fort: „Aber diese elende Sache ist es nicht allein, Lu. Dieses Haus, die Gärtnerei, das Land hier … Das alles hat Klaas Brix gehört."

Entgeistert sah sie ihn an, bis es ihr dämmerte. „Ich weiß, dass du kein besonders gutes Verhältnis zu deinem Vater hattest. Aber er ist tot, und die Gärtnerei lag Julia sehr am Herzen. Nachdem Kjell sie für Isabell verlassen hatte, ist der Betrieb ihr ganzer Lebensinhalt gewesen, vergiss das nicht."

Seine Miene wurde düster, und für einen Moment sah er tatsächlich gefährlich aus. „Verzeih, wenn ich so direkt bin, aber meine Schwester lebt ebenfalls nicht mehr und ich kann ihr nicht mehr wehtun. Ich habe Klaas aus tiefster Seele gehasst!", stieß er hervor. „Ich habe ihn so sehr gehasst, dass ich noch heute Magenschmerzen bekomme, wenn ich nur an ihn denke."

Ruckartig schüttelte er den Kopf und nahm einen weiteren Schluck von seinem Wein, bevor er aufstand. Ein heftiger Schrecken durchfuhr Luisa, als er den Tisch ein Stück beiseiteschob und sich zur ihr auf das Sofa setzte. Sie versuchte tief einzuatmen, aber das klappte mehr schlecht als recht. „Lu, bitte verzeih mir, dass ich dir das antun muss", bat er sie gedämpft. Er kam näher, neigte sich ihr ein wenig zu und sah ihr direkt in die Augen.

„Ich …" Sie musste husten und lehnte sich ein Stück zurück.

„Sag mir, was ich für dich tun kann, und ich werde es tun", hörte sie ihn leise sagen. Wahrscheinlich bildete sie sich nur ein, dass seine dunkle Stimme jetzt noch eine Spur rauchiger klang als sonst. Verzweifelt bemühte sie sich darum, nicht vollkommen die Haltung zu verlieren. Er war so nah, viel zu nah für ihren Geschmack. Sie fühlte die Wärme, die sein großer Körper ausstrahlte, und atmete seinen Duft ein. Frisch, männlich, grün. Minze vielleicht, oder Rosmarin? Luisa mochte diese Düfte besonders gern. In diesem Moment flüsterte ihr ein listiger kleiner Teufel ins Ohr, dass sie sich nur ein wenig vorzubeugen brauchte, um sich in Rafaels Armen wiederzufinden.

„Luisa?"

Sogar im Sitzen zitterten ihr jetzt die Knie. Wenn er ihren vollen Namen aussprach, klang das in ihren Ohren wie eine erregende Liebkosung. Sie räusperte sich und suchte nach den richtigen Worten. „Wenn du … wirklich etwas für mich tun willst, dann warte noch ein paar Wochen, bevor du dein Vorhaben in die Tat umsetzt, Rafael. Vorhin, bei unserem Spaziergang, habe ich dich auch schon um mehr Zeit gebeten. Ich bleibe dabei, ich glaube, dass es auch dir guttun wird, noch einmal in Ruhe über alles nachzudenken und die Dinge … sacken zu lassen. Mehr verlange ich nicht von dir."

Er ließ sich zurück gegen die Lehne sinken, hielt jedoch ihren Blick fest und legte seinen linken Arm über die Rückenlehne, sodass seine Finger sie fast berührten. Mehrere Augenblicke lang sah er sie einfach nur an. Schließlich holte er tief Luft und nickte. „Okay. Einen Monat, einverstanden?"

„Drei!", entgegnete sie mutig.

„Drei Monate? Das ist ein Vierteljahr, Lu!"

„Kommt es darauf jetzt wirklich noch an?"

Wieder blieb er eine Weile stumm, schließlich nickte er aber. „Einverstanden. Ich schätze, meine Interessenten werden sich noch etwas gedulden müssen."

Wenn sie gewusst hätte, dass sie in diesem Augenblick nahezu alles von ihm hätte bekommen können, wäre es wohl nicht auf drei Monate, sondern eher auf drei Jahre hinausgelaufen. Zwei Dinge hatten ihn beherrscht, als er aus dem Sessel aufgestanden war und sich zu ihr gesetzt hatte. Anfangs hatte er sich noch eingeredet, dass er es vor allem tat, um dem Gespräch ein wenig mehr freundschaftliche Nähe zu verleihen, doch das war nicht viel mehr als ein Vorwand gewesen. In Wahrheit hatte er die körperliche Distanz zu ihr kaum noch ertragen. Seit sie in ihrer Wohnung allein waren, war sein Bedürfnis, Luisa so nahe wie nur möglich zu kommen, Sekunde um Sekunde stärker geworden. Nicht nur seine Fingerspitzen kribbelten vor Verlangen.

Er wollte sie berühren, ihr Haar, vor allem aber ihre Haut, die so weich aussah – ihre nackte Haut, um genau zu sein. Jetzt, da er ihr tatsächlich nah war, spielten seine Nerven, sein Körper, zunehmend verrückt. In seinen Lenden begann es immer heißer zu pochen und er hörte sein Blut rauschen. Gab es das überhaupt, dachte er, fast ein wenig benommen, kann man sein eigenes Blut rauschen hören? Egal, jedenfalls schien es in seinen Adern zu brodeln. Luisas Duft hüllte ihn ein. Schon vorhin, im Auto, hatte er ihn wahrgenommen. Eine zarte Mischung aus Vanille und … was war da noch? Irgendetwas Blumiges. Auch das war ihm egal, solange er diesen Duft nur weiter einatmen und ihr in die silbrig schimmernden Augen sehen konnte.

„Luisa", flüsterte er, und erst da merkte er, dass er sie mehrere Sekunden lang angestarrt haben musste und den Abstand zwischen ihnen noch ein bisschen mehr verringert hatte. Unverwandt erwiderte sie seinen Blick. Wie verzaubert hob er seine Hand und fuhr mit dem Zeigefinger der rechten Hand zart über die Kontur ihrer Oberlippe. Luisa seufzte leise, und sein Verlangen, sie zu küssen, wurde zur brennenden Begierde.

„Luisa", wiederholte er, bevor er sich über sie beugte.

In diesem Augenblick klingelte das Telefon und sie schreckten beide zurück.

Rafael atmete tief durch, fluchte leise und richtete sich auf. Zurück in die Realität katapultiert, sah er nicht wenig frustriert, wie Luisa ebenfalls hörbar einatmete, aufstand und hinüber zu einem kleinen Tisch ging.

Als sie sich meldete, nahm Rafael das Zittern in ihrer Stimme deutlich wahr.

„Jan!“, hörte er sie sagen und beobachtete, dass sie möglichst geräuschlos einzuatmen versuchte. Ihr Oberkörper bebte, als würde sie schluchzen. „Nein, ich habe noch nicht geschlafen.“

Jan? War da etwa Jan Bruckner am anderen Ende der Leitung? In seinem Magen begann es unangenehm zu stechen.

„Oh, das tut mir leid, aber ich war … unterwegs“, sprach sie weiter in den Hörer und drehte sich so, dass Rafael ihr Gesicht nicht sehen konnte.

„In Lüneburg, ja. Ich … war mit Rafael essen. Nein, du … nein Jan, wirklich nicht. Es ist alles in Ordnung. Okay, wir sehen uns dann morgen. Ja, schlaf du auch gut.“

Als sie auflegte und sich ihm wieder zuwandte, kämpfte er innerlich gegen eine heftig brennende Eifersucht. Obwohl ihm bewusst war, wie absurd diese intensive Reaktion war, konnte er nichts dagegen tun.

„Entschuldige“, sagte sie leise und strich sich nervös über das Haar.

Wahrscheinlich wusste sie selbst nicht, warum sie sich bei ihm entschuldigte. Und offenbar fiel es ihr jetzt schwer, ihn anzusehen. Mit einem Mal fühlte er sich leer. Er erhob sich und umrundete erneut den Couchtisch, blieb aber in angemessener Entfernung zu Luisa stehen. „Es ist spät geworden.“ Seine Bewegungen fühlten sich seltsam an, so als wäre er ein Roboter.

„Ja.“

„Ich gehe dann wohl besser.“

„Ja.“

„Drei Monate“, sagte er. Seine Stimme war belegt, er musste sich räuspern.

„Danke.“ Ruckartig wandte sie sich von ihm ab und ging in den Flur.

Obwohl das Pochen in seinem Unterleib heiß und fordernd blieb, folgte er ihr, griff nach seiner Jacke und legte die Hand auf den Griff der Verbindungstür. „Schlaf gut, Lu.“

„Gute Nacht, Rafael“, wisperte sie, dann ging er, bevor er es sich noch anders überlegen konnte.

KAPITEL 2

Üblicherweise ging Kjell Loewenthal mindestens dreimal in der Woche joggen, und das vorzugsweise abends. Er war irgendwann zu dem Schluss gekommen, dass die Zeit nach der Sprechstunde und dem letzten Hausbesuch sich bestens dafür eignete. Zum gemeinsamen Abendessen mit seiner Frau war er dann frisch geduscht und hatte den Stress des Tages hinter sich gelassen. Hin und wieder jedoch trieb es ihn schon in aller Frühe aus dem Bett. Wahrscheinlich waren diese Energieschübe ein Überbleibsel aus seiner Zeit als Elitesoldat, eine andere Erklärung dafür fand Kjell nicht. An diesen Tagen drückte er seiner schlafenden Frau einen Kuss auf die Stirn, vorsichtig, um sie ja nicht zu wecken, zog sich Sportsachen an, schlüpfte in seine Laufschuhe und rannte los.

Heute war so ein Tag. Die Sonne war gerade aufgegangen und die meisten Menschen lagen wahrscheinlich noch friedlich in ihren Betten. Es war nicht einmal sechs Uhr. Selbst für seine Mutter, die gerne direkt nach dem Aufstehen ihre Runden drehte, war das mindestens eine halbe Stunde zu früh. Kjell lief eine seiner Lieblingsstrecken, für die er, über den Daumen gepeilt, fünfundvierzig Minuten brauchte. Er machte ein paar Dehnübungen und schlug in gemächlicherem Tempo den Weg nach Hause ein. Als er auf den Feldweg einbog, der zurück nach Lunau führte, erspähte er plötzlich Rafael, der regungslos an einem Baumstamm lehnte und in die Weite der Heide starrte, so sah es jedenfalls aus. Während Kjell näher kam, räusperte er sich laut. Rafael wandte den Kopf und sah ihm entgegen.

„Moin, Doktor!"

„Guten Morgen! Was hat dich denn so früh aus den Federn getrieben?"

„Nichts. War nur früh wach", kam die knappe Antwort. „Sehr früh, um genau zu sein."

„Kann ich dir irgendwie …“

„Nein, kannst du nicht“, unterbrach Rafael ihn, sah ihn ein weiteres Mal kurz an und ließ dann den Blick wieder über die Landschaft streifen.

Wortlos blieb Kjell stehen und verschränkte die Arme vor der Brust. Er kannte Rafael schon sein ganzes Leben lang, und wenn sein Freund so reglos dastand und mit auffallend düsterer Miene vor sich hin starrte, war etwas ganz und gar nicht in Ordnung, so viel war klar. „Was hältst du von Kaffee?“, fragte er und setzte ein Grinsen auf. „Ich würde nur schnell unter die Dusche springen und …“

„Danke, nein.“

„Okay, also kein Kaffee.“

„Nein, verdammt! Kann man hier denn nirgends seine Ruhe haben?“

„Hat Lu dich geärgert?“

Rafaels Kopf schoss herum. „Wie kommst du denn jetzt auf Lu, zum Teufel?“

„Hm, das liegt doch auf der Hand. Ich meine, wir wissen doch alle, dass die Kleine ein ganz schön harter Brocken sein kann. Und du bist schließlich gerade dabei …“

„Ja, ich weiß!“, schnitt Rafael ihm erneut das Wort ab. „Ich schlage gerade ihr ganzes schönes Leben kaputt! Wenn das keine Imagepflege ist, was? Tu mir den Gefallen und halte einfach die Schnauze, okay?“

Auch wenn Rafaels Ausbruch heftig war, blieb Kjell äußerlich gelassen. „Dreh hier nicht am Rad, verstanden? Du sprichst mit mir, deinem ältesten Freund, kapiert?“

Sekundenlang blieb es still, nur das übliche Morgenkonzert der Vögel erklang, und irgendwo in der Ferne blökten Heidschnucken.

„Tut mir leid“, sagte Rafael endlich und holte tief Luft. „Manchmal geht meine argentinische Hälfte ein bisschen mit mir durch. Tut mir wirklich leid, Großer.“

„Schon vergessen.“

„Mir geht es nicht besonders."

„Ach was."

Ein weiteres Mal wechselten sie einen aussagekräftigen Blick, dann grinsten sie beide. „Lu ärgert mich tatsächlich", gab Rafael zu. „Aber nicht unbedingt so, wie du vielleicht glaubst."

„Was soll das denn heißen?"

„Willst du es direkt, oder soll ich es für dich vornehm umschreiben, Doktor?"

„Äh …?"

Rafael nickte und sein Gesichtsausdruck wurde sogar noch eine Spur finsterer.

„Moment mal, wie …"

„Du willst mir jetzt nicht ernsthaft die Frage stellen, wie das passieren konnte, oder? Kjell, verdammt, ich weiß es doch selber nicht. Und ja, mir ist sehr wohl bewusst, dass es sich um unsere kleine Lu handelt und meine … unerwartete Reaktion auf sie genau das ist, was am wenigsten zur Gesamtsituation passt. Und nein, es ist noch nichts passiert. Noch nicht!"

„Du hast ein Problem, Angel. Und nebenbei bemerkt habe ich dich auch noch nie so oft fluchen hören wie in den letzten Minuten, das macht mir richtig Sorgen."

„Ich habe sogar ein riesiges Problem, und zwar direkt zwischen meinen Beinen." Rafaels kurzes Lachen klang bitter. „In dieser Hinsicht kenne ich normalerweise keinerlei Skrupel, das kannst du mir glauben. Die Sache mit Lu spielt sich jedoch verdammt noch mal auf einer anderen Ebene ab."

„Solltest du sie …"

„Genau! Da der schändliche und unerwünschte Rafael gerade so gut in Form ist, zerstört er nicht nur die Lebensgrundlage des allseits beliebten Mädchens, sondern benutzt es auch noch, um seine sexuellen Gelüste zu befriedigen. Großartig! Genau das ist es doch, was alle von mir erwarten, oder? Frei nach dem Motto: Erst vögelt er das süße Mädel, dann vernichtet er es. Rafael Brix, die Inkarnation des Bösen, ist zurück in Lunau. Sperrt eure Töchter ein!"

„Merkst du eigentlich, dass du mich permanent unterbrichst? Außerdem übertreibst du gerade maßlos."

„Mach die Augen auf, Kjell! Im Grunde treffe ich damit nämlich genau den Kern, und das weißt du auch. Verflucht noch mal, ich hoffe nur, dass ich das nicht vergesse, wenn ich das nächste Mal mit meiner süßen Versuchung alleine bin."

„Das ist keine Einbahnstraße, mein Lieber. Lu hat da schließlich auch noch ein Wörtchen mitzureden. Vielleicht hat sie nicht das geringste Interesse und du würdest dir ohnehin die Zähne ausbeißen."

Rafael schüttelte den Kopf. „Nein, das glaube ich nicht, das macht das Ganze ja erst zu einem Problem. Die Signale, die ich empfangen habe, waren ziemlich eindeutig."

Der Sonntag wollte nicht vergehen. Die Stunden zogen sich wie Kaugummi, der unter der Schuhsohle klebt. In den Händen einen großen Becher heißen Kakao, saß Luisa mit untergeschlagenen Beinen auf ihrer Couch und wünschte sich verzweifelt ihre alte Gemütslage zurück. Vor gut zwei Tagen war noch alles mit ihr in Ordnung gewesen. Na ja ... zumindest überwiegend war alles in Ordnung gewesen. Bis *er* zurückgekommen war.

Oh, Rafael!

Letzte Woche hatte sie sich noch einen Tag Ruhe gewünscht, nun sehnte sie sich tatsächlich nach Arbeit und Ablenkung. *Wie absurd!* Vor ihr auf dem Tisch lag ein neuer Roman ihrer Lieblingsautorin, aber sie hatte noch nicht einmal mehr Lust zum Lesen.

Den Vormittag hatte sie mehr schlecht als recht mit einigen notwendigen Arbeiten im Haushalt verbracht. Sie hatte Wäsche gewaschen, ein paar Sachen gebügelt und Staub gewischt. Danach hatte sie sich sogar noch um einige Kundenaufträge gekümmert, sie für den Rechnungsordner sortiert, abgeheftet und anschließend den Ordner zurück ins Büro gebracht. Plötzlich war dann einfach nichts mehr zu tun gewesen. Und seitdem saß sie hier und brütete vor sich hin, wartete darauf, dass der Tag endlich vorbeiging, während sie versuchte, ihre Gedanken und Gefühle ebenso zu sortieren und in Ordnung zu bringen wie vorhin die Geschäftspapiere.

Um ein Haar hätte Rafael sie geküsst! Mit dieser Tatsache musste sie sich auseinandersetzen, auch wenn sie noch nicht einmal eine Ahnung davon hatte, wie sie das überhaupt bewerkstelligen sollte. An die Sekunden davor erinnerte sie sich kaum. In ihrer Erinnerung erschienen die Bilder nur schemenhaft und seltsam vage. Er hatte sich neben sie gesetzt, dann war irgendetwas zwischen ihnen passiert. Wie sagte man so passend: Die Welt hatte für einen Augenblick lang stillgestanden. Jetzt wusste sie, was damit gemeint war. Das Klingeln des Telefons war wie ein eiskalter Guss gewesen – für sie beide, wenn sie Rafaels Reaktion richtig interpretiert hatte. Doch je länger sie darüber nachdachte, umso unsicherer wurde sie. Vielleicht täuschte sie sich?

Hätte er sie tatsächlich geküsst, wenn Jan nicht angerufen hätte? Hatte es wirklich den Moment dieser heißen, unverkennbaren Erwartung gegeben? Oder hatte sie sich das doch nur eingebildet und ihre romantisch verklärte Fantasie war mit ihr durchgegangen, nur weil er ihr plötzlich so nah gewesen war? Himmel noch mal, sie sollte wirklich anfangen, nur noch Krimis zu lesen! Wie konnte ihr das nur passieren? Sie war schließlich kein Teenager mehr! Sie war nicht mehr so wie damals, als er mit einem einzigen Blick aus seinen feurigen Augen ihre ganze Welt ins Wanken gebracht hatte. Ihr schwirrte der Kopf, sie musste wieder einen klareren Gedanken fassen.

Die Erkenntnis kam nicht etwa schleichend oder sanft, eher unbarmherzig und schroff. Wie war es ihr nur möglich gewesen, sich all die Jahre einzureden, dass sie über ihn hinweg war?

Nachdem er damals fortgegangen war, hatte sie trotz des immensen Elends in ihrem Herzen einfach weitergemacht, weiter funktioniert. Ihre stille Liebe zu ihm war genau genommen von Anfang an von Liebeskummer geprägt gewesen, vielleicht war das der Grund. Sie hatte Übung darin, hatte ihr Leben gelebt, sich sogar mit anderen Männern getroffen und … nein, *das* hatte sie nicht getan, und genau darin lag eines ihrer größten Probleme. Niemand wusste davon, noch nicht einmal Isabell, auch nicht Christa. Sie war jetzt fast dreißig, das musste man sich mal vorstellen! Sie war eine moderne und aufgeschlossene Frau, hatte studiert, Freunde gehabt und sich amüsiert. Wie hatte das nur passieren können? Natürlich wusste sie alles darüber, sie las ja diese Romane. Nein, dachte sie plötzlich und ihr wurde ein bisschen übel. Nein, ich habe mein Leben nicht gelebt, ich habe einfach nur gewartet. Wie unglaublich verschroben, wie jämmerlich und beschämend!

Und jetzt saß sie hier auf ihrem Sofa und brannte vor Verlangen. Ihr ganzer Körper schien in Flammen zu stehen. So wie damals im Holundergarten! So wie niemals wieder danach!

Ach, Rafael!

Nach seinem morgendlichen Spaziergang und dem zufälligen Treffen mit Kjell war Rafael langsam durch das Dorf zurück zum Haus gegangen. Er hatte einen großen Becher Kaffee getrunken, danach seine Turnschuhe und die Jeans ausgezogen und war einfach wieder zurück ins Bett gekrochen. Dort lag er nun seit einer Weile und starrte an die hellgrün gestrichene Decke des Gästezimmers. An Schlaf war nicht mehr zu denken, trotzdem krochen die Stunden nur so dahin.

Das Gespräch mit Kjell hatte ihn nicht im Mindesten erleichtert, im Gegenteil. Vielmehr war ihm dadurch noch klarer geworden, in welcher Misere er steckte.

Es hatte ja keinen Zweck. Leise fluchend stand er schließlich auf, ging hinüber zum Fenster und schob die Gardine beiseite. Die Sonne strahlte noch immer von einem leuchtend blauen Himmel. Kaum eine Wolke war zu sehen – und er dachte schon wieder an sie, an Luisa.

Seine Gedanken schienen nur noch ein Ziel zu kennen. Wie war das bloß passiert?

Er konnte sich einfach nicht vorstellen, warum er plötzlich ein so stürmisches Verlangen verspürte, sobald er in Luisas Nähe war. Erst jetzt wurde ihm klar, dass er schon vom ersten Augenblick ihres Wiedersehens an anders als erwartet auf sie reagiert hatte. Pitschnass und süß hatte sie ausgesehen, und dann war da wenig später dieser Moment in ihrer Wohnung gewesen, nachdem er ihr erzählt hatte, was er mit der Gärtnerei vorhatte. Sie war stinkwütend auf ihn gewesen, und sein Körper hatte blitzartig auf ihren Anblick reagiert, so heftig, als hätte ihm jemand ein starkes Aphrodisiakum direkt in die Venen injiziert. War das wirklich erst zwei Tage her?

Luisa war nicht einfach nur die jüngere Schwester der Frau, die vor Jahren sein Leben zerstört hatte. Nein, in seiner Erinnerung war sie stets die kleine Lu, das süße Mädchen, das alle mochten und auf das sie alle gemeinsam aufpassten, wenn es nötig wurde. Er sah sie noch immer vor sich, mit ihren langen, haselnussbraunen Zöpfen und den großen Silberaugen. Rotwangig, immer eine Spur zu lustig und stets ein wenig zappelig. Sie war schon damals in jeder Pfütze gelandet, hatte ihre Eistüten fallen gelassen oder war gestolpert, oft sogar über die eigenen Füße. Manchmal hatte sie genervt, aber meistens hatte sie einfach für gute Laune gesorgt. So war sie schon immer gewesen. Und ja, zugegeben, natürlich hatte er genau gespürt, dass sie irgendwann damit begonnen hatte, ihn anzuhimmeln. Er hatte das nicht ernst genommen, warum auch? Sie war ja noch ein kleines Mädchen gewesen. Dennoch hatte er ihre offensichtliche Schwärmerei genossen, auch das musste er zugeben – und er hatte sich bemüht, immer besonders nett zu ihr zu sein.

Und heute? Die kleine Lu gab es nicht mehr. Jetzt war Luisa da. Luisa, die es in kürzester Zeit geschafft hatte, ein unbezähmbares Begehren in ihm zu entfachen. Oh ja, Kjell hatte recht! Er hatte wirklich ein Problem!

Die Türklingel riss Luisa aus ihren Träumen zurück in die Wirklichkeit. Sie stellte ihren Kakaobecher beiseite und stand auf. Während sie zur Haustür ging, sah sie kurz auf die Uhr. Es war später Nachmittag, also konnte es nicht Isabell sein, denn die würde noch ungefähr eine Stunde im Café zu tun haben. Ihr Herz begann schneller zu schlagen. Vielleicht …?

Es war auch nicht Rafael, der dort im Schein der Nachmittagssonne stand und sie anlächelte, sondern Jan Bruckner.

„Jan! Hallo!“

„Hallo, Lu. Hast du Lust auf einen Spaziergang? Das Wetter ist wunderbar, und mir war nach frischer Luft, da dachte ich, ich frag mal, ob du vielleicht mitkommen möchtest.“

Sie mochte Jan und war dankbar für die Ablenkung. „Oh ja, gerne! Warte, ich hole mir nur schnell eine Jacke.“

Kurz darauf schlugen sie den schmalen Weg ein, der das Gelände der Gärtnerei vom benachbarten Gut trennte. Der Besitzer des Gutshofs, Helge von Hoven, hatte es nie für nötig befunden, Zäune zu ziehen. Hier und da lagen einige uralte Begrenzungssteine, ansonsten gab es nur die offiziellen Eintragungen im Grundbuch.

„Gut, dass es dem alten Baron egal ist, wenn Leute auf seinem Besitz spazieren gehen, oder?“, fragte Jan.

Luisa nickte. Helge von Hoven war der Auffassung, dass jeder Mensch die Möglichkeit haben sollte, die schöne Natur auf seinem Anwesen zu genießen. Das mochte sie sehr an ihm. Ausschließlich die Pferdeställe waren abgezäunt, aber das diente nur dem Schutz der Tiere. Auf dem weitläufigen Anwesen fand man wunderschöne Spazierwege, vorbei an Birkenhainen und Teichen, auf denen im Sommer Seerosen ihre herrlichen Blüten zur Schau stellten. Und es gab die alte Scheune mit dem entzückenden weiß getünchten Pavillon inmitten des Holundergartens … Luisa seufzte versonnen, während sie neben Jan herging.

Es wurden immer noch herrliche Feste in der Scheune gefeiert, für die der alte Baron von den Lunauern nichts verlangte, außer dass am Ende alles wieder sauber und ordentlich übergeben wurde. Deshalb hatten die dankbaren Lunauer vor einigen Jahren beschlossen, sich um den Erhalt der Scheune selbst zu kümmern. Christa sammelte regelmäßig Geld dafür, und einmal im Jahr taten sich einige Männer zusammen, um die Scheune insgesamt wieder auf Vordermann zu bringen. Genau wie der kleine Pavillon dahinter sah die alte Scheune stets wunderschön aus. Die Gärtnerei Brix sorgte außerdem dafür, dass der üppige Holundergarten nicht verwilderte. Wieder musste Luisa seufzen.

„Du hast dich gestern Abend also mit Rafael Brix getroffen?" Jans Frage kam unvermittelt.

„Ja, habe ich", antwortete Luisa einsilbig.

„Du solltest wirklich etwas vorsichtiger sein, Lu."

Entrüstet blieb sie stehen und sah zu ihm auf. „Warum sollte ich vorsichtig sein, wenn ich mich mit einem alten Freund treffe, Jan?"

„Komm schon, Lu. Du kennst doch seinen Ruf. Und du solltest am besten wissen …"

„Er war damals unschuldig, und das ist er auch noch heute. Ich dachte, du kennst meine Haltung zu dem Thema." Innerlich bebte sie bereits vor Zorn. Jan war nicht nur ein zuverlässiger Kollege, sondern auch ein Freund. Jedenfalls hatte sie das bis gerade eben gedacht. „Meine Schwester lügt, wenn sie ihn beschuldigt, daran gibt es für mich keinen Zweifel."

Mit einer fahrigen Handbewegung schien Jan Bruckner ihren Einwand einfach wegwischen zu wollen. „Ich möchte ja nur, dass du vorsichtig bist, sobald du mit ihm zu tun hast. Ich halte es für sicherer, wenn du dich nicht noch einmal mit ihm allein triffst, Lu. Gib mir einfach Bescheid, ich begleite dich gerne, falls du noch etwas mit ihm besprechen musst."

„Hast du mich deshalb zu einem Spaziergang abgeholt? Nur um mir das zu sagen, Jan?"

„Natürlich nicht." Er schnaufte und schüttelte den Kopf. „Ich bin dein Freund, und du bist … ähm, recht allein. Ich wollte für dich da sein, dir zur Seite stehen, wenn es nötig ist."

Luisa ging langsamer weiter. „Das ist lieb, aber wirklich nicht nötig, Jan. Ich komme seit Jahren sehr gut allein zurecht. Und wenn du wirklich ein Freund sein willst, dann solltest du auch meine anderen Freunde akzeptieren! Rafael gehört dazu, ob es dir nun gefällt, oder nicht. Ist das klar?“

Sein Blick fixierte sie, dann legte er den Kopf in den Nacken und nickte schließlich. „Ist ja schon gut, reg dich nicht auf, ich habe es kapiert. Immerhin ist er Julias Bruder, und sie hat viel von ihm gehalten, das beruhigt mich etwas.“

„Ach, du hast sogar dann und wann mit Julia … geredet? Schau an!“ Sie grinste, um zu verdeutlichen, dass sie nur einen Scherz machte. Es war ihr wichtig, die angespannte Situation ein wenig aufzulockern.

Immerhin, Jan grinste zurück und zwinkerte ihr zu. „Wenn es die Situation erforderte, ja, durchaus.“

Sie gingen weiter, blieben eine Weile stumm. „Warst du eigentlich verliebt in sie?“, traute sie sich schließlich zu fragen.

Nun blieb er stehen und sah sie einen Moment lang sehr ernst an. „Nein, das war ich nicht, und darüber bin ich heute auch froh. Wir sind uns, außer im Bett, nie wirklich nahegekommen, weißt du. Julia hat es nicht zugelassen.“

Sie nickte. „Ja, ich glaube, ich weiß, was du meinst.“

„Ich denke, das lag auch an der Situation. Als sie mich … so offensiv angebaggert hat, wusste sie bereits, wie krank sie war, und machte auch mir gegenüber keinen Hehl daraus.“ Er lächelte schief. „Julia wollte die letzten Monate ihres Lebens auskosten, nicht mehr, aber auch nicht weniger. Sie hat mir in dieser Hinsicht nichts vorgemacht, von Anfang an nicht. Sie war die tapferste Frau, die mir jemals begegnet ist.“

„Ja, sie war sehr tapfer. Und wir waren alle froh, dass du in den letzten Monaten für sie da gewesen bist, Jan. Nachdem Kjell sie verlassen hat, fühlte sie sich sehr allein. Ich glaube, sie hat mir meine Freundschaft zu Isabell ein bisschen übel genommen. Selbst wenn sie versucht hat, mir das nicht unter die Nase zu reiben, habe ich es dennoch gespürt.“

„Es war nicht leicht für Julia, als der Doktor dann so schnell geheiratet hat, aber sie hat es letztlich akzeptiert. Ja, wir haben tatsächlich auch darüber gesprochen.“ Er atmete tief durch, bevor er weitersprach: „Und um noch einmal auf Rafael zurückzukommen, ich weiß natürlich auch, wie sie zu ihrem Bruder stand. Julia hat ihn sehr geliebt, trotz … allem."

„Rafael hat meiner Schwester nichts Böses angetan, Jan, rein gar nichts", entgegnete sie nachdrücklich.

„Gut, dann werde ich mich auf dein Urteil verlassen. Außerdem muss ich zugeben, dass ich ihn vor dieser Sache auch nie für einen schlechten Kerl gehalten habe. Es ist nur …" In einer fast hilflos anmutenden Geste zuckte Jan mit den Schultern.

„Ich weiß, meine Schwester hat damals ganze Arbeit geleistet. Sie hat nicht einfach nur viel Wind gemacht, sondern einen ausgewachsenen Sturm in Gang gesetzt, der eine Menge Schutt und Dreck zurückgelassen hat. Ich kann es sogar irgendwie nachvollziehen, wenn einige Menschen weiterhin an ihm zweifeln, weil sie ihn nicht gut genug kennen oder sich schlicht von Äußerlichkeiten blenden lassen. Ich habe jedenfalls nie an Rafael gezweifelt, Jan, und daran wird sich auch nichts ändern." Als sie in einiger Entfernung plötzlich das weiße Dach des kleinen Pavillons in der Sonne und zwischen all dem Grün der Holunderbüsche erstrahlen sah, holte Luisa tief Luft. „Lass uns umkehren. Mir reicht es für heute."

Nach einer weiteren Stunde des Grübelns beschloss Rafael, dass er dringend eine Ablenkung nötig hatte, also schnappte er sich den Rucksack, der noch immer unberührt in seinem Zimmer stand, und packte ihn endlich aus. Seine Arbeitsmappe, ein paar weitere Utensilien, das Notebook und sein Tablet legte er zunächst aufs Bett. Julias ehemaliges Arbeitszimmer am Ende des Flurs wollte er nicht benutzen, doch im Wohnzimmer stand ein großer Esstisch, der sich hervorragend für seine Zwecke eignete, also trug er alles nach unten.

Nachdem Rafael seinen Rechner hochgefahren und mit dem Tablet verbunden hatte, rief er die Dateien auf, an denen er zurzeit arbeitete – und schon lächelte ihn seine drollige Elfe an.

Eine Elfe, die eigentlich gar keine Elfe war. Wie immer musste er grinsen, wenn er sie betrachtete.

In den vergangenen Wochen hatte sich durch Zufall eine Wendung in seinem Leben ereignet, mit der er schon seit Jahren nicht mehr gerechnet hatte. Früher einmal war es ein Traum von ihm gewesen, Comiczeichner zu werden, vielleicht sogar einen eigenen Charakter zu erschaffen, der so gut war, dass er es in Hefte, Bücher oder sogar in einen Film schaffen würde. Im Laufe seiner Berufsjahre hatte er diesen Traum irgendwann aufgegeben. Wie viele andere Grafiker auch war er stattdessen in der Werbebranche gelandet. Der Mensch musste ja von irgendwas leben und seine Miete bezahlen. Und zugegebenermaßen lebte Rafael inzwischen sehr gut davon. Doch das war alles hart erarbeitet.

Nach seinem Studium hatte er zunächst unzählige Praktika absolviert, endlose Stunden mit Arbeiten zugebracht, die ihn permanent unterfordert hatten. Mit Glück und den richtigen Kontakten war er schließlich als Creative Director bei *Korumart* gelandet, einer der größten Werbeagenturen mit Sitz in Hamburg und mit einem immensen Vertragsaufkommen gesegnet. Heute leitete er die Firma zusammen mit seinem früheren Chef Rainer Korum. Er konnte sich nicht beklagen, die Geschäfte liefen hervorragend, und er kam viel herum.

Vor einiger Zeit war er zu einem Geschäftspartner der Agentur nach Los Angeles gereist, um einen neuen Vertrag auszuhandeln. Das war im Grunde nicht ungewöhnlich, inzwischen hatte er sich an den kaufmännischen Aspekt seiner Arbeit gewöhnt, auch wenn ihm der kreative Aspekt zunehmend zu kurz kam.

Während einer Konferenz hatte ein Mann neben ihm gesessen, den er nur flüchtig aus den vorangegangenen Verhandlungen gekannt hatte.

Rafael hatte eigentlich nur das getan, was er immer bei Konferenzen tat: Er zeichnete. Vor ihm lag stets ein Block mit weißem Papier, wenn er irgendwo saß und überwiegend zuhören musste. Schon während seiner Schulzeit hatte er dieses System perfektioniert. Die Motive der Zeichnungen wiederholten sich nicht selten, es waren Dinge, die er schon oft gezeichnet hatte, denn es ging ihm eigentlich nur um die Bewegungen. Da er aufmerksam zuhören musste, zeichnete er bei solchen Gelegenheiten fast mechanisch, nahezu unbewusst.

Er hatte vor sich hin gekritzelt, ein Motiv, das ihm immer wieder durch den Kopf spukte, war wie selbstverständlich auf dem Papier entstanden. Als die Konferenz ihrem Ende entgegenging, klebte der Mann neben ihm plötzlich ein Post-it direkt auf die Zeichnung. Darauf stand nur ein einziger Satz: *Wir sollten uns unterhalten!* Als Rafael aufgesehen hatte, war der Mann bereits im Begriff gewesen zu gehen. Er hatte ihm nur kurz zugenickt, woraufhin der andere versprochen hatte: „Ich melde mich bei Ihnen." Bereits am darauffolgenden Nachmittag hatte Antonio Luca angerufen und Rafaels Leben eine erfreuliche Wendung gegeben.

Fast zwei Monate lag das Telefonat nun zurück, aber Rafael kam es noch immer unwirklich vor.

„Es geht um die Figur, die Sie während der Sitzung gezeichnet haben, Brix."

„Was ist damit?"

„Ist es Ihre? Ich meine, haben Sie sie erfunden?"

„Natürlich. Warum wollen Sie das wissen?"

„Mir gehören sechzig Prozent von *Fairies in my Heart*."

Sein Herz begann schneller zu schlagen. *Fairies in my Heart* war einer der weltgrößten Produzenten von Comics und Animationsfilmen. „Oh, ich hatte keine Ahnung."

In dieser Sekunde war Rafael sich bereits sicher, dass sein lang gehegter Traum wahr werden würde. Er wusste es einfach.

„Diese komische Elfe, die Sie da gezeichnet haben, hat einen enormen Wiedererkennungswert, einen ganz eigenen Charme und damit genau das, was ich seit Jahren suche. Sie haben nur wenige Striche gebraucht, um einen echten Charakter zu erschaffen, Herr Brix. Ich will diese Elfe. Genauer gesagt will ich jede Menge davon."

Rafael zögerte. Es war ihm klar, dass jetzt alles auf seine Reaktion ankam. Er entschied sich für die Wahrheit. „Die Figur ist eigentlich gar keine Elfe, wenn ich ehrlich bin."

„Das ist mir egal, denn sobald wir uns einig sind, wird sie eine sein. Arbeiten Sie die Figur aus und verpassen sie ihr Flügel und spitze Ohren, dann machen sie mir weitere Vorschläge. Was ich brauche, ist ein ganzes Volk von entzückenden Elfen, verstehen Sie? Männliche und weibliche Charaktere. Ja, ich weiß, das ist im Grunde nicht neu, aber unsere Elfen werden es sein. Neu, meine ich, und besonders. Vor allem besonders! Ihre kleine Elfe wird der Hauptcharakter in einem unserer nächsten Comics werden. Wenn das Ding läuft, machen wir einen Film daraus, und all die kleinen Mädchen da draußen werden uns zu Füßen liegen. Ich hoffe, Sie haben kein Problem mit der Farbe Rosa?"

„Nicht das geringste."

„Sie haben nächste Woche ein Angebot auf dem Tisch, Brix, und ich bin sicher, dass Sie es nicht ablehnen werden."

Vor über einem Monat hatte er den Vertrag unterschrieben – und seitdem war er wesentlich zufriedener als vorher. Vielleicht wurde er sogar reich, wenn seine Elfe bei der Zielgruppe tatsächlich ins Schwarze traf. Alles, was er dafür tun musste, war das, was er am liebsten tat: Zeichnen. In den vergangenen vier Wochen hatte er seine Elfe immer weiter ausgearbeitet und perfektioniert. Außerdem entwarf er weitere Charaktere, so wie es gewünscht war. Darin war er gut, das wusste er. Seine niedliche Elfe war ihm so vertraut wie sein eigenes Spiegelbild, denn er zeichnete sie bereits seit Jahren, auch wenn sie damals keine Elfe gewesen war, sondern eine bezaubernde Schäferin im rosafarbenen Tüllkleid.

Nach dem Spaziergang mit Jan war Luisa seit über einer Stunde wieder zurück in ihrer Wohnung, als ihr bewusst wurde, wie hungrig sie war. Kein Wunder, sie hatte heute nur gefrühstückt.

In der Küche schaute sie nach, was ihr Kühlschrank zu bieten hatte. Ein paar Eier waren noch da. Und nach einem Blick auf die Handvoll Champignons und einige Tomaten, die im Gemüsefach lagen, entschied sie sich dafür, sich ein Omelette zu backen. Wenig später saß sie an ihrem Küchentisch und schob sich nahezu mechanisch eine Gabel nach der anderen in den Mund. Kaum war die Hälfte verzehrt, schob Luisa ihren Teller zurück. Ihr Hals war wie zugeschnürt, und in ihrem Kopf schwirrte es noch immer.

Entschlossen stand sie auf, räumte die Essensreste und das Geschirr weg und schnappte sich ihre Jacke. In der Wohnung hielt sie es einfach nicht mehr aus. Wenn sie ständig daran dachte, dass Rafael sich direkt nebenan aufhielt, würde sie noch durchdrehen. Dabei hatte sie eine neue Aufgabe zu bewältigen: Sie musste ihr zukünftiges Leben planen.

Auch wenn sie natürlich darauf hoffte, wäre es verrückt, sich darauf zu verlassen, dass Rafael es sich anders überlegte. Nein, sie brauchte zuallererst eine neue Wohnung, und zwar so schnell wie möglich. Das Herz wurde ihr schwer, als sie darüber nachdachte, ihr hübsches kleines Zuhause aufgeben zu müssen. Aber Selbstmitleid würde ihr nicht weiterhelfen, das tat es nie. Sie musste etwas unternehmen. Und wenn ihr jemand dabei helfen konnte, dann war es Christa Loewenthal.

Das Buchladen-Café war bereits geschlossen, deshalb musste sie klingeln. Es dauerte eine Weile, bis Christa öffnete.

„Na, meine Kleine, was treibt dich denn an einem so schönen Sonntagabend zu mir?“, fragte sie lächelnd und trat beiseite, damit Luisa eintreten konnte.

„Ich brauche mal wieder deinen Rat, und vielleicht sogar deine Hilfe, Christa.“

„Na, ich ahne schon, worum es geht. Komm mit rauf, ich mache uns einen Tee.“

Kurz darauf saßen sie zusammen in Christas gemütlicher Wohnküche vor zwei dampfenden Bechern mit aromatischem Kräutertee.

„Wenn Rafael seine Pläne tatsächlich umsetzt, brauche ich bald eine neue Wohnung“, kam Luisa sofort auf den Punkt.

Christa zog eine ihrer schmal gezupften Augenbrauen in die Höhe und lächelte leicht. „Dir gehört noch immer eine Hälfte deines Elternhauses, Lu.“

„Du weißt, dass ich nicht mit meiner Schwester unter einem Dach leben will.“ Sie seufzte schwer. „Das geht auf keinen Fall. Und mir ist auch egal, dass ich Ansprüche auf das Haus habe. Solange Barbara dort wohnt, soll es mir recht sein. Ich kann mir kaum vorstellen, dass sie freiwillig das Feld räumen wird.“

„Seit Isabell im letzten Jahr ausgezogen ist, habe ich oben das große Zimmer, das bis auf wenige Möbel noch immer leer steht. Eigentlich sind es sogar zwei unbewohnte Räume, wenn ich das Gästezimmer dazuzähle. Das brauche ich ja höchstens mal für Amanda, wenn sie aus Cornwall zu Besuch kommt, wie du weißt. Für Amanda würden wir aber leicht eine andere Lösung finden. Du kannst also jederzeit zu mir ziehen. Vor einigen Jahren habe ich es dir ja schon einmal angeboten.“

„Ja, Christa, das weiß ich. Mir ist auch klar, dass wir zwei uns blendend verstehen würden, aber ich …“ Sie brach ab und zuckte mit den Schultern.

„Du möchtest lieber wieder etwas Eigenes haben, nicht wahr?“

„Stimmt, das wäre mir lieber, wenn ich ehrlich bin. Aber du wärest auf jeden Fall mein liebster Plan B.“ Sie lachte.

„Keine Bange, meine Süße, das verstehe ich sehr gut.“ Christa nahm einen Schluck von ihrem Tee. „Dann stellt sich jetzt die Frage, wo wir möglichst schnell eine Wohnung für dich auftun. Ich weiß nicht, ob gerade irgendwo im Dorf etwas frei ist, aber ich könnte mich natürlich für dich umhören.“

„Ich hatte eigentlich schon eine andere Idee. Glaubst du, dass der alte Baron mir dauerhaft eines der Häuschen vermieten würde?“

„Du willst in eins der Ferienhäuser ziehen?“, fragte Christa erstaunt.

„Na, es wäre zumindest eine Möglichkeit. Die Frage ist nur, ob Helge von Hoven mir eins der festen Steinhäuser vermieten würde. Sie stehen ja auf dem Gelände des Gutshofs. Ich weiß, dass sie erst vor zwei Jahren von Grund auf renoviert worden sind. Die Holzhäuser direkt im Feriendorf sind zwar auch sehr hübsch, aber, soweit ich weiß, nicht hundertprozentig winterfest. Da würden mich früher oder später die Heizkosten auffressen, denke ich."

Christa nickte. „Das ist richtig. Die älteren Ferienhäuser aus Stein, hinten am See, sind ganzjährig bewohnbar und inzwischen dank der Nähe zum Gutshaus rundherum mit allem versorgt, was man braucht. Telefon- und Internetanschluss, eine gute Heizung und Warmwasserversorgung, alles vorhanden. In den Häusern gibt es jeweils drei kleine Zimmer, ein Bad und sogar eine voll ausgestattete Küche. Es ist noch nicht allzu lange her, da habe ich mit Barbara darüber gesprochen, weil Ruth anfangs mit dem Gedanken spielte, dort dauerhaft einzuziehen."

„Glaubst du, der alte Baron würde mir eins davon vermieten?"

„Du möchtest, dass ich mit ihm rede, oder?"

Luisa lächelte erleichtert. „Das wäre mir wirklich eine große Hilfe. Du kommst doch so wunderbar mit dem alten Zausel zurecht."

„Er ist seit ewigen Zeiten ein guter Freund, das macht es leichter. Vor vielen Jahren waren wir sogar mal ... sehr vertraut miteinander." Schelmisch zog Christa einen Mundwinkel hoch und zwinkerte vielsagend.

„Ach ja? Christa, Christa, ich kenne dich schon, solange ich lebe, aber du bringst es immer noch fertig, mich zu erstaunen."

„Na ja, das ist wirklich unglaublich lange her. Der alte Zausel, wie du ihn so liebevoll nennst, war auch damals schon fast dreißig Jahre älter als ich, vergiss das nicht." Sie lachte. „Aber ich muss zugeben, er war seinerzeit richtig nett anzuschauen."

Luisa beugte sich vor und legte die Hände um ihre Tasse. „Erzähl!“

Christa winkte ab. „Da gibt es nicht viel zu erzählen. Wir waren beide allein. Er war erst Anfang fünfzig, als seine Frau gestorben ist; ich war eine junge, alleinerziehende Mutter und hatte es deshalb hier im Dorf nicht unbedingt leicht. Wir mochten uns, das war es auch schon. Kaum ein Jahr später war unsere Affäre vorbei. Trotzdem konnte ich mich auch danach immer auf ihn verlassen.“

„Warum habt ihr euch denn getrennt? War es der Altersunterschied?“

„Darum ging es eigentlich nicht. Er wollte unsere Verbindung legitimieren. Du kennst mich, das war für mich die Grenze. Ich mochte ihn sehr, aber geliebt habe ich ihn nicht, und geheiratet hätte ich ihn ohnehin nicht. Da spielte dann der Altersunterschied doch eine gewisse Rolle.“

„Ich verstehe.“

„Ach, Lu, du hast natürlich wieder eine romantische Liebesgeschichte erwartet, aber das war es nicht. Immerhin ist uns eine gute Freundschaft geblieben, die bis heute anhält. Ich finde, das ist eine ganze Menge.“

„Stimmt auch wieder.“

Christa stand kurz auf, um Tee nachzuschenken. „Du gehst also davon aus, dass Rafael tatsächlich verkaufen wird?“, kam sie zum ursprünglichen Thema zurück.

„Eigentlich schon. Allerdings habe ich es gestern Abend geschafft, ihn zu einer Galgenfrist von drei Monaten zu überreden. Ehrlich gesagt bin ich noch immer überrascht, dass er sich darauf eingelassen hat.“

„Wie auch immer er sich entscheiden wird, das war sehr klug von dir.“

Sie nickte und griff erneut nach ihrer Teetasse. „Zumindest bleibt mir so noch ein kleiner Hoffnungsschimmer. Wenn ich mich nicht täusche, wirkte er anfangs entschlossener. Ich glaube, sein Aufenthalt hier zeigt langsam Wirkung.“

„Und wie ist es mit dir, Lu?"

„Ich werde jedenfalls nicht untätig herumsitzen, bis er mich endgültig an die Luft setzt, deshalb bin ich hier."

Christas Lächeln wirkte milde, sie schüttelte leicht ihren Kopf. „Das meinte ich nicht, und das weißt du auch. Wenn ich die Anzeichen richtig deute, bringt dich seine Anwesenheit hier nämlich auch ziemlich durcheinander. Und ich glaube kaum, dass das ausschließlich mit dem drohenden Verkauf der Gärtnerei zu tun hat, habe ich recht?"

Nach einem aussagekräftigen Blickwechsel ließ Luisa die Hand mit ihrer Tasse sinken. Dann schloss sie für einen Moment die Augen. „Ach, Christa, dir kann man einfach nichts vormachen, oder?"

„Ich war schon immer eine aufmerksame Beobachterin, Lu. Schon damals habe ich dich durchschaut. Und ich habe natürlich auch gemerkt, wie einsilbig du geworden bist, sobald sein Name fiel. Du bist immer noch in ihn verliebt, nicht wahr?"

Luisa seufzte und musste für einen Moment gegen eine plötzliche Enge in ihrer Kehle ankämpfen. Sie wollte und konnte Christa nichts vormachen. „Er macht mich schwach und atemlos, daran wird sich wohl niemals etwas ändern. Dabei habe ich wirklich gedacht, das hätte ich hinter mir."

„Ach, meine Kleine. Meinst du, er weiß um deine Gefühle für ihn?"

„Ich hoffe nicht, Christa. Mir wäre das schrecklich unangenehm. Trotz allem bin ich so froh, dass er jetzt hier ist, denn ich habe die ganze Zeit das Gefühl, dass sein Aufenthalt hier auch für ihn wichtig sein könnte." Ernst blickte sie auf. „Ja, du hast recht, er bringt mich völlig durcheinander, und ich weiß überhaupt nicht, wie ich diese ganze verfluchte Sache überstehen soll."

KAPITEL 3

Nach einer unruhigen Nacht verbrachte Rafael nahezu den gesamten Montag vor seinem Computer. Er hatte bereits eingekauft, und so gab es nichts, das ihn nach draußen zog. Es war ohnehin besser, wenn er Luisa möglichst aus dem Weg ging.

Nach den Stunden hoch konzentrierten Arbeitens begann jetzt allerdings sein Magen laut und deutlich zu knurren, deshalb schloss er die Datei für diesen Tag und rief noch schnell seinen Geschäftspartner an. Das Telefonat war überfällig.

Nach einer knappen Begrüßung kam Rafael zum Wesentlichen: „Wie wir schon in Hamburg besprochen haben, nehme ich jetzt erst mal meinen ausstehenden Urlaub, Rainer, danach sehen wir weiter. Du kannst mich jederzeit erreichen und ich kann auch von hieraus ein wenig arbeiten, das weißt du. Sicher werde ich zwischendurch mal nach Hamburg kommen, weiß allerdings noch nicht wann und wie oft. Wenn es dir lieber ist, ziehe ich mich offiziell aus der Geschäftsleitung der Agentur zurück."

„Das vergiss mal ganz schnell wieder, Rafa. Ich habe dir gesagt, wir bekommen das hin. Die beiden jungen Grafiker, die du im letzten Jahr engagiert hast, machen ihre Sache ganz gut. Und im Notfall stelle ich kurzfristig noch jemanden ein. Wir schaffen das. Kümmere dich in Ruhe um deine Angelegenheiten."

„Du sollst vor allem wissen, dass du mich nicht zu schonen brauchst, wenn es um das Wohl der Firma geht. Wer weiß, ob ich überhaupt wieder voll ins Agenturgeschäft einsteigen kann."

Rafael hörte Rainer seufzen und wusste, dass er sehr wahrscheinlich gerade aus dem Fenster schaute und auf die Glasscheibe tippte. Er sah ihn direkt vor sich, diesen körperlich kleinen und doch so großen Mann. Rainer Korum war nicht viel größer als eins fünfundsechzig und dabei auch noch ziemlich dürr, doch seine Intelligenz, sein Fleiß und seine Menschenliebe waren gewaltig. Er war der beste Chef und Kollege, den man sich nur vorstellen konnte, deshalb war Rainers Antwort für Rafael keine große Überraschung: „Wie es weitergeht, entscheiden wir zusammen, wenn es so weit ist. Zeichne deine Elfen und erledige den Kram mit dem Erbe. Nimm dir die Zeit, die du brauchst. Du hast in den letzten fünf Jahren meine Agentur zu dem gemacht, was sie heute ist, dafür bin ich dir so oder so ewig dankbar."

„Danke, Rainer. Ich weiß dein Entgegenkommen zu schätzen."

„Mach es gut und melde dich ab und zu. Was das Geschäft angeht, halte ich dich per Mail auf dem Laufenden."

Rafael verabschiedete sich, legte sein Smartphone beiseite und ging nach nebenan in die Küche. Da er keinerlei Lust zum Kochen verspürte, beschloss er, sich einfach ein paar Brote zu machen und sich dazu ein Feierabendbier zu gönnen. Als er an der Arbeitsplatte stand, eine Hand bereits am Brotlaib, in der anderen das Messer, warf er einen Blick aus dem Fenster und entdeckte Luisa, die gerade den schmalen Weg zwischen dem Brix-Grundstück und dem Gutshof einschlug.

Langsam setzte sie einen Fuß vor den anderen und schien dabei tief in Gedanken versunken zu sein. Er beobachtete, wie sie ihre rote Strickjacke enger um den Oberkörper zog und mit einer Hand am Kragen zusammenhielt, so als würde sie frieren. Das offene Haar wehte ihr ums Gesicht. Als sie es sich mit der freien Hand zurückstrich, sah Rafael, dass sie dabei tief ein- und wieder ausatmete, wie sich ihr kleiner Busen sanft hob und wieder senkte. Gebannt verfolgte er, wie sie weiterging, konnte den Blick kaum abwenden.

Etwas an dieser Frau machte ihn höllisch an, daran gab es nicht mehr den geringsten Zweifel. Er konnte nicht bestimmen, was genau diese wilde Begierde auslöste, sie war wie aus dem Nichts aufgetaucht und beherrschte ihn nun vollkommen. Ob es nun Luisas zierliche Erscheinung oder einfach diese unverfälscht rosige Ausstrahlung war. Alles an ihr fand er äußerst reizvoll. Besonders die Art, wie sie sich bewegte, faszinierte ihn. Wenn sie ging, wiegten sich ihre Hüften in einem fast trägen

Rhythmus, nicht etwa gekonnt aufreizend, sondern natürlich weich. In Gedanken umfasste er diese schmalen, schwingenden Hüften, hielt sie … nackt, auf seinem Körper, während er in ihr war. Er schloss die Augen und stieß einen lang gezogenen Atemzug aus. Er brauchte sie nur zu sehen, und schon ging seine Fantasie mit ihm durch. Jetzt war sie fast hinter einer Baumgruppe und dann aus seinem Blickfeld verschwunden.

„Gottverdammt!" Er ließ das Messer fallen, das er noch immer in der Hand hielt, drehte sich vom Fenster weg und ging mit großen Schritten in den Flur, um sich seine Jacke zu schnappen.

Es dauerte kaum zwei Minuten, da war er ihr auch schon auf den Fersen. Wie ein Jagdhund, der die Fährte aufgenommen hatte, hetzte er ihr nach. Kurz bevor sie die Abzweigung zur alten Scheune erreichte, trat Rafael auf einen Ast. Sichtbar erschreckt sah Luisa sich um.

„Ich bin es nur", sagte er lahm.

Wortlos blieb sie stehen und wartete, bis er direkt vor ihr stand. „Hallo", wisperte sie kaum hörbar.

„Ich habe dich gesehen und dachte mir …" Er brach ab, weil ihm einfach nicht einfallen wollte, wie er den Satz beenden könnte.

„Was?"

Er machte einen weiteren Schritt auf sie zu, stand jetzt höchstens noch einen halben Meter von ihr entfernt. „Ich wollte …" Er hustete und fühlte sich grauenvoll … überfordert. Das allein war bereits grotesk, denn Rafael fühlte sich sonst niemals überfordert. Zumindest nicht mehr, seit er damals Lunau verlassen hatte.

„Was wolltest du?" Offensichtlich war auch sie etwas mitgenommen, denn ihr Blick wirkte gehetzt. Trotzdem rührte sie sich keinen Millimeter von der Stelle und sah ihm schließlich unverwandt in die Augen.

In dieser Sekunde entschied er sich dafür, ihr einfach zu zeigen, was er so dringend tun wollte. Er hob schon die Hand, da fühlte er sich seltsam gehemmt. Zögernd und vorsichtig berührte er ihre Wange, mit den Fingerspitzen. Auch das war ungewöhnlich für ihn. Normalerweise war er niemals behutsam, niemals verhalten, wenn es um Frauen, um Verführung ging. Doch die kleine Berührung hatte bereits eine verheerende Wirkung. Eine Sekunde lang war er vollkommen berauscht davon, ihre zarte Haut zu spüren, so wie Samstagabend, als er auf die gleiche Weise ihre Oberlippe berührt hatte.

„Nimm sofort deine dreckigen Hände von ihr, du widerliches Schwein!“

Jäh zuckte Rafael zurück. Die Stimme hinter ihm war schrill und laut, doch das Schlimmste war, dass er genau wusste, wem sie gehörte.

Luisa wirkte ebenso schockiert wie er. „Barbara“, hörte er sie atemlos sagen.

Mit großen Schritten kam Barbara Milchert näher. Nach einem verächtlichen Blick in seine Richtung sah sie ihre jüngere Schwester an. „Was machst du hier … mit *dem*? Allein! Bist du völlig verrückt geworden, Lu?“

„Was soll das, Barbara?“, fragte er tonlos, nachdem er sich etwas gefangen hatte. „Warum zum Himmeldonnerwetter noch immer diese Show?“

„Hau ab“, zischte sie ihm entgegen. „Niemand will dich hier haben, also sieh zu, dass du wieder von hier verschwindest, du elender Mistkerl!“

„Barbara, hör sofort auf damit“, bat Luisa eindringlich. „Bitte!“

Er sah Luisas älterer Schwester ins Gesicht. Sie war noch immer auffallend schön, daran konnte auch die kleine Narbe nichts ändern, die ihre rechte Augenbraue teilte. Im Gegensatz zu Luisa, die ihn mit ihrem natürlichen Liebreiz geradezu bezauberte, war Barbara eher eine klassische Schönheit, der die meisten Männer erlagen, sobald sie ihr begegneten. Für ihn war sie jedoch der Albtraum schlechthin. Ein Monster, das sich mit dem Gesicht und der Figur eines rothaarigen Supermodels tarnte, mehr sah er nicht mehr in ihr.

Kalte Wut stieg in ihm auf, und er gab sich Mühe, sie im Zaum zu halten. Es würde nichts nützen, wenn er jetzt die Beherrschung verlor, es würde alles nur noch schlimmer machen. Sein Blick glitt zurück zu Luisa. Was er am wenigsten wollte, war, dass sie seinetwegen Ärger hatte. „Wir sehen uns später, Lu", sagte er und bemühte sich um einen möglichst ruhigen Tonfall, auch wenn er selbst hörte, dass seine Stimme gepresst klang. „Es ist sicher besser, wenn ich jetzt gehe."

Zu seiner Überraschung griff Luisa nach seiner Hand und hielt ihn so auf. „Ich komme mit dir", sagte sie schlicht.

„Sag mal, spinnst du jetzt komplett, Lu?", schrie Barbara und stellte sich ihnen in den Weg. Ihre Stimme drohte zu kippen. „Es ist schlimm genug, dass du dich unter einem Dach mit diesem ... diesem Schwerverbrecher aufhalten musst, du kannst doch nicht ..."

„Es reicht, Barbara! Halt endlich den Mund, du widerliche Giftspritze", hörte er Luisa sagen. Sie betonte jedes Wort, ohne die Stimme zu heben.

In dieser Sekunde bewunderte er sie maßlos. Er selber rang noch immer um Selbstbeherrschung. Vielleicht spürte Luisa das sogar. Beharrlich zog sie ihn mit sich, sodass sie Barbara einfach stehen ließen.

Erst direkt vor der Tür zu ihrer Wohnung ließ Luisa seine Hand los.

Rafael fühlte sich plötzlich seltsam beraubt. Sie blieben stehen und sahen sich an.

„Ich muss mich für Barbaras Verhalten entschuldigen", sagte sie leise.

„Du kannst doch nichts dafür." Er versuchte sich an einem Lächeln, war sich aber nicht sicher, ob es ihm gelang. Alles in ihm fühlte sich verkrampft an.

„Sie ist meine Schwester und mir war es sehr unangenehm, wie sie sich dir gegenüber verhalten hat. Ich hatte gehofft, sie würde dir einfach aus dem Weg gehen." Seufzend fischte Luisa ihren Hausschlüssel aus der Vordertasche ihrer Jeans, schloss auf und ging hinein. Wie selbstverständlich ließ sie die Tür für ihn offen. Der Schritt, mit dem er ihr in den engen Flur ihrer Wohnung folgte, war dennoch eher zaghaft.

Auch Luisa blieb ein wenig unschlüssig dort stehen. „Hast du Lust auf einen Kaffee oder vielleicht ein Glas Wein?“ Ihre Frage milderte die Anspannung etwas.

„Ich nehme gerne einen Kaffee“, erwiderte er.

Noch auf dem Weg zur Küche setzte Rafael an: „So was in der Art war doch zu erwarten, Lu. Mir war von vornherein klar, dass es zu einer unangenehmen Begegnung mit ihr kommen könnte. Das Dorf ist klein, da mussten wir uns ja irgendwann über den Weg laufen.“ Er zog sich einen Stuhl heran und setzte sich.

„Willst du deine Jacke nicht ausziehen?“, erkundigte sie sich, als sie sich ihm wieder zuwandte.

„Äh … doch, natürlich.“

Luisa sah ihm nach, als er noch einmal zurück in den Flur ging, um seine Jacke an die Garderobe zu hängen. Ihm war anzusehen, dass der Auftritt von Barbara nicht spurlos an ihm vorübergegangen war. Luisa hatte genau gespürt, wie sehr er sich zusammengerissen hatte, um nicht vor Wut zu platzen. Ihr war klar, dass er sich vor allem ihr zuliebe so beherrscht hatte, und das fand sie rührend.

Nachdem er sich wieder zu ihr gesetzt hatte, strich er sich mit beiden Händen das dunkle Haar zurück und sah sehr nachdenklich dabei aus. Sein Gesichtsausdruck wirkte ausgesprochen düster, wie so oft.

„Ärgere dich bitte nicht mehr darüber, Rafael. Das ist es nicht wert.“ Nachdem sie Kaffee aufgebrüht hatte, lehnte sie sich zurück.

Er lächelte ihr zu. Es war lediglich ein flüchtiges und ganz kurzes Lächeln, doch ihr wurden die Knie weich. Niemand lächelte so wie er, auch das war schon immer so gewesen. Meist zog er seinen linken Mundwinkel eine Spur höher als den rechten. Gepaart mit dem Opalglitzern in seinen grünen Augen, sah das sehr sexy aus. Das anziehende Lächeln verschwand jetzt jedoch so schnell, wie es gekommen war, der dunkle Schatten war zurück.

„Diese Sache eben ... Sie hat mir nur einmal mehr vor Augen geführt, was ich eigentlich schon wusste, Lu. Dieses verdammte Dorf ist einfach nicht mehr meine Heimat und wird es auch nie wieder werden."

Sie schenkte Kaffee ein. „Das klingt fast so, als hättest du dir etwas anderes erhofft."

Sein Blick glitt über ihr Gesicht und blieb an ihren Lippen hängen. „Kann schon sein. Irgendwo ganz tief in mir drinnen, vielleicht. Ich weiß es nicht. Ich sollte einfach rübergehen, meine Sachen packen und noch heute wieder von hier verschwinden, so wie Barbara es verlangt hat. Es wäre für ... uns alle wahrscheinlich das Beste."

Ernst sah sie ihn an. „Wieso glaubst du das, Rafael?"

„Weil deine Schwester im Grunde recht hat. Weil es niemandem guttut, dass ich hier bin. Noch nicht einmal meinen Freunden tue ich damit einen Gefallen."

„Wie kommst du denn nur darauf? Mal von dem Grund deines Aufenthalts abgesehen, freue ich mich, dass du hier bist, und Christa, Kjell und sogar Isabell geht es sicherlich ebenso."

Unter seinem rechten Auge zuckte ein Muskel. Der Blick, mit dem er sie bedachte, intensivierte sich auf beunruhigende Weise. „Verdammt noch mal!", stieß er plötzlich laut hervor.

Luisa zuckte heftig zusammen und wäre am liebsten aufgesprungen vor Schreck, doch sie tat es nicht. Nur ihr Herz klopfte wie wild.

„Gerade für dich ist es überhaupt nicht gut, dass ich hier bin, Lu!" Er schob seinen vollen Becher zurück und erhob sich. „Ich bin nicht gut für dich. Ich bin für niemanden hier gut!"

Jetzt stand sie doch auf und folgte ihm in den Flur. Seine Jacke hatte er bereits in der Hand. Er war tatsächlich im Begriff zu gehen. Sein Ausbruch erschütterte sie. Dieser Mann war noch viel empfindsamer, als sie gedacht hatte.

„Rafael." Es war nur ein Flüstern, mehr brachte sie nicht heraus.

Sekundenlang starrte er sie an, dann ließ er die Jacke fallen und riss Luisa in seine Arme, presste ihr im gleichen Atemzug die Lippen auf den Mund. Sein Kuss war wild und ungestüm, und sie küsste ihn auf die gleiche Weise zurück, folgte damit allein ihrem Gefühl. Als sich ihre Zungen begegneten, stöhnte er dunkel auf, drückte sie gegen die Wand neben der Küchentür und schien vollends die Beherrschung zu verlieren.

Die Erinnerung kam machtvoll zurück. So kannte sie ihn, so küsste nur er. Feurig, leidenschaftlich, heißblütig. Ohne den Kuss zu unterbrechen, hielt er mit einer Hand ihre linke über ihrem Kopf fest, umschloss ihr Handgelenk und drückte sich in ganzer Länge an sie. Mit der freien Hand fuhr er über ihren Po, strich dann seitlich ihren Körper hinauf bis zu ihrer Brust und umfasste sie, ließ dabei seine Handfläche ein wenig kreisen.

Innerhalb von Sekunden brachte er all ihre Nervenenden zum Vibrieren. Selbst durch die Baumwolle ihres T-Shirts und die dünne Seide ihres BHs spürte sie, wie sich ihre harte Brustspitze in seine Hand drückte. Tief in ihrem Bauch wurde es heiß. Sie fühlte sich atemlos und ihr galoppierender Herzschlag dröhnte laut in ihren Ohren. Die Hitze breitete sich aus, überspülte ihren gesamten Körper mit purer Lust. Sie brannte lichterloh, rieb sich an ihm und stieß stöhnend seinen Namen aus, als er ihre Lippen freigab und schwer atmend ihr Gesicht betrachtete.

Dann ließ er sie plötzlich los. Beinahe wäre sie vor Schwäche in die Knie gegangen. Er trat einen Schritt zurück und fuhr sich mit beiden Händen über das Gesicht, fluchte leise.

„Nicht!", brachte sie atemlos hervor. „Hör nicht auf!" Ihr Körper bebte vor Verlangen.

„Oh Gott!", flüsterte er. „Luisa!" Seine Erektion drückte pochend gegen den Reißverschluss seiner Jeans. Er wollte gehen, musste gehen! Schnell, bevor er wieder die Kontrolle verlor, aber er schaffte es nicht, sie zu verlassen, und rührte sich nicht einen Zentimeter von der Stelle. Er stand nur da. Schwer atmend. Und mit einem Szenario im Kopf, das alles andere als jugendfrei war. „Wir sollten nicht …"

Ihr silbergrauer Blick war verhangen vor Lust. „Ich will aber. Oh ja, und wie ich das will."

Bei ihren Worten stellte er sich unweigerlich vor, wie feucht sie bereits war. „Oh Himmel, sag so was nicht." Er stöhnte erneut und wich einen Schritt zurück, als sie den Abstand zwischen ihnen wieder verringerte. Nun stand er mit dem Rücken zur Wand, im wahrsten Sinne des Wortes. Luisa legte ihm die Hand auf die Brust, ließ sie dort einen Moment liegen und schloss, wie in Trance, kurz die Augen. Dann, bevor er etwas hätte tun können, ließ sie ihre Hand nach unten gleiten und drückte sie gegen seinen Schritt.

„Gottverdammt!" Es war herrlich, viel zu herrlich. Er stöhnte, griff nach ihrer Hand und presste sie für eine Sekunde noch härter an sich, obwohl er sie eigentlich aufhalten wollte … *musste*.

Ungeduldig versuchte sie, seinen Gürtel zu öffnen.

„Hör mir zu … Himmel noch mal, lass das, Luisa!" Wieder bekam er ihre Hand zu fassen, und dieses Mal hielt er sie fest. „Warte!", japste er, griff auch nach ihrer anderen Hand und fixierte sie an ihrer Seite.

„Ich will aber nicht warten, nicht mehr!"

Unbeirrt hielt er sie fest, sah ihr in die wunderschönen Augen und versuchte dabei, seiner Begierde Herr zu werden. Ihre Atemzüge waren so laut und schnell wie seine, doch nach einer Weile wurde auch sie etwas ruhiger.

„Das geht nicht", stieß er schließlich hervor. „Ich weiß, ich bin derjenige, der damit angefangen hat, aber, nein, Luisa, das ist wirklich keine gute Idee!"

„Warum geht das nicht?"

„Weil ich nicht will, dass …" Meine Güte, wie sollte er ihr das nur erklären?

„Was? Was willst du nicht, Rafael?“

„Es geht einfach nicht. Nimm es hin – und verzeih mir, wenn du kannst.“ Er starrte auf ihren Herzmund und kämpfte gegen den brennenden Wunsch an, sie wieder zu küssen, wieder und wieder und wieder zu küssen.

Plötzlich lächelte sie weich. „Du willst nicht, dass ich schlecht von dir denke, ist es das?“

Überrascht und fassungslos gab er ihre Hände frei. Wieso brachte sie es fertig, seine Gedanken zu lesen? „Ich will nur das Richtige tun, Luisa. Und ich glaube nicht, dass ... dass es richtig wäre, mit dir ... Sex zu haben.“

„Aber du willst es. Mit mir Sex haben, meine ich.“ Sie lächelte noch immer, machte ihm mit diesem weichen und sanften Lächeln die Sache nicht leichter.

„Du weißt, dass ich dich will. Gott steh mir bei, ich will dich, seit ich dich da draußen pudelnass im Regen stehen sah.“

Sie lachte. Und er war erleichtert und dankbar für die leichte Entspannung, die ihr helles Lachen mit sich brachte. „Oh ja, in der alten Regenjacke und den schmutzigen Gummistiefeln sah ich höchstwahrscheinlich zum Anbeißen aus.“

„Und wie! Du hast unglaublich süß ausgesehen.“ Er musste grinsen und fühlte sich noch ein wenig besser.

„Und die Frisur erst! Nass und angeklatscht, ein wahres Meisterwerk.“

Jetzt lachten sie beide. Es tat gut, löste den Rest der Anspannung, aber sein Verlangen nach ihr blieb. Es fühlte sich an, als würde es sich für alle Zeiten in ihm einnisten. „Ich gehe dann mal“, brachte er rau hervor, nachdem sie beide wieder ernst geworden waren.

„Ich werde niemals schlecht von dir denken, Rafael“, versicherte sie ihm nachdrücklich.

„Doch, meine süße kleine Lu, das wirst du. Zumindest, wenn ich nicht aufpasse, glaub mir.“ Er bückte sich und hob seine Jacke auf. „Hab einen schönen Abend.“

Noch einmal griff sie nach seiner Hand, so als könnte sie nicht glauben, dass er tatsächlich gehen wollte, aber er entzog sich ihr. Ruckartig wandte er sich von ihr ab und ging.

Mehrere Tage lang bekam Luisa ihn nicht zu Gesicht. Von der Buchhalterin erfuhr sie, dass er sich die Geschäftsbücher der Gärtnerei gründlich angesehen hatte. Sie selbst schlief schlecht und konnte sich nicht richtig auf ihre Arbeit konzentrieren. Allein die heutige Tagesabrechnung für den Laden war eine echte Herausforderung gewesen. Mehrere Male hatte sie von vorn beginnen müssen, weil sie sich ständig vertippt hatte. Manchmal hörte sie nebenan Geräusche und wusste deshalb, dass Rafael zu Hause war. Die Gewissheit, dass er in ihrer Nähe war, empfand sie trotz allem als tröstend.

Seine Sorge um ihr Wohl bewegte sie, ärgerte sie aber auch gleichzeitig. Sie sehnte sich so sehr nach seinen Berührungen und Küssen, dass sie es fast nicht aushalten konnte. Besonders schwer war es, wenn sie allein war. Nun war fast eine Woche vergangen, seit er zurück nach Lunau gekommen war, doch sie sehnte sich so drängend nach ihm, als wäre ihre Bindung viel tiefer.

Nach gründlicher Überlegung war sie vor zwei Tagen zu dem Entschluss gekommen, die Mitarbeiter der Gärtnerei einzuweihen. Luisa hatte eine spontane Betriebsversammlung einberufen und alle Informationen an die Angestellten weitergegeben. Gerüchte über den Verkauf hatten sowieso schon die Runde gemacht, und so fühlte sich hoffentlich niemand von der Geschäftsleitung hintergangen. Nun war es kein Geheimnis mehr, dass ihnen möglicherweise das Aus drohte. Es lag Luisa fern, unnötig für Unruhe zu sorgen, aber sie wollte den Kollegen gegenüber unbedingt fair sein und allen ermöglichen, sich rechtzeitig nach einem neuen Arbeitsplatz umzusehen. Allerdings hatte sie auch an jeden Einzelnen appelliert, den Betrieb nicht vorschnell zu verlassen. Dass bis jetzt noch keine Kündigung auf ihrem und Jan Bruckners Schreibtisch gelandet war, wertete Luisa als gutes Zeichen. Sie hoffte inständig, dass alle zusammen mit ihr bis zum Schluss ausharren würden.

Sie wollte gerade Feierabend machen, als die Ladentür aufging und Jan hereinspazierte. Auf seinen Lippen lag ein Lächeln.

„Jan! Hallo! Auch fertig mit der Arbeit?"

„Hi, Lu! Ja, für heute reicht's. Du suchst doch noch nach einer guten Vertretung für den Laden, oder?"

„Oh ja, ich brauche hier unbedingt Verstärkung. Hast du jemanden für mich?"

Er nickte. „Eine frühere Studienkollegin von mir sucht einen Job als Floristin. Ihr Name ist Manuela Faber."

„Eine Studienkollegin? Dann ist sie eigentlich Landschaftsarchitektin?"

Jan winkte ab. „Sie hat ihr Studium nach zwei Semestern abgebrochen und Floristin gelernt. Bis vor Kurzem hat sie in einem Geschäft in Bispingen gearbeitet, aber der Laden hat Pleite gemacht. Und nun steht sie auf der Straße. Da sie eine kleine Tochter hat, würden ihr ein paar Tage in der Woche reichen. Sie ist wirklich nett und zuverlässig, Lu. Außerdem liebt sie ihre Arbeit. Ich kann sie uneingeschränkt empfehlen."

„Das klingt gut. Sag ihr, sie soll die Tage hier im Laden vorbeischauen, dann können wir uns unterhalten und sehen, ob es mit uns passt."

„Gut, ich werde Manuela nachher anrufen. Sie wird sich sicher freuen." Er sah sich um. „Du bist auch fertig für heute, was?"

Sie nickte. „Ja, und es war ganz gut was los. Kaum ist der Frühling da, kommen die Leute auch wieder von außerhalb. Wie du siehst, ist kaum etwas übrig geblieben."

„Nächste Woche bekommst du die Moosröschen. Sie sind besonders schön dieses Jahr."

„Hm, ich habe sie schon gesehen. Es war eine gute Idee von Julia, eins der großen Gewächshäuser für Rosen einzurichten. Sie blühen viel früher und kräftiger als in den Freibeeten."

„Stimmt." Er kam einen Schritt näher. „Sag mal, hast du Lust, am Wochenende was mit mir zu unternehmen? Kino vielleicht? Wir könnten auch nach Hamburg reinfahren, wenn du magst."

Sie zögerte. „Jan, sei mir nicht böse, aber im Augenblick bin ich keine gute Gesellschafterin."

„Schon mal was von Ablenkung und Zerstreuung gehört, Lu?" Er grinste.

„Mir ist schon klar, dass du es gut mit mir meinst, aber ich würde mich am Wochenende lieber erholen. Wer weiß, was in den nächsten Wochen auf mich zukommen wird."

„Seit der Versammlung macht sich eine heftige Unruhe unter den Mitarbeitern breit, Lu. Die Kollegen reden über nichts anderes mehr."

„Das denke ich mir, aber noch hat niemand gekündigt."

„Ja, die Hoffnung stirbt bekanntlich zuletzt. Andererseits gibt es so einige da draußen, und damit meine ich nicht nur die Kollegen aus der Gärtnerei, die Rafael Brix jetzt erst recht die Pest an den Hals wünschen."

Sie musste schlucken. „Ich hoffe, du gehörst nicht zu denjenigen, die diese Entwicklung auch noch befeuern, Jan."

„Wenn es dich beruhigt, ich werde mir kein Urteil über etwas erlauben, das ich überhaupt nicht bewerten kann. Das heißt auf der anderen Seite aber nicht, dass ich besonders glücklich darüber sein muss, meine Arbeit zu verlieren, wenn Brix zur Tat schreiten sollte." Noch einmal lächelte er. „Mir ist aber schon klar, dass auch der Verkauf der Gärtnerei einfach nur eine Folge der traurigen Umstände wäre und rein gar nichts mit der Bösartigkeit eines Einzelnen zu tun hätte."

„Dann ist es ja gut." Überrascht stellte Luisa fest, dass sie hoffte, Jan würde jetzt wieder gehen.

„Gut, falls du es dir mit dem Wochenende noch anders überlegen solltest, weißt du ja, wie du mich erreichen kannst", sagte er und ging zur Tür, so als hätte er gerade ihre Gedanken gelesen. Er winkte ihr noch einmal zu, bevor er das Geschäft verließ.

Nachdem Luisa die Tageseinnahmen sicher im Safe verstaut hatte, griff sie nach ihrer Jacke und schloss den Laden ab. Sie hatte sich mit Isabell an ihrem gemeinsamen Lieblingsplatz verabredet. Die bezaubernde und uralte gusseiserne Bank hinter der Kirche nutzten sie gerne, wenn das Wetter es zuließ. Dort, inmitten von alten Bäumen, hinter sich die hübsche Lunauer Kirche, hatten sie schon stundenlang zusammen gesessen und geredet. Sie freute sich darauf, sich endlich einmal wieder mit ihrer Freundin austauschen zu können, nachdem sie tagelang noch nicht einmal dazu gekommen waren, eine Tasse Kaffee zusammen zu trinken. Sie hatten einfach beide zu viel zu tun gehabt.

Isabell saß bereits auf der Bank, als Luisa ankam. Sie begrüßten sich herzlich.

„Sieh mal, ich habe uns eine verführerische Kleinigkeit mitgebracht“, sagte Isabell und hielt ihr eine Plastikdose entgegen, die neben ihr auf der Bank gelegen hatte. Sie wackelte vielsagend mit ihren goldblonden Augenbrauen und öffnete den Deckel.

„Oh, Pralinen! Hast du die selbst gemacht?“

„Natürlich! Und meine liebe Schwiegermutter sagt, diese Dinger wären die reinste Sünde.“

Luisa musste lachen. „Na dann, immer her damit.“

Wie üblich saßen sie entspannt nebeneinander auf der kleinen Bank, tauschten Neuigkeiten aus und genossen ihr Zusammensein.

„Das war es dann mit der schönen Sünde“, stellte Isabell nach kurzer Zeit lachend fest, als sie schließlich den Deckel zurück auf die leere Pralinendose legte.

„Tja, alles vernascht. Die waren wirklich super, Isa.“

„Apropos schöne Sünde ... Was gibt es denn Neues von der Rafael-Front zu berichten? Und ich meine jetzt nicht unbedingt das, was man im Ort ohnehin über ihn zu hören bekommt.“

Einen Moment überlegte Luisa, wie viel sie ihrer Freundin erzählen wollte. Doch nach ihrem letzten Gespräch wusste Isabell ohnehin um ihre Gefühle für Rafael, und das war eine große Erleichterung. Das Vertrauen, das es praktisch von Anfang an zwischen ihnen gab, würde zudem keine von ihnen jemals enttäuschen. Luisa war wirklich froh darüber, dass Isabell nun eingeweiht war und sie endlich auch über Rafael frei von der Leber weg mit ihrer Freundin sprechen konnte.

„Wo soll ich nur anfangen? Es ist alles etwas … kompliziert. Montagabend hatte er eine ziemlich unschöne Begegnung mit meiner Schwester, die ich miterleben musste“, begann sie zögernd. Den Kuss wollte sie natürlich auch erwähnen. Doch sie wusste noch nicht genau, wie sie in Worte fassen sollte, was zwischen ihm und ihr passiert war.

„Ach herrje! Und du warst dabei? War es sehr schlimm?“

„Ziemlich schlimm, ja. Sie hat ihn beschimpft und beleidigt. Du kannst dir kaum vorstellen, wie unangenehm mir das war. Sie ist wirklich furchtbar!“

„Wo sind sie sich denn über den Weg gelaufen?“

„Ich war … also Rafael und ich … wir waren spazieren, da ist sie plötzlich hinter uns aufgetaucht.“

„Oh! Ihr wart zusammen spazieren? Interessant!“ Isabell grinste.

„Nein, eigentlich waren wir nicht zusammen unterwegs, wir … also, wie soll ich das sagen? Er war auch plötzlich hinter mir.“

„Aha. Also, erst bist du Rafael und dann seid ihr gemeinsam Barbara begegnet. Habe ich das so richtig verstanden?“

„Ja, so ungefähr war es.“ Sie musste husten.

„Und dann?“

„Na, es kam zu dem unschönen Wortwechsel mit meiner Schwester. Wir haben Barbara danach einfach stehen lassen.“ Luisa ballte die Fäuste. „Ich war kurz davor, ihr die Giftzunge zu kappen, das kannst du mir glauben. Zu schade, dass ich meine Rosenschere nicht dabeihatte.“

Isabell lachte. „Ach, Lu, du bist herrlich! Aber so lammfromm, wie du bist, könnte ich mir so etwas nicht einmal im Traum vorstellen.“

„Na, ist doch wahr, und Rafael sah aus, als würde er sie am liebsten in Stücke reißen. Deshalb habe ich dafür gesorgt, dass die Szene schnell ein Ende fand. Ich habe ihn einfach hinter mir her nach Hause gezogen, und er hat sich nicht gewehrt.“

„So so.“

„Sag das nicht so … süffisant. So so … tze!“
„Seid ihr zu dir oder zu ihm gegangen?“
„Wie klingt das denn bitte schön, Isa?“
„Na, irgendwas ist doch dann passiert. Ich kenne dich, Lu. Du benimmst dich sehr eigenartig und windest dich gerade wie ein Aal.“
Sie holte tief Luft. „Eigentlich wollten wir einen Kaffee bei mir trinken und … also, irgendwie ist er plötzlich furchtbar wütend geworden und dann hat er mich geküsst. So ungefähr.“
Isabell sah sie entgeistert an. „Er war furchtbar wütend und hat dich geküsst?“
„Ja, allerdings wollte er vor dem Küssen eigentlich gerade gehen.“
„Okay, das klingt jetzt wirklich kompliziert.“
„Das ist es auch. Ach, Isa! Und dann wollte er nicht mit mir schlafen.“
„Lu!?“
„Du wolltest wissen, was passiert ist.“ Sie musste lachen. „Das klingt insgesamt ziemlich bescheuert, wenn ich so drüber nachdenke.“ Das Lachen half ihr.
Isabell lächelte, runzelte jedoch die Stirn. „Fassen wir das zusammen, damit so blonde Frauen wie ich das auch kapieren. Er war stinkwütend, hat dich daraufhin geküsst, wollte aber nicht mit dir schlafen? Okay. Heißt das, dass du … warte mal, heißt das jetzt, er hat die Sache mittendrin abgebrochen? Oder wolltest du sehr gern und er nicht?“
„Du hast vergessen, dass er zwischendurch gehen wollte.“ Ihr war immer noch nach Kichern zumute und deshalb zog sie Isabell eine Grimasse.
„So, und jetzt erklärst du mir das Ganze so, dass ich es wirklich verstehe.“ Auch Isabell kicherte. „Bitte, Lu! Und hör sofort auf, so komisch zu sein, sonst kann ich mich nicht auf dein Gefühlsleben konzentrieren.“
„Na gut. Also, er wollte, und wie! Dann wollte ich auch, und dreimal wie! Ja, und dann wollte er nicht mehr, weil er an-

scheinend der Meinung ist, dass es nicht gut für mich wäre, es mit ihm zu tun. Um genauer zu sein, meinte er, dass *er* generell nicht gut für mich oder andere ist."

„Oh! Jetzt verstehe ich."

„Wirklich?"

„Ich denke schon." Isabell zog ihre hübsche Nase kraus. „Ach Gott, der arme Kerl."

„Sag ich doch. Übrigens, schade, dass du keine Pralinen mehr hast. Die waren so schön sündig." Sie lachten beide.

„Mal im Ernst, Lu. Rafael hat Interesse an dir, das ist doch der Wahnsinn!"

„Stimmt, damit hätte ich niemals gerechnet, und du kannst mir glauben, dass mich das richtig umhaut. Da beherrscht der Mann jahrelang meine Träume, kommt einfach nach Lunau zurück und will mich! Mich, die kleine Luisa! Ich hätte doch längst nach Hamburg fahren und ihm zufällig über den Weg laufen sollen, oder? Übrigens hätte er mich schon Samstagabend um ein Haar geküsst, aber dann klingelte das Telefon und Jan war dran."

Wieder brach Isabell in Gelächter aus. „Lu, du bist einfach köstlich. So wie du es erzählst, ist das echt der Brüller."

„Aber so war es."

„Ich glaube dir ja. Und jetzt wirst du ihn natürlich davon überzeugen, dass er sehr wohl gut für dich ist, nicht wahr?"

Luisa lächelte. „Ich denke, ich sollte es zumindest versuchen." Sie wurde ernst. „Isa, mein ganzes Leben lang habe ich davon geträumt, von diesem Mann geliebt zu werden, und zwar in jeder denkbaren Weise. Auch wenn ich es selbst noch kaum fassen kann, liegt die Erfüllung dieses Traums plötzlich im Bereich des Möglichen. Ich muss es einfach versuchen. Die Frage ist nur wie."

„Liebes, er ist nur ein Mann." Isabell zwinkerte ihr zu. „Ich bin damals bei Kjell einfach aufs Ganze gegangen und habe die Initiative ergriffen, als er versucht hat, auf Distanz zu gehen. Mit anderen Worten bin ich direkt auf sein bestes Stück losgegangen, da ist er eingebrochen."

„Das habe ich ansatzweise versucht, aber er blieb … äh … hart.“ Wieder lachten sie beide, bis ihnen die Tränen kamen.

Allein seine Arbeit half Rafael, die Tage einigermaßen durchzustehen. Dennoch fiel es ihm von Minute zu Minute schwerer, sich darauf zu konzentrieren. Seine Gedanken schweiften viel zu oft ab und immer häufiger passierte es ihm, dass er sich dabei erwischte, wie er plötzlich reglos dasaß und nur noch grübelte, statt zu zeichnen. Sicher, da gab es viel, worüber er nachdenken musste, aber der Verkauf der Gärtnerei trat immer mehr in den Hintergrund. Vielmehr fühlte er sich seinem Verlangen nach Luisa allmählich ausgeliefert, das gefiel ihm gar nicht.

Auch wenn die Intensität dieser Begierde neu für ihn war, so kannte er doch das Gefühl des Ausgeliefertseins und die Hilflosigkeit, die damit einherging, allzu gut. Doch zum Glück war er nicht mehr wehrlos, so wie früher in seiner Kindheit. Das lag weit zurück.

Er fluchte, wie so oft in der letzten Zeit.

Bevor er zurückgekommen war, hatte er sich geschworen, sich nicht von Gefühlsanfällen beeinflussen zu lassen. Er hatte den Verkauf der Gärtnerei und des Hauses so schnell wie möglich vollziehen und danach sofort wieder abreisen wollen. Gegen Anfeindungen der Lunauer und selbst gegen die Einmischung seiner Freunde hatte er sich zuvor innerlich gewappnet. Er war wirklich der Meinung gewesen, die Angelegenheit schnell und nahezu schmerzlos über die Bühne bringen zu können. Doch dann hatte gleich am ersten Abend Luisa vor ihm gestanden, pudelnass und zuckersüß in ihrer unfreiwillig komischen Art. Seitdem war er nicht mehr er selbst.

Mal abgesehen von der sexuellen Begierde, die sie in ihm auslöste, mochte er sie, das machte alles noch viel schwieriger. Sie war beeindruckend natürlich und authentisch, sie spielte keine Rolle, nur weil sie sich vielleicht einbildete, er würde es von ihr erwarten. Allein schon deshalb war sie anders als all die anderen Frauen, die ihm in den letzten Jahren über den Weg gelaufen waren. Zu viele unwichtige schnelle Begegnungen, zu viele Namen in seinem alten Notizbuch, zu denen er kaum noch ein Gesicht vor Augen hatte. Zu viele Nächte, die keinerlei Spuren hinterlassen hatten.

Er hatte schon früh gemerkt, wie leicht er es bei Frauen hatte. Ein angedeutetes Lächeln hier, ein winziges Zeichen von Interesse dort, meist hatte das schon ausgereicht, um sie ins Bett zu bekommen. Auf eine zweite Nacht hatte er sich nur sehr selten eingelassen, warum auch?

Bei Luisa war es anders. Einfach alles, was mit ihr zu tun hatte, wirkte in ihm nach. Allein dieser Kuss! Er hatte sich gegen das überwältigende Verlangen nicht wehren können und die Kontrolle verloren, nur deshalb war es überhaupt zu dem impulsiven Kuss gekommen. Ihre unverfälschte Lust hatte ihn dann völlig verrückt gemacht. Um ein Haar wäre er seinem üblichen Muster gefolgt und hätte die Sache zu Ende gebracht, doch dann hatte sie – oh, so süß! – seinen Namen gestöhnt, und das hatte ihn seltsamerweise wieder etwas klarer denken lassen. Luisa hinterließ schon jetzt Spuren, die sich nicht so einfach wegwischen ließen.

Sie hatte es irgendwie geschafft, sich unter seiner Haut und in seinem Kopf festzusetzen, er konnte es nicht ändern. Das Verlangen nach ihr wurde immer stärker, je mehr er sich den Gedanken an sie hingab. Obwohl er ihr seit Tagen bewusst aus dem Weg ging, ließ die Begierde einfach nicht nach. Das machte ihm Sorgen. So war es noch nie gewesen. Aber es war ein Grund mehr, sich von Luisa fernzuhalten.

Ja, sie war die pure Versuchung für ihn. Doch dieser Verlockung musste er widerstehen. Und das konnte doch nicht so schwer sein, schließlich war er ein intelligenter und erwachsener Mann!

Sein Computer schaltete gerade in den Ruhemodus, weil er ihn offenbar in den letzten zwanzig Minuten nur angestarrt hatte, anstatt zu arbeiten. Rafael holte tief Luft, aber das reichte ihm nicht. Er brauchte frische Luft, und zwar möglichst viel davon, vielleicht wurde dann sein Kopf wieder klar. Zeit für eine Runde auf der Harley, dachte er.

Nach dem Treffen mit Isabell hatte Luisa noch zusammen mit ihr und Kjell zu Abend gegessen. Isabell hatte sie dazu überredet. Nun war es ziemlich spät geworden, und da ihr Tag in der Regel sehr früh begann, wurde es Zeit, dass Luisa ins Bett kam. Dass sie unglaublich müde war, wunderte sie nicht. Schließlich schlief sie seit ungefähr einer Woche kaum noch eine Nacht durch. Nach dem entspannten Abend mit den Loewenthals würde es ihr hoffentlich gelingen.

Als sie den kleinen Weg einschlug, der von der Hauptstraße direkt zum Brix-Haus führte, entdeckte sie Rafael. Er stand vor der Garage neben seinem Motorrad, den Helm in der Hand. Offensichtlich war er gerade nach Hause gekommen. Als er Luisa sah, schien er kurz zu zögern, doch dann nickte er ihr nur wortlos zu und schob die schwere Maschine in die Garage. Es dauerte nur ein paar Sekunden, bis er wieder heraustrat und das Garagentor schloss.

Obwohl sie ihren Haustürschlüssel bereits in der Hand gehalten hatte, als sie angekommen war, tat sie jetzt so, als würde sie ihn erst in ihrer Tasche suchen müssen, bevor sie ihn ins Schloss steckte.

„Warst du noch unterwegs?“, fragte sie eher beiläufig, als er mit großen Schritten auf den Eingang zum Haupthaus zuging.

Er sah sie nicht einmal an. „Jep.“

„Warst du in Hamburg?“

„Nein, bin nur ein bisschen rumgefahren.“

In all dem schwarzen Leder sah er einfach umwerfend männlich aus. „Ähm … Willst du vielleicht noch was mit mir trinken?“, fragte sie mutig.

„Danke, aber ich bin müde, hab den ganzen Tag gearbeitet. Schlaf gut, Lu!“ Damit war er im Haus verschwunden.

Seufzend starrte sie auf ihre Haustür. Isabell ist also bei Kjell aufs Ganze gegangen, dachte sie. Bei Rafael scheint diese Methode leider nicht zum Ziel zu führen.

Missmutig zog sie sich einige Zeit später um und murmelte griesgrämig vor sich hin, was ihr meistens half, sich abzureagieren, wenn niemand in der Nähe war. Grummelnd zog sie ein übergroßes T-Shirt aus dem Kleiderschrank und zog es über. Sie schlief gerne in Shirts, in die ein muskelbepackter Bauarbeiter von zwei Metern Länge gepasst hätte. Die Dinger waren einfach gemütlich – außerdem sah sie ja niemand, warum also in zarten und verführerischen Negligés ins Bett gehen? Luisa seufzte wieder schwer.

Kaum lag sie unter der Decke, musste sie sich mit der Tatsache abfinden, dass sie wieder nicht einschlafen konnte. Irgendwann schaltete sie entnervt das Licht an, griff nach dem Buch, das auf ihrem Nachttisch lag, und drückte sich das Kopfkissen im Nacken zurecht. Es war ein historischer Roman, der im alten England von Königin Viktoria spielte, so weit so gut, aber der Held hatte dunkle Haare und grüne Augen, das störte wirklich. Verärgert klappte sie das Buch zu. Sie wollte es schon zurück auf den Nachttisch legen, da schüttelte sie heftig den Kopf.

„Ich bin wirklich unmöglich", sagte sie laut in die Stille ihres Schlafzimmers hinein. „So was! Ich lass mir doch nicht diesen tollen viktorianischen Liebesromanhelden vermiesen, nur weil er zufällig ein bisschen aussieht wie ein gewisser Typ, den ich kenne. Pah! So weit kommt es noch!"

Es dauerte eine Weile, aber dann fand sie tatsächlich in die Handlung des Romans hinein. Plötzlich waren zwei Stunden vergangen und ihr wurden die Lider endlich schwerer. Sie las den Absatz zu Ende, dann klappte sie das Buch zu, legte es beiseite und knipste das Licht aus. Beinahe wäre sie eingeschlafen, doch ihr kam noch eine Idee.

Es regnete. Der Regen war mindestens so heftig wie an dem Abend vor genau einer Woche, als er in Lunau eingetroffen war.

Der Wind heulte ums Dach und die Tropfen, die auf der Fensterscheibe landeten und dort verliefen, waren riesig.

Rafael brummte und fluchte, als er die Bettdecke zurückschlug und schnurstracks unter die Dusche marschierte. Was für eine Nacht! Er hatte kaum ein Auge zugemacht. Wenn das so weiterging, würde er sich bald nicht mehr auf den Beinen halten können, geschweige denn arbeiten. Der anhaltende Regen hatte ihn jedenfalls nicht wach gehalten. Vielmehr waren es die Bilder von ihr und das massive Problem zwischen seinen Beinen, das sich sofort peinigend meldete, sobald ebendiese ganz bestimmten Gedanken auftauchten – was sie ständig taten. Es war wirklich nervtötend und zermürbend.

Luisa in seinen Armen, während er sie küsste. Luisas Hand, die auf ihm lag, gierig nach ihm griff und an seinem Gürtel zerrte. Luisas Lippen, so weich und rosig. Luisas Augen, silbrig schimmernd und voller Verlangen. Das unbeschreibliche Gefühl von Luisas Brüsten unter seinen Händen. All das machte ihn rasend, ließ ihn stöhnen und innerlich um Gnade bitten.

Unter der Dusche verschaffte er sich selbst Erleichterung, aber das war nicht, was er wirklich wollte, und es blieb eine Leere zurück, die ihn mürrisch und unbefriedigt zurückließ.

Eine halbe Stunde später saß er am Esstisch, aß ein paar Rühreier mit Toast und spülte das Ganze mit jeder Menge Kaffee herunter. Sein Blick fiel auf den Computer und das Grafiktablet. Heute hatte er nicht die geringste Lust zum Arbeiten. Er würde es lassen. Stattdessen nahm er sich vor, bei Christa im Laden vorbeizuschauen, sie, Kjell und Isabell vielleicht zu fragen, ob sie abends mit ihm essen würden, und fühlte sich gleich etwas besser. Außerdem sollte er sich endlich mit dem Verkauf der Gärtnerei auseinandersetzen. Warum hatte er sich nur auf diese verfluchten drei Monate Gnadenfrist eingelassen?

Schwerfällig stand er schließlich auf und brachte das Geschirr in die Küche, in diesem Moment läutete es. Da er sofort eine Ahnung hatte, wer zu ihm wollte, ging Rafael mit deutlich gemischten Gefühlen durch den Flur zur Haustür und öffnete.

„Guten Morgen“, sagte Luisa eine Spur zu beschwingt. Sie war einfach reizend, wie sie da strahlend lächelnd und mit wippendem Pferdeschwanz unter dem Vordach stand, während um sie herum der Regen unaufhörlich vom Himmel prasselte. Innerlich fluchte er. Das Fluchen wurde langsam zu einer schlechten Angewohnheit von ihm.

„Ich habe gehört, dass du schon wach bist. Dieser Kaffeevollautomat, den Julia so immens wichtig fand, dass sie dafür ein kleines Vermögen ausgegeben hat, macht wirklich einen Höllenlärm, weißt du. Um zur Sache zu kommen: Ich wollte dir nur schnell etwas sagen, bevor ich zur Arbeit gehe“, fuhr sie fort, immer noch in erstaunlich fröhlichem Tonfall.

„Und was?“

„Ich wollte dir mitteilen, dass ich deine Meinung absolut nicht teile. Ich glaube nämlich, dass du sehr wohl gut für mich bist. Ich denke sogar, dass ich auch gut für dich sein könnte.“ Sie räusperte sich und schenkte ihm ein weiteres strahlendes Lächeln. „Was ich sagen will, ich habe beschlossen, von nun an darauf zu warten, dass du deine Meinung änderst und endlich zu mir kommst, damit wir Sex miteinander haben können. Es ist ja offensichtlich, dass wir das beide unbedingt wollen, Rafael.“

„Wie bitte?“ Er traute seinen Ohren nicht.

„Die Verbindungstüren.“ Sie deutete an ihm vorbei und zeigte auf den Zugang, der direkt in ihre Wohnung führte. „Ich werde meine Seite nicht mehr abschließen. Du kannst also jederzeit zu mir kommen, sobald du deine albernen Bedenken über Bord geworfen hast.“

Kurz senkte sie den Blick, hob ihn aber sofort wieder. „Ich bin eine erwachsene Frau. Niemand, auch du nicht, kann sich ein Urteil darüber erlauben, was gut für mich ist. Das kann nur ich allein entscheiden, kapiert? Ich begehre dich nämlich sehr, man könnte sogar sagen immens oder außerordentlich, oder wie auch immer du es gerne hättest!“

„Ähm …“

„So, jetzt weißt du Bescheid. Mehr wollte ich gar nicht. Ich wünsche dir einen schönen Tag!“ Sie drehte sich auf dem Absatz um, spannte einen großen knallroten Stockschirm auf, stolperte, fing sich aber gleich wieder und marschierte dann mit hoch erhobenem Kopf durch den Regen davon.

Rafael brauchte eine Weile, um den Vorfall und ihre Rede zu verarbeiten. Nachdenklich ging er zurück ins Wohnzimmer und ließ sich dort auf das riesige Sofa fallen. Er lehnte sich zurück, streckte die Beine von sich und starrte einige Zeit vor sich hin, dann brach, für ihn selbst überraschend, Gelächter aus ihm heraus. Er lachte lauthals, konnte kaum noch damit aufhören. Es dauerte eine halbe Ewigkeit, bis er sich wieder beruhigt hatte. „Na bravo, meine kleine Lu, jetzt hast du mich endgültig an den Eiern!“

Luisa war überaus zufrieden mit sich. Sie hatte sein Gesicht gesehen, besonders seine Augen, in denen erneut ein Sturm zu toben schien, seit sie ihm ihre kleine Ansprache gehalten hatte. Bewusst aufmerksam hatte sie auf jedes Detail seiner Reaktion geachtet. Er begehrte sie tatsächlich und würde schon bald zu ihr kommen, daran hatte sie nicht mehr den geringsten Zweifel.

Ein Lächeln auf den Lippen, packte sie einen Korb mit den kleinen Gestecken für das Buchladen-Café zusammen und stellte ihn neben dem Verkaufstresen auf dem Fußboden ab. Dann suchte sie sich die passenden Blumen, um einen wunderschönen Brautstrauß zu binden, der vor einigen Tagen von einem sehr aufgeregten Bräutigam vorbestellt worden war. Er wollte das Kunstwerk am späteren Vormittag abholen, denn heute war der große Tag für ihn und seine Braut. Natürlich würde sie sich besondere Mühe geben, wie immer. Brautsträuße waren eine echte Herausforderung, zumindest wenn der Bräutigam sie in Auftrag gab. In den meisten Fällen kannte er das Kleid nämlich nicht, das seine zukünftige Frau bei der Hochzeit tragen würde, deshalb ließ Luisa sich die Braut immer sehr eingehend beschreiben, bestenfalls sogar ein Foto zeigen, um einschätzen zu können, um was für einen Typ Frau es sich handelte. Ein ausladendes, romantisches Kleid brauchte einen ganz anderen Strauß als ein schlichtes elegantes Modell. In diesem Fall war es jedoch einfach, denn der Bräutigam war sich ziemlich sicher, dass seine Zukünftige kein schlichtes Kleid tragen würde. Sie war ein Fan der alten Sissi-Filme und las jede Menge romantischer Liebesromane.

Mit solchen Frauen kannte sie sich bestens aus. Sollte ich selbst jemals heiraten, wird mein Brautkleid auch alles andere als schlicht sein, dachte sie lächelnd, während sie winzige, fliederfarbene Gänseblümchen an langen Efeuranken befestigte. Zusammen mit den farblich dazu abgestimmten Rosen und dem Schleierkraut würden diese zarten Girlanden vorzüglich einen ausladenden Reifrock betonen. Als das herrliche Bukett fertig war, fotografierte Luisa es. Das tat sie immer. In ihrem Geschäft gab es inzwischen eine ganze Wand mit Fotos von wunderschönen Brautsträußen. Dieses hier würde einen ganz besonderen Platz bekommen.

„Wow!", rief Isabell, als sie wenig später in den Laden kam, um die Gestecke für die Cafétische abzuholen. „Da hast du dich aber selbst übertroffen, Lu. Der ist ja unglaublich."

„Hey, deiner war mindestens genauso schön", wandte Luisa lachend ein.

„Ja, das stimmt allerdings. Meiner war ein Traum. Und diese langen Ranken hatte ich auch, nur in Hellblau."

„Oh ja! Das sah aus wie eine kleine Kaskade aus Wasserperlen, die sich über dein Kleid ergoss. Zum Glück hattest du mir ja vollkommen freie Hand gelassen. Die Farbe passte hervorragend zu deinen Augen, aber auch zu Kjells Verbindung zum Meer, deshalb hatte ich mich dafür entschieden."

Isabell lachte und griff nach dem Korb mit den Gestecken. „Du bist wirklich hoffnungslos romantisch, Lu."

Am frühen Abend machte sich Rafael auf den Weg zu Christa. Ungefähr eine Stunde nach Luisas bemerkenswertem Auftritt vor seiner Haustür hatte er Christa angerufen und ihr wie geplant ein gemeinsames Abendessen vorgeschlagen. Sie war sofort begeistert gewesen. Eigentlich hatte er vorgehabt, seine Freunde in ein Restaurant einzuladen, aber Christa hatte darauf bestanden, selbst zu kochen. Das wäre für alle entspannter, meinte sie, und niemand müsste ein Auto bewegen. Sie versprach ihm, ihr berühmtes Gulasch zu kochen. Genau wie früher würde es Nudeln und einen leckeren Gurkensalat dazu geben. Das hatte er schon als Kind gerne bei ihr gegessen. Er freute sich auf den Abend.

Er traf als Erster bei Christa ein und half ihr, den Tisch zu decken.

„Ich habe auch noch Ruth und Lu eingeladen", sagte sie beiläufig, als er irritiert auf den großen Stapel Teller schaute, den sie ihm reichte. „Ich hoffe, das ist dir recht."

Er musste sich räuspern. Natürlich hatte er nicht damit gerechnet, Luisa heute Abend wiederzusehen. Wenn man es genau nahm, war er eigentlich nur hier, um sich, zumindest für ein paar entspannte Stunden, von ihr ablenken zu lassen. „Das geht klar", antwortete er schnell, weil Christa ihn erwartungsvoll ansah.

„Es wird auch Zeit, dass du meine Freundin Ruth ein bisschen besser kennenlernst. Sie ist eine Wucht, sag ich dir! Für Kjells Praxis und das gesamte Dorf war sie ein richtiges Geschenk. Innerhalb kürzester Zeit hat sie tüchtig frischen Wind nach Lunau gebracht. Sie kümmert sich einfach um jeden hier, besonders um diejenigen, die Hilfe brauchen. Ruth ist ein Schatz."

„Christa, ich suche gerade keine Frau fürs Leben." Er lachte und zwinkerte ihr zu, obwohl er versuchte, sich an den Gedanken zu gewöhnen, dass auch Luisa gleich hier sein würde.

„Ach, du! So meinte ich das doch nicht, und das weißt du auch. Ich wollte dir nur von Ruth erzählen. Außerdem wäre sie doch viel zu alt für dich, mein Lieber." Sie drehte sich zu ihm um und sah ihm direkt ins Gesicht. „Solltest du irgendwann einmal auf Freiersfüßen wandeln, dann suche dir auf jeden Fall ein Mädchen aus, das dich wirklich begeistern kann."

Ihr Lächeln wirkte ein wenig hintergründig, wie er bemerkte. „Begeisterung füreinander – ich glaube inzwischen, das ist tatsächlich das wahre Geheimnis hinter der großen Liebe. Das habe ich bei Kjell und Isabell ganz genau beobachtet. Die kriegen sich vor lauter gegenseitiger Begeisterung nämlich kaum noch ein."

Bevor er sich dazu äußern konnte, klingelte es an der Haustür. Rafael war ziemlich dankbar für die Unterbrechung.

Das gemeinsame Abendessen verlief zunächst erfreulich entspannt und sogar lustig. Nach einer nahezu unverkrampften Begrüßung saß Luisa nun am anderen Ende des Tischs und hörte überwiegend den anderen zu. Ebenso wie er schien sie sich hauptsächlich aufs Essen zu konzentrieren. Er selbst hatte zwischen Christa und Ruth Platz genommen und stellte schon sehr bald fest, dass Christas Freundin tatsächlich eine Frau zu sein schien, deren Energie man nur bewundern konnte. Es war nicht zu übersehen, dass alle am Tisch ihr großes Vertrauen und eine tiefe Zuneigung entgegenbrachten. Mit ihm sprach sie, als würde sie ihn schon ihr Leben lang kennen, und bereits nach kürzester Zeit verstand er sehr gut, warum Kjells Praxishelferin von allen gemocht wurde.

Aus ihren Erzählungen konnte man sehr genau ihr großes Einfühlungsvermögen vor allem für die älteren Lunauer heraushören, um die sie sich hingebungsvoll kümmerte. Sie tat das nicht nur in medizinischer Hinsicht, sondern half auch bei der Bewältigung des Alltags. Anscheinend bereitete es ihr große Freude, anderen Menschen zu helfen.

Die Gespräche drehten sich in erster Linie um alltägliche Belange. Kjell und Ruth gaben ein paar Anekdoten aus der Praxis zum Besten. Natürlich nannten sie dabei keine Namen, aber die Geschichten waren sehr unterhaltsam und Rafael sah Kjell an, wie glücklich er mit seinem neuen Leben als Landarzt war.

„Für dich scheint es wirklich die richtige Entscheidung gewesen zu sein, hier in Lunau die Praxis zu eröffnen, Kjell." Er lächelte ihm zu.

Sein Freund nickte, hob sein Glas und prostete ihm zu. „Darauf kannst du jede Wette abschließen, Rafael. Du weißt doch, dass das auch früher schon mein Traum war, aber es hätte natürlich auch ins Auge gehen können. Zum Glück haben die Lunauer mich praktisch sofort als ihren Arzt akzeptiert." Er warf seiner Frau einen liebevollen Blick zu. „Dass ich dann auch noch meine Bella getroffen habe, macht mein Leben perfekt."

„Sei ehrlich, vermisst du nicht doch manchmal das Abenteuer und deine aufregende Zeit als Elitesoldat?", hakte er augenzwinkernd nach.

„Nicht die Bohne. Das Leben hier ist oft sogar noch aufregender, wenn auch selten lebensgefährlich." Kjell lächelte und wechselte erneut einen Blick mit seiner Ehefrau. „Abenteuer hatten wir beide mehr als genug."

Isabell drückte ihrem Mann einen Kuss auf den Mund. „Oh ja", bestätigte sie lächelnd.

Rafael spürte, wie ihn etwas zu umfangen schien. Das pure Glück seines Freundes, die Lebensfreude von Ruth, Christas Offenherzigkeit, es war, als tauche er in ein völlig anderes, schöneres Leben. Ihm wurde tatsächlich warm ums Herz. Nicht nur was Ruth anging hatte Christa recht. Es war wirklich offensichtlich, wie sehr Kjell und Isabell sich liebten.

Nach dem Essen brachte er zusammen mit Ruth und Kjell die Küche wieder in Ordnung. Luisa und Isabell sorgten derweil für Kaffee und verteilten das Dessert, um das sich Isabell gekümmert hatte. Es gab eine leckere Baisertorte mit Mandeln und Schokolade, die allen auf der Zunge zerging.

Nachdem auch die Dessertteller und die Kaffeetassen schon eine Weile abgeräumt waren, wandte sich Christa an Luisa: „Du bist so still heute Abend, Lu. Alles in Ordnung mit dir?"

„Den Umständen entsprechend geht es mir gut", antwortete sie leise, und ihr Blick huschte für einen Moment in seine Richtung, dann sah sie wieder Christa an. „Hast du eigentlich schon mit Helge von Hoven gesprochen?"

Ihm fiel auf, dass Christa stutzte und ihn ebenfalls kurz ansah, bevor sie antwortete. „Er war heue Nachmittag unten im Café und hat sich ein Stück von Isabells Birnentorte gegönnt, das tut er dann und wann. Ich habe natürlich sofort die Gelegenheit genutzt und mich ein paar Minuten zu ihm gesetzt. Die Sache, über die wir geredet haben, geht in Ordnung, wann immer du das willst. Aber die Einzelheiten können wir ja auch später noch klären."

„Welche Sache?", fragte Isabell und sah Luisa erstaunt an.

„Ich hatte Christa gebeten, wegen einem der Ferienhäuser mit dem alten Baron zu sprechen. Ich meine die älteren Steinhäuser direkt auf dem Gutshof", antwortete sie.

„Ah, die am See", sagte Ruth. „Die Häuser liegen besonders schön, und weit genug weg von den Pferdeställen." Sie lachte. „Willst du dort jemanden unterbringen, den du kennst?"

„Ja, mich", erwiderte Luisa und lächelte leicht. „So wie es aussieht, brauche ich ja schon sehr bald eine neue Unterkunft."

Für einen Moment wurde es unangenehm still in Christas Küche. Rafael musste sich räuspern und traute sich kaum, den Blick zu heben. Er starrte auf die Bierflasche, die vor ihm stand, und begann, sie mit einer Hand hin und her zu drehen. Das Schuldgefühl war ihm fast schon so vertraut wie die aufkeimende Wut, die gleich darauf folgte. Am liebsten wäre er in diesem Moment aufgestanden und gegangen, aber das würde er Christa niemals antun, also bemühte er sich, sich nichts anmerken zu lassen und möglichst ruhig weiterzuatmen. Das Anstarren der Bierflasche half ein wenig.

„Dort wollte ich auch mal einziehen", kam es von Ruth, und Rafael spürte ihren Blick auf sich. „Aber dann bin ich ja bei deiner Schwester gelandet, Lu."

„Wie kommst du eigentlich so im Alltag mit der Giftspritze klar?", wollte Luisa wissen. „Das wollte ich dich die ganze Zeit schon fragen."

Ruth winkte ab. „Wir haben keinerlei Probleme miteinander. Allerdings laufen wir uns nur selten über den Weg, da meine Dachgeschosswohnung ja zum Glück einen eigenen Zugang hat. Manchmal höre ich sie, mehr aber auch nicht. Ich mag die Mansarde, sie gefällt mir sehr."

Luisa nickte. „Ja, die Dachwohnung ist ganz nett. Als ich noch ein Kind war, gab es dort nur einen großen Abstellraum und daneben den Trockenboden. Mein Vater hat die Räume später ausbauen lassen, um sie als Ferienwohnung zu vermieten, aber dazu ist es nie gekommen, weil meine Eltern vorher starben."

„Ich weiß", entgegnete Ruth. „Barbara hat mir davon erzählt. Im vergangenen Jahr wollte sie den Plan deiner Eltern endlich umsetzen und doch noch eine Ferienwohnung daraus machen. Dann war ich plötzlich da und nun hat sie eine Dauermieterin. Ist ja auch nicht schlecht."

Rafael war dankbar dafür, dass das Gespräch wieder in eine andere Richtung gegangen war, und dankte Ruth im Stillen. Auf eine sehr subtile Art hatte sie dafür gesorgt, dass er erst einmal wieder aus der Schusslinie war. Als er nun den Kopf zur Seite wandte und sie ansah, deutete sie ein sanftes Lächeln an.

„So, ihr Lieben", sagte sie. „Ich bin seit dem frühen Morgen auf den Beinen und brauche meinen Schlaf, darum werde ich mich jetzt von euch verabschieden." Ruths Blick glitt von einem Gesicht zum anderen, landete schließlich bei ihrer Freundin Christa. „Meine Liebe, ich danke dir für das leckere Gulasch. Und dir, Isa, für die wundervolle Torte. Ich werde wahrscheinlich mindestens drei Tage lang nichts mehr essen können." Sie erhob sich und legte Rafael dabei eine Hand auf die Schulter. Er spürte den leichten Druck ihrer Finger.

„Ich werde dich begleiten, Ruth", sagte er schnell. „Damit du heil nach Hause kommst."

„Das ist sehr nett von dir, aber absolut nicht nötig." Wieder lächelte sie ihn auf diese sanfte Art an. „Ich bin sehr oft abends, manchmal sogar nachts allein im Dorf unterwegs. Kümmere du dich lieber darum, dass unsere Lu später sicher nach Hause kommt. Ihr habt sowieso denselben Weg, ich muss nur ein kleines Stück die Hauptstraße entlang."

Luisa mochte Ruth ohnehin, aber in dieser Sekunde hätte sie die ältere Frau am liebsten geküsst. Es fiel ihr enorm schwer, ihre Gesichtszüge unter Kontrolle zu halten und weiterhin unbeteiligt auszusehen. Wenn sie sich nicht täuschte, unterdrückte auch Isabell ein Kichern, denn sie tat so, als müsste sie husten. Einige Minuten nachdem Ruth gegangen war, traf Rafaels Blick auf den ihren.

„Sag mir, wann du los möchtest, Lu, dann brechen wir auf." Rafael räusperte sich, griff nach seinem Bier und trank den Rest in einem Zug aus.

„Morgen ist Samstag. Ich öffne erst um zehn, da ist die Nacht noch lang genug", antwortete sie absichtlich hintergründig. Bewusst legte sie ihren Kopf etwas schief, lächelte ihn an und legte nach: „Ich richte mich ganz nach dir und warte, bis du so weit bist."

„Ich … habe gerade ausgetrunken und dein Glas ist auch leer. Wir … könnten also los." Wenn sie sich nicht täuschte, klang seine Stimme noch eine Spur rauchiger als sonst. Ein angenehmer Schauer lief ihr über den Rücken.

Auch sie bedankten sich bei Christa für das Essen und den schönen Abend und verabschiedeten sich. Schon fand Luisa sich neben Rafael auf der Straße wieder. Wortlos ging er neben ihr her und trug eine ziemlich mürrische Miene zur Schau.

Sie hatte sehr wohl bemerkt, dass er es vermied, sie zu berühren. Es war Kjell, gewesen, der ihr in die Jacke geholfen hatte, Rafael war sofort auf Abstand gegangen. Auch jetzt wich er jedes Mal aus, wenn sie zufällig etwas dichter an ihn herankam.

Obwohl es noch eine gute Stunde vor Mitternacht war, lag das Dorf still da. Nur hinter sehr wenigen Fenstern brannte noch Licht, die Straßenbeleuchtung war nur spärlich. Ihre Schritte hallten auf dem Asphalt und in der Ferne schrie wiederholt ein Nachtvogel.

„Es war ein schöner Abend", sagte Luisa schließlich, weil sie die Stille kaum noch aushielt.

„Mhm."

„Und das Essen war wirklich sehr lecker."

„Jep."

Er sah sie nicht an, blickte stur geradeaus, aber er wirkte dabei irgendwie angestrengt, wenn sie sich nicht irrte.

„Du bist wirklich unglaublich unterhaltsam, Rafael Brix."

„Ich bin nur müde."

„Ach, auf einmal?"

„So ist es."

Sie verdrehte die Augen.

„Wir sind da", stellte er überflüssigerweise fest, als sie das Haus erreichten. „Gute Nacht, Lu." Ohne sie anzusehen, ging er schnurstracks und mit ausladenden Schritten auf seine Haustür zu, zog den Schlüssel aus seiner Hosentasche, schloss auf und war in der nächsten Sekunde verschwunden.

Sie konnte kaum fassen, dass er das jetzt tatsächlich durchzog. Er war noch viel sturer, als sie vermutet hatte.

Seufzend zog auch Luisa ihren Schlüssel aus der Tasche und schloss zutiefst frustriert die Tür auf. Doch kaum hatte sie ihre Jacke an die Garderobe gehängt, ging die Verbindungstür schwungvoll auf, und da stand er auch schon in ihrem Flur. Das heiße Glücksgefühl in ihrer Brust verrauchte jedoch sofort wieder, als sie in sein zorniges Gesicht sah. Vor Schreck blieb Luisa fast die Luft weg.

„Rafael, was…"

„Ich muss etwas klarstellen", stieß er wütend hervor. „Deine Vorstellungen von mir sind vollkommen falsch! Du machst einen fundamentalen Fehler, wenn du dir Dinge wünschst, die völlig anders laufen könnten, als du sie dir erträumst!" Er schnappte nach Luft und starrte sie unverwandt und sichtbar aufgebracht an. „Du solltest wissen, dass ich nicht so ticke wie die Typen in deinen gottverdammten Liebesromanen! Das Gegenteil ist der Fall! Ich bin ganz und gar anders, vor allem im Bett! Ich bin kein rücksichtsvoller und zärtlicher Liebhaber, sondern eher zügellos, getrieben und impulsiv. Und ich bin weder heldenhaft noch edelmütig und schon gar nicht romantisch veranlagt. Und damit das klar ist, ich werde nicht am nächsten

Morgen vor dir auf die Knie fallen und um deine Hand anhalten, das kannst du gleich vergessen!"

Erkennbar atemlos fixierte er sie mit seinem glitzernden Blick. In seinen Augen tobte der vertraute Sturm. Sie erschauerte. „Ich …"

„Und was die Gärtnerei betrifft", unterbrach er sie erneut. „Es wird sich nicht das Geringste an meinen Absichten ändern, nur weil ich dich vielleicht gef… ähm, ich meine, falls wir beide Sex haben sollten."

Sie musste schlucken. Was er da sagte, und auch das, was er nur andeutete, war fast schon unverschämt, wenn nicht sogar beleidigend, und doch erregte es sie.

„Luisa! Wenn du jetzt sagst, dass ich gehen soll, werde ich es tun. Aber das Thema sollte dann auch ein für alle Mal zwischen uns erledigt sein", schob er nach.

Ihr Mund wurde trocken und sie musste sich die Lippen lecken.

Er ließ sie nicht aus den Augen. Sein stürmischer Blick senkte sich zunächst auf ihren Mund, dann auf ihren Busen, der sich, wie sie jetzt selbst bemerkte, unter ihren schnellen Atemzügen hob und wieder senkte. Seine Fäuste schlossen sich, so als müsste er sich zügeln, während er ihren Körper mit seinen Blicken abzutasten schien. Ihre Brustwarzen wurden hart, drückten sich kribbelnd gegen die Seide ihres Büstenhalters.

Wieder musste sie sich die Lippen lecken, und er ließ ein leises Stöhnen hören. Dann sah er ihr ins Gesicht, bewegte sich jedoch nicht einen einzigen Zentimeter auf sie zu.

„Du willst also, dass ich trotzdem bleibe, ja?" Wie eine lustvolle Liebkosung kroch das Timbre seiner rauchigen Stimme unter ihre Haut.

Anstatt ihm zu antworten, hob sie langsam ihre Hände und begann zitternd, sich die Bluse aufzuknöpfen.

Er holte hörbar Luft und legte den Kopf in den Nacken, dann stieß er den Atemzug ebenso laut wieder aus. „Gott, du machst mich vollkommen verrückt."

Schon in der nächsten Sekunde stand er direkt vor ihr, so dicht, dass sie seinen starken Körper an ihren erigierten Brustwarzen spürte. Er griff nach ihrem Pferdeschwanz, wickelte ihn sich um die Faust und zog ihren Kopf zurück. „Du hattest deine Chance, kleine Lu, aber jetzt kannst du mir nicht mehr entkommen." Dann, endlich, küsste er sie.

Sein Verlangen nach dieser Frau war unfassbar stark. Er hatte aufgehört, sich zu fragen, warum gerade sie diese heftigen Reaktionen in ihm auslöste, er wollte nur noch eins: in ihr sein, in ihrem Körper zerfließen. Nichts anderes hatte mehr Bedeutung für ihn. Vielmehr hatte er das Gefühl, nicht erst seit einer Woche nach Luisa zu gieren, sondern bereits sein ganzes Leben lang.

Ich habe sie angelogen, ging ihm plötzlich auf. Wenn sie ihn in diesem Moment darum gebeten hätte, ihr die ganze verfluchte Gärtnerei mit allem Drum und Dran vor die Füße zu legen, er hätte es getan, solange sie ihn jetzt nur nicht abwies.

Ihr Körper erbebte köstlich an seinem, während er sie küsste wie ein Ertrinkender und sie dabei immer weiter in ihr Schlafzimmer drängte. Sie stöhnte leise an seinem Mund und er fühlte, wie sie eine Hand an seinen Gürtel legte, dann aber sogleich wieder zurückzog. Offenbar hatte seine harsche Reaktion beim letzten Mal doch einige Spuren hinterlassen. „Komm schon!", stöhnte er zwischen zwei wilden Küssen. „Halte dich nur nicht zurück!"

Dann waren sie im Schlafzimmer und vor ihrem Bett angekommen. Für einen Moment ließ er sie los, genoss den Anblick, wie sie ungeduldig an seinem Gürtel zerrte und somit eine seiner erotischen Fantasien der letzten Tage wahr machte. Er selbst öffnete unterdessen die letzten Knöpfe ihrer Bluse, schob sie über die Schultern und streifte sie ihr ab. Sein Blick saugte sich regelrecht an ihrem schneeweißen Büstenhalter fest, während er den Knopf ihrer Jeans öffnete und den Reißverschluss nach unten zog.

Ihre Brustspitzen zeichneten sich jetzt noch deutlicher ab, ihm wurde der Hals trocken. Endlich hatte sie es geschafft, seinen Gürtel zu öffnen, den Rest übernahm er selbst. Nur Sekunden später hatte er Schuhe und Strümpfe, sein schwarzes T-Shirt und die Jeans von sich geworfen. Als sie sich ebenfalls ausziehen wollte, hielt er ihre Hände fest.

„Lass mich das machen, ist wie Geschenke auspacken." Einige geübte Handgriffe reichten aus, um sie von ihrer Kleidung zu befreien, sodass sie nun nur noch in ihrer Unterwäsche vor ihm stand.

Mit sanftem Druck umfasste er ihre Hüften und führte sie zum Bett, nahm ihren berauschenden Anblick in sich auf. Sie griff sich ins Haar, zog das Band heraus und die herrliche Flut ergoss sich über ihre schmalen Schultern. Er konnte kaum noch atmen, als Luisa sich vor ihm auf die Matratze setzte und lächelnd zu ihm aufsah. Die Lust in ihren silbrig schimmernden Augen war klar zu erkennen, aber dahinter lag noch etwas anderes, das er nicht einordnen konnte.

„Küss mich, Rafael! Küss mich wieder", forderte sie ihn auf, griff nach seiner Hand und zog ihn aufs Bett.

Sofort legte er sich halb auf sie, spürte ihre zarte Haut an seinem Bauch, ihre cremeweißen seidigen Schenkel an seiner Erektion, und verlor fast die Kontrolle. Sie war so klein unter ihm, der Kontrast zu seinem großen, viel dunkleren Körper peitschte heiße Wellen der Lust durch ihn hindurch.

„Ich muss dich anfassen", ließ er sie keuchend wissen und griff nach ihrer Brust. Fieberhaft zog er den dünnen Stoff ihres Büstenhalters nach unten und stöhnte auf, als er ihre purpurfarbene und hoch aufgerichtete Brustwarze sah. Mit einem einzigen Ruck riss er den Stoff entzwei, um anschließend die Hände um ihre kleinen festen Brüste zu legen und sie zu streicheln. Er reizte ihre Spitzen zunächst mit den Fingern, dann beugte er sich vor, nahm sie nacheinander in den Mund, leckte und saugte, verging dabei fast vor Begierde nach mehr von ihr, während sie die Fingernägel in seine Haut drückte.

Sie wand sich unter ihm, stöhnte laut auf und rieb sich an seiner Härte. „Rafael!"

„Ja, oh ja!“, kam es heiser aus seiner Kehle. „Gott, Kleines, du bist so unglaublich scharf!“

„Fass mich an, bitte!“ Als ihre Bewegungen immer heftiger wurden, konnte er nicht mehr tun, als ihrer Aufforderung zu folgen. Gezielt ließ er seine Hand über ihren anmutigen Körper gleiten, berührte zunächst nur den Rand ihres Slips, fuhr mit den Fingerspitzen daran entlang. Ohne Unterlass bewegte sie die Hüften. Weich und rhythmisch, erregend und wundervoll ungeduldig. Ihr Gesichtsausdruck zeigte nichts als pure Lust.

Als er seine Hand über ihren Venushügel legte, hob sie sich ihm entgegen und stöhnte lauter. „Oh bitte! Tu was, ich ... das ist ...“, stieß sie keuchend hervor und verstärkte den Druck ihrer Fingernägel an seinem Rücken.

Alles in ihm spannte sich an, bevor er endlich die Hand unter die Seide ihres Slips schob und zunächst ihre Schamlippen streichelte, dann tauchte er in ihre Feuchtigkeit ein, reizte mit kreisenden Bewegungen ihre Klitoris.

Wieder hob sie sich ihm entgegen, und ihre Bewegungen wurden ungezügelter. Er hielt es kaum noch aus – eine ganz neue Erfahrung für ihn. Von ihrer Begierde vollkommen gefangen, klammerte sie sich an seinen Schultern fest, doch wenn er sie jetzt kommen ließ, würden auch seine letzten Dämme brechen, das wollte er auf keinen Fall riskieren.

„Kleines, ich muss zu dir!“ Er entzog sich ihr kurz, streifte seine Shorts ab.

„Ja! Oh ja!“ Ihre Miene wirkte vollkommen entrückt.

Fast wäre er tatsächlich gekommen, nachdem er sich ein winziges Stück in sie geschoben hatte. Sie war so unglaublich eng, zart und heiß.

„Gott im Himmel, Luisa!“ Er atmete schwer, keuchte, um einigermaßen bei Sinnen zu bleiben, während er langsam immer tiefer in sie eindrang ...

Bis er auf einen Widerstand traf ... Bis sie sich unter ihm versteifte und einen kleinen Laut hören ließ, der sich nicht mehr nach Lust anhörte. Die Erkenntnis grub sich nur zögernd durch den Nebel seiner Leidenschaft. *Das kann doch nicht sein!*

Luisa spürte, wie er innehielt. Wenn sie jetzt nichts tat, würde er sich schon in der nächsten Sekunde zurückziehen, daran zweifelte sie nicht. Entschlossen schlang sie die Beine um seine Hüften, klammerte sich an ihm fest. Sie drückte die Fersen auf sein Hinterteil und hob sich ihm mit einem Ruck entgegen. Ein kurzer und sehr scharfer Schmerz durchfuhr sie, doch mehr passierte nicht. Sie fühlte sich vollkommen ausgefüllt, seltsam berauscht von dem Gedanken, dass *er* in ihr war. Wie lange hatte sie davon geträumt, und jetzt wurde ihre Fantasie endlich Wirklichkeit.

Tatsächlich fühlte es sich viel besser an als in ihrer Fantasie. Die Hitze, die Luisa durchflutete, wurde zu einer Glut. Mit jeder Faser ihres Körpers wollte sie ihm nah sein, sodass sie beide eins wurden, umfangen von Begehren und Hitze.

Die Lust überwältigte sie regelrecht. „Rafael!"

Schwer atmend lag er auf ihr, hielt vollkommen still, während sie vorsichtig begann, die Hüften wieder zu bewegen.

„Luisa!" Er stöhnte auf, schloss kurz die Augen, dann legte er seine Hände um ihr Gesicht und sah sie an.

Behutsam nahm er ihren weichen Rhythmus auf. Langsam, fließend und vorsichtig bewegte er sich in ihr, doch in seinem stürmischen Blick sah sie bereits den Tornado auf sich zukommen, schneller und immer ungezähmter, bis er sie mitriss, ihren Körper und gleichsam ihre Seele erfasste und schließlich hoch emporschleuderte. Auf dem Gipfel ihrer Lust hörte sie sich seinen Namen rufen.

Als der Sturm sich gelegt hatte, dauerte es noch mehrere Minuten, bis Rafael sich behutsam von ihr löste und neben sie legte. Mit einem Arm zog er sie an sich, hielt sie an seiner Seite fest. Erfüllt von einem tiefen Glücksgefühl, sog sie den Duft seines Körpers ein, drückte ihre Lippen auf seinen muskulösen Oberarm.

„Warum hast du mir das nicht vorher gesagt?“, fragte er. „Verdammt, Lu, das war … Beinahe hätte ich dir wirklich wehgetan. Ich meine, noch viel mehr wehgetan. Ich hätte das vorher wissen müssen.“

Noch einmal küsste sie seinen Bizeps, dann seine Brust, hob erst danach ihren Kopf und sah ihn an. Mit der Frage hatte sie gerechnet. „Ich hatte Angst, du würdest wieder gehen.“

„Vielleicht hätte ich das getan, ja.“ Er drehte sich ein wenig zu ihr, streichelte ihre Hüfte.

„Eben.“

Dunkel und kurz lachte er auf, schüttelte dann den Kopf. „Nichts auf der Welt hätte mich noch davon abbringen können, Lu. Nichts! Auch dieses kleine … Hindernis nicht. Ich meine, vielleicht wäre ich heute noch mal gegangen, aber spätestens morgen wäre ich wiedergekommen. Deine kleine Ansprache heute Morgen war ziemlich … effektiv, weißt du.“

Sie kicherte, presste dabei ihr Gesicht seitlich an seinen Brustkorb. „Vorhin warst du wieder wütend auf mich. Ich sollte dich häufiger wütend machen.“

Er stieß eine Art Schnauben aus. „Wütend, ja, doch vor allem auf mich statt auf dich. Eigentlich bin ich immer noch wütend.“

„Warum denn?“

„Weil … Weißt du, darüber können wir immer noch sprechen. Sag mir erst einmal, wie … also … wie konnte das passieren?“

Sie wusste sofort, was er meinte. Doch obwohl die Frage absehbar gewesen war, wusste Luisa nicht, was sie antworten sollte. Anlügen wollte sie ihn nicht, aber die Wahrheit kam auch nicht infrage. Um nichts in der Welt hätte sie ihm verraten, dass allein er der Grund gewesen war, warum sie sich keinem anderen Mann hingegeben hatte, auch wenn ihr das selbst erst vor ein paar Tagen klar geworden war. „Keine Ahnung, vielleicht fehlte es mir einfach an Angeboten.“

„Das kann nicht sein, Lu. Du bist wunderhübsch und hinreißend sexy! Bist du all die Jahre nur von blinden Idioten umgeben gewesen?“

Sie selbst fand es schon fast lächerlich, wie begeistert sie sein Kompliment aufsaugte. Dennoch nahm Luisa sich vor, es für alle Zeiten in ihrem Herzen zu verschließen. Statt zu antworten, konnte sie ihn nur anlachen.

„Na komm", sagte er gedämpft. „Ich bin gleich wieder bei dir." Er entließ sie aus seiner Umarmung und stand auf, beseitigte ein Kondom. Sie hatte noch nicht einmal bemerkt, dass er sich überhaupt eines übergezogen hatte. Plötzlich war ihr die Situation ein bisschen peinlich.

„Tut es noch weh?", wollte er wissen.

Sie schüttelte den Kopf und spürte gleichzeitig, wie ihr Gesicht heiß wurde.

„Bleib einfach liegen, ich hole dir etwas", teilte er ihr mit. Splitternackt und prächtig anzusehen, marschierte er hinüber ins Badezimmer.

Fasziniert beobachtete sie jede Bewegung der ausgeprägten Muskulatur unter seiner bronzefarbenen Haut. Er war ein Traum. Ihr wahr gewordener Traum! Seufzend ließ sie sich zurück in die Kissen sinken, aber da kam er auch schon wieder zurück. In der Hand hielt er einen angefeuchteten Waschlappen und eins ihrer Handtücher. Ohne zu zögern, beugte er sich vor und säuberte behutsam die Innenseiten ihrer Oberschenkel, betupfte sogar sanft ihre Schamlippen, kühlte sie so ein wenig.

„Geht es?", fragte er, ohne ihr ins Gesicht zu sehen.

„Ja, danke. Aber ... Ich ... Ich denke, ich schaffe den Rest auch allein." Verlegen nahm sie ihm den Waschlappen und das Handtuch ab und setzte sich vorsichtig auf. Einen leichten Schmerz spürte sie tatsächlich noch, aber das war nichts im Vergleich zu den wundervollen Empfindungen, die ihr Innerstes noch immer erfüllten. Als sie sich erhob, reichte er ihr seine Hand, hielt sie noch eine Weile fest.

„Du hast kaum geblutet", teilte er ihr mit.

„Rafael?"

„Hm."

„Du hast noch nie im Leben einen Liebesroman gelesen, oder?"

Sein verständnisloser Gesichtsausdruck sprach Bände. Seine eindrucksvolle Ansprache von vorhin klang ihr noch in den Ohren.

„Ich bin mal kurz im Badezimmer", sagte sie lachend und ließ ihn stehen.

Als sie kurz darauf in ein Badelaken gewickelt zurückkam, war er in seine Boxershorts geschlüpft und hatte bereits das Bettlaken entfernt.

„Ich wusste nicht, wo du deine Bettwäsche aufbewahrst, sonst hätte ich es schon neu bezogen", erklärte er.

Sie unterdrückte ein Lächeln. Klar, dachte sie amüsiert, du bist in keiner Weise rücksichtsvoll und zärtlich veranlagt, Rafael Brix. Sie ging zu ihrem Kleiderschrank, zog ein frisches Spannbettlaken hervor und warf es ihm zu. „Tu dir keinen Zwang an. Ich hasse es, Betten zu beziehen."

„Hast du was zu trinken im Haus, oder soll ich etwas holen?", fragte er, während er das saubere Laken über die Matratze zog.

Sie stand auf der anderen Seite des Betts, hielt sich das Badetuch über dem Busen zusammen und sah ihm zu. „Du meinst wahrscheinlich etwas Alkoholisches?"

„Unbedingt!" Er hob kurz den Kopf und grinste sie an, bevor er das Laken über die andere Matratzenecke zog. Sie hoffte, dass er nicht bemerkte, wie sehr sie es genoss, ihm zuzusehen. Es war ein beeindruckendes Schauspiel, wie er, nur mit eng anliegenden schwarzen Boxershorts bekleidet, ihr Bett frisch bezog.

„Ich habe noch Wein und immer noch die einzige Flasche Bier im Haus", erwiderte sie.

„Du riechst gut", sagte er übergangslos, als er fertig war, sich aufrichtete und sie wieder ansah. „Hast du kurz geduscht?"

„Ja, ich habe gedacht, das ist das Einfachste."

Er nickte. Dann erschien plötzlich das für ihn so typische, leicht schiefe Lächeln auf seinem Gesicht. „Komm her", sagte er rau.

Sie hinterfragte seine Aufforderung nicht, sondern kam ihr ohne Zögern nach, ging um das Bett herum zu ihm. Er breitete die Arme aus, woraufhin sie sich an ihn schmiegte, erneut die Nase an seine nackte Brust drückte und seinen Duft einatmete.

„Hast du die Show genossen?“, wollte er wissen und lachte leise.

„Was meinst du?“

„Du weißt genau, was ich meine, Lu. Die Ich-habe-gerade-fast-nackt-dein-Bett-bezogen-Show.“

Ihre Wangen fühlten sich schon wieder verflixt heiß an. „Du bist unmöglich, weißt du das?“

„Hey“, erwiderte er lachend. „Keine Bange, ich bin sehr gerne dein Lustobjekt.“ Er wurde ernst, zog sie noch enger an sich und drückte ihr einen kurzen Kuss auf den Mund. „Leg du dich wieder hin und ruh dich aus. Wo finde ich den Wein und die Gläser?“

Wenig später saßen sie zusammen auf ihrem Bett und prosteten sich mit Rotwein zu. „Es ist fast halb zwei“, sagte Rafael schließlich. „Wir sollten wohl langsam mal schlafen gehen. Du willst morgen noch ein paar Stunden im Laden stehen.“

„Bleibst du?“

„Willst du denn, dass ich bleibe?“

Sie nickte.

„Gut, dann bleibe ich.“

Der Wecker klingelte nur wenige Stunden später. Zum ersten Mal seit einer Woche hatte Rafael, wenn auch nur kurz, durchgeschlafen und er fühlte sich einigermaßen fit. Luisa lag neben ihm, noch immer dicht an ihn geschmiegt. Es dauerte nur einen Augenblick, bis er das realisierte, ebenso wie die Tatsache, dass er schon wieder knüppelhart war und sich ihr herrlich runder Po genau dort befand, wo er es am liebsten hatte. Sie bewegte sich kurz und machte dem nervtötenden Geräusch des Weckers den Garaus.

Instinktiv legte er den Arm um ihre Taille und zog Luisa zurück an seinen Körper. „Bleib so, rühr dich nicht von der Stelle.“

Sie lachte leise, aber ihr Atemgeräusch wurde bereits lauter, wenn er sich nicht täuschte.

„Ich muss aufstehen, Rafael. In einer Stunde muss ich das Geschäft öffnen."

„Mhm." An ihren runden Pobacken vorbei, drückte er sich von hinten zwischen ihre Oberschenkel. Ein lustvolles Brummen löste sich aus seiner Kehle. Er hielt Luisa fest umschlungen, mit der Hand, die eben noch an ihrem Bauch gelegen hatte, umfasste er jetzt ihren Busen, streichelte die süßen Spitzen.

Leise begann sie zu stöhnen und ihre Hüften bewegten sich bereits an ihm.

„Ja, so ist es gut", flüsterte er ihr ins Ohr, während er die andere Hand unter sie drängte und dann nach unten gleiten ließ.

„Rafael."

„Beug dich ein bisschen vor und schieb deine Hand vorn zwischen deine Beine, Kleines. Du wirst mich finden."

„Komm ganz zu mir", keuchte sie erregt.

Er nahm ihr Ohrläppchen zwischen die Lippen, küsste danach seitlich ihren Hals. „Nein, dein Körper muss sich noch ein bisschen von mir erholen. Komm schon, genieß es einfach."

Als sie ihn tatsächlich berührte und ihre Hand über ihn legte, konnte er ein lautes Stöhnen nicht mehr unterdrücken. „Ja, lass mich deine Hitze spüren. Aah, ja, so!"

Er beschleunigte das Tempo. Unter ihrem Handgelenk massierte er mit zwei Fingern ihre Klitoris, ließ sie so selbst den Druck bestimmen. Luisas Körper bebte in seinen Armen. Sein Höhepunkt kündigte sich bereits an, doch erst als er sie kommen fühlte, ergoss er sich stöhnend in ihre Handfläche.

„Noch mal", flüsterte sie schwer atmend. „Bitte noch mal, Rafael!"

Er lachte leise und nahm das Spiel mit den Fingern wieder auf. Es dauerte nur ein paar Sekunden, da kam sie erneut, köstlich wild und zitternd, erst dann ließ sie sich wieder ganz auf die Matratze sinken.

KAPITEL 4

Ruth Rogalski hatte den ersten Teil ihrer Samstagsrunde hinter sich. Bei vier alteingesessenen Lunauer Senioren hatte sie bereits nach dem Rechten geschaut, Blutdruck gemessen, wo es ihr nötig erschien, und die Tablettenboxen für das Wochenende aufgefüllt. Am späteren Nachmittag stand noch eine Schwangerenbetreuung an. Gleich danach, am frühen Abend, würde sie ein zweites Mal bei Margarethe Meissner vorbeischauen, denn die alte Dame war zurzeit die älteste Lunauerin und etwas eigensinnig, sobald es um ihre Medikamente ging. Auch wenn Ruth nicht dafür bezahlt wurde, fand sie, jemand müsste verhindern, dass Margarethe ihr Blutdruckmedikament einfach ignorierte. Seit ungefähr einem Jahr erinnerte sie Margarethe bereits regelmäßig.

Gegen Mittag gönnte sie sich jetzt immer ein wenig Ruhe und Entspannung. Sie tat das bewusst, denn ihr war klar, wie wichtig diese Auszeiten für sie waren, um bei Kräften zu bleiben. Das Wetter war herrlich. Die Sonne schien von einem strahlenden und wolkenlosen Himmel.

Ruth mochte ihre neuen Freunde und Nachbarn, doch ab und an genoss sie auch die Einsamkeit der Natur. Früher, als sie noch in den großen Kliniken in Hamburg gearbeitet hatte, war so etwas kaum möglich gewesen. Jetzt liebte sie es sehr, sich irgendwo unter freiem Himmel niederzulassen, einen Tee oder sogar einen winzigen Schluck Wein zu trinken und etwas Leckeres zu essen, deshalb hatte sie sich am Morgen bereits einen kleinen Picknickkorb gepackt.

So spazierte sie jetzt gemächlich den schmalen Feldweg entlang, der gleich neben Kjells und Isabells Haus in die Heide führte. Sie wusste genau, wohin sie wollte. Es war einer ihrer absoluten Lieblingsplätze, seit sie ihn eher zufällig entdeckt hatte. Eine gute Viertelstunde musste sie querfeldein marschieren, doch dann erblickte sie auch schon die Gruppe von alten Birken.

Direkt unter den Bäumen stand, höchstwahrscheinlich vergessen vom Rest der Welt, eine kleine verwitterte Bank. Es war nicht mehr ersichtlich, warum man sie gerade dort, inmitten der Heide, aufgestellt hatte. Es gab sie einfach. Und so wie es aussah, stand sie dort schon ziemlich lange.

Ruth stellte ihren Korb ab, legte ein kariertes Plaid auf die Bank und setzte sich. Eine Weile betrachtete sie einfach die Landschaft, genoss das Gezwitscher der Vögel, beobachtete einen Kohlweißling, der lustig von einer Wiesenblume zur nächsten flog, und sog die frische Luft in ihre Lungen. Schließlich holte sie eine kleine Flasche mit einem Viertelliter Rotwein, eine weitere, größere Flasche mit Mineralwasser, ein einfaches Wasserglas und mehrere Frischhalteboxen mit ihrem Mittagessen aus dem Korb hervor und ordnete alles neben sich auf der Bank an.

Zufrieden in sich hinein lächelnd goss sie sich ein wenig von dem Wein in das Glas, prostete sich selbst zu und nahm einen Schluck. Sie wollte gerade ein Stück vom gebratenen Hühnchen essen, als sie auf der Heidewiese, die vor ihr lag, einen Mann entdeckte, der bedächtig auf sie zukam.

Zuerst wurde ihr fast mulmig, dann erkannte sie Rafael Brix, entspannte sich wieder und winkte ihm zu. Als er sie erkannte, hob auch er eine Hand und beschleunigte seine Schritte.

„Na so was, Rafael! Hallo!"

„Ruth, wie nett, dich zu treffen", begrüßte er sie lächelnd. „Na, du hast es dir ja hier gemütlich gemacht. Wie ich sehe, gefällt dir einer meiner Lieblingsplätze genau so gut wie mir."

„Ach herrje!" Ruth lachte. „Und ich dachte, ich wäre die einzige Person auf der ganzen Welt, die sich noch für diese kleine verwitterte Bank interessiert."

„Weit gefehlt. Ich war schon als Junge oft hier und wollte mal nachsehen, ob es die alte Bank überhaupt noch gibt."

„Wie du siehst …" Um ihre Augen gegen die Sonne abzuschirmen, legte sie eine Hand an ihre Stirn, während sie zu ihm aufsah. „Komm, setz dich zu mir, wenn du ein wenig Zeit hast. Ich habe genug für zwei. Nimm dir ein Stück von dem Hähnchen und ein bisschen Brot dazu, das ist ganz frisch. Obst ist auch noch da."

Lächelnd folgte er ihrer Einladung und setzte sich ebenfalls auf die Bank. „Na hoffentlich hält das gute Stück mich noch aus."

„Aber sicher. Die alte Dame ist widerstandsfähiger, als so mancher glaubt. Ich kenne mich da bestens aus." Sie lachten über ihren kleinen Scherz. Dann griff sie noch einmal in den Korb. „Da ich vorsichtshalber auch eine Thermosflasche mit Becher im Deckel dabeihabe, kann ich dir etwas einschenken. Du hast die Wahl. Wein, Kaffee oder Wasser?"

„Ich schließe mich dir an und beginne mit dem Wein."

Wieder lächelte er und ihr gefiel, dass er keine falsche Bescheidenheit an den Tag legte. Sie freute sich tatsächlich, ihn hier zu treffen. Auch wenn sie es bisher nicht gezeigt hatte, mochte sie Rafael Brix, hatte ihn praktisch sofort gemocht. Vielleicht lag es daran, dass sie genau wie er in keine Schublade passte.

Sie schenkte den Rest aus der kleinen Flasche in den Becher und reichte ihn Rafael.

„Das Hühnchen ist großartig", sagte er wenig später und steckte sich noch ein weiteres Stück in den Mund.

„Ich weiß, so was kann ich ganz gut", entgegnete sie schmunzelnd. Sie beobachtete, wie er sich umsah. „Herrlich hier, nicht wahr?"

Er nickte. „Ja, es ist schön hier. Man hat das Gefühl, hier wird sich nichts verändern."

„Manchmal ist so etwas ganz angenehm. Ich meine, Beständigkeit und so."

„Stimmt."

„Du lebst also normalerweise in Hamburg?", fragte sie.

„Ja, früher habe ich im Schanzenviertel gewohnt, doch seit drei Jahren besitze ich eine Wohnung in Alsternähe, in Harvestehude. Ziemlich schick sogar."

„Nobel, nobel! Ich bin in Hamburg geboren und aufgewachsen, habe über fünfzig Jahre lang dort gelebt, mitten in Altona, um genau zu sein, aber jetzt ist Lunau mein Zuhause."

„Vermisst du die Stadt gar nicht?“

Sie winkte ab. „Ach wo, warum denn? Ich kann doch in null Komma nichts dorthin, wenn es mir in den Kopf kommt, was übrigens immer seltener geschieht. Nein, hier fühle ich mich wohl. In Hamburg hat mich meine Arbeit ausgelaugt, hier erfüllt sie mich. Ist schon eigenartig, wenn ich so darüber nachdenke. Ich werde nicht mehr von hier weggehen, darauf kannst du wetten.“

Nachdenklich starrte er auf seine schwarzen Turnschuhe. „Ich werde zurückgehen, so viel ist sicher.“

„Dich hält hier also nichts?“, fragte sie aufmerksam nach, denn sie hatte den Verdacht, dass sein Herz bereits etwas ganz anderes beschlossen hatte.

Einen kurzen Moment lang sah er sie an. „Zu mir ist Lunau nicht unbedingt gut gewesen.“

„Ich habe davon gehört.“

Das kurze Lachen, das er ausstieß, klang bitter. „Das denke ich mir. Jeder im Dorf hat wahrscheinlich davon gehört, auch wenn er, so wie du, damals noch gar nicht hier gewesen ist. Es wurde immer schon viel über mich geredet, der Himmel weiß warum.“ Er sah ihr in die Augen. „Ich würde mich nie einer Frau aufzwängen oder sie schlagen, Ruth.“

„Um das zu erkennen, reicht meine Menschenkenntnis völlig aus, Rafael.“

„Außerdem ist diese Sache mit Barbara Milchert eigentlich nur der berühmte Tropfen gewesen, weißt du, wenn auch ein ziemlich dicker Tropfen.“

„Hmm, dachte ich mir. Du bist nicht der Typ, der schnell aufsteckt.“ Wieder blieb es eine Weile still. Wortlos spülte sie das Glas und den Plastikbecher mit etwas Mineralwasser aus und öffnete die Thermosflasche. „Kaffee?“

„Jep.“

„Ich habe keine Milch oder so. Ich trinke ihn neuerdings schwarz.“

„So wie ich.“

Rafael lehnte sich hinüber und nahm Ruth den Plastikbecher aus der Hand, nachdem sie eingeschenkt hatte. Dann begann er zu erzählen. Einfach so. Vielleicht tat er das, weil Ruth nicht weiter nachgefragt hatte oder auch weil sie eine lebenserfahrene Frau war, der er vertraute, obwohl er nicht wusste, warum er es eigentlich tat. Schließlich kannte er sie erst seit wenigen Tagen. Ihm half es, dass sie damals noch nicht hier gelebt hatte und auch deshalb unvorbelastet an die Dinge herangehen würde. Jedenfalls brachen die Worte wie von selbst aus ihm heraus. Als er irgendwann nicht mehr weiterwusste, hielt er inne und trank einen Schluck Kaffee, der inzwischen kalt geworden war.

Ruth hatte ihn kein einziges Mal unterbrochen. Als er sie jetzt ansah, war er erleichtert, auf ihrem Gesicht kein Mitleid zu entdecken, höchstens Mitgefühl. Ihre warmen braunen Augen schienen bis in seine Seele zu blicken.

„Das ist harter Tobak, und du hättest dir Hilfe holen müssen, mein Junge. Mit Christa zum Beispiel hättest du sprechen können."

„Heute weiß ich das auch. Aber damals hielt ich es für unmöglich. Ich hatte panische Angst, Ruth. Meine Mutter ... sie hätte das ausbaden müssen, weißt du. Sie hatte ohnehin genug zu leiden gehabt."

„Ich verstehe."

„Als Kind und sogar noch als Jugendlicher habe ich mich so sehr von ihm einschüchtern lassen, dass ich mich heute noch dafür schäme."

Ruth seufzte. „Du konntest nichts dafür. Du warst noch ein Kind."

„Ich weiß. Trotzdem habe ich mich immer geschämt. Auch damals schon."

„Hast du nie darüber gesprochen?"

„Doch klar, ansatzweise mit Kjell, aber er kennt nicht alle Einzelheiten."

„Verstehe."

„Na ja, und dann noch einmal viel später, ich habe schon lange in Hamburg gelebt, da habe ich eine Therapie gemacht – freiwillig. Mir ging es immer schlechter. Ich war überhaupt nicht fähig, irgendwelche Beziehungen einzugehen, noch nicht einmal Freundschaften. Mir war klar, ich muss etwas tun, wenn ich noch ein einigermaßen normales Leben führen wollte."

„Das war richtig und mutig, Rafael. Die wenigsten Menschen sind in derartigen Fällen bereit einzusehen, dass sie professionelle Hilfe brauchen."

„Es war der einzige Ausweg für mich. Jahrelang war ich kein Typ, mit dem überhaupt jemand befreundet sein wollte."

„Und heute? Wie geht es dir jetzt? Hat die Therapie dir geholfen?"

„Wenn es anders wäre, würde ich jetzt gar nicht mit dir hier sitzen und dir von dem ganzen Mist erzählen. Die Therapie war auch wichtig, um endlich zu begreifen, dass ich unschuldig bin. Ein Einzelgänger bin ich auf die eine oder andere Weise bis heute geblieben. Allerdings muss ich zugeben, dass es richtig guttut, nach all den Jahren Kjell und Christa wiederzusehen."

„Was ist mit Frauen?"

Er musste grinsen, vor allem, weil sie es auch tat. „Ich mag Frauen. Ich mochte sie immer. Und zum Glück mögen sie mich auch."

„Mein Lieber, ich brauche dich nur anzusehen, um zu wissen, dass du keine Schwierigkeiten hast, eine Frau für dich zu begeistern. Christa erwähnte, dass du Single bist. Hast du keine Sehnsucht nach einer Frau und einer eigenen Familie?"

Mit der Antwort ließ er sich Zeit. „Nein, eigentlich nicht. Ich denke, das ist keine gute Idee. Dafür bin ich einfach schon zu lange allein. Ich habe noch nie eine längere Beziehung gehabt. Meistens hat es ein paar Tage gehalten, manchmal sogar Wochen und Monate, dann war es jedes Mal vorbei. Und jetzt bin ich fünfunddreißig Jahre alt, da ist man sowieso schon viel zu eingefahren. Außerdem bin ich insgesamt ziemlich verkorkst. Das kann ich auf die Dauer einfach keiner Frau zumuten."

„Du spinnst doch!“ Ruth lachte und schüttelte ihren Kopf. „Wenn es passt, dann passt es.“

„Na, du bist doch auch allein, oder etwa nicht?“

„Ja, es hat halt nie gepasst.“

„Siehst du.“

„Du magst unsere Lu.“

Sofort fühlte er sich ertappt. Viel zu schnell wandte er den Blick ab und blickte in die Ferne, bevor er Ruth wieder anschaute. Auf ihrem Gesicht erschien erneut ein breites Grinsen. „Wie kommst du denn darauf?“, fragte er unwirsch.

„Ich habe Augen im Kopf, Rafael. Gestern Abend bei Christa hast du Luisa angesehen, als wäre sie das Dessert. Du stehst auf die Kleine, und zwar gewaltig.“

„Ach ja?“

„Ja.“

„Kein Kommentar.“

„Das ist auch nicht nötig.“ Ihr warmes Lächeln erschien ihm jetzt fast mütterlich. „Komm, hilf mir beim Zusammenpacken. Ich muss langsam los. Später wartet noch Arbeit auf mich und wenn wir jetzt gehen, kann ich das gemütlich angehen.“

Auf dem Rückweg trug er den Korb und das zusammengerollte Plaid. „Bevor ich es vergesse, möchte ich mich bei dir bedanken, Ruth.“

„Wofür?“

„Für das köstliche Hähnchen.“ Er lachte. „Natürlich auch für das gute Gespräch.“

Sie zog die Augenbrauen hoch, ihre Miene wirkte fröhlich. „Dafür nicht! Auch ich habe unser Mittagessen sehr genossen. Es war mir ein Vergnügen.“ Ruth lachte und boxte ihn kameradschaftlich in die Seite. „Meine Güte, sieh uns an. Ich bin eine alte Frau und du ein knackiger, bildschöner Kerl. Es war sogar ein großartiges Mittagessen. Das beste Essen, das ich seit langer Zeit hatte.“ Sie kicherte ein bisschen albern und er amüsierte sich darüber.

„Du und alt … na klar. Du bist eine tolle Frau, Ruth, und wirklich sehr attraktiv, das weißt du auch.“

„Du hast vergessen ‚für dein Alter' hinzuzufügen“, feixte sie. Auf diese Weise scherzten sie miteinander, bis sie vor dem Milchert-Haus ankamen.

Barbara stand im Vorgarten und harkte gerade in einem Hortensienbeet. Natürlich hielt sie sofort in der Bewegung inne, als Ruth und er vor dem Gartentor stehen blieben. Missmutig sah sie zu ihnen herüber, aber er und Ruth kümmerten sich nicht weiter darum.

Auf der anderen Straßenseite putzte Hilde Steinbach ihr Ladenfenster. Jan Bruckner kam ihnen auf dem Gehweg mit einer Schubkarre entgegen. Rafael ging davon aus, dass die drei nicht die einzigen Lunauer waren, die sie gerade beobachteten, aber er schüttelte den Gedanken ab wie ein lästiges Insekt.

Zum Abschied beugte er sich zu Ruth hinunter und gab ihr einen Kuss auf die Wange, bevor er ihr den Korb und das Plaid reichte. „Lass uns das wiederholen, bevor ich wieder von hier verschwinde.“

„Unbedingt“, sagte sie und zwinkerte ihm verschwörerisch zu. „Beim nächsten Mal sorge ich für unser Picknick.“

„Ich werde dich beim Wort nehmen!“

Eigentlich hatte er den Spaziergang gemacht, um in aller Ruhe nachzudenken, um die vergangene Nacht und alles, was damit zusammenhing, irgendwie zu verarbeiten. Doch dann hatte er Ruth getroffen und sich unterhalten, statt zu grübeln. Vielleicht tut mir das ab und zu auch ganz gut, dachte Rafael, während er die Straße entlangging.

Der Blumenladen war bereits geschlossen gewesen, als er vorhin daran vorbeigekommen war. Das war nichts Ungewöhnliches, denn die Lunauer Geschäfte schlossen samstags in der Regel am frühen Nachmittag, das war schon damals so gewesen. Nur das Buchladen-Café von Christa Loewenthal bildete eine Ausnahme, da es an den Wochenenden ohnehin erst nachmittags öffnete.

Rafael schlenderte gelassen nach Hause. Aus einiger Entfernung bemerkte er plötzlich, dass Luisa vor dem Haus stand. Sie schien entweder vollkommen ratlos oder wütend zu sein, aus der Distanz konnte er es nicht erkennen. Jedenfalls hatte sie die Hände auf die Hüften gestützt, starrte auf das Haus und stand sichtlich unter Strom. Ihr hoher Pferdeschwanz wippte leicht hin und her.

Seit dem Morgen, als sie nach dem gemeinsamen Sex sehr widerwillig aus dem Bett gekrochen war, um zur Arbeit zu gehen, hatte er sie nicht mehr gesehen. Während Rafael näher kam, dachte er, dass sie in ihrem Overall ganz besonders entzückend aussah. In seiner Brust wurde es ein wenig eng.

„Hey!“, rief er ihr zu, damit sie sich ihm zuwandte.

„Rafael!“ Für einen kurzen, sehr intensiven Augenblick tauchten ihre Blicke ineinander, dann holte sie hörbar Luft und deutete auf die Garage. „Schau dir das an!“

Sie hatte den Satz noch nicht zu Ende gebracht, als er es sah. Jemand hatte mit großen roten Buchstaben *Verschwinde Dreckschwein!* auf das Garagentor gepinselt. Die rote Farbe hatte getropft und war verlaufen. Jeder einzelne Buchstabe wirkte, als wäre er mit Blut geschrieben worden. Rafael schloss kurz die Augen. „Scheiße!“

„Das ist so eine Unverschämtheit! Wer tut denn so was?“ Luisa war sehr aufgebracht.

„Frag mal deine lieben Nachbarn oder noch besser gleich deine Schwester.“

Entgeistert sah sie ihn an. „Du glaubst wirklich, dass das Barbara gewesen ist?“

„Ach, Lu, im Grunde ist doch egal, wer das war. Es spiegelt nur wider, was die meisten Leute denken und nicht auszusprechen wagen, seit ich wieder hier bin. Feige Meute!“ Plötzlich fühlte er sich grauenhaft.

Luisa sah Rafael an, wie zornig und verletzt er war.

„Gerade eben habe ich wieder ihre feindseligen Blicke zu spüren bekommen, aber niemand von denen traut sich, mich direkt anzusprechen. Ich sag ja, allesamt feige“, fügte er mit düsterer Miene hinzu.

Instinktiv griff sie nach seiner Hand. Er ließ sie sogar gewähren, sah eine Weile auf ihre ineinander verschränkten Hände, so als würde er kurz, aber intensiv über etwas nachdenken. „Ich habe keine Lust, mich dem ganzen Mist noch einmal auszusetzen, nur weil deine verdrehte Schwester noch immer an ihrer Lüge festhält, Lu."

Der Schreck ließ sie kurz zusammenzucken. „Du willst wieder weg, ja?"

Wortlos nickte er, sah sie dann direkt an. Seine Miene verschloss sich regelrecht. Zweifellos schottete er sich innerlich ab, auch gegen sie.

„Du hast versprochen, drei Monate zu bleiben", flüsterte sie und kämpfte gegen den dicken Kloß in ihrem Hals.

„Ich habe gesagt, ich werde dir zuliebe drei Monate über den Verkauf nachdenken, Lu, das heißt ja nicht, dass ich dafür in Lunau bleiben muss, oder?"

„Aber du ..."

Er wandte sich ihr zu, stand nun direkt vor ihr und umfasste ihre Schultern. „Hör zu, das mit uns ... die letzte Nacht ..."

„Es ist schon gut", unterbrach sie ihn schnell. Sie hob die Hände, legte sie auf seine Brust und sah zu ihm auf. „Ich weiß, dass das ... Also, was ich sagen will, ich werde dir deshalb keine Szene machen, Rafael."

Unvermittelt zog er sie an sich, legte seine Arme fest um ihren Körper und hielt sie fest. „Die letzte Nacht – und dieser Morgen waren unglaublich, Lu. Egal, was jetzt passieren wird, ich werde es niemals vergessen, das solltest du wissen."

Einen Moment lang fühlte sie nur noch den Schmerz, der in ihr wütete, denn das klang eindeutig nach Abschied. Ihr Herz zog sich zusammen, tat unendlich weh, doch dann sah Luisa wieder zu Rafael auf und schaute in seine Augen. Der Sturm in all dem Grün war zurück, sie erkannte jedoch auch etwas anderes dahinter: Verzweiflung und Kummer. Vor allem dieser Kummer schien sich so tief in Rafaels Seele verankert zu haben, dass er sein schönes Gesicht innerhalb von nur wenigen Augenblicken völlig verändern konnte, sodass er so düster, fast schon angsteinflößend wirkte.

In dieser Sekunde wurde ihr etwas klar: Obwohl sie praktisch mit ihm aufgewachsen war, kannte sie ihn kaum. Sie wusste viel zu wenig über ihn. Dennoch würde sie es jetzt nicht mehr ertragen können, auch nur einen einzigen Tag ohne diesen Mann sein zu müssen. Alles in ihr lehnte sich gegen die Menschen auf, die ihn ihr wieder nehmen würden, wenn sie jetzt nichts unternahm.

Langsam hob sie eine Hand und berührte sanft seine Wange. „Warum lässt du dich davonjagen, Rafael? Warum zeigst du ihnen nicht, dass nicht du der Schuldige bist, sondern dass allein sie die Schuld tragen?“ Sie atmete tief ein, bevor sie weitersprach, und deutete auf das Garagentor. „Diejenigen, die das da getan haben, sind die wahren Schuldigen, oder etwa nicht? Sie verurteilen dich, stempeln dich ab, obwohl du niemandem etwas zuleide getan hast. Warum zum Himmeldonnerwetter wehrst du dich nicht endlich?“ Obwohl sie vor Verzweiflung kaum noch Luft bekam und ihre Stimme bedrohlich zitterte, fügte sie hinzu: „Ich werde dir helfen, Rafael. Ich bin bei dir.“

Sein Blick war intensiv, stürmisch und voller Zweifel. Er hob eine Hand und fing mit dem Zeigefinger die Träne auf, die ihr über die Wange lief. Nachdenklich verrieb Rafael sie zwischen Zeigefinger und Daumen. Sie hatte bis eben noch nicht einmal gemerkt, dass sie weinte.

„Du unterschätzt das, Kleines“, sagte er rau.

Heftig schüttelte sie den Kopf. Rafael griff unter ihr Kinn, hob es an und küsste sie. Es war nicht die Art von Kuss, die sie von ihm kannte. Dieser Kuss war nicht so wild, weniger unbeherrscht, aber er war ebenfalls voller Leidenschaft, dabei jedoch fast schon zärtlich. Luisa schmolz regelrecht dahin, schlang die Arme um seinen Nacken und presste sich eng an seinen starken Körper.

„Ich kann nicht gehen“, bekannte er schließlich leise an ihren Lippen. „Jedenfalls noch nicht. Im Augenblick küsse ich dich einfach viel zu gerne.“

Vor Erleichterung musste sie lächeln. „Lass uns endlich reingehen.“

Doch Rafael deutete auf das Garagentor. „Das sollten wir lieber so schnell wie möglich beseitigen.“

„Luisa?“

Die Stimme ließ sie auseinanderfahren. Erschrocken wandte sich Luisa um.

Eine Schubkarre mit diversen Gartengeräten vor sich, stand Jan einige Meter von ihnen entfernt da und starrte sie an. Offenbar war er nach getaner Arbeit auf dem Weg zurück zur Gärtnerei gewesen.

„Hallo, Jan.“ Obwohl ihr das Herz noch immer bis zum Hals klopfte, versuchte sie ihrer Stimme dabei einen möglichst normalen Klang zu verleihen.

Jan Bruckner sah sichtbar fassungslos zwischen ihr und Rafael hin und her.

„Wolltest du zu mir?“, hakte Luisa hastig nach, um das unangenehme Schweigen zu beenden.

„Nein, ich …“ Jans Blick heftete sich auf Rafael. „Sag mal, geht’s noch, Brix? Zuerst schlägst du dich mit der Rogalski in die Büsche, und jetzt machst du dich auch noch an Luisa ran? Du machst wohl vor nichts halt, was?“

Für einen kurzen Augenblich fühlte Luisa, wie ihr das Blut in den Adern stockte.

Ruth? Ihr Blick ging zurück zu Rafael, der sie jedoch nicht ansah, sondern nur eine dunkle Augenbraue hochzog und Jan einen geringschätzigen Blick zuwarf. „Wenn du keinen Ärger mit mir willst, dann halte dich besser zurück, Bruckner. Du verbreitest gerade Gerüchte, die sowohl Ruth als auch Luisa beleidigen und ihnen schaden könnten. Wenn es um meine Freunde geht, kann ich ziemlich empfindlich reagieren.“

„Hört sofort auf! Alle beide!“, herrschte Luisa sie an. Es war allzu deutlich, wie die Luft zwischen den beiden Männern gefährlich knisterte. Eine Explosion wollte Luisa unbedingt vermeiden, denn das würde für Rafael sicher alles nur noch schlimmer machen. Sie spürte plötzlich Rafaels Hand auf ihrem Rücken. Wahrscheinlich sollte diese Geste sie beruhigen.

„Und ich würde dir raten, deine dreckigen Pfoten von Luisa zu lassen, wenn dir deine Gesundheit wichtig ist, Brix", schnauzte Jan harsch zurück und kam drohend einen großen Schritt näher.

Luisa konnte es kaum glauben. Ihr Kollege, der bis gerade eben noch ein guter Freund gewesen war, ignorierte sie völlig. Heiße Wut stieg in ihr auf.

„Komm, Rafael", drängte sie. „Das müssen wir uns nicht anhören." Sie griff nach seinem Handgelenk und versuchte ihn mit sich zu ziehen, erfolglos.

Rafael rührte sich keinen Millimeter von der Stelle. Die Wut stand ihm ins Gesicht geschrieben, Luisa konnte es ihm nicht verdenken. Zuerst die Schmiererei auf dem Garagentor und jetzt auch noch Jan, der ihn offensichtlich bis aufs Blut reizen wollte.

„Sieh zu, dass du von meinem Grund und Boden verschwindest, Bruckner! Aber ganz schnell!", presste Rafael bedrohlich leise hervor.

„Ha! Dein Grund und Boden? Wenn deine Schwester wüsste, was du hier abziehst, würde sie sich im Grab umdrehen."

„Lass Julia aus dem Spiel, verdammt noch mal! Hast du nicht gehört, was ich gesagt habe? Hau ab, Bruckner!", brüllte Rafael.

„Bitte, Rafael, komm mit", bat Luisa ihn. Inzwischen hatte sie richtiggehend Angst. „Das hat doch keinen Sinn."

Er senkte den Kopf und sah sie endlich an. Sein Blick wurde sofort eine Spur weicher, dann räusperte er sich. „Du hast recht, lass uns gehen."

Dieses Mal widersetzte er sich nicht. Sie ließen Jan Bruckner einfach stehen. Zielstrebig zog sie ihn zu ihrer Wohnungstür. Nur einen Augenblick später standen sie in ihrem Flur. Aufatmend drückte Luisa die Tür hinter sich zu.

Rafael drehte sich zu ihr um und sah sie an. Sein Brustkorb hob und senkte sich, dann war er bei ihr, legte die Hände um ihre Oberarme und zog sie wieder an sich. „Ruth und ich haben uns zufällig getroffen“, sagte er hastig.

„Du musst mir nichts erklären, Rafael.“

„Ich will es aber. Dieser verdammte Idiot!“ Er bebte regelrecht. „Ich war spazieren und habe Ruth wie gesagt zufällig getroffen. Sie hatte Picknicksachen dabei und hat mich eingeladen. Wir haben uns sehr nett unterhalten. Natürlich habe ich sie nach Hause begleitet, da wir ja sowieso denselben Weg hatten. Bruckner und noch einige andere, darunter deine liebe Schwester, haben uns gesehen. Ich habe Ruth den Korb und die Decke bis vor das Gartentor getragen und mich dort von ihr verabschiedet, das war alles.“

„Rafael, ich habe doch gesagt, dass du mir das nicht erklären musst.“

Er sah sie an, sein Blick wurde dunkler, dann lächelte er schief. „Ich finde wirklich, du hast dich jetzt genug erholt.“

Bevor sie verstand, was er damit meinte, hatte er sie einfach hochgehoben und trug sie ins Schlafzimmer. Lachend wartete sie ab, bis er sie vor dem Bett herunterließ.

„Irgendwelche Einwände?“, wollte er grinsend wissen.

Immer noch lachend, schüttelte Luisa den Kopf.

„Okay, dann zieh dich aus“, forderte er sie auf und schleuderte bereits sein T-Shirt in eine Ecke.

„Du gibst gerne Anweisungen, was?“, fragte sie ihn lächelnd, während sie sich ihr T-Shirt über den Kopf zog.

Kurz warf er ihr ein Grinsen zu, dann beobachtete er sie glutvoll. Als er nur noch seine Shorts trug, setzte er sich auf das Bett.

Luisa genoss seine leidenschaftlichen Blicke und ließ sich bewusst Zeit beim Ausziehen. Schließlich hatte sie jedoch alles außer BH und Slip abgelegt.

Schnell griff er nach ihr, legte die Hände um ihre Hüften und zog sie zu sich, bis sie zwischen seinen Beinen stand. „Das reicht erst mal, den Rest übernehme ich.“

Ausgiebig küsste er ihren Bauch, dann den Ansatz ihrer Brüste, bevor er ihr wieder ins Gesicht sah. Sein Blick war sehr ernst „Du hast recht. Im Bett bin ich gern etwas dominant, aber ich werde dir niemals wehtun, Luisa. Das liegt mir nicht, macht mir keine Freude, verstehst du, was ich damit sagen will?“

Sie spürte bereits ein erwartungsvolles Pochen zwischen den Beinen. „Ja.“

„Ich gebe gern Anweisungen und liebe es, wenn sie befolgt werden. Das macht mich irgendwie an, aber das ist auch schon alles.“

„Okay.“ Lächelnd fuhr sie ihm mit einer Hand durchs Haar.

„Das heißt aber nicht, dass du beim Sex alles tun musst, was ich verlange, okay? Ich kann sehr gut damit leben, wenn du mir sagst, ich soll die Klappe halten, oder selbst die Initiative ergreifst.“ Wieder grinste er kurz. „Besser wäre es natürlich andersherum. Zum Ausgleich darfst du mich auch gerne herumscheuchen, sobald wir nicht im Bett sind und Sex haben, versprochen.“

„Das ist ein Deal“, erwiderte sie.

„Gut, Kleines, dann bleib jetzt genauso stehen und rühr dich nicht von der Stelle. Ich will herausfinden, was dir gefällt.“ Langsam strich er mit der Zunge über ihre Haut und legte kleine Feuer.

Nach einem arbeitsreichen Tag saß Christa auf der Veranda des Cafés und genoss ihren wohlverdienten Feierabend. Der sonnige Samstag mit seinen fast schon sommerlichen Temperaturen hatte einige Tagesausflügler in die Lüneburger Heide gelockt. Das versprach meistens gute Umsätze, und auch heute hatte sie sich bei der Arbeit nicht ausruhen können. Vor einer halben Stunde waren sie mit dem Aufräumen fertig geworden und hatten den Laden geschlossen. Isabell war anschließend nach Hause gegangen.

Seitdem saß sie hier, die Füße hochgelegt, in eine warme Strickjacke gehüllt und einen großen Becher Milchkaffee in Händen, und versuchte sich zu entspannen. Die Sonne stand schon tief am Himmel, langsam wurde es kühl, nicht ungewöhnlich für einen sommerlich warmen Apriltag.

Plötzlich kamen Kjell und Isabell aus ihrem Haus. Sie winkten fröhlich lächelnd und machten sich Hand in Hand zu einem Abendspaziergang mit ihrem Hund Sigmund Freud auf. Christa seufzte. Manchmal empfand sie das seltene Glück, genau zur richtigen Zeit am richtigen Ort zu sein, besonders intensiv.

„Immer wieder süß die zwei, was?“ Ruths Stimme riss Christa aus den Gedanken.

„Setz dich“, entgegnete Christa erfreut und stellte die Füße auf den Boden. Jetzt konnte sie den Gerüchten, die ihr zu Ohren gekommen waren, direkt auf den Grund gehen „Willst du auch einen Kaffee?“

Ruth winkte ab. „Bleib ruhig da, ich hole mir ein Glas Wasser.“

Sobald Ruth zurück auf der Veranda war, schob sie sich einen zweiten Stuhl zurecht und legte ebenfalls die Füße hoch. „Uff, man ist ja nicht mehr die Jüngste.“

Christa hatte es sich wieder gemütlich gemacht. „Hattest du heute viel zu tun?“

„Nein, eigentlich nicht. Die Wochenenden sind ja immer ruhiger, da wir keine Sprechzeiten haben. Margarethe lamentiert in letzter Zeit ein bisschen mehr als üblich, aber sonst war heute alles normal. Ich war am Nachmittag sogar bei Ramona Kersten. Ich mag sie sehr. Sie und ihr Mann werden wunderbare Eltern werden, da bin ich mir sicher.“

„Ja, das glaube ich auch. Ähm, sag mal, Ruth, ich habe gehört, du hattest eine ziemlich … anregende Mittagspause?“ Aufmerksam beobachtete sie ihre Freundin.

Ruths Augenbrauen hoben sich. „Es war sehr schön, ja.“

„Und?“

„Was und?“

„Du warst mit Rafael zusammen?“

Sie runzelte die Stirn. „Was ist denn nun los, Christa? Du guckst mich an, als hätte ich gerade dein Lieblingsbuch verbrannt.“

„Ach, Ruth, sei mir nicht böse und verstehe mich jetzt bitte nicht falsch. Eigentlich ist es mir doch völlig wurscht, wenn du die Gelegenheit … na ja … Ich mache mir nur Sorgen um Lu, das ist alles."

„Um Lu? Warum? Über den Verkauf der Gärtnerei haben Rafael und ich gar nicht gesprochen. Weißt du, ich mische mich da nicht ein. Das geht mich nichts an, finde ich." Ruths Miene spiegelte eindeutig Verständnislosigkeit wider, was nur selten vorkam.

„Darum geht es nicht. Die Kleine liebt ihn, Ruth. Sie liebt Rafael schon ihr ganzes Leben lang. Kannst du dir vorstellen, wie es ihr gerade ergeht? Ich meine, jetzt, wo er wieder hier ist? Wenn du mit ihm etwas anfängst, würde das für sie noch richtig einen draufsetzen."

Über Ruths zeitlos schönes Gesicht huschte ein Lächeln, bevor sie laut auflachte. „Wie großartig, dass jemand annimmt, dieser unglaublich leckere Kerl würde sich für mich alte Schachtel interessieren. Tolle Vorstellung! Nein, meine Liebe, Rafael und ich haben nichts miteinander, das über Freundschaft hinausgeht, du kannst ganz beruhigt sein. Meine Güte, wie kommst du nur auf so was? Er ist doch bestimmt zwanzig Jahre jünger als ich! Ich wäre ja völlig bekloppt."

„Auch du hast schon Pferde vor der Apotheke kotzen sehen, oder?", erwiderte Christa augenzwinkernd.

Ruth seufzte und schüttelte leicht den Kopf. „Lu liebt ihn also. Was für ein Mist, wo er ihr doch gerade alles unter dem Hintern weg verkaufen will."

„Genau. Ich hoffe, du behältst das für dich."

„Keine Sorge, du kennst mich doch."

„Nur deshalb erzähle ich dir so etwas im Vertrauen. Ich möchte nicht, dass er es von jemand anders als ihr erfährt."

„Natürlich! Und da wir beide gerade bei Vertrauen sind … Ich habe heute etwas von Rafael erfahren, das mich ziemlich mitgenommen hat und das ich nicht ganz verstehe. Vielleicht kannst du mir da weiterhelfen. Er hat mich zwar nicht explizit gebeten, es für mich zu behalten, aber ich möchte trotzdem nicht in alle Einzelheiten gehen."

„Das verstehe ich, und der Junge liegt mir viel zu sehr am Herzen. Ich würde ihm niemals schaden. Was wir uns erzählen, bleibt unter uns, Ruth. Geht es um diesen alten Mist mit der falschen Anschuldigung?“

„Auch das, aber vor allem ging es um seine Familie. Um genauer zu sein, um seinen Vater.“

„Um Klaas?“ Sofort verzog sie das Gesicht. „Ich habe ihn nie gemocht. Ein undurchsichtiger Typ war das.“

„Offenbar hat dieser undurchsichtige Typ seine Familie ziemlich tyrannisiert … und sogar misshandelt. Das heißt, eigentlich nur seine Frau und Rafael. Vor allem Rafael. Julia hat er vollkommen ignoriert.“

Christa fühlte, wie Zorn in ihr aufstieg. „Dieser Schweinehund! Ich habe mir schon damals gedacht, dass da so was in der Art im Busch war. Sabine hatte häufig blaue Flecken, vor allem an den Armen und Beinen, aber vorsichtig darauf angesprochen, hat sie immer von irgendwelchen Unfällen oder Stürzen im Haushalt erzählt.“

„Das ist leider typisch für Frauen, die geschlagen werden.“

„Leider bin ich mit ihr nie so richtig warm geworden, dabei war sie sehr nett und wir hatten sogar einiges gemeinsam, aber sie hat mich nie so richtig an sich herangelassen. Warum habe ich mir damals nicht mehr Gedanken gemacht? Wahrscheinlich hat sie sich einfach in Grund und Boden geschämt. Wie furchtbar! Und Klaas hat Rafael auch geschlagen?“

Ruth zögerte. „Ja, auch das. Er war insgesamt sehr grausam zu dem Jungen. Wenn er oder seine Mutter nicht parierten, musste der jeweils andere es ausbaden. Als Kind, aber auch noch als Jugendlicher, stand er praktisch ständig unter Strom, nur um seine Mutter zumindest vor einigen Übergriffen zu schützen. Ihr wird es sicherlich nicht anders ergangen sein. Ich mag mir kaum vorstellen, was Rafael und Sabine ausgestanden haben.“

„Oh Gott, jetzt wird mir einiges klar.“ Ihr wurde schlecht. Sie stand auf, ging hinüber zum Geländer der Veranda, legte die Hände darauf und kämpfte einige Sekunden lang gegen die aufsteigenden Tränen. Schließlich wandte sie sich, den Rücken ans Geländer gelehnt, Ruth wieder zu. „Das hätten wir doch merken müssen, meine Güte! Wie konnten wir das nur übersehen? Der arme Junge!"

Wieder entwickelte sich ein riesiger Kloß in ihrer Kehle, Christa musste schlucken. „Ruth, warum hat er sich mir damals denn nicht anvertraut? Oder wenn nicht mir, dann vielleicht einem Lehrer oder dem Pastor oder was weiß ich wem?"

„Christa, mach du dir jetzt bloß keine Vorwürfe. Der Junge war zutiefst eingeschüchtert und hatte Angst. Seine oberste Priorität war es damals, dass niemand davon etwas mitbekam. Er hatte vor allem Angst um seine Mutter, verstehst du? Das muss für jedes Kind eine wahre Tortur sein."

„Wussten die anderen, also Kjell und Philip, davon?"

„Als sie noch Kinder waren, wussten sie nur, dass Klaas Brix überzogen streng war. Erst später hat Rafael seine Freunde wohl ansatzweise eingeweiht, sie aber zum absoluten Stillschweigen verpflichtet."

„Ich verstehe. Die drei Jungs konnten wie eine zentimeterdicke Stahlwand sein, wenn sie einen von sich schützen mussten. Was ist mit Julia? Hat sie denn niemals etwas mitbekommen?"

„Offensichtlich war die gesamte Familie darum bemüht, dass sie nichts mitbekam. Wir können sie ja nicht mehr fragen. Aber Rafael meinte, dass das Verhalten seines Vaters innerhalb der Familie absolut totgeschwiegen wurde. Auch später, nach dem Tod seines Vaters, hat er mit Julia nicht darüber gesprochen."

„Rafael war nicht Klaas' leibliches Kind. Auf einer Urlaubsreise hatte Sabine sich damals in einen berühmten Argentinier verliebt. Kannst du dich noch an diesen Rennfahrer Ballesteros erinnern?"

Ihre Freundin nickte, ihre hellbraunen Augen wurden groß. „Na und ob ich mich an den erinnere! Rafael Lopez Ballesteros war ein Star und der schönste Traum meiner unruhigen Teenagernächte. Ein unglaublich gut aussehender Typ war das.

Ich hatte ein Poster von ihm an der Wand, darauf war er in Lebensgröße zu sehen. Wenn ich die Augen schließe, habe ich das Bild sogar noch genau vor Augen. Er trug einen hautengen roten Lederoverall und sah wahnsinnig sexy darin aus. Als er damals den tödlichen Unfall hatte, war ich wochenlang wie gelähmt vor Trauer. Sag jetzt nicht, dass Rafael der Sohn des makellosen Ballesteros ist? Dann ist mir ja sofort klar, warum er so irre gut aussieht."

„Genauso ist es, meine Liebe. Als junges Mädchen war Sabine übrigens auch wunderschön. Von ihr hat Rafael zumindest seine auffällige Augenfarbe geerbt."

„Ich fasse es nicht! Jetzt weiß ich auch, an wen Rafael mich die ganze Zeit erinnert. Darauf wäre ich nie gekommen, weil es schon viel zu lange her ist. Wie hat sie Ballesteros denn kennengelernt?" Ruth sah Christa gespannt an.

„Wie gesagt war es auf einer Urlaubsreise. Sabines Familie verbrachte die Ferien häufig in Südfrankreich. Irgendeine Cousine von Sabines Mutter hatte dort eine Pension, meine ich. Von dort aus fuhren sie dann jedes Jahr zum Rennen nach Monte Carlo. Ihr Vater war eingefleischter Formel-1-Fan und hat seine Urlaube immer so gelegt, dass er das berühmte Rennen nicht verpasste. Tja, und dort traf Sabine dann auf Rafael Ballesteros, wie genau, weiß ich nicht. Jedenfalls verliebten sie sich Hals über Kopf ineinander und verlobten sich dann sogar. Die ganze Familie war völlig aus dem Häuschen. Schließlich kommt es nicht unbedingt oft vor, dass sich ein weltberühmter Rennfahrer in ein Mädchen aus einem kleinen Heidedorf verliebt. Wie auch immer, bald darauf ist Sabine ihm in seine Heimat gefolgt und hat eine ganze Weile in Buenos Aires gelebt. Kurz vor der Hochzeit passierte dann der schreckliche Unfall, bei dem Ballesteros umgekommen ist. Sabine ist danach nach Lunau zurückgekehrt. Die Schwangerschaft hat sie wohl erst bemerkt, als sie wieder hier war."

„Du meine Güte, was für ein Drama! Und wie ist sie dann an diesen Brix geraten?"

Christa seufzte. „Klaas war schon früher hinter Sabine her wie der Teufel hinter der armen Seele. Sie sind sogar eine Weile ein Paar gewesen, bevor sie Balesteros kennengelernt hat. Klaas hat ihr damals angeboten, sie zu heiraten und ihr Kind als seins anzunehmen. Sabine war damals völlig verzweifelt und noch in tiefer Trauer, trotzdem hat sie schließlich Ja gesagt. Der Druck ihrer Familie war immens. Du weißt ja, dass es damals nicht unbedingt einfach war, schwanger und ohne Mann an der Seite dazustehen, schon gar nicht, wenn man in so einem kleinem Dorf wie Lunau lebte." Sie musste lächeln. „Ich steckte ja zeitgleich in derselben Situation wie Sabine, aber ich bin ganz anders damit umgegangen. Ich hatte meinen Trotz und den starken Willen, die Sache allein durchzustehen."

Sie seufzte wieder. „Man muss wohl berücksichtigen, dass Kjells Erzeuger nicht ums Leben gekommen ist und ich eher zufällig schwanger geworden bin. Rein emotional betrachtet macht das einen großen Unterschied, denke ich. Sabines Vater hat sie jedenfalls vor die Wahl gestellt, Brix zu heiraten oder das Baby abzutreiben. Und Sabine hat Ballesteros über alles geliebt. Natürlich kam für sie nicht infrage, das Kind dieser Liebe abzutreiben. Andererseits brauchte sie Lunau und ihre Familie nach dem Tod ihres Geliebten umso mehr. Um irgendwo ganz allein von vorn anzufangen, dafür war sie einfach nicht der Typ. Außerdem hatte Klaas ein gutes Auskommen. Mit der Gärtnerei seiner Familie war er finanziell abgesichert. Er schien der willkommene Rettungsanker zu sein."

„In meinen Ohren klingt das insgesamt nach unglaublich viel Unglück."

„So ist es, Ruth. Achtzehn Jahre später, als Rafael gerade sein Abitur in der Tasche hatte, ist Sabine eines Nachmittags nach Hamburg gefahren und vom Dach eines Hochhauses in den Tod gesprungen."

„Oh mein Gott!"

„Tja."

„Und wie ist dieser Klaas ums Leben gekommen?"

„Ganz profan durch Lungenkrebs. Der Mann hat sein Leben lang geraucht wie ein Schlot. Er ist zwei Jahre, nachdem Rafael Lunau verlassen hatte, gestorben. Der Junge ist nicht einmal zu seiner Beerdigung hierher zurückgekommen. Julia hat das damals, natürlich mit unserer Hilfe, ohne ihn durchgestanden. Allerdings hatte sie auch immer großes Verständnis für ihren Bruder. Vielleicht hat sie zumindest etwas geahnt."

„Sabine hat Rafael also nach seinem leiblichen Vater benannt", stellte Ruth leise fest.

„Ja, zumindest das hat sie Klaas gegenüber durchgesetzt. Ich denke, sie hat nie aufgehört, um Ballesteros zu trauern. Die Ehe mit Klaas muss für sie eine einzige Qual gewesen sein, aber sie hat ihre Kinder sehr geliebt, das weiß ich."

„Puh! Das ist alles wirklich ziemlich harter Tobak. Nach allem, was ich jetzt über Sabine gehört habe, muss sie wirklich sehr, sehr unglücklich gewesen sein."

Christa schlug ein Bein über das andere. „Weißt du, Ruth, auf der anderen Seite gehören auch immer zwei dazu. Sie war eine erwachsene Frau und ist freiwillig bei ihm geblieben. Leider hat Sabine sich nie geöffnet und um Hilfe gebeten. Sicherlich hätte sie die hier von vielen Leuten bekommen, da kannst du sicher sein. Egal ob wir nun besonders gut befreundet waren oder nicht, allein schon wegen der Kinder wäre ich auf ihrer Seite gewesen – und ich glaube, dass sie das auch gewusst hat."

„Hm." Ruth schüttelte nachdenklich den Kopf. „Das ist nicht immer so einfach, Christa. In Hamburg habe ich so etwas nicht nur einmal erlebt. Wie oft haben wir Patientinnen versorgt, deren Verletzungen eindeutig waren! Trotzdem hatten diese Frauen Unfälle oder ominöse Treppenstürze als Ursache angegeben. Ganz selten nur hatten einige den Mut, ihren Ehemann offen zu beschuldigen. Ich weiß, du mit deiner Kraft und deinem enormen Selbstbewusstsein kannst so etwas kaum nachvollziehen, aber es gibt eine Menge Frauen da draußen, die in einer solchen Situation nicht die nötige Kraft aufbringen, um den Kerl tatsächlich zu verlassen. Angst spielt eine große Rolle, sie ist ein harter Gegner. Angst um die Kinder und um das eigene Leben können dich völlig beherrschen. Nicht selten sind diese brutalen Männer wahre Meister darin, ihre Frauen auch psychisch so stark unter Druck zu setzen, dass sie ihnen völlig ausgeliefert sind. Und Frauenhäuser sind zwar prinzipiell eine gute und sehr wichtige Einrichtung, aber auch nicht für jede Frau die passende Lösung, glaub mir."

Mehrere Minuten lang hingen sie schweigend ihren Gedanken nach.

„Hier wird es mir langsam zu kalt, lass uns reingehen, Ruth. Ich finde, wir könnten jetzt einen guten Schluck vertragen", schlug Christa ihrer Freundin schließlich vor.

„Hast du noch was von dem leckeren Pinot Grigio da, den Kjell dir letzte Woche mitgebracht hat?", erkundigte Ruth sich grinsend.

„Zwei Flaschen liegen noch im Keller." Christa zwinkerte ihr zu. „Die werden wir beiden alten Tratschtanten kaum schaffen, ohne grußlos ins Koma zu fallen."

Rafael war offenbar eingeschlafen. Seit einigen Minuten kam sein Atem gleichmäßig und tief. Vorsichtig drehte Luisa sich in seiner Umarmung um. Nach dem intensiven Liebesspiel fühlte sie sich wie berauscht. Selbst in ihren kühnsten Träumen hätte sie niemals für möglich gehalten, dass man so tief empfinden konnte.

Er hatte sie mehrere Male zum Gipfel geführt. Mit seinen Händen, seiner Zunge und mit dem unvergleichlichen Gefühl, wenn er in ihr war und sie restlos ausfüllte. Danach hatten sie lange still nebeneinander gelegen und Zärtlichkeiten ausgetauscht.

Wenn sie daran dachte, wie ihr Leben noch vor wenig mehr als einer Woche ausgesehen hatte ... Ihr Rafael! Einfach so! Ich werde niemals wieder dieselbe sein, dachte Luisa. Dann musste sie über sich selber lächeln, weil ihr dieser Gedanke fast schon albern vorkam.

Als sie ihn leise brummen hörte, sah sie ihm ins Gesicht.

„Du grübelst", bemerkte er leise.

„Und du schläfst", erwiderte sie und lächelte ihn bewusst strahlend an.

„Ich habe nicht geschlafen, nur neue Kraft gesammelt", konterte er und wandte sich ihr zu. Zärtlich strich er mit den Fingerspitzen über ihre Wange. „Worüber hast du so intensiv nachgedacht, Kleines?"

„Och, nur so über dies und das. Nichts Besonderes."

Er grinste. „Komisch, das glaube ich dir nicht."

„Ist aber so." Vor Verlegenheit boxte sie ihn sanft in die Seite, aber er lachte nur.

„Wollen wir vielleicht etwas essen? Ich meine, nur mal so zur Abwechslung. Ich verspüre ein leichtes Hungergefühl nach all der Anstrengung." Seine Stimme klang noch immer etwas verschlafen, dunkel, rauchig und unglaublich sexy.

„Ach, ich bin also anstrengend, ja?"

„Höllisch!" Wieder lachte er, ließ sich dabei zurück auf den Rücken fallen und zog sie dabei der Länge nach auf sich. „Fühlst du, was du schon wieder mit mir anstellst?"

Jetzt musste auch sie lachen. „Ich kann nichts dafür, ehrlich! Ich tue doch gar nichts."

„Schon klar, du tust nichts, willst ja nur spielen." Mit den Händen umfasste er ihre Pobacken, knetete sie leicht. Auf ihrer Haut fühlten sich seine schönen Hände einfach unsagbar gut an. Sie schloss die Augen. Im Geiste sah sie seine Hände auf ihrer Haut, spürte fast wieder seine Küsse … Sie wurde feucht, musste die Lippen zusammenpressen, um ein Stöhnen zu unterdrücken.

„Rafael! Wenn du … wirklich Hunger hast, sollten wir das jetzt nicht … vertiefen."

„Okay, was wäre die Alternative? Sie muss gut sein, teuflisch gut, um mich hiervon abzulenken."

„Du magst doch … oh … Pasta?"

„Und wie!"

„Na dann … Ich habe sogar Hackfleisch und Tomaten … und … Rafael! So wird es nichts mit dem Abendessen." Kichernd versuchte sie sich ihm zu entziehen, aber er hielt sie fest und lachte nur in sich hinein.

„Du willst mich schon wieder, gib es zu. Du keuchst, Luisa."

„Ich keuche nie!"

„Hast du eine Ahnung. Und wie du keuchst! Wenn du kommst, stößt du sogar einen süßen Superkeucher aus, das macht mich ganz rasend."

Mit leichtem Druck zog er ihre Oberschenkel auseinander, brachte sich in Position und glitt wie von selbst in sie hinein. Das Gefühl war einzigartig. Sofort setzte sie sich auf und begann sich auf ihm zu bewegen, lustvoll und langsam, jeden einzelnen Zentimeter von ihm auskostend.

Ohne sie aus den Augen zu lassen, umfasste er ihre Hüften. „Oh, Luisa, das ist gut, so gut." Jetzt begann auch er zu keuchen, wie sie zufrieden feststellte.

Es verging eine weitere Stunde, bis sie endlich an dem kleinen Tisch in Luisas Küche saßen und aßen.

„Du kochst wirklich gut, Lu. Es schmeckt großartig." Rafael betrachtete sie. Ihre Haut schien noch immer zu glühen. Ihre Wangen waren leicht gerötet und die herrlichen Augen leuchteten. Es war verrückt, obwohl er heute schon zweimal mit ihr geschlafen hatte, spürte er schon wieder Begehren in sich aufsteigen. Diese Frau hatte wirklich eine unglaubliche Wirkung auf ihn.

„Danke schön", erwiderte sie und schenkte ihm ein strahlendes Lächeln, doch dann wurde sie wieder ernst. „Wir müssen uns noch um die Schweinerei am Garagentor kümmern."

„Stimmt. So wie es aussieht, ist das Lackfarbe. Da muss wohl ein Fachmann ran."

„Das wird sicher sehr teuer", gab sie zu bedenken.

„Das lässt sich dann wohl nicht ändern." Da sie beide aufgegessen hatten, erhob er sich und räumte die Teller zusammen.

Als er wenig später den Geschirrspüler schloss, klingelte es. Erstaunt wechselten er und Luisa einen Blick. „Soll ich lieber verschwinden?“, fragte er leise und deutete auf die Verbindungstür im Flur.

Luisa schüttelte den Kopf. „Nein, warum das denn? Aber ich bin froh, dass wir angezogen sind.“ Sie kicherte. „Mal gucken, wer da was von mir will.“

Wie sich herausstellte, waren es Kjell und Isabell. Kaum stand die Tür offen, preschte Kjells kleiner Hund auch schon los und sprang begeistert an Rafaels Beinen hoch. Lachend beugte Rafael sich hinunter, nahm den Kleinen auf den Arm und kraulte ihm den Kopf.

„Hey, du bist ja auch hier“, kommentierte Kjell und grinste. „Dieser verrückte Köter hat tatsächlich einen Narren an dir gefressen.“

„Eigentlich wollten wir fragen, ob Luisa Lust hat, mit uns ein Glas Holundersekt zu trinken“, erläuterte Isabell und schenkte ihm das sonnige Lächeln, das er schon von ihr kannte. „Aber zu viert wäre es noch lustiger.“

„Wir haben auch was mitgebracht.“ Immer noch grinsend hielt Kjell zwei Flaschen hoch. „Die sind noch vom letzten Jahr und Bella meinte, bevor die neue Holunderblüte ins Haus steht, muss der weg.“

„Kommt endlich rein“, forderte Luisa ihre Freunde lachend auf. „Rafael und ich haben gerade zu Abend gegessen.“

Die Loewenthals wechselten einen wissenden Blick, den Rafael sehr wohl zu deuten wusste. Sie zogen offenbar die richtigen Schlüsse, aber das konnte und wollte er nicht ändern.

„Das haben wir auch schon hinter uns“, erwiderte Isabell und wenn er sich nicht täuschte, wirkte das Lächeln, das sie Luisa zuwarf, ein wenig hintergründig.

„Übrigens hast du da ein entzückendes Kunstwerk auf deinem Garagentor“, sagte Kjell, nachdem sie schon eine Weile im Wohnzimmer zusammengesessen und geplaudert hatten.

„Ja, ein wahres Meisterwerk", antwortete Rafael zerknirscht. Er machte seinem Unwillen Luft, indem er leise fluchte. „Entschuldigt, aber ich bin wirklich stinksauer."

„Das wäre ich an deiner Stelle auch", pflichtete Kjell ihm bei.

„Habt ihr einen Verdacht, wer das gewesen sein könnte?", fragte Isabell.

Luisa schüttelte den Kopf. „Natürlich hat Rafael sofort auf Barbara getippt, das kann ich ihm auch nicht verdenken, aber eigentlich könnte es doch fast jeder gewesen sein."

„Wir haben uns vor ein paar Stunden vor dem Haus getroffen und uns die Bescherung angeschaut. Da kam plötzlich Jan Bruckner vorbei", erzählte Rafael. „Er hat keinen großen Hehl daraus gemacht, wie wenig es ihm gefiel, uns zusammen zu sehen. Außerdem … hat er mir eine Bemerkung über mich und Ruth an den Kopf geworfen. Das war alles ziemlich … verworren. Und ich fand seine Reaktion gelinde gesagt ganz schön überzogen. Um ein Haar hätte ich ihm … äh … na ja."

Er hörte Luisa neben sich geräuschvoll einatmen. „Wenn ich dich nicht weggezogen hätte, wäre die Lage eskaliert, so hat es zumindest für mich ausgesehen. Ihr Kerle müsst ja auch immer gleich die Fäuste ballen!" Sie stieß ein Schnauben aus, was er sehr süß fand.

„Du hast ja zum Glück aufgepasst, und Bruckner hat überlebt", erwiderte Rafael amüsiert und zwinkerte ihr zu.

Kjell unterdrückte ein Geräusch, das wie ein Glucksen klang. Rafael erwiderte den Blick seines Freundes und deutete ein Grinsen an.

„Das mit Ruth …", warf Isabell ein. „Also … von deinem Treffen mit Ruth habe ich auch im Café gehört. Allerdings habe ich der Sache natürlich keinerlei besondere Bedeutung beigemessen." Wieder fiel Rafael auf, dass Isabells Blick kurz zu Luisa ging, bevor sie ihn wieder ansah.

„Meine liebe Isabell, ich persönlich messe meinem Treffen mit Ruth auf jeden Fall besondere Bedeutung bei." Alle Köpfe fuhren zu ihm herum, auch Luisas.

„Wie bitte?", fragten sie und ihre Freundin gleichzeitig, während Kjell nur die Augenbrauen hochzog und ihn ungläubig anstarrte.

„Wisst ihr, ich hatte ein wirklich schönes Picknick mit ihr. Es war ungeplant, aber ich möchte es nicht missen, denn es war ein außerordentliches Mittagessen und ein tolles Gespräch mit einer wunderbaren und herzensguten Frau. Diesem schönen Erlebnis keinerlei Bedeutung beizumessen wäre aus meiner Sicht fast frevelhaft."

„Treffer!", sagte Kjell anerkennend und nickte zustimmend. Die beiden Frauen schwiegen und sahen einander vielsagend an.

„Die Leute sollen verdammt noch mal ihre schmutzige Fantasie im Zaum halten", schob Rafael in ernstem Ton nach. „Sollte Ruth darunter zu leiden haben, werden die mich kennenlernen, darauf könnt ihr euch verlassen."

„Das wird sie nicht", warf Kjell ein. „Ruth ist noch nicht lange hier, aber schon so beliebt, wie manch anderer Lunauer im ganzen Leben nicht. Ich würde sogar so weit gehen zu behaupten, dass sie für viele hier inzwischen unverzichtbar geworden ist. Neben meiner Mutter ist sie in jedem Fall die stärkste und selbstbewussteste Frau, die ich kenne. Sie hat dieses Dorf und das Miteinander zum Positiven verändert, das weiß auch jeder hier. Es gibt wohl kaum noch einen Menschen in Lunau, der Ruth Rogalski nicht kennt und bewundert."

Kjell holte geräuschvoll Luft. „Nein, Rafael, wenn jemand etwas zu spüren bekommen wird, dann du. Einmal mehr werden sie dich zum großen Verführer und damit zum Sündenbock machen."

„Das bin ich ja schon gewöhnt." Sein Blick glitt zu Luisa. Jan Bruckner hatte gesehen, wie er Luisa in den Armen gehalten hatte, sie könnte jetzt ohne Weiteres in die Schusslinie geraten. Wieder entglitt ihm ein leiser Fluch. Wenn er eines ganz bestimmt nicht wollte, dann war es, Luisas Ruf in Gefahr zu bringen.

„Erzähl mir von Rafael", forderte Ruth Christa auf, nachdem sie sich mit einer Flasche Pinot Grigio und einer Schale Nüssen in die Wohnküche gesetzt hatten. „Die Geschichte mit Barbara und ihren Anschuldigungen gegen ihn kenne ich natürlich, aber mich interessiert, was du so von ihm hältst und über ihn zu sagen hast. Wie war er so als Kind und als Jugendlicher?“

Christa zwinkerte ihr zu. „Meldet sich mal wieder dein berüchtigtes Helfersyndrom, Ruth?“

„Kann schon sein. Du weißt, dass mich Ungerechtigkeiten auf die Palme bringen können, und das, was diesem Jungen widerfahren ist, war in jedem Fall grausam und ungerecht.“

Christa nickte, griff nach ihrem Glas und trank einen Schluck Weißwein, bevor sie begann: „Tja, was soll ich dir über ihn erzählen? Er war ein süßes Kind, zauberhaft und einnehmend. Vielleicht fange ich am besten mit der Freundschaft an, die ihn mit den beiden anderen Jungs verband. Kjell, Rafael und Philip sind sehr oft bei mir gewesen. Und wenn sie nicht hier waren, strolchten sie auf dem Gut herum. Die drei Rabauken – ach, wie soll ich es ausdrücken? –, sie waren von klein auf ein unzertrennliches Dreiergespann, das war wohl der Grund, warum sie von allen nur die drei Musketiere genannt wurden. Drollig war das. Allerdings galt das auch für die Mahlzeiten. Und die konnten reinhauen, meine Güte!“

Versonnen lächelte sie und fuhr fort: „Kjell war schon als Kind verantwortungsvoll und umsichtig, stets darauf bedacht, dass niemandem etwas passierte. Philip, der süße Fratz, konnte jeden um den Finger wickeln. Er war ungemein wohlerzogen, höflich und sehr charmant. Ebenfalls ein ausgesprochen hübscher Junge, der jedoch schon als Kind viel zu erwachsen wirkte. Ja, und unser Rafael … Wegen seines hinreißenden Aussehens nannten ihn schon sehr früh alle Angel. Er war der Künstler unter den drei Jungs, meist in sich gekehrt, nicht selten grüblerisch und still, und doch war immer zu spüren, dass etwas in ihm tobte, ihn regelrecht umtrieb. Ich kann das nicht besser beschreiben. Wie ein Vulkan, der kurz vor dem Ausbruch stand. Als Frau hatte man ständig das Bedürfnis, diesem Jungen über das Haar zu streicheln oder ihn in den Arm zu nehmen. Sein großes Talent fürs Zeichnen und Malen hat sich schon sehr früh gezeigt. Kaum saß er irgendwo, begann er zu zeichnen."

Sie stand auf. „Hier in der Küche gab es eine Schublade, in der Zeichenutensilien für ihn lagen. Wenn er hier hereinkam, war sein erster Gang zu ebendieser Schublade. Im Keller habe ich noch ganze Mappen mit Zeichnungen von ihm." Christa zog die Schublade auf, in der sie inzwischen Scheren, Klebeband und Geschenkbänder aufbewahrte, und schloss sie wieder.

Sie spürte Ruths Blick und wusste, dass sie sie nicht aus dem Erzählfluss bringen wollte und deshalb schweigen würde, bis sie zu Ende erzählt hätte.

„Als die Jungs älter wurden und schließlich in die Pubertät kamen, bildeten sich bei Kjell und Philip ihre ohnehin schon ausprägten Charakterzüge noch weiter aus. Rafael hingegen ... Er hat sozusagen seinen stillen Posten verlassen und sich verändert. In der Schule bekam er nicht besonders gute Noten, weil er sich nur mit Themen beschäftigen wollte, die ihn interessierten. Später hat er mal gesagt, dass er ohne Kjell und Philip niemals das Abitur geschafft hätte. Ich will gar nicht so genau wissen, wie er das gemeint hat."

Christa lachte kurz auf. „Er wurde immer mehr zu einem Jugendlichen, der in jeder Weise auffiel. Seine gesamte Erscheinung veränderte sich in dieser Zeit, vor allem sein Kleidungsstil. Ich weiß noch, dass er monatelang nach der Schule in einem Bauhandel in Bispingen gejobbt hat, um sich eine schwarze Hose aus weichem Leder direkt auf den Leib schneidern zu lassen, die er unbedingt haben wollte und später dann auch ständig trug. Er lernte verschiedene Kampfsportarten und wirkte in jeder Weise intensiv, wild und ungezähmt. Wenn er für irgendetwas brannte, konnte man ihn kaum zügeln. Schon damals begannen die Leute über ihn zu reden. Tja, und dann kam der erste große Knaller: Rafael war gerade fünfzehn geworden, da flog seine Affäre mit der Schulsekretärin auf."

„Holla!" Ruth stieß einen Pfiff aus.

„Tja", setzte Christa wieder an. „Um genau zu sein, sind die beiden sogar in flagranti im Schulbüro erwischt worden. Die Sekretärin war doppelt so alt wie er. Sie musste natürlich gehen und bekam großen Ärger. Immerhin war Rafael damals minderjährig, und es war sehr schnell klar, dass die Initiative von der Frau ausgegangen war. Trotzdem lag es allein am sofortigen Einschreiten des Elternrates, dass Rafael nicht von der Schule verwiesen wurde."

Ruth musste grinsen. „Lass mich raten, du warst zu der Zeit im Elternrat aktiv?"

„Ich war die Vorsitzende." Christa wurde schnell wieder ernst. „Ach, Ruth, ich habe Rafael und Philip fast so sehr geliebt wie meinen eigenen Jungen. Wenn etwas passiert ist, sind sie immer zuerst zu mir gekommen. Bei Rafael war es besonders ausgeprägt, denn es war kein Geheimnis, dass das Verhältnis zu seinem Vater gestört und dass seine Mutter zu schwach war, um ihm beistehen zu können. Natürlich habe ich mich für ihn stark gemacht! Ich wollte einfach nicht, dass dieser begabte Bursche ganz vor die Hunde ging, nur weil er einen dummen Fehler gemacht hatte."

„Aber es blieb nicht bei dem einen Fehler, was?"

Seufzend setzte Christa sich wieder. „So kann man es auch nicht sagen. Rafael selbst brauchte gar nicht so viel zu tun. Je älter er wurde, desto umwerfender sah er aus. Die Folgen kannst du dir ausmalen."

„So ähnlich habe ich es mir vorgestellt. Ich denke, er hat eine Menge Bestätigung darin gefunden, die Mädels reihenweise zu verführen, oder?"

„Exakt. Bei seinen Eltern bekam er weder Unterstützung noch Bestätigung. Seine Mutter hat ihn sicherlich geliebt, da gibt es für mich keinen Zweifel, aber sie sah in ihm auch immer das Abbild seines leiblichen Vaters, nicht immer Rafael mit seinen Bedürfnissen und Talenten. Seine künstlerischen Ambitionen haben seine Eltern zu keiner Zeit unterstützt. Im Gegenteil! Für Klaas war es eine Selbstverständlichkeit, dass Rafael die Gärtnerei übernehmen würde. Erst als Rafael nach Hamburg gegangen ist, um Grafikdesign und Kunst zu studieren, hat Klaas einsehen müssen, dass die Realität anders aussah." Christa seufzte. „Trotz der vertrauensvollen Beziehung, die wir schon damals hatten, hat Rafael nie angedeutet, dass sein Vater ihn geschlagen und psychisch unter Druck gesetzt hat. Was du mir da vorhin erzählt hast, Ruth, macht mich unendlich traurig."

„Du nimmst das jetzt aber hoffentlich nicht persönlich, oder?"

„Ach was! So weit kommt es noch. Nein, ich bin einfach nur traurig, weil er nicht den Mut gefunden hat, sich bei mir auszusprechen. Aber so wie ich die Sache sehe, wollte er mich wohl nur schützen."

Einen Moment lang überlegte Ruth, ob sie ihrer Freundin noch eingehendere Informationen zu Rafaels Martyrium geben sollte, entschied sich dann jedoch dagegen. Erstens wusste sie wirklich nicht, ob es Rafael recht sein würde. Zweitens war es nicht zu übersehen, wie sehr Christa an der Tatsache zu knabbern hatte, dass sie ihm damals nicht hatte helfen können. „Du sagtest vorhin, dass Lu in Rafael verliebt sei."

„Ja. Das war sie wohl schon immer, denke ich."

„Ich glaube, dass auch er Interesse an ihr hat. Und zwar echtes Interesse."

„Wie bitte? Hat er dir etwa ...?"

„Nein, direkt darauf angesprochen, hat er nichts gesagt und auch nichts zugegeben. Vielleicht weiß er selbst noch nicht genau, in welche Richtung seine Gefühle für Lu gehen, aber ich habe keine Zweifel. Als wir hier bei dir zusammen gegessen haben, ist es mir aufgefallen. Die Blicke, die er der Kleinen zugeworfen hat, waren recht eindeutig."

„Du glaubst das wirklich?" Christa schenkte Wein nach.

„Ja, ich bin mir sogar ziemlich sicher, dass er verrückt nach ihr ist, wenn nicht sogar bis über beide Ohren verliebt."

„Na, das wäre es doch, was?" Christas Lächeln wirkte äußerst zuversichtlich.

Ruth nickte. „Eben! Das wäre es."

KAPITEL 5

Die neue Woche brachte den Regen zurück. Es war früher Abend und Luisa war schon dabei, die Tageseinnahmen abzurechnen, als sich noch einmal die Ladentür öffnete und eine junge Frau ins Geschäft hereinkam.

„Gut, dass Sie noch geöffnet haben“, sagte sie und klang dabei ein wenig gehetzt. „Ich habe schon gedacht, ich schaffe es nicht mehr.“

„Sie haben Glück“, erwiderte Luisa ebenfalls lächelnd. „In etwas zehn Minuten wären Sie tatsachlich zu spät gewesen. Was kann ich für Sie tun? Obwohl … So kurz vor Feierabend bleibt Ihnen eigentlich nicht mehr sehr viel Auswahl.“ Sie deutete auf die Kübel, in denen noch vereinzelt einige Blütenstiele standen.

„Oh! Äh … Oh, nein, entschuldigen Sie, Frau Milchert, aber ich bin keine Kundin. Mein Name ist Manuela Faber. Ich wollte …“

„Aah, Frau Faber, natürlich! Wie schön, dass sie es noch geschafft haben.“

„Wissen Sie, mein Kleiner, also mein Sohn … Ich musste ihn noch zu einer Freundin bringen“, sprach die junge Frau einfach weiter. „Ich hatte aber vorher dummerweise meine Küche unter Wasser gesetzt. Dann ist mir noch der blöde Autoschlüssel ins Siel … Ach, was rede ich denn da? Sie müssen mich ja für völlig durchgeknallt halten.“ Sie sah sich um. „Ach, wie schön! Der Laden ist ja ein Traum!“

Luisa musste lachen. Manuela gefiel ihr sehr. Offenbar hatten sie eine Menge gemeinsam, das war ein guter Anfang. „Machen Sie sich keine Sorgen, ich kenne solche Tage gut, auch wenn ich noch keine Kinder habe. Ich mag mir gar nicht vorstellen, was mir alles passiert, wenn ich tatsächlich einmal Mutter werden sollte.“

Jetzt lachten sie beide.

„Fangen wir doch noch einmal von vorne an“, schlug Luisa vor. „Also: Hallo, Frau Faber, Sie sind also gelernte Floristin und suchen einen Teilzeitjob?“

Schmunzelnd nahm Manuela Faber den Faden auf: „So ist es. Hätten Sie da vielleicht etwas für mich, liebe Frau Milchert?“

„Aber nur wenn du ab jetzt Luisa oder meinetwegen auch Lu zu mir sagst, so nennen mich die meisten hier. Freut mich wirklich, dich kennenzulernen, Manuela.“

Eine Stunde später war Luisa auf dem Weg nach Hause. Mit Manuela war sie sich sehr schnell einig geworden. Auf ihren Vorschlag hin hatte Manuela aus den Restbeständen des Tages einen wirklich schönen und fantasievollen Strauß gebunden, den Luisa ihr danach natürlich gerne geschenkt hatte. Es war offensichtlich, dass Manuela Faber ihr Handwerk verstand. Selbst wenn Luisa gerade ziemlich sauer auf Jan war, seine Empfehlung trug Früchte.

Gerade als sie am Haus ankam, verließ ein grauer Werkstattwagen das Grundstück. Rafael stand vor der Tür und sah ihr entgegen. Luisa schlug das Herz schneller. Wie so oft trug er eine hautenge Hose aus schwarzem Leder und dazu ein ebenfalls schwarzes T-Shirt, auf dem der dezente Umriss eines Panters zu sehen war.

Wie passend, dachte sie, nachdem sie ausgestiegen war, und ging ihm entgegen. Als sie vor ihm stand, zog er sie sofort an sich.

„Sieh dir das an, wie neu“, sagte er und deutete auf das gereinigte Garagentor.

„Ja, wie neu“, erwiderte sie, sah zu ihm auf, suchte seinen Blick.

„Na, du“, flüsterte er verheißungsvoll. Seine stürmischen Augen blitzten.

„Hallo!“, sagte sie leise und schmiegte sich in seine Umarmung.

„Wie war dein Tag?“, wollte er wissen.

„Gut. Sehr gut sogar“, antwortete sie und löste sich von ihm. „Stell dir vor, ich habe jetzt eine Teilzeitkraft. Schon morgen werde ich sie einarbeiten.“

„Klingt gut.“ Er grinste. „Hast du Hunger?“

„Ziemlich großen sogar.“

„Lust, irgendwo essen zu gehen?“

„Wenn du zahlst, immer gerne.“

„So war es geplant.“ Sein Lächeln war beeindruckend, und schon wieder wurden ihr die Knie weich.

Als sie von dem Restaurant in Lüneburg zurückgekehrt waren, bat Luisa Rafael noch um einen Spaziergang.

„Es hat endlich wieder aufgehört zu regnen, und nach so einem langen Tag wie heute ist mir meistens noch nach ein bisschen frischer Luft.“

„Klar, gute Idee“, antwortete er, griff nach ihrer Hand und zog Luisa zum Weg, der hinter dem Haus die natürliche Grenze zwischen Gärtnerei und Gutshof bildete.

„Wie hast du eigentlich den Tag verbracht?“, wollte sie wissen.

Rafael wurde bewusst, dass sie während des Essens nur Scherze gemacht, einander glutvolle Blicke zugeworfen und für eine Weile alles andere vergessen hatten. Über den Alltag hatten sie bisher nicht gesprochen. „Ich habe auch ein paar Stunden gearbeitet“, antwortete er lächelnd.

„Erzähl mir von deiner Arbeit, Rafael.“

Er blieb stehen, sah sie an und überlegte kurz. „Eigentlich bin ich seit einigen Jahren Creative Director und zweiter Geschäftsführer in einer Werbeagentur, aber zurzeit arbeite ich an einem eigenen Projekt, deshalb verbringe ich fast den ganzen Tag an meinem Grafiktablet.“

„Was bedeutet das?“

„Ein Grafiktablet ist die moderne Form des Zeichenblocks. Eine Figur, die ich bereits vor langer Zeit entwickelt habe, wird demnächst als Comic den Sprung in die Öffentlichkeit schaffen. Vor einiger Zeit habe ich den Vertrag dafür unterzeichnet.“

Ihre schönen Augen weiteten sich. „Was? Verstehe ich dich richtig? Du hast eine Figur gezeichnet, die … äh, irgendwo veröffentlicht wird? Oh, Rafael, ist das aufregend! Und das sagst du einfach so, als wäre es nichts Besonderes!“ Sie stellte sich auf die Zehenspitzen und drückte ihm einen schnellen Kuss auf die Lippen.

Über ihre offensichtliche Begeisterung musste er lachen. „Ja, das ist schon aufregend. Zunächst wird es ein Comicheft geben, das sich speziell an Mädchen richtet. Später wird sogar ein Film daraus, wenn die Comics Erfolg haben.“

„Ach, ist das toll!“ Sie freute sich wirklich für ihn, und das berührte ihn tief. „Was für eine wunderbare Bestätigung für deine kreative Arbeit“, fügte sie hinzu. „Gratuliere!“

„Danke.“ In seiner Magengegend wurde es ganz warm. Da er Verlegenheit in sich aufsteigen fühlte, zog er Luisa einfach wortlos weiter.

„Zeigst du sie mir? Deine Zeichnungen, meine ich.“

„Vielleicht ja. Irgendwann, aber jetzt noch nicht. Ich bin da ziemlich abergläubisch, weißt du.“

„Na gut.“ Sie lächelte zu ihm auf.

Bisher hatte sie nicht einmal nach dem finanziellen Aspekt seines Erfolgs gefragt, sondern ausschließlich den persönlichen herausgestellt, das beeindruckte ihn und gefiel ihm außerordentlich. Zu oft war er in seinem Leben Menschen begegnet, die seine kreative Arbeit allein auf den finanziellen Nutzen reduzierten.

Sie schlugen den Weg ein, auf dem sie vor einigen Tagen Barbara getroffen hatten. Als Luisa ihn querfeldein ziehen wollte, hielt er sie davon ab. „Nein, warte. Geradeaus geht es doch zur alten Scheune. Die würde ich mir nach all den Jahren gerne noch einmal ansehen.“

„Och, da ist doch nichts“, murmelte Luisa. „Lass uns lieber zu den Teichen gehen, und dann drehen wir wieder um.“

„Na, komm schon.“ Ohne auf ihren Einwand einzugehen, zog er sie weiter den Weg zur Scheune entlang. „Gibt es eigentlich noch die alten Holunderbüsche und den Pavillon? Früher habe ich da oft gezeichnet."

Luisas Herz begann schneller zu schlagen. In den vergangenen Jahren war sie immer mal wieder allein hergekommen, um unbeobachtet in ihren schönsten Erinnerungen zu schwelgen. Oft hatte sie sich in den Pavillon gesetzt, je nach Jahreszeit den Vögeln zugehört, den intensiven Duft der Holunderblüten eingesogen oder einfach nur dagesessen, um sich dem Zauber dieses Ortes hinzugeben – einer Magie, die wahrscheinlich nur sie allein empfand, aber das war ihr egal. Der Holundergarten war ihr ganz persönliches Märchenschloss. Und nun würde sie zum zweiten Mal in ihrem Leben mit *ihm* hier sein. Am Ende des kleinen Sandwegs erkannte sie schon die weiß getünchten Scheunenwände und die ebenfalls schneeweißen Holzstreben des sechseckigen Pavillons.

Rafael hielt ihre Hand, zog sie noch immer hinter sich her. „Schau dir das an. Das hält der alte Baron aber wirklich gut in Schuss", sagte er, als sie vor der Scheune ankamen.

„Darum kümmern sich schon seit Jahren die Lunauer selbst", erklärte sie ihm. „Der Baron gibt zwar einmal im Jahr eine gewisse Summe dazu, ansonsten werden die Scheune und der Garten von einer Gemeinschaft instand gehalten, die Christa vor ein paar Jahren ins Leben gerufen hat. Jeder, der einen freiwilligen Jahresbeitrag in die Kasse einzahlt oder sich handwerklich einbringt, darf hier feiern. Christa kümmert sich um alles."

„Hm, sie war schon immer ein Organisationstalent." Er grinste. „Sieht richtig schön aus. Könnte eine romantische Filmkulisse abgeben, meinst du nicht?"

„Ja." Sie musste husten. „Isabell und Kjell haben hier ihre Hochzeit gefeiert. Es war traumhaft."

Rafael war offensichtlich begeistert. „Kann man hinein?", fragte er, während er durch eines der wenigen Fenster spähte.

„Nein, sie ist verschlossen. Nur Christa und natürlich der Gutsverwalter haben Schlüssel."

„Schade, ich hätte gerne mal einen Blick reingeworfen. Wegen der Gardinen kann man durch die Fenster nicht sehr viel erkennen."

„Ach, da ist nur der große, leere Raum zu sehen", erklärte sie. „In einer Ecke stehen zusammengeklappte Bierzeltgarnituren und Kisten mit einer Menge Zeug, das man für eine Party gebrauchen könnte. Lampions, Lichterketten und allerlei Firlefanz. Hinten, an der Stirnseite, gibt es jetzt einen einfachen Tresen, den man sehr gut als Bar nutzen kann. Die Musikanlage gehört der Gemeinschaft. Nach jeder Veranstaltung wird sie wieder abgebaut und sorgsam eingelagert."

Er ging weiter und umrundete die Scheune. Luisa blieb nichts anderes übrig, als ihm zu folgen. „Meine Güte, hier haben großartige Partys stattgefunden. War toll damals."

Dann standen sie plötzlich im Holundergarten vor dem Pavillon. Luisas Herz setzte schon wieder einen Schlag aus, sie fühlte es ganz genau. Fast wunderte sie sich darüber, dass es dann doch weiterschlug, als wäre nichts gewesen, eben nur ein bisschen schneller. Um ihre aufgepeitschten Nerven ein wenig zu beruhigen, sah sie sich um und atmete einige Male tief durch, das half ein wenig. Es ist einfach wundervoll hier, stellte sie einmal mehr fest.

„Schau, die Holunderbüsche setzen schon Blüten an", gab sie ihrer Begeisterung Ausdruck. „In spätestens drei Wochen werden die ersten blühen. Zur Blütezeit komme ich immer hierher und pflücke mir die frisch aufgeblühten Dolden. Isabell und ich lieben einfach alles, was man aus Holundersirup machen kann."

Versonnen strich Rafael über ein paar herabhängende Zweige. „Ich bin früher wirklich häufig zum Zeichnen hergekommen oder wenn ich einfach meine Ruhe vor Kjell und Phil haben wollte." Er warf ihr ein Lächeln zu, bevor er die Stufe des Pavillons betrat und Luisa mit sich zog.

In der Mitte der kleinen Laube blieb er stehen. „Ich finde, das hier ist ein ganz besonderer Ort."

Überrascht sah sie zu ihm auf. „Ja, ich dachte allerdings, das würde nur mir auffallen."

Ihre Blicke trafen sich. Für einen Moment kniff er die Augen zusammen, dann schüttelte er leicht den Kopf. Die Bewegung war kaum wahrzunehmen, aber Luisa entging sie nicht.

„Was hast du?", fragte sie. Plötzlich keimte in ihr die abwegige Hoffnung auf, er könnte sich erinnern – an sie erinnern.

„Nichts, alles gut." Wieder lächelte er, gab ihr einen kleinen Kuss auf die Nasenspitze und drückte ihre Hand. „Es wird dunkel, lass uns umkehren."

„Bleibst du wieder bei mir, heute Nacht?"

Allein die Frage zu hören sandte wohlige Wärme durch Rafaels Körper.

„Natürlich nur, wenn du es willst", fügte Luisa hinzu.

„Ich könnte mir kaum etwas Besseres vorstellen", erwiderte er, zwinkerte ihr zu und setzte ein Grinsen auf. Tatsächlich schlief er bei ihr ohnehin viel besser als in dem Haus seiner Eltern. Wenn man es genau nahm, gehörte Luisas Wohnung zwar auch dazu, dennoch empfand er es nicht so, wenn er bei ihr war.

Sie waren gerade in der Wohnung eingetroffen, als praktisch gleichzeitig ihre Handys klingelten.

„Huch! Ich gehe mal in die Küche", sagte Luisa schmunzelnd.

Rafael zog sein Telefon aus der Jackentasche und ging ins Wohnzimmer. Das Display kündigte ihm einen Anruf von Kjell an. „Großer, was gibt es?"

„Wenn Lu in deiner Nähe ist, schnapp sie dir und kommt zum Blumenladen. Hier ist was passiert."

„Was ist los, verdammt noch mal?"

„Kommt einfach her, Rafael, okay?"

Als er aufblickte, stand Luisa bereits in der Tür. Sie war sehr blass geworden. „Wir sind schon unterwegs!", sagte er noch zu Kjell, bevor er auflegte.

„Isabell war dran. Sie meinte, wir sollen …“
„Ja, ich weiß, Kleines. Bei mir war es Kjell. Na, dann los!“

Als sie den Blumenladen erreichten, waren sie und die Loewenthals die Einzigen auf der Straße. In Rafael legte sich eine Art Schalter um, jedenfalls fühlte es sich für ihn so an. Er bildete sich sogar ein, ein Klicken zu vernehmen. Es war kein Wunder, dass weder Isabell noch Kjell am Telefon über die Lippen gebracht hatten, was dort im Licht der wenigen Straßenlaternen allzu deutlich zu lesen war.

Vergewaltiger-Hure!

In großen, roten Lettern stand die Beleidigung auf der Scheibe des Schaufensters. Rafael sah, wie Luisa lautlos weinte. Doch er brachte es nicht fertig, sie zu berühren, hier, mitten auf der Straße. Die frische Farbe tropfte über den gemauerten Fenstersims hinunter auf das Pflaster, bildete dort eine blutrote Lache der Schande. Seiner Schande! Wie hatte er Luisa da nur hineinziehen können? Er hätte es besser wissen müssen. Dieses Dorf brachte ihm nichts als Unglück, selbst wenn es sich in einen Mantel hüllte, der Heimat oder sogar ein wenig Glück vermuten ließ. Die letzten Tage mit Luisa, die Leidenschaft, die er empfand, sobald er sie auch nur ansah, hatten seinen Verstand vernebelt und seinen Blick für die kalte Realität offenbar getrübt.

„Wir sollten die Polizei verständigen“, unterbrach Kjells tiefe Stimme seine Gedanken. „Meiner Meinung nach hättest du schon Anzeige gegen Unbekannt erstatten müssen, als das mit deinem Garagentor passiert ist.“

„Nein, keine Polizei, das würde nur noch mehr Staub aufwirbeln. Ich werde das in Ordnung bringen“, antwortete er mit einer Stimme, die er selbst nicht als seine erkannte. „Lu, Kleines, ich bringe das wieder in Ordnung, das verspreche ich dir.“

Sie nickte nur, ohne ihn anzusehen. Er konnte es ihr nicht verdenken, denn schließlich war allein er es, der den Kummer, diesen Hass und die Tränen in ihr Leben gebracht hatte. Noch immer liefen Tränen über ihre Wangen. Es brachte ihn fast um, das mit ansehen zu müssen. Er musste schlucken. „Ich bringe diesen Scheißkerl um!“

„Rafael, komm mal wieder runter! Du weißt doch gar nicht, wer das gewesen ist.“ Kjell legte ihm eine Hand auf die Schulter. „Ich plädiere immer noch dafür, die Polizei zu rufen.“

„Verflucht, Kjell, ich habe gesagt, dass ich keine Polizei will, kapiert?“ Zischend holte er Atem. „Außerdem weiß ich sehr genau, wer das gewesen ist. Es kommt nämlich nur ein Einziger infrage. Bruckner hat uns gestern zusammen gesehen. Er hat gesehen, dass ich Lu … Also, ich hatte meinen Arm um sie gelegt und habe sie geküsst, verstehst du? Nur er hat uns so gesehen, niemand sonst. Für mich ist die Sache eindeutig.“

„Gerade du solltest mit vorschnellen Beschuldigungen vorsichtig sein. Du weißt, was man damit anrichten kann.“

Kjells mahnende Worte trafen ihn. Sein Freund hatte natürlich recht. Letztlich gab es keinerlei Beweise dafür, dass Jan Bruckner das Schaufensters des Ladens und vielleicht auch das Garagentor beschmiert hatte.

Als Rafael schließlich zustimmend seufzte, nickte sein Freund erleichtert. „Okay, du hast wieder angefangen zu denken, das beruhigt mich.“

Rafael wandte sich erneut Luisa zu und sah, dass Isabell sich um sie kümmerte. Einen Arm um Luisas Schulter gelegt, sprach sie leise mit ihr.

„Ich werde gleich den Inhaber der Firma anrufen, die heute das Garagentor gereinigt hat“, versprach Rafael. „Vor morgen werden die aber sicher nicht hier sein können, Lu. Der Typ hat mir seine Privatnummer gegeben und gesagt, ich könnte ihn jederzeit anrufen. Er hatte wohl eine Ahnung, dass ich ihn bald noch einmal benötigen würde.“

Sie nickte. „Ist schon in Ordnung. Den Laden muss ich morgen wohl geschlossen lassen.“ Mit großen Augen begegnete sie seinem Blick „Mir geht es schon wieder gut, Rafael, das war nur der erste Schreck. Ach herrje, ich muss auf jeden Fall Manuela anrufen."

„Manuela?", fragte Isabell.

„Ja, Manuela Faber. Sie ist Floristin. Ich habe sie heute in Teilzeit eingestellt. Eigentlich wollte ich sie morgen einarbeiten, aber daraus wird ja wohl nichts. Ich möchte nicht, dass sie gleich an ihrem ersten Arbeitstag mit so was konfrontiert wird."

„Wir brauchen irgendwas, womit wir das abdecken können", überlegte Rafael laut, „dann kriegen es wenigstens nicht alle zu sehen."

„Ich habe eine starkes Klebeband und eine Rolle mit großen Müllsäcken hinten im Laden, die Säcke könnten wir aufschneiden und auf die Scheibe kleben", schlug Luisa vor.

„Gute Idee, Lu. Die Plastikdinger weichen bei Regen auch nicht gleich durch wie Zeitungspapier", bemerkte Isabell. „So, und nun gibst du Rafael die Ladenschlüssel. Die Männer kümmern sich um alles und wir beide kochen bei uns im Haus eine große Kanne Tee, damit sich unsere Nerven wieder beruhigen, in Ordnung?"

„Macht das", bekräftigte Kjell und nickte den Frauen zu. „Wir erledigen das hier und kommen dann nach."

„Was wirst du tun?", fragte Kjell, als Isabell und Luisa weg waren.

Rafael zog die Augenbrauen hoch. Auf seinen Lippen lag ein bitteres Lächeln. „Du kennst mich besser, als meine eigene Mutter mich je gekannt hat, Kjell, was glaubst du wohl, was ich jetzt tun werde?"

Kjell nickte. „Du wirst also wieder abhauen, ja? Das habe ich mir schon gedacht."

„Ich kann nicht zulassen, dass sie so etwas wie das hier noch einmal erleben muss", erwiderte Rafael grimmig.

Kjell beobachtete, wie Rafael die Ladentür aufschloss und Licht machte, dann folgte er ihm nach hinten in den kleinen Aufenthaltsraum des Geschäfts. Wie Luisa es gesagt hatte, fanden sie dort in einem Regal eine Rolle Müllsäcke. „Da liegt auch das Klebeband. Ah, das ist gutes Tape, damit müsste es gehen“, stellte Rafael fest.

Die Müllsäcke schnitten sie im Laden auf, um eine möglichst große Fläche abdecken zu können, dann erledigten sie wortlos ihre Arbeit.

„Kein Mensch auf der Straße, heute Abend“, bemerkte Kjell, nachdem sie die Arbeitsutensilien wieder verstaut hatten.

„Das ist auch gut so. Ich hoffe, den Mist hier haben nicht allzu viele Leute gesehen.“

„Du warst mit ihr im Bett, richtig?“ Normalerweise war es nicht seine Art, so direkt zu fragen, aber nicht nur Rafael lag ihm am Herzen, sondern auch Luisa. Er kannte sie schon, seit sie auf der Welt war, und machte sich Sorgen um beide.

„Warum fragst du, wenn du es schon weißt?“

„Seid ihr … Ähm, ist es etwas Ernstes?“, hakte er nach.

Geräuschvoll atmete Rafael ein. „Etwas Ernstes? Verdammt, Kjell das liegt mir nicht, auch das weißt du.“

„Und was ist mit ihr? Hast du dir auch nur eine Sekunde über Luisas Gefühle Gedanken gemacht, oder war es dir nur wichtig, zwischen ihren Schenkeln zu landen?“ Kjell war kurz davor zu platzen. Er hörte nicht auf den leisen Zweifel, der ihm sagte, dass Rafael vielleicht doch mehr für Luisa empfand oder mit seiner kaltschnäuzigen Antwort nur das eigene Klischee erfüllte. Er hatte keine Ahnung, woher der Gedanke kam, jedenfalls hielt er seinen Zorn deshalb zumindest im Zaum.

Mit unbewegter Miene starrte Rafael ihn an. „Scheiße! Das stimmt so nicht, verflucht noch mal! Wir haben erst vor wenigen Tagen darüber gesprochen, erinnerst du dich? Ich glaube, ich habe klargemacht, wie ich dazu stehe.“ Er legte den Kopf in den Nacken und blies die Wangen auf. „Mann, ich hab sie sogar noch gewarnt. Ich habe ihr gesagt, dass das nicht gut ausgehen wird, aber davon wollte sie nichts wissen.“

„Du hättest, verdammt noch mal, widerstehen können, Rafael. Ihr zuliebe!“

Rafaels Lachen klang hohl. „Widerstehen? Allein mit ihrer Gegenwart hat sie mich schon gegrillt, Kjell! Falls du weißt, was ich damit meine."

Eine Weile starrte er Rafael ins Gesicht, dann nickte er zögernd. „Ich weiß sogar ganz genau, was du damit meinst."

„Von einem bestimmten Zeitpunkt an wusste ich in jeder einzelnen Sekunde, dass sie nur auf ein Zeichen von mir wartet. Stell dir vor, letztlich hat sie es mir sogar gesagt." Er lachte dunkel auf. „Spätestens da hätte ich gehen müssen, aber ich habe es nicht getan, habe es einfach nicht mehr fertiggebracht. Jetzt muss ich ihr Leben wieder geraderücken, egal wie."

„Wirst du es schaffen?"

„Ehrlich gesagt weiß ich das nicht. Solange ich in ihrer Nähe bin, sicherlich nicht, deshalb ist es die sicherste Methode zu verschwinden. Wenn ich weg bin und sie nicht mehr sehe ..."

„Es sei denn, du liebst sie, mein Freund, dann stehst du auf verlorenem Posten. Ich weiß nämlich ganz genau, wie so was abläuft."

„Rede keinen Stuss, Großer!"

Isabell Loewenthal erinnerte sich sehr gut daran, wie es sich anfühlte, unglücklich verliebt zu sein. Das quälende Gefühl im Herzen, zu wissen, dass der geliebte Mensch auf die eine oder andere Weise unerreichbar ist, konnte die letzte Energie, die letzte Freude am Leben aus einem heraussaugen. Sie brauchte Luisa nur ins Gesicht zu sehen, um zu erkennen, dass sich genau dieses Elend bereits ankündigte. Seit ungefähr fünf Minuten saß Luisa nun schon am Küchentisch und starrte stumm vor sich hin.

„Du hast Angst, dass er wieder aus deinem Leben verschwindet?", fragte sie, als sie das heiße Wasser über die Teeblätter goss. Während der Tee zog, wandte sie sich Luisa wieder zu und lehnte sich mit dem Rücken an die Küchentheke.

„Er wird gehen, Isabell, daran habe ich keinen Zweifel. Das wäre er gestern schon fast, als er das Garagentor gesehen hat." Luisa seufzte. „Ehrlich gesagt kann ich ihn sogar verstehen."

„Wahrscheinlich will er dich damit schützen."

„Das könnte sein. Er ist viel … rücksichtsvoller, als man vermuten würde, wenn man ihn so sieht."

„Ach, Süße! Du hast mit ihm geschlafen, nicht wahr?"

Während sie nickte, senkte Luisa den Kopf und wischte sich verlegen eine einzelne Träne weg. „Ja."

„Und es war schön?"

„Ja, es war sogar sehr schön. Es war …" Luisa stockte, dann sah sie sie wieder an. „Isabell, es war das erste Mal für mich."

„Oh!" Isabell glaubte, sich verhört zu haben, stieß sich vom Küchenschrank ab und setzte sich ihr gegenüber. „Das hast du mir nie erzählt!"

„Na, es ist ja auch nicht unbedingt … normal, wenn man mit fast dreißig noch Jungfrau ist, oder? Ich habe es … also wie soll ich sagen … Ich habe es eigentlich selbst dauernd verdrängt."

„Ich verstehe."

Luisa lachte kurz auf, aber es klang nicht fröhlich. „Rafael war wunderbar, Isabell. Er ist unglaublich liebevoll mit mir umgegangen … Auch danach."

Isabell nickte. Wortlos stand sie noch einmal auf und goss den Tee durch ein Sieb in eine andere Kanne. Nachdem sie zwei volle Becher auf den Tisch gestellt hatte, setzte sie sich wieder. „Hier, trink das, Lu. Meine spezielle Kräutermischung wird dir guttun."

„Was soll ich nur tun, Isa? Ich weiß, ich musste ihn schon einmal gehen lassen, aber da war alles noch ganz anders. Jetzt ist es … Ich weiß nicht, wie ich es aushalten soll ohne ihn."

Isabell musste seufzen. Luisa tat ihr unendlich leid. „Ich denke, du hast nicht allzu viele Möglichkeiten, Lu. Wenn er gehen will, wird er gehen. Natürlich könntest du ihm vorher sagen, was du für ihn empfindest, aber wenn er deine Gefühle nicht erwidert …"

„Ich weiß", unterbrach Luisa sie schnell. „Und ehrlich gesagt glaube ich nicht, dass er meine Gefühle erwidert oder jemals erwidern wird, Isa. Ich denke, er ist einfach kein Mann, der sich unsterblich verliebt, weißt du, das passt irgendwie nicht zu ihm. Er war ja immer derjenige, der geliebt wurde, nicht umgekehrt. Bevor er fortgegangen ist, habe ich ihn viele Jahre beobachtet. Er war nie länger als ein paar Tage mit einem Mädchen zusammen."

Sie schlug die Hände über dem Kopf zusammen. „Sein Ruf kommt ja nicht von ungefähr. Sicher mag er mich, daran zweifle ich gar nicht, aber ich denke nicht, dass da mehr ist. Sieh ihn dir nur an, dann weißt du, was ich meine. Meine Mutter hat immer gesagt, ein schöner Mann wird dir niemals allein gehören."

„Ja, und meine hat immer gesagt: Vom schönen Teller kannst du nicht essen. Pah! Das ist Quatsch! Ich habe niemals an so was geglaubt. Auch ein so besonders attraktiver Kerl wie Rafael ist letztlich nur ein Mann mit einem Herzen in der Brust."

Eine gute Stunde später waren Rafael und Luisa auf dem Weg nach Hause. Sie hatten beide keine große Lust mehr auf die Gesellschaft ihrer Freunde und waren einfach erschöpft. Kjell und Isabell hatten sie verständnisvoll verabschiedet, nachdem sie noch kurz zu viert eine Tasse Tee getrunken hatten.

„Ich brauche jetzt etwas Stärkeres als Tee", sagte Rafael, als sie in ihrer Wohnung ankamen. „Hast du vielleicht einen Whiskey oder irgendeinen Schnaps im Haus? Ein guter Wacholderbrand wäre jetzt genau das Richtige für meine Nerven."

Sie schüttelte den Kopf. „Leider nicht, aber ich habe Julias Barfach nicht ausgeräumt. Da könnte noch was sein."

„Gut, dann sehe ich nach. Bin gleich wieder da."

In Julias Wohnzimmerschrank fand er tatsächlich eine Kristallkaraffe mit Whiskey, die noch halb voll war. Rafael atmete auf und schickte seiner Schwester in Gedanken ein Dankeschön, dann schnappte er sich die Karaffe und ging durch die Verbindungstür zurück zu Luisa.

„Na, du bist ja fündig geworden." Er sah, dass sie sich an einem Lächeln versuchte, das ihr aber nicht wirklich gelang. Sie war noch immer blass.

„Wir müssen uns unterhalten", teilte er ihr ohne Umschweife mit, nachdem sie sich ins Wohnzimmer gesetzt hatten. Schweigend schenkte er ihnen ein, prostete ihr zu und stürzte den Whiskey in einem Zug hinunter, nur um sich sofort wieder nachzuschenken. Luisa nippte nur an ihrem Glas, wie er bemerkte.

„Ich habe gespürt, dass etwas mit dir, in dir passiert ist, Rafael. Vorhin ... vor dem Blumenladen", flüsterte sie.

„Ja, es ist tatsächlich etwas passiert, Lu, aber das ist nichts, mit dem ich nicht schon gerechnet hätte. Mir ist nur noch einmal in aller Deutlichkeit vor Augen geführt worden, was ich im Grunde schon die ganze Zeit gewusst habe." Er holte tief Luft, sah sie an und erkannte schon jetzt die grenzenlose Traurigkeit in ihren schönen Augen. Sie wusste bereits, was er ihr sagen würde, daran gab es kaum einen Zweifel. „Vorhin, vor dem Laden, habe ich dir versprochen, dass ich das wieder in Ordnung bringen werde, und das tue ich auch. Es war ein Fehler, mich überhaupt auf ... diese Sache, auf uns, einzulassen. Ich habe das von Anfang an gewusst und bin trotzdem schwach geworden. Zur Hölle noch mal, ich konnte einfach nicht anders!"

Noch einmal fluchte er, doch als er sah, wie sie heftig zusammenzuckte, entschuldigte er sich: „Verzeih, aber mich macht das alles stinkwütend. Erinnerst du dich? Ich habe dir von Anfang an gesagt, dass ich nicht gut für dich sein kann ... Und jetzt haben wir die Quittung. Sieh dich doch an, sogar dein wunderbarer Humor verschwindet immer mehr."

Eine neue, quälende Bitterkeit stieg in ihm auf. Er musste sich räuspern, trank einen weiteren Schluck Whiskey und sah sie wieder an. Mit unglaublich großen traurigen Augen erwiderte Luisa seinen Blick. „Sobald das Schaufenster des Ladens gereinigt ist, verschwinde ich von hier. Ich fahre zurück nach Hamburg und werde die Gespräche mit den Kaufinteressenten wieder aufnehmen. Ich weiß, dass die Gärtnerei nur Verträge mit einer Kündigungsfrist von drei Monaten vergibt, doch in Anbetracht der besonderen Situation gestehe ich allen Angestellten der Firma für ein halbes Jahr das volle Gehalt zu, erst danach werden ihre Verträge endgültig aufgelöst."

Rafael seufzte. „Mehr kann ich nicht anbieten. Und was dich angeht, Lu … Bis spätestens Anfang nächster Woche wird dir ein persönliches Angebot vorliegen, das du dann nur noch zu unterschreiben brauchst. Den Laden werde ich dir überschreiben und durch eine festgeschriebene Dauerinvestition dafür sorgen, dass dein Geschäft täglich mit frischer Ware vom Großmarkt beliefert wird, ohne dass dafür zusätzliche Kosten anfallen. Du kannst dir in Ruhe einen passenden Lieferanten aussuchen. Damit dürften deine Probleme, was die Ware und die Kosten angeht, gelöst sein." Noch einmal atmete er tief durch, denn sie hatte schon wieder auf ihre lautlose Weise zu weinen begonnen.

Die Tränen liefen einfach ohne Unterlass über ihr Gesicht. In seiner Brust begann es zu schmerzen. Es war ein Schmerz, wie er ihn nicht kannte, tief und gnadenlos, doch in den letzten Wochen hatte er viel an sich entdeckt, was ihm bisher fremd gewesen war. „Es ist vorbei, Lu", sagte er leise. „Ich kann nicht länger warten, verstehst du?"

Sie schüttelte den Kopf, wischte mit dem Handrücken die Tränen weg. „Ich will das nicht!", brachte sie hörbar mühsam hervor.

„Ich *muss* hier weg, Kleines, bevor du noch mehr in diese verdammte Mühle gerätst", bekräftigte er eindringlich. „Die Leute hier lieben dich! Sobald ich aus Lunau verschwunden bin, wird alles wieder gut für dich sein."

„Ich meinte … Ich will deine Almosen nicht. Das ist ja, als würdest du mich für die letzten Tage … bezahlen."

Aufgebracht sprang er auf, war mit zwei Schritten bei ihr und ging vor ihr in die Knie. „Das würde ich niemals so sehen! Luisa, du solltest wissen, dass dieser Gedanke völlig absurd ist! Sieh es als Entschädigung der Firma für all die unbezahlten Überstunden an, die du in den vergangenen Monaten in der Gärtnerei gearbeitet hast. Bitte, nimm mein Angebot an." Er zog seinen letzten Joker: „Tu es für mich!"

Sekundenlang erwiderte sie stumm seinen Blick. Behutsam nahm er ihre Hände, streichelte mit den Daumen über ihre Handrücken. „Luisa?"

„Du hast mich … gewollt, oder? Ich meine, du hast nicht einfach nur die Gelegenheit ergriffen, weil ich … weil ich … da … und bereit war? Du wolltest mich, mich ganz persönlich?"

„Um Gottes willen, Lu, natürlich habe ich dich gewollt! Von der allerersten Sekunde an bin ich fast wahnsinnig geworden vor Verlangen nach dir. Warum fragst du so etwas nur?" Erschüttert fühlte er, dass auch ihm die Kehle eng wurde. Er hob die Hand und strich Luisa sanft über die nasse Wange. „Ja, ich habe dich gewollt, so sehr! Nur dich!" Und ich will dich noch, fügte er in Gedanken hinzu.

Schließlich nickte sie. „Ich glaube dir."

„Das solltest du auch, denn es ist die Wahrheit. Ich …"

„Ich will einen richtigen Vertrag", unterbrach sie ihn. „Und ich werde dir den Laden abkaufen, eine reine Schenkung kommt für mich keinesfalls infrage. Du kannst eine Summe festsetzen, solange es sich nicht nur um einen einzigen Euro handelt, bin ich einverstanden. Ich möchte das Gefühl haben, dass ich wirklich etwas bezahle, verstehst du?" Wortlos nickte er. „Außerdem solltest du am Umsatz beteiligt werden, wenn du schon dauerhaft in mein Geschäft investieren willst, damit du am Ende des Jahres zumindest einen Teil wieder herausbekommst. Das sind meine Bedingungen."

Er verspürte Erleichterung. „Gut. Ich werde das alles in den Vertrag mit hineinschreiben lassen."

„Dir ist schon klar, dass du damit einzig und allein dein schlechtes Gewissen beruhigst, oder?", fragte sie leise.

Wieder war er schockiert, denn er wusste, dass sie zumindest zum Teil recht hatte. „Ich streite gar nicht ab, dass es mir dadurch besser geht, Lu. Im Vordergrund steht für mich allerdings dein Schutz vor dieser … verfluchten Meute. Das kannst du mir jetzt glauben oder auch nicht, es macht keinen Unterschied. Wer weiß, wozu diese Leute noch fähig sind?“ Er ließ ihre Hände los und erhob sich. „Ich denke, ich schlafe heute Nacht besser drüben.“

Jetzt stand auch sie auf. Sie kam zu ihm, sah zu ihm auf und legte ihm die Hände auf die Brust, wie sie es in den vergangenen Tagen schon oft getan hatte. „Du willst erst morgen fort, also lass uns diese Nacht, Rafael. Bleib bei mir.“

Sein Kampf mit sich dauerte nur wenige Sekunden, dann riss er sie an sich und küsste sie, als würde es niemals wieder ein Morgen für sie geben.

Noch in der Nacht hörte Luisa, wie er leise aufstand, seine Kleidungsstücke zusammenklaubte und sie verließ. Wie paralysiert blieb sie liegen. Sie hielt ihn nicht auf, sprach ihn nicht einmal an, sondern nahm es einfach hin.

An Schlaf war von da an nicht mehr zu denken. Eine Zeit lang starrte sie in die Dunkelheit oder weinte. Erst nach einer gefühlten Ewigkeit stand sie auf und ging kurz unter die Dusche. Sie brühte sich einen starken Kaffee auf, den sie im Stehen trank, während sie aus dem Wohnzimmerfenster blickte und den Sonnenaufgang betrachtete. Mit anhaltend bangem Gefühl in der Brust fragte sie sich, ob Rafael Lunau bereits verlassen hatte. Dann hörte sie plötzlich das gedämpfte Gurgeln und Klopfen des Kaffeevollautomaten aus der Küche des Brix-Hauses.

In der vergangenen Nacht hatte er sie schnell, hitzig und nahezu wortlos geliebt. Nach ein paar heißen Küssen und ungeduldigen Liebkosungen war er bereits in ihr gewesen. Der gemeinsame Orgasmus hatte sie überrollt und Luisa hatte geglaubt, Erleichterung auf Rafaels Miene zu lesen, als es vorbei war. Danach hatte er sie an sich gezogen und die halbe Nacht gehalten. Irgendwann hatte sie geschlafen, bis zu dem Moment, als er sich vorsichtig von ihr gelöst hatte und gegangen war. Sie warf einen Blick auf die Armbanduhr. Es war noch nicht einmal sechs Uhr.

Als die Verbindungstür geöffnet wurde, erschrak Luisa. Sie hatte nicht damit gerechnet, ihm vor seiner Abreise noch einmal zu begegnen. Doch Rafael kam zu ihr ins Wohnzimmer und blieb zwei Meter von ihr entfernt stehen. Seine Miene wirkte missmutig und verschlossen, das dunkle Haar fiel ihm in die Stirn und unterstrich sein düsteres Auftreten.

„Das Ladenfenster wird spätestens heute Abend wieder wie neu sein", teilte er ihr übergangslos mit.

„Guten Morgen", erwiderte sie betont aufgeräumt.

„Tut mir leid, Lu. Guten Morgen. Gut geschlafen?"

„Geht so. Wann …?" Sie musste husten. „Wann wirst du fahren?"

Fahrig strich er sich mit einer Hand durchs Haar. „Irgendwann im Laufe des Tages. Ich will auf jeden Fall die Reinigung des Schaufensters abwarten. Der Typ von der Reinigungsfirma ruft mich an, sobald sein Mann fertig ist. Du brauchst also nicht die ganze Zeit im Laden zu warten. Und die Rechnung geht direkt an mich."

Sie nickte, weil ihr keine passende Antwort einfiel.

„Ich gehe dann mal packen." Damit wandte er sich ruckartig ab und war bereits Sekunden später wieder aus ihrer Wohnung verschwunden. Luisa hörte den Schlüssel im Schloss. Rafael hatte seine Seite der Verbindungstür verriegelt.

Zwei Stunden später, gleich nachdem sie das ausstehende Telefonat mit ihrer neuen Mitarbeiterin geführt hatte, verließ Luisa ihre Wohnung, um im Laden nach dem Rechten zu sehen. Sie war schon fast auf der Hauptstraße, da hörte sie einen Motor aufheulen. Doch als sie sich umdrehte, hing nur noch die nebelgraue Staubwolke in der Luft, die Rafaels Maschine aufgewirbelt hatte.

Nach einem tiefen Atemzug ging sie weiter. Katja Reichert stand vor ihrem Friseurladen und hob die Hand. „Morgen, Lu!", rief sie ihr schon von Weitem zu und winkte.

„Guten Morgen, Katja!"

„Was ist denn bei dir passiert?“, fragte Katja, als Luisa näher kam, und deutete mit einer Kopfbewegung in die Richtung des Blumenladens.

„Jemand hat gestern Abend die Scheibe beschmiert.“

„Was? Um Himmels willen, wer macht denn so was?“

„Das würde ich auch gerne wissen“, entgegnete sie achselzuckend. „Später kommt jemand, um die Scheibe zu reinigen. Drück mir die Daumen, dass es nicht wieder passiert.“

„Also wirklich! Was gibt es nur für Idioten!“

Katjas Empörung ist jedenfalls nicht gespielt, entschied Luisa und nickte zustimmend.

Kurz darauf warf sie einen prüfenden Blick auf die Plastikabdeckung des Fensters. Kjell und Rafael hatten sorgfältig gearbeitet, denn die improvisierte Plane war völlig intakt. Niemand konnte erkennen, was sich dahinter verbarg. Wenigstens das, dachte Luisa.

Sie wollte gerade weitergehen, um im Buchladen-Café einen Kaffee zu trinken, als ihre Schwester die Straße überquerte und zielsicher auf sie zuhielt.

„Ist das Dreckschwein endlich weg?“, fragte Barbara.

Die Wut, die sofort von ihr Besitz ergriff, fühlte sich schneidend an. „Sollte ich herausfinden, dass du hinter den Schmierereien auf meinem Schaufenster und Rafaels Garagentor steckst, kannst du was erleben, das verspreche ich dir“, entgegnete sie kalt. Zum Glück war Katja inzwischen in ihr Geschäft zurückgegangen und bekam deshalb nichts von der Begegnung mit.

Barbara verzog nicht eine Miene. „Du bist ja völlig durchgeknallt, Lu. Hat er dir schon das Hirn weggevögelt? Klar, ich erinnere mich, das kann er richtig gut, zumindest wenn er nicht gerade gewalttätig wird und dich windelweich prügelt.“

„Ich bin wirklich froh, dass Papa und Mama nicht miterleben müssen, wie bösartig du geworden bist. Wenn du wenigstens dein Schandmaul halten würdest, aber nein, du musst ja deine Lügen auch noch jeden Tag wiederholen. Du bist so unfassbar gewissenlos, Barbara! Ich verabscheue dich!“ Angewidert wandte sie sich ab und ging schnurstracks weiter.

Im Café angekommen, erzählte sie Isabell und Christa von dem Vorfall. Beide schüttelten den Kopf.

„Dieser schreckliche Vorfall damals hat deine Schwester völlig verändert“, stellte Christa fest und runzelte die Stirn. „Dabei war sie früher ein so nettes und fröhliches Mädchen. Gut, vielleicht war sie manchmal etwas zu wild und lebenshungrig, aber im Grunde war sie doch schwer in Ordnung. Schande über denjenigen, der ihr das tatsächlich angetan hat.“

„Warum sagt sie nicht endlich die Wahrheit? Nach all den Jahren hätte sie doch die Möglichkeit“, warf Isabell ein. „Ich verstehe das einfach nicht.“

„Ich kapiere das noch viel weniger“, erwiderte Luisa. „Sie ist alles, was ich noch an Familie habe. Es wäre natürlich schön, wenn wir uns näherstehen würden, aber daran hat sie offenbar kein Interesse.“

Am frühen Nachmittag ließ Rafael seine Maschine langsam bis vor das Garagentor rollen, schaltete den Motor aus und stieg ab. Während er den Helm löste und vom Kopf hob, wartete er auf Luisa. Nachdem er einige Zeit durch die Gegend gefahren war, hatte er einen Entschluss gefasst, den er unbedingt mit ihr besprechen musste.

Es erschien ihm wie eine Fügung, dass Luisa gerade jetzt zurück zu ihrer Wohnung schlenderte.

„Hey du!“, sagte er, als sie nur noch wenige Meter von ihm entfernt war. Er versuchte sich an einem Lächeln, auch wenn sich sein Gesicht dabei anfühlte, als hätte ihm jemand ein lähmendes Gift unter die Wangen gespritzt.

„Hallo! Das Fenster ist wieder blitzblank“, ließ sie ihn wissen. „Ich habe es eben gesehen.“

„Ja, ich weiß. Der Besitzer der Reinigungsfirma hat mich schon angerufen. Hast du kurz Zeit für mich?“

„Natürlich. Willst du mit reinkommen?“

„Gerne." Er folgte ihr in die Wohnung. Seinen Helm und die Motorradhandschuhe legte er im Flur auf den Fußboden, dann schlüpfte er aus seiner Lederjacke und löste den Nierengurt, legte alles auf einen Stapel.

Luisa ging in die Küche. Er verharrte am Türrahmen und lehnte sich an. Auch wenn Luisa um die Augen herum ein bisschen abgespannt aussah, war sie wunderschön. Heute trug sie ihr Haar offen. Weich und wellig fiel es ihr über die Schultern. Er hätte alles dafür gegeben, ein allerletztes Mal mit seinen Händen in die dichte, seidige Flut einzutauchen. Doch er hatte sich fest vorgenommen, sie nicht noch einmal zu berühren. Denn was dann geschehen würde, hätte er nicht mehr unter Kontrolle.

„Willst du vielleicht was trinken?"

„Nein danke, ich will gleich los. Meine Sachen sind gepackt und stehen drüben im Flur." Ihm fiel selbst auf, wie heiser er klang. „Ich habe eine Firma beauftragt, das Haus Anfang des nächsten Monats zu räumen. Was die Möbel und den Hausrat angeht … Solltest du irgendetwas davon haben wollen, egal was, bediene dich bitte. Natürlich kannst du die Sachen auch verschenken, wenn du jemanden kennst, der etwas davon gebrauchen kann oder bedürftig ist."

„Okay. War es das, was du mit mir besprechen wolltest?" Sie ging hinüber zum Tisch und setzte sich.

„Nein." Er pumpte Luft in seine Lungen, bevor er weitersprach: „Ich habe mich dazu durchgerungen, den Betrieb nicht zu verkaufen, Lu." Ihre Augen weiteten sich, doch bis auf einen geräuschvollen Atemzug blieb sie absolut still. „Ich wollte dich fragen, ob du dir vorstellen kannst, die Gärtnerei in Eigenregie weiterhin zu leiten?", fuhr er fort. „Selbstverständlich könntest du zu deiner Entlastung zusätzliche Einstellungen, aber auch Entlassungen vornehmen. Ich würde dir bei der Geschäftsleitung freie Hand lassen. Allerdings würde ich dir dringend dazu raten, diesen Bruckner zu entlassen. Der wird dir noch Ärger machen, jede Wette."

Nun machte er doch einen Schritt auf sie zu, er setzte sich ihr gegenüber auf den zweiten Stuhl. „Es gibt allerdings eine Sache, die nicht verhandelbar ist."

Sie wollte antworten, musste jedoch husten. Offenbar hatte es ihr tatsächlich die Sprache verschlagen. „Und das wäre?", fragte sie schließlich.

„Dieses Haus. Ich werde es abreißen lassen. Wie gesagt, das ist nicht verhandelbar."

„Aber warum?", fragte sie leise. „Warum willst du unbedingt das Haus …?"

„Das ist allein meine Angelegenheit. Sieh zu, dass du eine Weile woanders unterkommst", antwortete er schnell. Es kam für ihn nicht infrage, ihr noch mehr aufzubürden. Er hatte ihr schon genug Kummer gemacht. „Sobald das Gebäude hier weg ist, werde ich dir an Ort und Stelle ein neues Zuhause bauen lassen", setzte er nach.

„Wie bitte?"

„Ja, ein kleineres Haus, ganz nach deinen Wünschen. Die Gärtnerei wird es dir zu einem annehmbaren Preis vermieten, sobald alles fertig ist."

„Ich verstehe den Sinn dahinter nicht, Rafael."

„Das musst du auch nicht."

Sie starrte ihn an, als könnte sie in seinem Gesicht eine Antwort auf ihre Fragen finden. „Aber du wirst noch heute gehen?"

Er nickte. „Ja."

„Und du wirst nicht wiederkommen?"

„Wenn es sich irgendwie vermeiden lässt, nicht. Natürlich werden wir ab und zu telefonieren oder E-Mails schreiben." Er hatte schon daran gedacht, mit ihr regelmäßige Geschäftstreffen in Hamburg zu vereinbaren. Aber das würde es ihr auch nicht leichter machen. Sie sollte ohne ihn von vorn anfangen, aber zumindest eine Grundlage wollte er ihr geben … Er musste sich räuspern. „Solltest du mit der Geschäftsleitung der Gärtnerei nicht zurechtkommen oder der Betrieb in Schwierigkeiten geraten, kann ich den Grund und Boden immer noch verkaufen."

Luisa reckte ihr Kinn und sah ihm direkt in die Augen. „Ich werde zurechtkommen."

„Davon gehe ich aus. Unsere erste Abmachung bleibt bestehen: Der Blumenladen gehört allein dir. Gleich morgen rufe ich einen Notar an, um die entsprechenden Verträge aufsetzen zu lassen." Er erhob sich und sie stand ebenfalls auf. Sofort vergrößerte er den Abstand zwischen ihnen.

„Was ist mit den persönlichen Dingen, den Familiendokumenten und Fotoalben zum Beispiel?"

„Ich habe eine Kiste gepackt, die Kjell in den nächsten Tagen abholen wird. Sie steht im Wohnzimmer auf dem Esstisch und ist beschriftet. Kjell und ich werden uns nicht wieder aus den Augen verlieren. Und sobald er das nächste Mal nach Hamburg kommt, wird er mir die Kiste mitbringen. Alles, was sonst noch drüben ist, interessiert mich nicht."

Als sie einen weiteren Schritt auf ihn zumachte, wich er erneut zurück, bis er im Flur stand. Dort bückte er sich und hob seine Sachen auf. Als er beide Hände voll hatte, fühlte er sich ein wenig sicherer.

„Wirst du dich noch verabschieden, bevor du fährst?", fragte sie leise.

„Ich bin schon fast weg. Bei den Loewenthals fahre ich gleich noch einmal vorbei."

„Okay, dann … Mach es gut, Rafael."

„Pass auf dich auf, Kleines." Schnell wandte er sich ab. Er warf sich seine Jacke über die Schulter, um eine Hand frei zu haben, dann öffnete er die Tür und ging.

KAPITEL 6

Die Verträge, die Rafael hatte aufsetzen lassen, erreichten Luisa bereits eine Woche nachdem er Lunau verlassen hatte. Bei der Übergabe hatte ihr der überaus freundliche Kurier mitgeteilt, dass er die Papiere persönlich wieder abholen würde, sobald sie diese gelesen und unterschrieben hätte. Er hatte ihr seine Telefonnummer hinterlassen und sich mit einem höflichen Lächeln verabschiedet.

Es fiel ihr nicht leicht, den Umschlag zu öffnen, schließlich kam er direkt von ihm, von Rafael. Gedankenvoll betrachtet sie das Kuvert und hielt es lange einfach nur in Händen.

Die vergangene Woche hatte sie wie in Trance zugebracht. Natürlich war Luisa zur Arbeit gegangen. Sie hatte Manuela eingearbeitet, ihren Haushalt erledigt, einen Großeinkauf in Lüneburg bewältigt, gegessen, nur wenig geschlafen und war jeden Morgen aufgestanden – und doch hatte sie eigentlich nur funktioniert. Sie fühlte sich seltsam leer. So gut es ging, mied sie ihre Mitmenschen, ging sogar ihren Freunden aus dem Weg, was natürlich nicht unbemerkt blieb. Als Isabell sie vorsichtig darauf angesprochen hatte, war Luisa ausgewichen. Sie hätte gern mit Isabell gesprochen, doch ihre Angst, bei dem Thema einfach in heilloses Schluchzen auszubrechen, war zu groß.

Luisa atmete tief ein, griff nach ihrem Brieföffner und riss den Umschlag auf.

Die beiden Kontrakte waren klar und übersichtlich formuliert. Rafael hatte sich in jeder Weise an sein Versprechen gehalten. Es gab keinerlei zusätzliche Vereinbarungen oder Haftungsklauseln, die sie irgendwann in Schwierigkeiten hätten bringen können. Als alleinige Geschäftsführerin der Gärtnerei ließ er sie schalten und walten, wie es ihr gefiel, ohne dass sie dafür ein Risiko eingehen musste. Er hatte auch an sämtliche Vollmachten, auch für das Geschäftskonto, gedacht. Alles, was er erwartete, waren ein Bericht und Kopien der Bilanzen zum jeweiligen Jahresabschluss. Außerdem war ihr Gehalt beträchtlich aufgestockt worden und er beteiligte sie zusätzlich auch noch am Umsatz, aber damit hatte sie gerechnet.

Für den Blumenladen forderte er einen Verkaufspreis von zehn Euro. Natürlich war diese lächerliche Summe in ihren Augen noch immer nicht akzeptabel, doch nach kurzer Überlegung resignierte Luisa und unterschrieb den Kaufvertrag ebenfalls. Rafael hatte die Unterlagen bereits unterzeichnet. Damit war sie nun offiziell die Eigentümerin von „Luisas Blütenmeer" und gleichzeitig die alleinige Geschäftsführerin der Gärtnerei Brix.

Am nächsten Tag holte der nette Kurier die Verträge wieder ab und drückte ihr im Gegenzug einen Ordner in die Hand. „Herr Brix hat mich beauftragt, Ihnen diese Unterlagen zu geben. Ich soll Ihnen sagen, dass es sich um die Vorschläge für den Neubau handelt. Sie können aus vier verschiedenen Häusertypen wählen. Der Bauunternehmer, den Herr Brix beauftragt hat, wird sich mit Ihnen in Verbindung setzen, um Ihre Entscheidung zu erfahren."

Am Abend traf Luisa sich doch mit Christa, Ruth und Isabell, auch um ihren vorübergehenden Umzug in eines der winterfesten Ferienhäuser auf dem Gutshof zu planen. Den Ordner für den Hausbau hatte sie dabei und berichtete ihren Freundinnen auch von den Verträgen, die sie mit Rafael geschlossen hatte.

„Für morgen habe ich eine Vollversammlung aller Mitarbeiter anberaumt", erklärte sie. „Zwar wissen die meisten schon Bescheid, aber ich möchte allen noch einmal ganz offiziell mitteilen, wie es mit mir als Geschäftsführerin weitergehen wird. Allgemein macht sich allerdings schon große Erleichterung breit, das spürt man jeden Tag."

„Rafael hat sich dir gegenüber wirklich sehr großzügig gezeigt", stellte Christa fest.

„Ja, das stimmt", bestätigte sie. „Nach reiflicher Überlegung habe ich allem zugestimmt und sogar den Kaufvertrag für den Laden unterschrieben."

Isabell nickte. „Das hätte ich genauso getan, Lu. Immerhin dürfte es dir zu verdanken sein, dass die Gärtnerei Brix nun doch weiterbestehen wird. Was für ein Glück für alle Angestellten."

„Der Junge hat mit diesen Verträgen vor allem deine Zukunft gesichert", sagte Ruth und lächelte hintergründig. „Offenbar bist du ihm ziemlich wichtig."

Luisa gelang es, die Tränen hinunterzuschlucken, bevor sie sich Bahn brechen konnten. „Kann schon sein."

„Du siehst das offenbar etwas anders?", fragte Isabell zögernd.

„Nein, es ist nur … Wenn ich ihm wirklich so wichtig wäre, dann würde er noch hier sein, nicht wahr?" Bei mir, fügte sie in Gedanken hinzu und musste schon wieder schlucken.

Christa räusperte sich und stand auf. „Wollt ihr auch ein Glas Wein, Mädels?"

Als alle nickten, stand Ruth ebenfalls auf. „Ich hole die Gläser, kümmere du dich um den Wein, Christa", sagte sie und kam schon einen Moment später mit vier Gläsern aus dem Wohnzimmer zurück.

„Wenn ich nur wüsste, warum er unbedingt das Haus abreißen lassen will", murmelte Luisa und seufzte schwer. „Dieser ganze Aufwand steht doch in keinem Verhältnis. Das Haus bräuchte keine aufwendigen Sanierungen, und ich liebe meine kleine Wohnung. Als ich ihn darauf angesprochen habe, hat er nur gesagt, dass das allein seine Sache sei. Er meinte, der Abriss des Hauses wäre nicht verhandelbar." Sie sah, wie Christa beim Einschenken innehielt und mit Ruth einen vielsagenden Blick wechselte. „Sag mal, wisst ihr beide vielleicht mehr als ich?"

Christa setzte sich zurück auf ihren Platz. „Das Haus birgt für ihn hauptsächlich schlechte Erinnerungen, Lu. Er hatte keine schöne Kindheit."

„Das weiß ich doch, aber das ist doch kein Grund …"

„Für ihn kann das durchaus ein Grund sein", unterbrach Ruth sie. „Süße, der Mann hat dort ziemlich … Wie soll ich es ausdrücken, ohne sein Vertrauen zu missbrauchen …?" Sie seufzte und trank erst einmal einen großen Schluck. „Puh! Ich sage es mal so: Seine Kindheit glich einem Martyrium, Lu."

In ihrer Brust verkrampfte sich etwas. „Er hat mit dir darüber gesprochen?", fragte sie fassungslos.

Ruth nickte. „Wir haben bei einem zufälligen Treffen darüber gesprochen."

„Ja, er hat mir von eurem Picknick erzählt, aber …" Luisa vollendete den Satz nicht.

Einen Moment trat Schweigen ein, das Isabell schließlich brach: „Lu, ich denke, ich kann sehr gut nachvollziehen, warum er sich gerade Ruth anvertraut hat. Sie war noch nicht in Lunau, als das damals alles passiert ist. Sie kannte ihn auch nicht als Kind. Für ihn ist sie völlig neutral. Manchmal fällt es einem leichter, mit Menschen über derartige Dinge zu sprechen, die nicht ganz so nah dran sind. Die Erfahrung haben wir doch alle schon mal gemacht."

„Ich sehe das genauso wie Isabell", pflichtete Christa bei. „Anfangs war ich auch überrascht, vielleicht sogar ein wenig gekränkt, dass er nicht schon früher mit mir darüber gesprochen hat. Aber jetzt bin ich froh, dass er sich Ruth anvertraut hat. Es ist gut, über eine schwere Kindheit zu sprechen."

„Hm, wenn ich über seine Familie nachdenke … Ich hatte immer ein bisschen Angst vor seinem Vater", gab Luisa zu. „Vielleicht hat er ihn geschlagen … Richtig geraten?"

„Du wirst von mir keine Einzelheiten erfahren, meine Liebe", sagte Ruth nachdrücklich.

Luisa schenkte Ruth ein Lächeln. Sie bewunderte ihre Haltung. „Ich verstehe. Im Grunde ist das ja auch richtig so."

„Sieh es einfach so, dass es für ihn höchstwahrscheinlich ein Teil der Verarbeitung ist, das Haus seiner unglücklichen Kindheit in Grund und Boden zu stampfen." Christa strich ihr über die Schulter.

„So wird es wohl sein." Luisa nickte.

„Na, dann lass uns mal deinen Umzug planen", schlug Isabell vor.

Lediglich ein paar Wolken zogen am Nachthimmel über Hamburg hinweg, dennoch waren nur vereinzelt Sterne zu sehen. Die Lichter der Stadt hingegen glitzerten zu Tausenden in der Dunkelheit und spiegelten sich in der ruhigen Wasseroberfläche der Alster wider, ein prachtvoller Anblick.

Nur in ein T-Shirt und Boxershorts gekleidet, stand Rafael reglos, die Arme vor der Brust verschränkt, auf der Dachterrasse seiner Wohnung und starrte hinaus in die Nacht. Obwohl es vor allem dieser grandiose Ausblick gewesen war, der ihn vor einigen Jahren zum Kauf der Wohnung animiert hatte, nahm er die Schönheit der Stadt nur am Rande wahr. Sein Blick richtete sich versonnen in die Ferne.

Heute waren die Unterlagen zurückgekommen, die er Luisa hatte schicken lassen. Wie erwartet hatte sie alle Verträge unterschrieben, sogar den Mietvertag für ein Haus, das noch nicht einmal gebaut worden war.

Luisa!

Sobald er an sie dachte, fühlte er ein heftiges Sehnen. Das gehörte auch zu den neuen Gefühlen, die ihn gerade schüttelten. Er vermisste sie und ihren unverwechselbaren Humor. Ihm fehlte ihr Anblick, ihre sanfte Stimme, ja sogar ihr fröhlich wippender Pferdeschwanz und das weiche Schwingen ihrer Hüften, wenn sie ging oder …

Nicht daran denken! Nur nicht daran denken!

Aber es war bereits zu spät, die Erinnerungen hatten sich bereits in seinem Kopf verfestigt und er fühlte, wie er hart wurde. Aufstöhnend legte er den Kopf in den Nacken. Niemals würde er das übermächtige Gefühl vergessen, das ihn durchströmt hatte, als er zum ersten Mal mit ihr geschlafen hatte. Nur er allein. Keinem Mann vor ihm war dieses Wunder vergönnt gewesen.

Es fiel ihm noch immer schwer, es zu glauben. Sie war noch Jungfrau gewesen! Mit ihren annähernd dreißig Jahren war diese wunderhübsche und unglaublich aufregende Frau mit keinem Mann so weit gegangen wie mit ihm. Er hatte sich besonders gefühlt, beschenkt und seltsam demütig.

Und nun hatte er sie verlassen. Er hatte keine Wahl gehabt. Er musste sie vor weiteren Beleidigungen und Ärger schützen. In dem Augenblick, als er das beschmierte Fenster des Blumenladens gesehen hatte, war es ihm klar gewesen. Wäre er nicht gegangen, wäre es weitergegangen, hätte sich die Meute brachial auf Luisa gestürzt; das konnte er nicht zulassen. Er wusste, wie weh es tat, wenn man abgrundtief gehasst, in seinem Fall sogar auch gefürchtet wurde. Diesen schmerzvollen Weg war er schon einmal gegangen und würde es kein zweites Mal ertragen. Schon gar nicht, wenn sich der Hass gegen Luisa richtete. Diese Feindseligkeit wird niemals vergehen, dachte er düster.

Er warf einen Blick auf die Uhr. Der Morgen würde schon bald anbrechen und er hatte noch keine einzige Sekunde geschlafen. Seit er wieder in Hamburg war, hatte er mit massiven Schlafstörungen zu kämpfen. Sein Bett erschien ihm zu groß, zu leer und viel zu einsam.

Plötzlich spürte er die nächtliche Kälte. Fluchend wandte er sich um, ging zurück ins Wohnzimmer und schloss die Terrassentür hinter sich.

Einen Augenblick lang blieb er tatenlos dort stehen, dann stieß er erneut einen groben Fluch aus. Schließlich beschloss er, sich einen starken Kaffee zu machen. Auf dem Weg in die Küche schaltete er den Computer an. Die Arbeit würde ihn ablenken.

Der Umzug in das gemütliche Ferienhaus auf dem Gut verlief ohne Probleme.

Da das Häuschen sehr hübsch möbliert war, hatte sich Luisa schnell dazu entschlossen, ihre Möbel und den größten Teil ihrer Bücher einzulagern. Anfangs hatte sie es genau andersherum geplant, aber so gestaltete sich der Umzug deutlich einfacher. Außer ihrer Kleidung und ihren Lieblingsbüchern nahm sie nur die Dinge mit, die sie für ihr tägliches Leben für unabdingbar hielt. Die Möbel und ihre übrigen Sachen wurden in einen geeigneten leer stehenden Lagerraum der Gärtnerei gebracht, so hatte sie jederzeit Zugang, falls ihr doch noch etwas fehlen sollte.

Das kleine Ferienhaus gefiel ihr sogar besser, als sie vermutet hatte. Im Gegensatz zu ihrer Wohnung stand ihr hier sogar eine eigene Terrasse zur Verfügung. Und Luisa genoss es sehr, dass sie sich jederzeit mit einer Tasse Kaffee oder Tee und einem Buch nach draußen setzen konnte. Es gab zwei Schlafzimmer und ein etwas größeres Wohnzimmer, von dem man direkt auf die Terrasse kam. Die Innenräume waren liebevoll ausgestattet worden. Küche und Bad boten genug Komfort, um die Monate bis zur Fertigstellung ihres neuen Zuhauses perfekt überbrücken zu können. Zwar hatte sie jetzt einen etwas längeren Fußweg zur Arbeit, aber damit konnte sie gut leben.

Wenn nicht die quälende Sehnsucht nach Rafael gewesen wäre, wäre es ihr richtig gut gegangen, doch der Schmerz wollte einfach nicht nachlassen. Er war da. Immerzu. In jeder Sekunde. An jedem Tag und in jeder einzelnen Nacht. Er nagte an ihr, kostete Kraft und schien ständig ihre Brust zusammenzupressen. Sie hatte kaum Appetit und schlief schlecht. Um nicht völlig durchzudrehen, arbeitete sie die meiste Zeit des Tages wie eine Besessene. Schon kurz nach der Betriebsversammlung strukturierte sie einige betriebliche Abläufe um und stellte eine zusätzliche Bürokraft und zwei weitere Gärtner ein. Nebenbei sorgte sie zusammen mit Ruth, Christa und Isabell dafür, dass das Inventar des Brix-Hauses an Familien in Lunau verteilt wurde, die es am ehesten gebrauchen konnten.

In der dritten Maiwoche rollten die Fahrzeuge mit der Abrissbirne an und machten innerhalb von wenigen Stunden das große Haus dem Erdboden gleich. Luisa sah aus der Ferne zu, wie das Gebäude, in dem sie und auch Julia in den vergangenen Jahren gelebt hatten, in sich zusammenbrach.

Dann dachte sie daran, wie wichtig es Rafael gewesen war, das Haus zu zerstören. Und während sie beobachtete, wie die Mauern einstürzten, fühlte sie sich ihm merkwürdigerweise besonders nah.

Die Nachricht vom Abbruch des Hauses erreichte Rafael am frühen Abend. Er hatte noch gearbeitet, als das Telefon klingelte und ihm mitgeteilt wurde, dass der Auftrag zum Abriss ausgeführt worden sei. Er bedankte sich, legte auf und starrte minutenlang auf sein Grafiktablet, ohne wirklich etwas zu sehen. Es war geschehen! Die Räume, die ihn bis in seine schlimmsten Albträume verfolgten, gab es nun nicht mehr.

Als er spürte, wie seine Kehle eng wurde, schluckte er heftig dagegen an. Es dauerte eine ganze Weile, bis er sich wieder vollständig im Griff hatte. Doch an Arbeit war heute nicht mehr zu denken. Deshalb sicherte er seine Fortschritte an den Zeichnungen und schaltete das Tablet aus.

Sein Magen knurrte, er musste etwas essen. Ein kurzer Blick in den leeren Kühlschrank entlockte Rafael nur ein verdrießliches Stöhnen, das mit Magenknurren durchaus mithalten konnte. Da er keine Lust auf einen Späteinkauf hatte, beschloss er, essen zu gehen. Selbst wenn ihm nicht unbedingt nach anderen Menschen war, würde er zu seinem Lieblingsitaliener gehen, um sich eine riesige Portion Pasta einzuverleiben. Das Restaurant lag direkt gegenüber auf der anderen Straßenseite und der Koch war ein Genie, was wollte er mehr?

Eine halbe Stunde später saß Rafael vor einem großen Teller Spaghetti carbonara, die verführerisch dufteten. Trotzdem stocherte er mehr darin herum, anstatt zu essen.

Plötzlich war er überhaupt nicht mehr hungrig. Sein Magen war wie zugeschnürt und verweigerte den Dienst.

Ich hätte etwas anderes bestellen müssen, dachte er wütend.

Luisa!

Seit sie im vergangenen Jahr Dr. Kjell Loewenthals Frau geworden war, wusste Isabell, wie sich echtes Lebensglück anfühlte. Sie liebte ihren Mann über alle Maßen, und Kjell ließ seinerseits keinen Zweifel daran, dass er diese Liebe auf die gleiche innige Weise erwiderte. Allerdings hatte sie auch nicht vergessen, was es hieß, wenn man unter schrecklichem Liebeskummer und der damit verbundenen quälenden Sehnsucht litt. Der brennende Schmerz, der nicht vergehen wollte, sosehr man auch versuchte mit der Kraft des Verstandes dagegen anzukämpfen, war lähmend und gnadenlos. Sie wusste, wie einschneidend es sich auf das gesamte Dasein auswirkte.

Und sie zweifelte nicht daran, dass ihre beste Freundin furchtbaren Liebeskummer hatte, seit Rafael Brix Lunau verlassen hatte. Mit wachsender Sorge beobachtete Isabell, wie sich Luisa von Tag zu Tag immer mehr veränderte. Dennoch wusste sie einfach nicht, wie sie ihr helfen konnte.

Es war schlimm, völlig machtlos zu sein, wenn es um einen Menschen ging, der einem sehr am Herzen lag.

„Worüber denkst du so angestrengt nach?", wollte Kjell wissen. Sie hatten gerade zu Abend gegessen und saßen nun bei einem abendlichen Glas Rotwein zusammen im Wohnzimmer. „Du bist auffallend still heute Abend, Bella. Ist irgendetwas mit dir?"

Sie musste lächeln. Es war so typisch für Kjell, dass er sich zuallererst um sie sorgte. „Mit mir ist alles gut, Doc, aber ich mach mir wirklich Sorgen um Lu. Sie wirkt ständig geistesabwesend und wird jeden Tag blasser und dünner. Dabei ist sie ohnehin schon so schlank."

Kjell nickte. „Ja, mir ist das auch schon aufgefallen. Auch ihre Fröhlichkeit ist fast ganz verschwunden. Sie scheint sich außerdem immer mehr abzukapseln. Seit sie in dem kleinen Haus auf dem Gut wohnt, bekommen wir sie kaum noch zu Gesicht." Er erhob sich aus seinem Lieblingssessel, setzte sich neben sie aufs Sofa und legte ihr einen Arm und die Schultern. „Du denkst, das hat mit Rafael zu tun?"

„Das glaube ich tatsächlich. Wenn ich mich nicht irre, hat sie ganz schrecklichen Liebeskummer, Kjell."

Ihr Mann nickte erneut. „Wir wissen beide, wie schlimm das sein kann."

„Eben."

„Möchtest du, dass ich irgendwie eingreife?", fragte er mit einem sanften Lächeln auf den Lippen.

Einen Moment dachte sie intensiv darüber nach, dann schüttelte sie den Kopf. „Ich befürchte, es ist immer heikel, sich in so einem Fall einzumischen, meinst du nicht?"

„Doch, absolut. Auf der anderen Seite brauchen manche Menschen beizeiten einen gut gemeinten Schubs, um klarer zu sehen."

„Die Freundschaft zu Lu ist mir sehr wichtig, Doc. Ich möchte mich bei ihr nicht in die Nesseln setzen." Seufzend kuschelte sie sich in seine Umarmung. „Sie tut mir nur so unendlich leid. Es ist ja kaum noch mit anzusehen, wie sehr sie sich quält." Sie sah zu ihm auf. „Könntest du dir vorstellen, dass Rafael mehr für sie empfindet?"

„Hm, schwer zu sagen, Bella."

„Du kennst ihn doch so gut."

„Das stimmt schon, aber ich kenne vor allem den Rafael von früher. In den vergangenen Jahren hatten wir bis auf ein oder zwei Mal eigentlich nur noch sporadisch telefoniert. Jedenfalls war der Rafael, der mir vertraut ist, weit davon entfernt, die Frau fürs Leben zu suchen."

„Ha! Ich erinnere mich da an einen ganz speziellen Typen, bei dem es nicht anders war, und jetzt ist ebendieser Mann glücklich verheiratet."

Er grinste. „Das lass ich jetzt mal unkommentiert."

Sie boxte ihn liebevoll in die Seite. „Hat er dir eigentlich je erzählt, was sein Vater ihm angetan hat?", fragte sie mutig.

„Ich weiß zumindest, dass Rafael es als Junge nicht leicht hatte. Klaas Brix neigte zur Gewalt."

„So viel weiß ich auch schon, mein Schatz." Bewusst zauberte sie ein strahlendes Lächeln auf ihr Gesicht.

„Schon mal was von Vertrauen zwischen Freunden gehört, Liebes?", fragte er augenzwinkernd.

„Als wenn ich etwas ausplaudern würde, also ehrlich, Doc! Was hältst du von mir?" Sie musste lachen. „Nein, lass nur, ich verstehe dich."

Kjell neigte seinen Kopf und hauchte ihr einen Kuss auf die Nasenspitze. „Rafaels Kiste steht immer noch im Keller herum. Was hältst du davon, wenn ich morgen Abend direkt nach der Sprechstunde nach Hamburg fahre, um sie ihm zu bringen? Vielleicht kann ich ihm ja ein bisschen auf den Zahn fühlen oder zumindest erfahren, ob es ihm ähnlich ergeht wie unserer Lu."

Isabell setzte sich auf und strahlte ihren Mann an. „Das ist eine großartige Idee, Doc!" Rittlings setzte sie sich auf seinen Schoß und drückte ihm ihre Lippen auf den Mund. Als er dunkel aufstöhnte, lachte sie leise und sah ihm tief in die Augen. „Ich finde, es ist schon reichlich spät, mein Schatz."

Kjell zog die Augenbrauen hoch und schmunzelte. „Du meinst, es wird Zeit fürs Bett?"

„Oh ja!"

Am nächsten Abend fuhr Kjell nach Hamburg, während sich Isabell und Luisa einen Kinofilm anschauten.

„Wow", rief Kjell, nachdem Rafael ihn herzlich begrüßt hatte und er sich im Wohnzimmer seines Freundes erstaunt umsah. Allein dieser Raum hatte mindestens fünfzig Quadratmeter und war modern, überwiegend mit weißen Möbeln eingerichtet. Nur das große L-förmige Ledersofa bildete einen starken Kontrast. Es war dunkelviolett, so dunkel, dass man erst auf den zweiten Blick die eigentliche und ungewöhnliche Farbe erkannte. Vereinzelt lagen weiße Kissen darauf.

Kjell trat durch die offene Terrassentür, ließ auch hier seinen Blick schweifen und hob grinsend den Daumen. „Das ist wirklich eine tolle Bude!"

„Ja, die Wohnung ist super. Aber glaub mir, obwohl ich damals ein Schnäppchen gemacht habe, war sie immer noch sündhaft teuer. Hier zahlt man die Gegend mit. Aber ich wollte sie unbedingt, und da habe ich in den sauren Apfel gebissen. Außerdem habe ich von hieraus nur eine Viertelstunde Fußweg zur Agentur."

„Na ja, der Ausblick hat ja auch was."

„Stimmt."

„Du hast also keine finanziellen Sorgen", stellte Kjell lachend fest. „Das beruhigt mich schon mal."

Rafael stieß ebenfalls ein dunkles Lachen aus. „Nein, die habe ich nicht. So, und nun guck dir in Ruhe den Rest der Wohnung an, wenn du Lust hast. Fühl dich wie zu Hause. Ich haue uns ein Steak in die Pfanne, einverstanden?"

„Klingt großartig!"

Während des Abendesssens tauschten sie sich vorwiegend über ihre Arbeit aus. Erst nachdem sie das Geschirr weggeräumt und es sich auf dem Sofa gemütlich gemacht hatten, passte Kjell den richtigen Moment ab, um das Gespräch auf Persönlicheres zu lenken: „Dein Elternhaus ist übrigens Geschichte", begann er.

„Ja, ich weiß. Der Leiter des Abrissunternehmens hat mich darüber informiert." Rafael griff nach seinem Bier, trank aber noch nicht. „Haben die schon alles weggeschafft?", fragte er, während er die Flasche in den Händen hin und her drehte.

„Da liegt jedenfalls nicht mehr viel herum. Wenn ich es richtig mitbekommen habe, ging das ziemlich Hand in Hand. Die Lastwagen für den Schutt standen bereit und wurden praktisch sofort beladen, kaum dass das Haus abgerissen war. Es ist schon erstaunlich, wie schnell so was gehen kann, wenn die richtigen Leute die Arbeit erledigen. Abends sieht man plötzlich eine freie Fläche, wo am Morgen noch ein ganzes Haus stand."

Rafael nickte, setzte die Bierflasche an die Lippen, nahm einen großen Schluck und stellte sie wieder ab. „Bald wird da wieder ein Haus stehen. Ich lasse eines für Lu bauen."

„Ich habe davon gehört." Kjell suchte den Blick seines Freundes. „Machst du das wegen deines schlechten Gewissens?"

„Es ist mir jedenfalls nicht leichtgefallen, sie aus ihrer Wohnung zu werfen, das kannst du mir glauben."

„Du weißt genau, dass ich etwas anderes meine." Mutwillig grinste Kjell ihn an.

„Wie geht es ihr?", fragte Rafael mit ernster Miene.

Kjell wurde ebenfalls ernst und schüttelte langsam den Kopf. „Was willst du hören, Kumpel?"

„Kommt sie klar? Ich meine, fühlt sie sich in dem Ferienhaus einigermaßen wohl?“

„Ich denke schon. Allerdings kriegen wir sie nicht mehr oft zu sehen. Offenbar arbeitet sie viel. Sie hat Isabell erzählt, dass sie in der Gärtnerei gerade ein paar Dinge umstrukturiert.“

„Wie geht es ihr?“, wiederholte Rafael und betonte dabei jedes Wort. Sein Blick blieb unverändert ernst.

Kjell überlegte kurz, wie weit er gehen sollte. Dann entschied er, dass es so oder so nichts änderte, wenn Rafael die Wahrheit erfuhr. „So wie es aussieht, nicht besonders gut – und das ist vorsichtig ausgedrückt.“

Einige Zeit schwiegen sie. Rafael lehnte sich zurück, streckte die langen Beine von sich und ließ den Kopf gegen die Rückenlehne des Sofas sinken. „Scheiße! Verdammte Scheiße!“, fluchte er schließlich, bevor er sich wieder aufrichtete und erneut nach seiner Bierflasche griff.

„Ich nehme an, du ahnst, was das bedeuten könnte?“

„Ich bin kein Idiot“, entgegnete Rafael knurrend. Er stand auf und ging hinüber zum Fenster, wandte Kjell den Rücken zu und sah hinaus. „Oder vielleicht bin ich es doch“, schickte er leise hinterher, bevor er sich wieder umdrehte.

„Das kommt ganz darauf an, was *du* für sie empfindest, würde ich sagen.“

„Nein, Kjell, darauf kommt es nicht an.“ Rafael kam zurück und setzte sich wieder. „Es kommt jetzt nur darauf an, dass sie wieder in das Leben zurückfindet, das sie geführt hat, bevor ich zurück nach Lunau gekommen bin und alles kaputt gemacht habe, nur weil ich meine Finger nicht von ihr lassen konnte. Ich habe von Anfang an geahnt, wie das ausgehen wird, das ist das Schlimmste. Den ganzen Mist habe ich vorausgesehen, und doch bin ich das Risiko eingegangen, dass sie verletzt wird, das werde ich mir niemals verzeihen.“

„Ich finde, du gehst viel zu hart mit dir ins Gericht, Rafael. Du hast es mir doch selbst erzählt: Du hast gewusst, dass sie es, also dich, auch wollte. Die Nummer des großartigen Verführers brauchtest du also gar nicht aufzuführen, oder? Bei diesem Spiel gibt es nämlich immer zwei Beteiligte, und Lu ist eine erwachsene Frau. Okay, sie wirkt manchmal etwas mädchenhaft, aber das heißt nicht, dass sie auch naiv ist. Luisa ist äußerst intelligent, belesen, umsichtig und absolut kein unerfahrener Teenager mehr."

Kjells letzte Bemerkung entlockte Rafael ein leises Ächzen. „Kann ich mal kurz an deine Schweigepflicht als Arzt appellieren?"

Sein Freund zog die Augenbrauen hoch. „Du kannst dich auch jederzeit auf meine Schweigepflicht als Freund verlassen. Für mich spielt es keine Rolle, dass wir uns in den vergangenen Jahren seltener gesehen haben. Meiner Loyalität und Diskretion kannst du dir jederzeit sicher sein."

Rafael nickte. „Danke. Mir wäre es wahrscheinlich egal, aber ich möchte nicht, dass Luisas Intimsphäre verletzt wird." Er atmete tief durch, nahm noch einen Schluck von seinem Bier, dann sah er Kjell direkt in die Augen. „Sie war noch Jungfrau."

Mehrere Sekunden lang erwiderte Kjell schlicht seinen eindringlichen Blick. „Uff!", stieß er schließlich hervor. „Damit hätte ich jetzt nicht unbedingt gerechnet."

„Wer kann in der heutigen Zeit schon damit rechnen? Ich meine, sie ist fast dreißig, oder?" Wieder erhob er sich, machte ein paar Schritte durch den Raum und blieb schließlich mitten im Zimmer stehen. „Und bevor du fragst, ich habe es erst gemerkt, als … also …" Er musste sich räuspern.

„Ich verstehe schon."

„Verdammt, Kjell, ich habe sie … wie würdest du es als Arzt formulieren: defloriert. Ich habe ihr Leben durcheinandergewirbelt und sie dann wieder verlassen! Ich fühle mich wie das letzte Arschloch, das kannst du mir glauben." Ein bitteres Lachen löste sich aus seiner Kehle. „Ha! Jahrelang quäle ich mich mit einem schlechten Ruf herum, den ich nicht verdient habe, und dann werde ich ihm doch noch gerecht. Was für eine Ironie!"

Auch Kjell stand auf, kam um den Tisch herum zu ihm. „Stopp, Rafael! Die Verbrechen, die man dir vor Jahren zu Unrecht angelastet hat, haben nichts, aber auch gar nichts mit dem zu tun, was jetzt zwischen dir und Lu passiert ist."

„Ich fühle mich so richtig, richtig ..."

„Ja, ich weiß. Bis zu einem gewissen Grad kann ich das sogar nachempfinden, aber ich glaube, du machst einen entscheidenden Fehler." Kjell stieß hörbar die Luft aus. „Setz dich wieder hin und trink dein Bier aus. Atme ein paarmal tief durch und versuch dich ein bisschen zu beruhigen, dann reden wir weiter."

Da er fühlte, wie gut ihm das Gespräch mit Kjell tat, folgte er tatsächlich dessen Anweisungen. Einige Zeit saßen sie stumm da und hingen ihren Gedanken nach.

„Du meinst also, ich vermische alles zu sehr?", ergriff Rafael schließlich wieder das Wort.

Kjell schüttelte den Kopf. „Das ist nicht dein Hauptproblem, Rafael. Was dich eigentlich fertigmacht, ist, dass du dir den Schuh tatsächlich angezogen hast."

„Ich verstehe kein Wort."

„Sie haben dir damals diese Sache angehängt. Du warst unschuldig und bist freigesprochen worden. Anstatt dich aber demensprechend zu verhalten, hast du dir den Mist überstülpen lassen wie einen schlecht sitzenden Uniformmantel. Und was mich schon damals richtig wütend gemacht hat, war, dass du zum Teil sogar in die Rolle des miesen Typen geschlüpft bist. Wir wissen ja wohl beide, dass du das nicht bist."

Wieder schwiegen sie. In Rafael wüteten Einsicht und Widerstand miteinander. Er fühlte sich erschüttert, war fassungslos über das, was Kjell ihm gerade gesagt hatte. Auch sein Therapeut hatte ihm Ähnliches offenbart, doch zu jener Zeit hatte er das weit von sich gewiesen und nicht an sich herangelassen. Erst jetzt, wo sein bester Freund in die gleiche Richtung argumentierte, wurde Rafael ein wenig mulmig zumute.

„Was hätte …“ Wieder musste er sich räuspern. „Was hätte ich denn deiner Meinung nach tun sollen, Kjell? Was hättest du an meiner Stelle getan?“

„Ehrlich gesagt weiß ich das nicht genau, ich war zum Glück nie in einer vergleichbaren Situation. Ich bin mir nur sicher, dass ich nicht aufgegeben hätte, denn das ist für mich niemals eine Option. Meiner Meinung nach hättest du das auf die eine oder andere Art durchkämpfen müssen.“ Kjell griff nach dem Weinglas, das er nach dem Essen nicht mehr angerührt hatte, und trank aus. „Wäre ich zu jener Zeit noch langfristig in Lunau gewesen, hätte ich dich festgenagelt, das kannst du mir glauben. Zusammen hätten wir die Wahrheit aus Barbara herausbekommen, da bin ich mir sicher.“

„Das hab ich doch versucht, Kjell. Mit dem Erfolg, dass sie eine einstweilige Verfügung erwirkt hat. In null Komma nichts hatte sie dafür gesorgt, dass ich mich ihr noch nicht einmal mehr nähern durfte. Und natürlich hat sie davon auch jedem Lunauer erzählt. Daraufhin haben natürlich alle geglaubt, ich würde ihr weiterhin auflauern, sie fortwährend belästigen. Alles, was ich damals getan habe, um meine tatsächliche Unschuld zu beweisen, ist gründlich in die Hose gegangen. Außerdem begannen deine Mutter und ihr Geschäft ebenfalls zu leiden, weil sie mir in ihrem Haus Unterschlupf gewährt hat. Verdammt, Kjell, ich hatte doch im Grunde gar keine andere Wahl, als zu verschwinden!“

„Man hat immer eine Wahl, Rafael.“

„Glaub mir, das ist mir ganz anders in Erinnerung. Tja, aber es war in Ordnung für mich, Lunau zu verlassen. Ich hatte hier jede Möglichkeit, auch nach meinem Studium Fuß zu fassen. Beruflich und privat.“

„Okay, dann vergessen wir jetzt mal, warum du damals aus Lunau weg bist, und fragen uns, warum du jetzt nach all den Jahren immer noch den schlecht sitzenden Mantel trägst.“ Kjell grinste ihn herausfordernd an. „Du solltest dieses blöde Ding endlich von deinen Schultern werfen, Angel.“

„Nenn mich nicht so, ich war nie ein Engel und werde auch nie einer sein."

Kjell lachte dunkel auf. „Manchmal glaube ich wirklich, ich kenne dich besser als du dich selbst."

„Das war ein ziemlich blöder und sehr alberner Film", stellte Luisa auf der Rückfahrt fest.

„Da hast du recht, aber du wolltest ja unbedingt die französische Komödie sehen. Mir hätte die amerikanische Liebesschnulze ja besser gefallen."

„Hm, ich hatte halt einfach keine Lust auf den romantischen Schmalz", erwiderte sie.

Isabell lachte. „Das ist ja mal ganz neu, Lu. Du bist doch eigentlich immer versessen auf dramatische Liebesfilme."

„Mmpf."

„Bitte?"

„Ach nichts, vergiss es. Trinken wir noch was zusammen? Oder meinst du, dein Mann ist schon wieder zu Hause?"

„Nein, das glaube ich kaum", winkte Isabell ab. „Ich kann mir nicht vorstellen, dass er vor Mitternacht eintrifft."

„Sehr gut. Auf Alkohol würde ich allerdings lieber verzichten. Was hältst du von einem Becher Tee mit einem großen Löffel voll leckerem Heidehonig? Ich brauche etwas, das die Seele streichelt." Luisa lächelte und trat aufs Gaspedal ihres Fiat.

Nach einer stürmischen Begrüßung durch Sigmund Freud kochten sie sich den Tee und setzten sich anschließend ins Loewenthalsche Wohnzimmer und machten es sich gemütlich. Die kleine Promenadenmischung zog sich bald wieder auf seine Decke zurück. Dort rollte er sich schnaufend zusammen und schien auf der Stelle einzuschlafen.

„Dieser komische Hund ist wirklich eine Wucht", stellte Luisa zum wiederholten Male fest. „Ich kann mich immer wieder über ihn amüsieren."

„Ja, und ich muss zugeben, ich liebe Siggi fast so sehr wie meinen Ehemann", gab Isabell lachend zu. Mit dem Becher in der Hand prostete sie ihr zu. „Auf unsere Freundschaft, Lu."

„Darauf trinke ich gerne mit dir", erwiderte sie.

Nachdem sie ihre Becher wieder abgestellt hatten, sah Isabell sie ernst an. „Erinnerst du dich noch daran, wie du mir ins Gewissen geredet hast, als ich damals wegen Kjell an meinem Liebeskummer fast erstickt wäre?", fragte sie ohne Umschweife.

„Natürlich erinnere ich mich daran."

„Ich glaube, jetzt bin ich an der Reihe, dir ein bisschen auf den Zahn zu fühlen, meine Süße."

Sie hatte ja schon befürchtet, dass sie um dieses Gespräch nicht herumkam. Aber vielleicht würde es ihr guttun und ihre Seele ein wenig erleichtern, wenn sie ihrer Freundin das Herz ausschüttete. Luisa faltete die Hände im Schoß und atmete tief ein. Sie suchte mal wieder nach den richtigen Worten. „Weißt du, Isa, unsere Situationen unterscheiden sich grundlegend. Du hattest mir nur nicht geglaubt, dass Kjell nicht der miese Macho ist, den du unbedingt in ihm sehen wolltest."

„Es geht hier nicht um die unterschiedlichen Hintergründe, sondern nur um die Gefühle und die damit verbundenen Konsequenzen. Du hast dich in den letzten Wochen sehr verändert, Lu. Wenn ich mich recht erinnere, hast du mir damals etwas ganz Ähnliches gesagt."

„Stimmt. Ich habe mit dir geschimpft, weil du so wenig gegessen und kaum noch am Leben teilgenommen hast", gab sie zu, nachdem sie eine Weile nachgedacht hatte. Tatsächlich hatte sie völlig vergessen, wie mager und kummervoll Isabell zu der Zeit gewirkt hatte. Und wenn Luisa jetzt in den Spiegel sah …

„Genau." Isabell zog eine Grimasse. „Wenn du das noch so genau weißt, brauche ich ja nicht weiter auszuholen."

„Okay, okay. Ja, mir geht es schlecht. Und ja, ich habe fürchterlichen Liebeskummer. Allerdings weiß ich momentan nicht, was ich dagegen tun könnte. Anders als damals bei euch beiden sehe ich für Rafael und mich nämlich nicht die geringste Chance, Isa."

Mitfühlend schaute Isabell sie an. „Da bist du dir wirklich sicher?"

Sie seufzte tief auf. „Ja, leider. Er ist kein Mann, der sich ernsthaft verliebt, das war er nie."

„Das ist doch Unsinn, Lu, ausgemachter Unsinn! Jeder kann sich ernsthaft verlieben."

Sie schüttelte traurig den Kopf. „Er nicht."

„Warum bist du dir da eigentlich so sicher?"

Wieder musste sie seufzen. „Ach, Isabell!"

„Ich habe dich etwas gefragt, Lu."

„Schon damals, als er noch ganz jung war, ist er keine ernste Beziehung eingegangen – er ist ja nie offiziell mit einem Mädchen gegangen. Dass er sehr begehrt gewesen ist, hat Rafael immer genossen. Mehr allerdings auch nicht. Ihm hat das Interesse geschmeichelt, doch dann war es auch jedes Mal wieder schnell vorbei. Weißt du, er hat sich hauptsächlich auf Touristinnen eingelassen. Die sind immerhin von ganz allein wieder verschwunden. Und ich habe ihn immer geliebt und aus der Ferne beobachtet."

„Die wahre Liebe hat schon so manchen Herzensbrecher völlig verändert, Lu."

„Die wahre Liebe kann das bestimmt." Sie griff erneut zu ihrem Glas.

„Ach, Lu, woher willst du denn so genau wissen, dass er nicht ernsthaft in dich verliebt ist?"

„Weil er dann nicht gegangen wäre."

Isabell lachte kurz auf. „Du kennst die Männer nicht. Wenn es um die Liebe geht, finden sie immer einen Grund, sich selbst das Leben schwer zu machen. Kjell war darin echt ein Experte!"

Luisa trank einen großen Schluck. „Weißt du, ich vermisse ihn auch auf der körperlichen Ebene so sehr. Wir – also er und ich … Das war traumhaft."

Isabells Lächeln war sanft und verständnisvoll. „Ich kenne das gut."

„Er war … mein erster Mann, Isa." Sie hörte selbst, wie hohl ihre Stimme plötzlich klang.

„Was? Ich dachte, ihr habt euch damals im Holundergarten nur geküsst?"

„Ich spreche nicht von damals."

„Oh!"

Sie nickte. „Ja, genau."

„Du bist noch Jungfrau gewesen?"

„Ja. Und frag mich bitte nicht, wie das passieren konnte, das hat er auch schon getan."

Isabells Blick blieb mitfühlend und war voller Wärme. „Das würde ich dich niemals fragen."

„Na ja, eigentlich kannst du ruhig fragen. Ich habe das nämlich gründlich analysiert."

„Und du bist zu dem Schluss gekommen, dass du im tiefsten Inneren allein auf ihn gewartet hast, nicht wahr?"

Jetzt musste sie lächeln, auch wenn es nur ein zaghaftes Lächeln war. „Bin ich so durchschaubar? Das ist ja direkt unheimlich."

„Ich bin auch eine Frau, Lu. Und ich kenne dich inzwischen auch ganz gut."

„Als es mir endlich klar geworden ist, fand ich es irgendwie gruselig."

„Warum denn? Du sagst es doch selbst, du hast ihn immer geliebt, so ist es eben."

„Ja, und jetzt kann ich zusehen, dass ich mit diesem verfluchten Liebeskummer klarkomme. Ich meine, ich habe es ja schon einmal geschafft, doch dieses Mal ist es unvergleichlich schwerer." Tief holte sie Luft. „Ich hatte ihn, Isa! Ich habe in seinem Arm geschlafen, seine Küsse, seine Zärtlichkeiten genossen. Damit hat sich noch einmal alles verändert. Eine schlichte Mädchenfantasie ist zur erfüllenden Wirklichkeit geworden …" Ihr wurde die Kehle eng. „Und ich weiß einfach nicht, wie ich ohne ihn weiterleben soll. Mir tut alles weh, so sehr sehne ich mich nach ihm", fügte sie leise hinzu.

„Wenn ich nur wüsste, wie ich dir helfen kann."

Als Luisa den Blick hob, sah sie Tränen in Isabells Augen schimmern und bemerkte erst jetzt, dass auch ihre Wangen nass waren.

„Du kannst mir nicht helfen, da muss ich ganz alleine durch. Wie heißt es so schön: Die Zeit heilt alle Wunden. Vielleicht ist an diesem blöden Spruch ja doch was dran. Ich hoffe es zumindest." Noch einmal nahm sie ihren Becher, trank den restlichen Tee auf einen Zug aus. Dann wischte sie sich mit einer rigorosen Handbewegung die Tränen fort. „Er hat mir die Firma praktisch allein überlassen und mir den Laden für einen Spottpreis verkauft. Ich versuche jetzt einfach, mich voll und ganz auf die Arbeit zu konzentrieren."

„Das Leben besteht aber nicht nur aus Arbeit, Süße. Du solltest …"

„Vielleicht kommt das später wieder, Isa", unterbrach sie sie. „Sobald der Schmerz etwas nachlässt und ich wieder besser durchatmen kann. Im Augenblick ist mir die Arbeit genug. Außerdem wird ja auch irgendwann mein neues Zuhause fertig sein. Das kann ich dann ausstatten und mich damit gut ablenken. Ich will mich völlig neu einrichten, weißt du. Geld habe ich ja jetzt genug, das ist doch schon mal was."

„Komm gut nach Hause", sagte Rafael zu Kjell, als sie sich voneinander verabschiedeten. Sie standen bereits vor der Wohnungstür. „Auch wenn wir ein paar Probleme gewälzt haben, war es ein schöner Abend. Wir sollten das bei Gelegenheit wiederholen."

„Auf jeden Fall", bestätigte Kjell lächelnd und klopfte ihm zum Abschied auf die Schulter. „Denk über das nach, worüber wir gesprochen haben."

„Das werde ich."

Kjell wollte sich schon umdrehen und auf den Fahrstuhl zugehen, da hielt er noch einmal inne. „Ach, noch etwas, bevor ich verschwinde."

„Kommt jetzt noch ein abschließender guter Rat von meinem Freund, dem Herrn Doktor?“

„Da musst du durch.“ Kjell grinste. „Und es ist tatsächlich ein ernst gemeinter Rat. Wenn du feststellen solltest, dass du aufrichtig Interesse an Lu hast, dann …“

„Was soll das jetzt, Kjell?“

„Hör zu! Hier spricht ein inzwischen sehr glücklich verheirateter Mann mit einschlägiger Erfahrung.“

Jetzt musste auch Rafael grinsen. „Und?“

„Im Ernst, Rafael. Wenn du ernsthaft verliebt in sie bist oder auch nur den leisesten Verdacht hast, es könnte so sein, dann lass dir, lass euch, die Chance nicht entgehen! Nichts, aber auch gar nichts auf der Welt ist so wichtig wie das, verstehst du, was ich damit sagen will?“

Keiner von ihnen grinste mehr, sie sahen sich mit ernster Miene in die Augen.

„Ich denke schon.“

„Ansonsten wird es dich sowieso langsam umbringen. Und glaub mir, ich weiß wirklich, wovon ich spreche.“

KAPITEL 7

In den folgenden zwei Wochen dachte Rafael intensiv über sein Gespräch mit Kjell nach. Die Nächte, in denen er überwiegend wach lag, waren erfüllt von Gefühlen und Gedanken, die ihm gänzlich neu waren. Ja, er vermisste Luisa! Mit jeder Faser seines Körpers *und* seiner Seele. Er sehnte sich danach, endlich wieder ihr Lachen zu hören, sie anzusehen und mit ihr zu sprechen. Ihm wurde klar, dass er es sogar genossen hatte, sie einfach nur betrachten zu können, egal, was sie gerade tat. Nein, es war nicht einfach nur schön, sondern erfüllend gewesen, mit ihr zusammen zu sein. Wenn er tatsächlich einschlief, träumte er von ihr. Er brauchte einige Tage, um sich einzugestehen, dass es nicht allein das körperliche Begehren, sondern auch etwas anderes war, das ihn Nacht für Nacht um den Schlaf brachte oder bis in die Träume verfolgte.

Mitten in einer weiteren nahezu schlaflosen Nacht setzte er sich entnervt im Bett auf. „Ich muss sie wenigstens sehen", sagte er laut.

„Verdammt noch mal! Ich muss sie sehen!" Entschlossen warf er die Bettdecke von sich, ging ins Bad und zog sich an.

Nur wenige Minuten später saß er in seinem Wagen und war auf dem Weg zur Autobahn. Die Harley hatte er stehen gelassen, denn die würde, allein schon durch das laute Motorengeräusch, viel zu viel Aufsehen erregen.

Um niemanden zu wecken, parkte er nicht in der schmalen Zufahrt zu den Ferienhäusern, sondern nutzte den weiter entfernten Hauptparkplatz. Nachdem Rafael leise die Tür geschlossen hatte, hielt er auf die kleine Ansammlung von dunklen Kiefern zu, die er in der Ferne gerade noch erkennen konnte. Er kannte sich aus. Gleich dahinter würde er das Haus finden, in dem Luisa jetzt lebte.

Es war kurz nach zwei Uhr. Der Mond stand hell am Himmel und beschien seinen Weg. Als er sich dem Grundstück näherte, auf dem bis vor Kurzem noch sein Elternhaus gestanden hatte, wurden seine Schritte langsamer. Zufrieden betrachtete er die planierte Fläche und das bereits gegossene Fundament des neuen Hauses. Unwillkürlich musste er lächeln.

Die älteren Ferienhäuser auf dem Gutshof lagen großzügig verteilt auf einer breit angelegten Fläche, ein gutes Stück hinter den Pferdeställen. Rafael kannte den Weg schon ewig. Genau wie Kjell und Philip hatte auch er sich hier als Stallbursche ein zusätzliches Taschengeld verdient. Als Enkel des alten Barons hatte Philip das nicht nötig gehabt, aber für ihn war es wie Radfahren oder Fischen eine schöne Freizeitbeschäftigung mit den Freunden gewesen. Damals haben wir alles zusammen gemacht, dachte Rafael fast wehmütig, während er einen Fuß vor den anderen setzte.

Im hellen Schein des Mondes waren nicht nur die alten Bäume, sondern auch die weiß getünchten Häuschen aus einiger Entfernung gut zu erkennen. Vor einem der vorderen Häuser erkannte er Luisas blauen Fiat. Das Atmen fiel ihm schwer, denn zu seiner großen Verblüffung brannte hinter einem der Fenster noch Licht.

Er hatte keine Ahnung, womit er gerechnet hatte oder was er ihr sagen sollte. Was hatte er sich nur dabei gedacht, mitten in der Nacht hierherzukommen? Vielleicht würde es ihm genügen, am frühen Morgen einen Blick auf sie zu erhaschen, wenn sie das Haus verließ und zur Arbeit ging? Er könnte sich in das Gras setzen und einfach warten … Und wenn sie ihn doch entdeckte?

Er wollte sie so gern sehen! In seinem Magen wurde es warm, dann begann es heiß zu kribbeln. Er wollte sie sehen. Unbedingt! Es war das gleiche starke Gefühl, das ihn in der Brix-Küche durchströmt hatte, als er ihr einfach gefolgt war und in der Heide mit ihr spazieren gegangen war. Was für ein ereignisreicher Tag! Sie waren von Barbara aufgeschreckt worden. Und noch viel wichtiger: An dem Tag hatte er Luisa zum ersten Mal geküsst und dabei fast den Verstand verloren vor Begierde. Genau wie heute hatte er schlicht einem unwiderstehlichen Drang nachgegeben. Fast kam es ihm vor, als hätte Luisa ihn gerufen oder ihn an einer unsichtbaren Schnur zu sich gezogen. Damals, an jenem Tag, war es unvermeidlich gewesen, hinter ihr her zu laufen, so wie es heute unvermeidlich gewesen war, loszufahren, um in ihrer Nähe zu sein.

Langsam ging er auf das Haus zu, bis er direkt vor der kleinen Terrasse stand. Hinter der geschlossenen Gardine sah er, wie sich ein Schatten bewegte und erkannte Luisas Silhouette. Was sollte er nur tun? Mitten in der Nacht einfach ans Fenster oder an die Tür klopfen, das kam kaum infrage. Sie würde vor Schreck wahrscheinlich tausend Tode sterben. Anrufen, dachte er.

Rafael wollte gerade sein Handy aus der Jackentasche nehmen, als die Terrassentür geöffnet wurde und Luisa plötzlich vor ihm stand.

„Keine Angst, Lu, ich bin es“, sagte er hastig, als sie heftig zusammenzuckte und einen kurzen Schrei ausstieß.

Er hörte ihre schnellen Atemzüge. Offenbar hatte sie sich furchtbar erschreckt.

„Rafael!“ Ihre Stimme zitterte. „Du bist …“

„Ja, ich bin hier.“ Seine Stimme klang eigenartig, doch das ignorierte er. Er machte einen Schritt auf Luisa zu, sah sie an, konnte sich nicht an ihr sattsehen. Da war sie! Endlich!

„Was machst du hier, mitten in der Nacht?“

„Ich … Lässt du mich rein?“ Er musste sich räuspern.

„Ja. Ja, natürlich. Komm rein.“ Sie wandte sich von ihm ab und ging zurück ins Haus.

Er folgte ihr, wartete, bis sie die Tür schloss und sich zu ihm umdrehte. Im Licht der Wohnzimmerlampe konnte er Luisa besser betrachten. Sie trug ein übergroßes Shirt und Flipflops. Es waren die rosafarbenen, die er kannte. Das Shirt reichte knapp bis zur Mitte ihrer Oberschenkel. Rafael wurde sofort heiß, als er einen Blick auf ihre nackten Beine warf.

Im nächsten Moment fiel ihm auf, dass ihr Gesicht leicht gerötet und ihre Lider geschwollen waren. Sie hatte geweint, daran gab es nicht den geringsten Zweifel. Mit zwei sehr tiefen Atemzügen pumpte er Luft in seine Lungen und suchte nach den richtigen Worten. Lange sah er sie wortlos an. Doch dann wurde ihm plötzlich bewusst, was da auf ihrem Shirt zu sehen war, und ein breites Grinsen überwältigte ihn.

„Was grinst du denn so blöd?“, fragte sie.

„Tut mir leid, aber da …“ Er deutete auf ihr Shirt. „Da ist ein riesiges Walross drauf.“

„Ja, und?“

„Ich finde es einfach lustig, sonst nichts.“

Luisas Miene blieb unverändert ernst. „Was machst du hier?“, wiederholte sie ihre Frage.

Sie stemmte ihre Hände auf die Hüften, sodass sich ihr Shirt noch ein wenig mehr hob. Er musste husten. „Das lässt sich nicht so einfach erklären“, setzte er an.

„Rafael, du stehst mitten in der Nacht auf meiner Terrasse und jagst mir einen riesigen Schrecken ein. Dafür wird es doch eine vernünftige Erklärung geben, oder?“

„Ich konnte nicht schlafen, weißt du.“

„Ach?“

„Ich wollte …“

Luisa konnte kaum fassen, dass er wahrhaftig vor ihr stand, bemühte sich aber, möglichst normal zu reagieren.

„Du stammelst“, sagte sie und wunderte sich selbst darüber, dass sie nicht auf der Stelle den Verstand verlor. Einen kurzen Moment lang hatte sie befürchtet, sie hätte nur geträumt. Doch sie war wach, so viel stand fest. Und er war da. Groß, sexy und mit stürmischem Blick. Rafael. Er stand leibhaftig vor ihr, sah sie jedoch ziemlich eigenartig an.

„Ich weiß. Wie gesagt, ist das nicht so einfach. Eigentlich … Also, um bei der Wahrheit zu bleiben …“

„Ja, was denn nun?“, fragte sie ungeduldig. „Ist irgendwas passiert? Sag schon!“

„Ich wollte zu dir.“

Nach diesem kurzen Satz sah er so erschöpft aus, als hätte er gerade die anstrengendste und längste Rede seines Lebens gehalten. Wahrscheinlich dauerte es deshalb auch etwas, bis der Sinn seiner Worte zu ihr durchdrang. Dann wurden ihr die Knie weich. Sie tastete hinter sich, bis sie eine Stuhllehne zu fassen bekam, machte einen Schritt rückwärts und setzte sich. „Du wolltest also zu mir?"

„Ja."

„Mitten in der Nacht?"

„Wie gesagt, ich konnte nicht schlafen."

„Du bist von Hamburg hierhergefahren, weil …"

„Ja." Er kam einen Schritt näher und blieb vor ihr stehen.

Sie atmete noch einmal tief durch, hob den Kopf und sah zu ihm auf. Er war ihr so nah! Aber wenn das nicht bedeutete, dass … Bevor sie zu schwanken begann, trat sie einen Schritt zurück und ging um den Stuhl und hielt sich an der Rückenlehne fest. „Weshalb?"

„Was ist denn das für eine Frage, Lu?"

„Ich finde meine Frage durchaus berechtigt, wenn man berücksichtigt, dass du mir noch vor wenigen Wochen mitgeteilt hast, du würdest nie mehr herkommen."

„Ich wollte nicht wiederkommen, wenn es sich nicht vermeiden lässt." Sein Mund verzog sich zu dem für ihn so typischen schiefen Lächeln. „Offenbar ließ es sich nicht vermeiden."

Sekundenlang starrten sie einander an. Wortlos. Weil es so still war, waren nur ihre Atemzüge zu hören. Schließlich räusperte er sich. „Du siehst übrigens süß aus."

„Du nicht." Sie zog ebenfalls einen Mundwinkel hoch, damit er wusste, dass sie einen albernen Scherz machte.

Müde sah er aus. Müde, aber großartig wie immer. Er trug hautenge Jeans und seine Motorradlederjacke, darunter ein grauschwarz gemustertes Shirt mit V-Ausschnitt. Seine nackten Füße steckten in Sneakers aus schieferfarbenem Wildleder. So ist er bestimmt nicht Motorrad gefahren, schoss es ihr durch den Kopf.

Er lächelte immer noch, schwieg aber nach wie vor und sah sie weiterhin an, als wäre sie eines der sieben Weltwunder. Um die Situation aufzulockern, fragte sie: „Möchtest du vielleicht einen Kaffee oder so was?"

„Kaffee? … Ja, gerne!"

„Gut. Ich … ähm …" Sie sah an sich hinunter und fühlte, wie sie rot wurde. „Ich ziehe mir dann mal eben etwas über, wenn es dir nichts ausmacht."

„Es macht mir etwas aus." Plötzlich grinste er breit, zog seine Jacke aus und warf sie über den zweiten Stuhl. „Mir gefällt das Walross."

„Rafael … Ich stehe nicht in unregelmäßigen Abständen für ein … ähm … Schäferstündchen zur Verfügung, nur weil dir gerade danach ist."

Er lachte kurz auf, klang jedoch nicht belustigt. „Schäferstündchen? Ha! Das passt zu dir."

„Was soll das denn nun wieder heißen?"

„Du bist immer so … süß."

„Das ist keine Antwort auf meine Frage, Rafael!" Sie fühlte tatsächlich einen Anflug von Zorn in sich aufsteigen.

„Ich bin nicht hergekommen, um … ein Schäferstündchen mit dir … Obwohl, wenn ich es mir genau überlege …" Wieder lachte er.

„Das ist überhaupt nicht lustig!", entgegnete sie. „Und ich werde mir jetzt etwas anziehen, also warte bitte. Ich bin gleich zurück."

„Ach, Lu!"

„Du kannst ja in der Zwischenzeit über eine einigermaßen sinnvolle Erklärung nachdenken. Wir können dann gleich bei einer Tasse Kaffee in Ruhe darüber sprechen, warum du mitten in der Nacht bei mir einfällst." Sie wandte sich ab, warf dabei fast den Stuhl um und fluchte leise.

Fast hatte sie die Schlafzimmertür erreicht, da holte Rafael sie ein, umfasste ihr Handgelenk und hielt sie fest. Schon in der nächsten Sekunde fand Luisa sich in seinen Armen wieder.

„Gott, ich habe dich so vermisst!", raunte er noch, bevor er die Lippen auf ihren Mund presste. Sein Kuss war wild, ungezügelt und heiß. Er küsste sie auf die gleiche überwältigende Weise wie schon vor fünfzehn Jahren. Kaum trafen ihre Lippen aufeinander, kaum hatte sein harter Körper den ihren berührt, verflüchtigte sich nicht nur seine Beherrschung, sondern auch ihre. Das Gefühl, das Luisa durchströmte, war unbezwingbar. Sie spürte, dass es ihm ebenso erging.

Rafael gab eine Art Knurren von sich, tief und dunkel. Es klang nach Erleichterung, gleichzeitig auch nach maßloser Erregung. Leidenschaftlich presste er Luisa an sich, ließ seine Hände über ihren Rücken und bis zu ihrem Po gleiten, begann sie sanft zu massieren.

Schwer atmend gab er ihren Mund wieder frei. „Vergiss den Kaffee", flüsterte er an ihrem Ohr.

„Welchen Kaffee?"

Sie öffnete die Schlafzimmertür und zog ihn mit sich, was ihm erneut das dunkle Knurren entlockte, das ihr stets unter die Haut kroch und kleine prickelnde Schauer verursachte.

„Hast du unter dem Walross noch etwas an?", fragte er, während er sich sein T-Shirt über den Kopf zog. Als sie den Kopf schüttelte, stöhnte er auf. „Ich wusste es. Setz dich aufs Bett, Kleines. Nein, lass es noch an."

Die Lust wogte durch ihren Körper, schwer und siedend heiß. Vor Verlangen musste sie kurz die Augen schließen, nachdem sie seiner Aufforderung gefolgt war. Sie hörte seine Kleidung rascheln. Als sie die Lider hob, stand er vollkommen nackt vor ihr. Er war so schön, dass es ihr den Atem verschlug. Seine Haut, viel dunkler als ihre, wirkte stets sonnengebräunt. Sein Körper war an den richtigen Stellen muskulös, von purer männlicher Schönheit. Seine Erektion war beeindruckend. Ausgiebig betrachtete sie ihn und er ließ sie gewähren. Sie liebte einfach alles an ihm.

„Rutsch ein Stück nach vorn", flüsterte er. „So, dass du gerade noch auf der Matratze sitzt. Ja, genau so."

Dann ging er vor ihr in die Knie. Schon allein das ließ sie aufstöhnen vor Lust.

„Leg dich zurück, Lu. Mach es dir bequem.“ Er sah sie an und legte die Hände an ihre Waden, streichelte sie. Sie wollte ihn berühren, doch er hielt sie davon ab. Bebend vor Erwartung, gab sie nach und ließ sich auf das Bett sinken.

Langsam und genüsslich arbeitete er sich aufwärts, bis seine Fingerspitzen unter den Saum ihres Schlafshirts glitten. „Ich wollte dich einfach nur sehen“, erklärte er, während sie vor Hitze fast zu vergehen glaubte. „Ich musste dich sehen.“

Sie hörte auch ihn schwer atmen. „Oh Rafael, bitte! Jetzt nicht! Komm zu mir!“

„Ich weiß, es ist lange her, aber ich will, dass du das hier genießt.“

Sie stöhnte laut auf, als er die Hände unter dem Shirt um ihre nackten Hüften legte. „Aber ich halte es nicht mehr lange aus.“

„Doch, das wirst du. Vertrau mir, Kleines.“ Er beugte sich vor und küsste ihre Knie. Erst das eine, dann das andere. „Spreiz deine Beine, öffne dich für mich, Luisa.“

Himmel, um ein Haar wäre ich jetzt schon gekommen, dachte sie wie berauscht. Wie kann es sein, dass allein seine Stimme und seine Hände irgendwo auf ihrer Haut sie so sehr erregten? Ein heftiges Zittern lief durch sie hindurch.

Er schob das Shirt höher und ließ die Fingerspitzen über ihren Bauch, dann über ihre Brüste wandern, während er sie unablässig mit Küssen verwöhnte. Mit den Lippen fuhr er die Innenseite ihrer Oberschenkel hinauf, dann hob er den Kopf, sah Luisa aus stürmischen Augen an und wartete.

„Mach weiter!“, brachte sie keuchend hervor. „Nicht aufhören!“

Er lächelte, leckte sich die Lippen. Sanft legte er die Hände an ihre Knie und drückte sie noch weiter auseinander. „Ich werde dich so oft kommen lassen, bis du mich bittest aufzuhören.“

Langsam beugte er sich über sie, küsste den Ansatz ihres Venushügels, dann ihre Schamlippen, leckte sie. Sie hörte sich leise aufschreien, als seine Zunge eindrang und endlich ihre Klitoris berührte. Schon wenige Sekunden später wurde sie von einem heftigen Orgasmus überrollt. Und wenige Augenblicke später folgte der nächste. Ihre Beine begannen zu zittern.

„Komm zu mir. Bitte, komm zu mir, Rafael."

Kaum waren die Wellen des Orgasmus abgeebbt, hielt Rafael sich nicht mehr zurück. Er legte sich zu ihr und war sogleich in ihr, füllte sie vollkommen aus. Luisa seufzte laut auf vor Glück. Wild und ungestüm liebte er sie jetzt, und sie genoss es. Immer wieder drang er in sie ein, bis sie noch einmal kam – bis er schließlich den Kopf zurückwarf, dunkel aufstöhnte und ihr auf den Gipfel folgte.

Rafael erwachte aus einem tiefen und traumlosen Schlaf. Er bewegte sich vorsichtig, wollte Luisa nicht sofort wecken, die dicht an ihn gekuschelt lag. Im Schlaf hatte sie ihre süße Nase an seine nackte Brust gedrückt. Lächelnd betrachtete Rafael sie. Er wollte den Moment noch ein wenig länger genießen. Und während er sie ansah, durchströmte ihn wohlige Zufriedenheit. Er atmete tief ein.

„Hey, atme nicht wie ein Gorilla, du weckst mich", hörte er Luisas verschlafene Stimme.

Natürlich musste er lachen. Sie bringt mich oft zum Lachen, dachte er.

„Mist", murmelte sie. „Jetzt bin ich wach." Begleitet von einem tiefen Seufzen, drückte sie ihm einen Kuss auf die Brust und löste sich etwas von ihm, um sich ausgiebig zu recken.

Er hätte nicht sagen können, warum es ihm ausgerechnet in diesem Moment klar wurde. Aber haargenau in diesem Augenblick begriff er, dass er sie liebte. Er war nicht nur ein bisschen in sie verknallt, nein. Es fühlte sich anders an: machtvoll, umfassend und endgültig. Die Gewissheit war plötzlich da und ließ ihn fassungslos zurück, denn er hatte keine Ahnung, was das für sein Leben bedeuten würde. Er liebte die kleine Lu, das lustige Mädchen, das er kannte, solange er denken konnte. Und er liebte sie über alle Maßen, begehrte sie, brannte für sie. Sein

Herz quoll fast über vor Liebe. Vor Liebe! Es tat weh – und es tat gut, es war absurd.

Verblüfft sah er sie aufstehen, sich ihr witziges Walross-Shirt überwerfen und in die Flipflops schlüpfen.

„Frühstück?“, fragte sie lächelnd.

Sie hat das schönste Lächeln der Welt, fand er. Wenn es nach ihm ginge, wollte er dieses Lächeln von nun an jeden Morgen sehen. Bei dem Gedanken musste er sich räuspern. „Ja, Frühstück.“

„Ist was? Du guckst so eigenartig.“ Mit gespreizten Fingern versuchte sie sich das Haar zu ordnen, was natürlich misslang. Sie sah unglaublich süß aus.

„Es ist alles in bester Ordnung.“

„Wir sollten uns unterhalten, Rafael.“ Sie sagte das nachdrücklich, lächelte aber wieder ihr zauberhaftes Lächeln.

„Ja, das sollten wir wohl, aber lass uns erst mal frühstücken. Ich brauche dringend Koffein.“

„Rafael ist in Lunau“, eröffnete Kjell Christa und Isabell.

Sie saßen zusammen in Christas Küche und genehmigten sich ein ausgiebiges zweites Frühstück. Obwohl sie am Samstag länger hätten schlafen können, waren sie alle drei schon sehr früh auf den Beinen gewesen. Die Frauen hatten den ganzen Morgen in der Backstube verbracht, um eine Hochzeitstorte zu fertigen, die am Nachmittag abgeholt werden sollte. Kjell war im Morgengrauen zu einem Notfall gerufen worden und hatte anschließend ein paar erforderliche Hausbesuche erledigt. Jetzt war die Arbeit vorerst getan. Es blieb noch Zeit, bis das Buchladen-Café geöffnet wurde.

„Er ist schon wieder hier?“ Christa ließ die Gabel voller Rührei sinken und legte sie zurück auf den Teller. Beide Frauen starrten ihn entgeistert an.

„Hast du ihn getroffen?“, fragte Isabell, während sie noch einmal nach dem Glas mit der köstlichen Erdbeer-Holunder-Marmelade griff, die sie über alles liebte, wie Kjell wusste.

„Nein, noch nicht, aber ich habe seinen Wagen auf dem großen Parkplatz beim Feriendorf gesehen."

„Du warst im Feriendorf?"

„Ja, es gab dort einen heftigen Fieberschub bei einem Säugling. Ruth ist noch vor Ort und behält den Kleinen im Auge. Wir nehmen an, dass es nichts allzu …"

„Doc! Bitte! Behalte die medizinischen Einzelheiten für dich. Bist du dir sicher, dass es Rafaels Wagen ist?", unterbrach Isabell ihn ungeduldig.

„Ja, natürlich. Einen alten Alfa Romeo aus den Sechzigern kann man nicht übersehen oder verwechseln. Er fährt den schwarzen Spider schon seit Ewigkeiten. Außerdem kenne ich sein Nummernschild. Ist nicht weiter schwer, es sind seine Initialen."

„Aber wo …", setzte Christa an, brach sofort ab und lächelte. „Er wird bei Lu sein."

„Das ist anzunehmen, ja." Kjell grinste breit. „Hab ich es mir doch gedacht. Als ich vor zwei Wochen bei ihm gewesen bin, ist er mir sehr verändert vorgekommen."

„Und wie wir alle festgestellt haben, gilt das auch für Luisa", bestätigte Isabell, beugte sich zu ihm und gab ihm einen Kuss.

„Oho, dann heißt es jetzt wohl Daumendrücken, oder?" Christa lächelte mütterlich in sich hinein. „Ach, mich würde das so freuen, ehrlich!"

„Hm." Isabell seufzte und zog die goldblonden Augenbrauen über der Nasenwurzel zusammen. „Wenn sie wirklich zusammenkommen, meint ihr, Luisa würde Lunau verlassen?"

Christa zuckte mit den Schultern. „Keine Ahnung. Ich kann mir eigentlich kaum vorstellen, dass sie woanders leben möchte. Andererseits wird Rafael nicht hierbleiben wollen. Wie auch immer, wichtig ist einzig und allein, dass sie glücklich miteinander werden."

„Es könnte ja auch sein, dass sie bleiben. Ich hab da so ein Gefühl", beeilte sich Kjell zu sagen, da seine beiden Lieblingsfrauen plötzlich traurig dreinblickten. „Vorausgesetzt, er liebt sie wirklich. Und davon gehe ich aus, denn sonst wäre er gar nicht erst zurückgekommen. Ich kenne ihn."

„Das Haus ist ganz gemütlich", stellte Rafael fest, nachdem sie gefrühstückt hatten und nun noch bei einer weiteren Tasse Kaffee zusammensaßen. „Das ist wirklich eine gute Zwischenlösung." Er sah sich um. Die Küchenzeile war nur durch einen Tresen vom Wohnbereich abgetrennt, doch die Küche war modern und mit allen Finessen ausgestattet. Der helle Eichenholztisch, an dem sie saßen, bot Platz für vier Personen und stand vor einem der Fenster, aus dem man einen schönen Blick ins Grüne hatte. „Ich meine, es ist zwar ziemlich klein, aber deine Einliegerwohnung war auch nicht unbedingt riesig."

„Das stimmt", antwortete Luisa „Und ich fühle mich hier sehr wohl. Ich hätte das Häuschen auch dauerhaft gemietet, wie ursprünglich angedacht. Für mich ist das dritte Zimmer schon der reinste Luxus, auch wenn es nur klein ist."

„Letzte Nacht habe ich gesehen, dass das Fundament für das neue Haus gegossen worden ist. Die Baufirma hat einen sehr guten Ruf und arbeitet schnell. Du wirst hier nicht sehr lange wohnen müssen."

Sie sah ihn an. „Wie gesagt, es ist für mich in Ordnung, solange es dauert."

„Wir sprechen noch über das Häuschen, oder?", hakte er nach, weil ihr Tonfall jetzt eigenartig klang.

„Warum bist du so plötzlich zurückgekommen, Rafael?" Ihr silbergrauer Blick war eindringlich.

„Das habe ich dir bereits gesagt. Ich wollte zu dir, hab dich vermisst." Er fühlte Unsicherheit in sich aufsteigen, die seinen Herzschlag beschleunigte. „Ich habe dich sogar sehr vermisst, Lu."

Ihre Augen füllten sich unvermittelt mit Tränen. Sie stand auf, drehte ihm den Rücken zu und öffnete die Terrassentür.

„Warum bringt es dich zum Weinen, wenn ich dir gestehe, dass ich dich vermisst habe?" Er stand auf und folgte ihr. Dicht hinter ihr blieb er stehen und umfing ihre Schultern mit den Händen.

„Letzte Nacht habe ich dir schon gesagt, dass ich dir nicht zur Verfügung stehen werde, nur weil dir plötzlich nach Sex ist, Rafael. Daran wird sich auch nichts ändern. Im Grunde wusste ich von Anfang an, dass ich dafür nicht die richtige Frau bin. Aber da bin ich auch noch davon ausgegangen, dass du ohnehin wieder ganz aus meinem Leben verschwinden willst. Versteh mich nicht falsch, ich schlafe unglaublich gerne mit dir, aber ich will keine lockere Beziehung, die sich darauf reduziert. Und ich werde hier nicht sitzen und darauf warten, dass du plötzlich wieder vor meiner Tür stehst. So läuft das nicht."

„Das verstehe ich, Kleines. Und ich versichere dir, dass ich nicht mitten in der Nacht losgefahren bin, um mit dir Sex zu haben. Das soll jetzt nicht heißen, dass ich nicht ... also, wie soll ich dir das nur erklären?" In seiner Kehle wurde es eng, als Luisa sich umdrehte und mit feuchten Augen zu ihm aufsah.

„Versuch es", bat sie ihn.

„Du weißt ganz genau, wie sehr ich in körperlicher Hinsicht auf dich abfahre, das muss ich, glaube ich, nach der letzten Nacht erst recht nicht weiter erklären. Ich bin aber nicht deshalb hergekommen, sondern tatsächlich weil ich einfach zu dir wollte. Du hast mir gefehlt. Ich hatte das Bedürfnis, dich zu sehen, Lu."

Er strich sich durchs Haar. „Ich wollte dich einfach nur sehen, verstehst du? Und als ich gestern Nacht hier war, wusste ich plötzlich nicht mehr, wie ich das anstellen sollte. Ich stand ratlos vor deinem Haus und wusste nicht weiter. Du bist in dem Augenblick aus dem Haus gekommen, als ich dich anrufen wollte, um dir zu sagen, dass ich auf deiner Terrasse stehe."

Ihr tiefes Einatmen kam einem Seufzen gleich. „Okay. Und was bedeutet das jetzt für uns?"

Rafael legte seine Hände um ihr Gesicht, wischte mit den Daumen einzelne Tränen von ihren Wangen, dann beugte er sich zu ihr und küsste sie sanft auf die Lippen. „Genau darüber müssen wir uns unterhalten, Luisa."

„Dann sag mir, was du willst."
„Dich! Ich will dich", antwortete er spontan.
„Du willst ... mich?" Ihre Augen weiteten sich.
„Kannst du dir vorstellen, mit mir nach Hamburg zu kommen, Lu?" Noch während er die Frage aussprach, wurde ihm klar, dass das die perfekte Lösung wäre.
„Nach Hamburg? Aber ich ..."
„Ich weiß, hier ist dein Leben, die Gärtnerei und all das, aber ich ... Scheiße, du weißt genau, dass ich hier nicht bleiben kann. Wenn du darauf bestehst, könnten wir natürlich auch eine Fernbeziehung führen, aber das will ich eigentlich nicht. Ich denke, es würde sicher auch nicht unentdeckt bleiben, und dann wirst du wieder darunter zu leiden haben, das will ich auf keinen Fall. Komm mit mir, Luisa! Wir lassen dieses Dorf und all die miesen Erinnerungen hinter uns. Für die Gärtnerei werden wir gemeinsam eine Lösung finden."
„Du willst eine ... Beziehung mit mir?" Ihre atemlos vorgebrachte Frage unterstrich die Ungläubigkeit, die sich auf ihrem Gesicht abzeichnete.
„Natürlich will ich eine Beziehung mit dir, Kleines, ich liebe dich. Ich liebe dich wie verrückt." Rafael spürte, wie sich in seiner Brust etwas löste. Tiefe Erleichterung und Wärme durchströmte ihn. Ja, er liebte sie.
„Du ...?" Sie hielt inne, starrte ihn an. Im nächsten Moment presste sie sich plötzlich an seine Brust, schlang die Arme um ihn und begann laut und hemmungslos zu schluchzen.
Er musste sich mit der Tatsache auseinandersetzen, dass er sie liebte, das war schon viel für einen Tag. Ihr heftiger Gefühlsausbruch überforderte ihn nun vollends. Rafael konnte sie nur in den Armen wiegen und festhalten. Es dauerte einige Minuten, bis sie sich wieder einigermaßen beruhigt hatte und nur noch leise in sein T-Shirt schluchzte.
„Wenn du meine Gefühle nicht erwiderst, sag es mir lieber gleich", flüsterte er in ihr Haar. „Dann verschwinde ich auf Nimmerwiedersehen, und dieses Mal meine ich das verdammt

ernst." Laut seufzte er auf. „Allerdings muss ich dann wohl oder übel den Kontinent verlassen, damit ich nicht wieder nachts vor deiner Tür stehe und dich heimlich anschmachte. Obwohl ... wahrscheinlich würde mich auch kein Ozean aufhalten."

„Ach, Rafael!" Sie hob den Kopf und sah ihn wieder an. Mit der rechten Hand berührte sie sanft seine unrasierte Wange, dann strich sie ihm durchs Haar. Die Tränen versiegten nur langsam. „Wie kannst du nur denken, ich würde deine Gefühle nicht erwidern? Ich liebe dich doch schon, solange ich denken kann, du Idiot."

Sekundenlang konnte er sie nur anstarren. Die Empfindungen, die auf ihn einstürmten, waren einfach zu stark, zu überwältigend. Er hörte sich selbst keuchen, dann küsste er sie. Und während er das tat, fühlte er sich seltsam gehemmt. Er hielt sich zurück, spürte nichts als Zärtlichkeit, die er ihr geben wollte.

Luisa blieb ganz still, bis er sich wieder von ihr löste.

„Schon immer?", hakte er nach.

„Ja, du bist es schon immer gewesen. Es hat für mich nie einen anderen gegeben." Wieder schluchzte sie auf. „Ich glaube, das ist grade alles zu viel für mich." Unter Tränen lachte sie und er lachte mit, zog sie erneut an sich und fühlte sich einfach großartig. In seinem ganzen Leben hatte er sich nie besser gefühlt.

Luisa wusste kaum, wohin mit all den überschäumenden Glücksgefühlen, die sie berauschten, als hätte sie eine ganze Flasche Champagner in einem Zug ausgetrunken. Rafael, *ihr* Rafael, liebte sie! Er wollte sie bei sich wissen, an seiner Seite, eine richtige Beziehung mit ihr führen! Sie konnte es kaum glauben. Sie weinte vor Glück und brachte kaum etwas anderes zustande, als ihn immer wieder zu küssen und sein geliebtes Gesicht zu streicheln. Das Schönste daran war, dass es ihm nicht viel anders zu gehen schien.

Es kam ihr alles so unwirklich, so märchenhaft vor. Erst nach einer ganzen Weile hatten sie sich beide so weit im Griff, dass sie wieder reden konnten.

„Kommst du mit mir nach Hamburg?“, wiederholte er seine Frage. „Ich weiß, was das für dich bedeuten würde, aber ich täte alles, damit du dort glücklich bist, Lu.“

Jeden Tag bei Rafael zu sein, mit ihm leben zu können. Es gab nichts auf der Welt, das sie sich mehr wünschte oder jemals gewünscht hatte. Trotzdem stieg bei dem Gedanken daran, Lunau für immer zu verlassen, ein ungutes Gefühl in ihr auf. Dabei ging es gar nicht um sie, wie sie schon im nächsten Augenblick verblüfft erkannte. Aus Liebe zu ihm täte sie es sofort, wäre überall mit ihm hingegangen, solange es für ihn wichtig und richtig wäre. Doch Luisa hatte die innere Gewissheit, dass es für Rafael vollkommen falsch wäre, *nicht* hier zu leben. Sie hatte keine Ahnung, woher der Gedanke kam, aber er verfestigte sich in Sekundenschnelle und wurde mächtiger.

Sie wusste nicht, was sie sagen sollte. Sie wusste nur, dass es gerade die Liebe zu ihm war, derentwegen sie verhindern wollte, dass er Lunau noch einmal verließ. Er musste sich seinen Dämonen stellen, um ein glückliches Leben mit ihr zu führen. Natürlich würde er ihr da nicht zustimmen. Aber wenn sie ihre Bedürfnisse vorschieben musste, damit er eine Chance auf Heilung bekam, dann würde sie das tun. Zumindest bis sie klarer sah und entschieden hatte, wie sie ihm helfen konnte, die größte Hürde seines Lebens zu nehmen.

„Luisa?“, hakte er nach.

„Natürlich möchte ich mit dir leben und immer bei dir sein, Rafael, aber könntest du mir noch ein bisschen Zeit geben?“, fragte sie bedächtig.

Kurz kniff er die Augen zusammen und sie sah ihm die Enttäuschung deutlich an, doch dann nickte er. „Okay. Wie gesagt, ich kann durchaus nachfühlen, was diese Entscheidung für dich bedeuten muss.“

„Schau nicht so geknickt, dazu besteht überhaupt kein Grund! Ich liebe dich, ich brauche nur noch ein bisschen Zeit, um mich innerlich von meiner Heimat zu verabschieden, das ist alles.“

„Ich sagte doch, es ist in Ordnung." Noch einmal zog er sie an sich, hielt sie fest in den Armen. „Dann ist es wohl besser, wir hängen unsere Beziehung nicht unbedingt an die große Glocke, oder? Ich würde vorschlagen …"

„Das kommt überhaupt nicht infrage!", unterbrach sie ihn. „Wenn wir ein Paar sind, dann kann das auch jeder wissen. Ich möchte auf keinen Fall meine Liebe zu dir verstecken, das habe ich fast mein ganzes Leben lang getan. Ich sehe nicht mehr den geringsten Grund dafür, und das solltest du auch nicht." Sie stellte sich auf die Zehenspitzen und gab ihm einen kurzen Kuss. „Wir ziehen das durch, hörst du! Und wenn die Meute über uns herfällt, können wir immer noch nach Hamburg fliehen."

Sekundenlang sah er sie nur ernst an, dann lächelte er schief. „Du bist nicht nur unverschämt sexy, klug und wunderschön, sondern auch das tapferste Mädchen, das ich kenne."

„Frau, mein Liebster, ich bin eine erwachsene Frau, merk dir das."

„Vor allem bist du von nun an meine Frau, das ist das Beste daran", antwortete er, bevor er sie ein weiteres Mal voller Leidenschaft küsste.

Beeindruckt stand Ruth Rogalski vor dem glänzend schwarzen Roadster, der auf dem Parkplatz des Feriendorfes stand, und betrachtete ihn von allen Seiten.

„Gefällt er dir?", vernahm sie hinter sich eine auffallend rauchig klingende Männerstimme, die ihr sehr bekannt vorkam.

Lächelnd drehte sie sich um. „Rafael! Hey! Du hier?"

Er kam näher und küsste sie zur Begrüßung auf beide Wangen. Ruth fiel sofort auf, dass sich sein Gesichtsausdruck, wenn nicht sogar seine ganze Körperhaltung verändert hatte. Er wirkte gelöster, weniger düster. Sie ahnte, warum das so war.

„Wie du siehst." Er lachte und zwinkerte ihr munter zu, dann deutete er auf das Auto. „Der Wagen gehört übrigens mir. Wenn du also mal Lust auf eine Spritztour hast, sag mir Bescheid. Wir suchen uns einfach einen sonnigen Tag aus, damit wir offen fahren können, packen uns einen Picknickkorb und düsen ab ins Blaue."

Sie hatte tatsächlich das Gefühl, einen ganz anderen Rafael Brix vor sich zu haben als noch vor einigen Wochen. Er schien unentwegt zu lächeln, das gefiel ihr sehr. „Sei vorsichtig, mein Lieber, ich könnte auf dieses verlockende Angebot zurückkommen", erwiderte sie bewusst schelmisch, bevor ihr Blick wieder zurück auf das Auto fiel. „Meine Herren, was für ein Schlitten! Das ist doch ein Alfa Romeo Spider. In meiner Jugend hatte ich mal einen Verehrer, der auch so einen Flitzer fuhr, allerdings in Knallrot. Eigentlich war das damals schon ein altes Auto. Dieses Modell wurde in den Sechzigern gebaut, hab ich recht?"

„Alle Achtung, du bist gut informiert, Ruth." Er lächelte immer noch breit. „Dieser wurde erst Ende der Sechziger gebaut und gehört damit noch knapp zur ersten Generation. Ich besitze ihn schon seit fünfzehn Jahren, hab ihn mir gegönnt, kurz bevor ich nach Hamburg gezogen bin. Der Wagen war völlig runtergekommen, stand beim Vorbesitzer jahrelang in einem alten Schafschuppen. Ich habe ihn für ein paar lächerliche Hunderter gekauft, tagelang gelüftet und gereinigt, aufgemöbelt und jede Menge Geld reingesteckt. Er schnurrt noch immer wie eine Katze."

„Das glaube ich gern." Sie löste den Blick von dem beeindruckenden Wagen und sah Rafael aufmerksam an. „Du warst bei Lu, oder?"

Er nickte, und sein Grinsen sprach Bände. „Jep."

„Gut", erwiderte sie. „Sehr gut, mein Lieber. Sie ist genau die richtige Frau für dich."

„Das sehe ich auch so." Er sah sich um. „Warst du im Feriendorf?"

„Ja, wir hatten heute Morgen einen kranken Säugling bei einer Touristenfamilie zu versorgen, aber jetzt geht es dem Kleinen schon wieder besser."

„Ist mein Freund, der Doktor, etwa auch in der Nähe?"

„Das war er noch vor ungefähr zweieinhalb Stunden. Bevor das Buchladen-Café öffnet, wollte er sich mit Isabell und Christa noch ein zweites Frühstück gönnen. Wie ich ihn kenne, sitzt er jetzt aber schon am Schreibtisch in der Praxis und erledigt den Schreibkram. Das macht er fast jeden Samstag."

„Okay, ich wollte nämlich zu ihm. Eigentlich hatte ich vor, den Wagen noch kurz bei Lu abzustellen, aber das kann ich auch später machen. Wenn es dir recht ist, begleite ich dich stattdessen."

„Natürlich! Wir haben ja denselben Weg. Ich wollte mir bei Isabell ohnehin einen Kaffee und einen leckeren Muffin gönnen, das Frühstück fiel heute Morgen eher bescheiden aus."

„Na, dann gib mir deine Tasche und lass uns gehen, damit die Leute wieder was zu reden haben, wenn sie uns zusammen sehen."

Wenig später bat Kjell Rafael in sein Haus.

„Willst du einen Kaffee? Ich habe gerade welchen aufgesetzt, weil ich dringend eine Pause brauche."

„Ja, sehr gerne. Ich hatte zwar vorhin schon zwei Becher, aber was soll's", antwortete er und folgte Kjell nach oben in die Wohnung. Dort setzten sie sich in die Küche, wo Rafael seine Neuigkeiten in kurzen Sätzen erzählte.

„Aha, du hast dir meinen Rat also zu Herzen genommen! Das freut mich sehr. Und das Ergebnis erst recht. Lu ist großartig."

„Ja, das ist sie." Versonnen lächelte er.

„Und wie geht es jetzt weiter mit euch?", wollte Kjell wissen. „Wird sie hier ihre Zelte abbrechen?"

„Natürlich habe ich sie gebeten, mit mir nach Hamburg zu kommen. Aber so wie es aussieht, braucht sie noch ein bisschen Bedenkzeit, bevor sie bereit ist, das Dorf zu verlassen. Das muss ich wohl oder übel akzeptieren." Er hoffte sehr, dass Luisa sich nicht allzu viel Zeit ließ, sodass sie in wenigen Wochen umziehen konnten.

„Luisa ist hier geboren und aufgewachsen, hat in Lüneburg studiert und war im Grunde nie aus der Heide weg. Es ist keine große Überraschung, dass es ihr schwerfällt, Lunau den Rücken zu kehren. Sie liebt das Dorf, die Heide und die Menschen hier."

Rafael seufzte. „Das ist mir klar. Ich habe ihr auch gesagt, dass ich warten kann, bis sie so weit ist."

„Dich hat es nun also auch erwischt, was?" Kjell grinste.

„Es sieht ganz danach aus." Rafael schnalzte mit der Zunge. „Ehrlich gesagt habe ich nicht damit gerechnet, dass es mich mal so umhaut. Ich war immer der Meinung, dass die sogenannte Liebe sowieso nichts für mich ist ..."

„So kann man sich täuschen. Mir ist es ähnlich ergangen, als ich hierher zurückgekommen bin. Doch dann ist mir Isabell über den Weg gelaufen, und schon saß ich in der Liebesfalle." Kjell lachte. „Jedenfalls wünsche ich euch von Herzen alles Gute, Rafael. Und falls ihr irgendwelche Hilfe braucht, du weißt ja, wo du mich und meine Familie findest."

„Ich danke dir, mein Freund. Apropos Hilfe ... Bevor ich es vergesse: Kannst du mir frische Wäsche und ein oder zwei T-Shirts ausborgen? Vor Morgen werde ich wohl kaum hier wegkommen, und ich habe nicht einmal was zum Wechseln dabei."

Kjell lachte laut auf. „Na, wenn es weiter nichts ist."

Auf dem Rückweg ging Rafael direkt zum Blumenladen, um Luisa abzuholen, denn so hatten sie es abgesprochen. Luisa hatte an diesem Tag nur ein paar Bestellungen zu erledigen. Um das Geschäft selbst kümmerte sich Manuela Faber, ihre neue Angestellte. Die Ladentür stand offen, in der warmen Frühlingsluft wiegten sich Tulpen und Narzissen in ihren Kübeln.

Einen Moment lang blieb Rafael in der Tür stehen und beobachtete sie. Luisa sprach gerade mit einer Kundin, einer rundlichen, älteren Frau mit weißem Haarknoten, die einen kleinen bunten Strauß in der Hand hielt. Obwohl man Luisa ansah, dass sie in der vergangenen Nacht nicht viel geschlafen hatte, fand

Rafael sie bezaubernd schön. Ihr prachtvoller Pferdeschwanz wippte bei jeder Bewegung hin und her und ihre auffallenden Augen glänzten vor Glück. Seine Brust weitete sich und sein Herz begann schneller zu klopfen. Als sie ihn erblickte, strahlte sie noch ein bisschen mehr.

Die Kundin verabschiedete sich und drehte sich zu ihm um. Erst jetzt erkannte er sie wieder. Er stand Gisela Schiller, seiner alten Grundschullehrerin gegenüber. Sie war in der Zwischenzeit stark gealtert. Als er sie zum letzten Mal gesehen hatte, war ihr Haar hellbraun und ihr Körper noch deutlich schlanker gewesen.

Ihre Miene veränderte sich vollkommen, vermutlich wurde auch ihr bewusst, wen sie vor sich hatte. Das freundliche Lächeln, das Luisa gegolten hatte, wich einem abweisenden Ausdruck.

„Guten Tag, Frau Schiller!“, begrüßte Rafael sie betont freundlich.

Die ältere Frau deutete ein Nicken an und ging so vorsichtig an ihm vorbei, als erwartete sie, er würde schon in der nächsten Sekunde wild um sich schlagen. Sie hatte es plötzlich sehr eilig, den Laden zu verlassen.

Rafael sah ihr nach, schüttelte den Kopf und fluchte leise in sich hinein.

„Nicht ärgern, das ist es nicht wert“, hörte er Luisa sagen. „Du lässt dir nur den Tag verderben, wenn du so was an dich heranlässt.“

Kaum erwiderte er ihren Blick, fühlte er sich auch schon wieder besser. „Diesen Tag kann mir überhaupt nichts verderben.“

Sie lachte. „So will ich es hören.“

„Bist du hier fertig für heute, oder brauchst du noch Zeit?“, fragte er und sah sich noch einmal um. Beim letzten Mal hatte er nur die beschmierte Fensterscheibe abgeklebt und darüber hinaus nicht viel gesehen. Genau wie in der Gärtnerei hatte sich auch im Geschäft mit den Jahren viel verändert. Insgesamt wirkte der Laden viel heller und freundlicher als früher. Die

Dekorationen waren äußerst geschmackvoll, die Waren verkaufsfördernd angeordnet. Kübel mit bunten Schnittblumen waren überall im Laden verteilt. Auf weißen Holzregalen standen pastellfarbene Kerzen in allen Größen. Schöne Vasen und andere Gefäße aus Glas und Porzellan thronten auf den oberen Etagen der Regale. Farblich passende Krüge und Übertöpfe rundeten das Bild ab. Alles in allem wirkte der Raum sehr gepflegt.

„Ein kleinen Moment noch“, beantwortete sie seine Frage. „Manuela liefert gerade eine Bestellung aus. Sie ist aber gleich wieder hier, dann können wir los.“

Kaum hatte sie den Satz vollendet, betrat eine junge blonde Frau das Geschäft. Rafael hatte sie noch nie gesehen, was ihn nach der eher unerfreulichen Begegnung mit Gisela Schiller erleichterte. Luisa stellte sie ihm als Manuela Faber vor, was ihn noch mehr erfreute, da sie nun gehen konnten. Er sehnte sich danach, wieder mit Luisa allein zu sein. Sie tauschten noch ein paar Floskeln aus, dann verließen er und Luisa Hand in Hand den Blumenladen und schlenderten zurück zum Ferienhaus.

Fragend deutete Luisa auf die Tüte, die er in der Hand trug. „Nanu, das sehe ich ja erst jetzt. Warst du noch einkaufen?“

„Nein, ich habe mir von Kjell nur frische Wäsche und zwei T-Shirts ausgeliehen. Ich habe doch nichts weiter dabeigehabt, als ich mitten in der Nacht losgefahren bin. Ich wollte ja eigentlich nur einen gierigen Blick auf dich werfen.“

„Ah, du hast unseren Doktor also angetroffen?“

„Ja. Übrigens, er freut sich für uns.“

„Das war mir klar.“

„Bevor ich bei Kjell war, ist mir Ruth über den Weg gelaufen. Wir haben kurz geplaudert.“

„Sie hat sich sicher gefreut, dich zu sehen, oder?“

„Allerdings“, bestätigte er. „Sie weiß jetzt auch über uns Bescheid. Ich nehme an, die Neuigkeit wird sich nach und nach im Dorf herumsprechen.“

„Ruth ist keine Plaudertasche.“

„So habe ich es auch nicht gemeint. Falls es dir nicht aufgefallen ist, Kleines, wir werden gerade von mehreren Seiten eingehend beobachtet, und du spazierst hier in aller Ruhe Hand in Hand mit mir die Hauptstraße entlang."

„Och, da achte ich gar nicht drauf. Wollen wir ein bisschen knutschen, damit sie was zu gucken haben?", fragte sie und zwinkerte ihm herausfordernd zu.

„Das lassen wir lieber, die werden so schon genug über uns reden." Seufzend wechselte er das Thema. „Eigentlich wollte ich vorhin meinen Wagen hinter dem Haus parken, also neben deinem."

„Da ist genug Platz. Wo steht denn dein Auto jetzt?"

„Auf dem großen Parkplatz vorne am Feriendorf. Ich habe keine Lust, dass sich noch jemand an meinem Wagen auslässt, weil ich die Frechheit besitze, die süßeste Frau des Dorfes zu vernaschen."

„Das ist ein schöner Spaziergang, das tut uns sicher gut, also lass uns dein Auto holen. Du hast recht, am Ferienhaus ist es sicherer." Sie lächelte zu ihm auf. „Ich könnte uns nachher Spaghetti carbonara machen, was meinst du?"

Rafael erwiderte ihr Lächeln, legte ihr den Arm um die Schultern und zog sie dichter an sich. „Das klingt himmlisch. Du weißt doch, wie sehr ich das mag. Erinnert mich an unseren ersten Abend, als du so nett warst, mich zu füttern." Er beugte sich ein Stück zu ihr und legte seine Lippen an ihre Ohrmuschel. „Und zum Nachtisch fällt uns sicher auch noch was Süßes ein."

Ihr leises Kichern war Musik in seinen Ohren.

Luisas Schwester bemerkten sie erst, als sie praktisch vor ihnen stand. „Verstehe ich diese schmierige Darbietung richtig?", fragte sie zischend.

„Komm, Rafael!" Luisa wollte ihn weiterziehen, aber er hielt sie zurück.

„Ich sage es dir noch ein einziges, ein letztes Mal, Babsi! Lass uns in Ruhe, kapiert?!"

„Was wenn nicht? Ziehst du mich dann bei Nacht und Nebel in das nächste Gebüsch und prügelst mir die Seele aus dem Leib?"

„Bitte, Barbara! Lass uns doch einfach in Frieden", flüsterte Luisa eindringlich.

Rafael spürte heiße Wut in sich aufsteigen und presste die Lippen aufeinander, um nichts zu sagen, was ihm später leidtun würde.

„Irgendjemand muss dich ja wohl vor diesem … gefährlichen Verbrecher schützen, kleine Schwester! Du bist ja offensichtlich nicht mehr Herrin über deine Sinne. Wenn ich sehe, wie du ihn anschmachtest, könnte ich kotzen."

Die abfällige Art, wie Barbara mit Luisa sprach, schürte seinen Zorn. „Sag du lieber endlich die Wahrheit, du verlogene …" Angestrengt zwang sich Rafael zur Besonnenheit und atmete tief durch, bevor er weitersprach: „Ich weiß nicht, wie du damit leben kannst, Barbara. Kannst du überhaupt noch in den Spiegel schauen? Jeden Tag mit diesem schlechten Gewissen rumzulaufen, das stelle ich mir fast noch schlimmer vor als das, was du mir mit deinen Lügen angetan hast." Er fluchte leise. „Geh uns einfach aus dem Weg", fügte er gedämpft hinzu, dann nahm er Luisas Hand. Dieses Mal war er es, der sie weiterzog.

Weniger als eine Stunde war vergangen, seit sie Barbara auf der Straße getroffen hatten. Rafael und Luisa lagen im Bett und atmeten beide schnell und geräuschvoll. Kaum im Haus angekommen, waren sie richtiggehend übereinander hergefallen, hatten es gerade noch ins Schlafzimmer geschafft. In fieberhafter Lust hatten sie sich geliebt. Schnell, intensiv und feurig.

Luisa drehte sich zu ihm und verrieb mit der Fingerkuppe spielerisch einen Schweißtropfen auf Rafaels Brust. „Da haben wir zwei aber mächtig unter Strom gestanden, was?" Sie kicherte und holte hörbar Luft.

Er legte seinen Arm um ihre Taille, hob sie halb auf seinen Oberkörper und lachte leise. „War ich dir etwa zu wild?"

„Du bist mir nie zu wild“, antwortete sie.

„Ehrlich gesagt hatte ich auch nicht unbedingt den Eindruck.“

„Ach nee, sag nicht, der große Verführer braucht Bestätigung“, neckte sie ihn vergnügt.

„Nahrung!“, keuchte er theatralisch. „Ich brauche viel eher dringend Nahrung.“

„Okay, ich springe nur ganz schnell unter die Dusche und ziehe mir etwas Bequemes an, dann kümmere ich mich um die Spaghetti.“

„Kann ich dir helfen?“

„Ja, komm mit mir duschen, mein Liebster.“ Lachend stand sie auf. Natürlich wusste sie, dass er ihr folgen würde.

Sie duschten und kochten gemeinsam. Nach dem Essen machten sie es sich zusammen auf der Couch gemütlich. Luisa zündete ein paar Kerzen an und Rafael öffnete eine Flasche eisgekühlten Weißwein.

„Morgen werde ich nach Hamburg fahren, Lu“, verkündete er. „Da ich annehme, dass du hier nicht einfach so wegkannst, packe ich ein paar Sachen zusammen und komm dann erst mal wieder hierher zurück. Einmalrasierer und Duschgel mit Vanille- oder Rosenduft sind auf die Dauer nicht so meine Sache.“

„Klar, das kann ich verstehen. Ich finde es übrigens ziemlich cool, dass du immer noch den alten Spider fährst“, sagte sie übergangslos. „Das Auto hast du schon gehabt, als du von hier weggegangen bist.“

„Ich mag ihn.“ Er lächelte sie an. „Wenn ich liebe, bin ich wohl eine verdammt treue Seele, Kleines.“

„Das beruhigt mich ungemein.“ Sie prostete ihm zu und trank genüsslich einen Schluck. „Oh, das tut gut.“

„Ja, der schmeckt sogar mir richtig gut.“

„Rafael?“

„Hm.“

„Darf ich dir eine Frage stellen, die mich ziemlich beschäftigt?“

Sein Blick wurde ernst. Er stellte sein Glas ab, wandte sich ihr zu und legte einen Arm auf die Rückenlehne des Sofas. „Du willst immer noch wissen, warum ich unbedingt das Haus weghaben wollte?"

„Ja, goldrichtig. Ich weiß zwar, dass du dort nie richtig glücklich gewesen bist. Deine Kindheit war nicht unbedingt ..."

„Sie war furchtbar, Luisa", fiel er ihr ins Wort. „Mein Vater war ein brutaler, sehr gewalttätiger Mann."

„Ich weiß, dass er dich geschlagen hat. Das war ... das war ja auch manchmal zu sehen." Bedächtig neigte sie sich ihm zu und streichelte sein Gesicht. „Ich habe ihn so sehr gehasst, wenn du diese blauen Flecken hattest. Jedes Mal hast du darauf beharrt, du wärest gefallen oder hättest dich beim Sport verletzt. Aber ich habe geahnt, dass es dein Vater gewesen ist. Er hatte eine richtig furchteinflößende Ausstrahlung. Ich hatte immer Angst vor ihm."

Rafael küsste sie kurz, dann setzte er sich gerade hin, beugte sich vor und stützte die Unterarme auf die Oberschenkel. „Wenn du alles wissen willst, muss ich dich vorwarnen, Kleines, das ist keine sehr angenehme Geschichte."

„Ich möchte sie trotzdem hören, Rafael. Ich möchte dich verstehen, alles von dir wissen."

Bevor er weitersprach, atmete er tief durch. Er sah sie nicht mehr an, sondern blickte stumpf geradeaus. „Julia hat er immer in Ruhe gelassen. Er hat sogar darauf geachtet, dass sie nicht zu viel mitbekam. Zum Glück! Aber meine Mutter hat er ebenfalls geschlagen, und ich konnte lange Zeit nichts dagegen tun. Als ich noch ein Kind war, hat Klaas uns beide immens unter Druck gesetzt. Ich glaube, er wollte vor allem meine Mutter dafür büßen lassen, dass ich nicht sein leiblicher Sohn war. Er hat keinen Hehl daraus gemacht, dass er alles hasste, was ihn daran erinnerte. Und als ich meinem Erzeuger mit den Jahren äußerlich immer ähnlicher wurde, schürte das seine Wut. Sicherlich war ihm bewusst, dass mein richtiger Vater die große Liebe meiner Mutter gewesen ist. Nun ja, für ihn war ich der lebende Beweis dafür. Meine Mutter liebte mich abgöttisch, das hat er immer wieder ausgenutzt."

Sie musste schlucken. „Heißt das, er hat euch wechselseitig bedroht?"

„Ja, wenn du es so ausdrücken willst." Seine Stimme bebte, er senkte den Kopf und räusperte sich. „Wenn ich nicht spurte, musste sie leiden, und umgekehrt. Es war ein erbarmungsloses Spiel, das er mit uns getrieben hat. Verstehst du, wenn ich Prügel verdient hatte, war sie es, die meine Strafe einstecken musste. Und wenn sie ihn verärgerte, dann war ich dran. Natürlich bestimmte allein er, wann diese Fälle eintraten. Für uns beide war das eine furchtbare Tortur."

„Liebling, niemand, und schon gar kein Kind, hat Prügel verdient", flüsterte sie bewegt, wusste aber nicht, ob sie zu ihm durchdrang. Sein Körper wirkte bis in die kleinste Faser angespannt. Er saß reglos da, starrte nur auf seine Hände. Am liebsten hätte sie ihn in den Arm genommen, aber sie spürte, dass er das nicht ertragen würde. Sie befürchtete auch, dass es noch mehr gab, was er ihr erzählen wollte, und sie behielt recht damit.

„Wenn er meine Mutter verprügelt hat, hat er mich gezwungen, es mit anzusehen. Das war das Schlimmste. Mit mir hat er … Er hat …" Er hielt inne, sah sie plötzlich an. „Wenn es ihm in den Sinn kam, hat er mich im Keller angekettet wie einen Hund, Lu."

„Oh mein Gott!"

„Ich war kaum fünf Jahre alt, als es angefangen hat. Es war eiskalt und stockdunkel da unten. Stundenlang hat er mich dort gelassen, manchmal auch eine ganze Nacht und den halben nächsten Tag. Ohne Essen und Trinken und ohne … Kleidung."

Scharf zog sie die Luft ein. „Rafael, oh nein! Sag nicht …"

„Oh doch! Er hat mich verprügelt, zwar nie unsittlich berührt, das nicht, aber das hat es nicht besser gemacht. Ich musste mich ausziehen, er hat mich angekettet, und mich dann manchmal stundenlang gedemütigt und furchtbar geschlagen."

Lautlos liefen ihr die Tränen übers Gesicht. Auf ihren Lippen schmeckte sie das Salz. Ihre Brust schmerzte. Das entsetzliche

Bild, das bei seinen Erzählungen in ihrem Kopf entstanden war, ertrug sie kaum. „Hat deine Mutter davon gewusst?"

Er zuckte mit den Schultern. „Natürlich bekam sie mit, dass er mich in den Keller geschleppt hat, das war schon genug, um sie vor Angst um mich halb wahnsinnig werden zu lassen. Ich weiß nicht, ob sie alles gewusst hat, aber ich nehme es an. Sie war seine Frau, ich will gar nicht wissen, was sie alles durchmachen musste. Ihm war durchaus zuzutrauen, dass er ihr Details erzählt hat, um sie noch mehr zu quälen, aber wie gesagt, genau weiß ich es nicht. Wir haben nie darüber gesprochen."

„Warum habt ihr ihn nicht angezeigt, Rafael? Warum hat deine Mutter nichts unternommen, um dich zu schützen?"

„Du hast keine Ahnung, was Todesangst bedeutet. Er hat uns ernsthaft tyrannisiert, Lu. Jeden verdammten Tag! Meiner Mutter hat er zum Beispiel damit gedroht, mein Gesicht für immer zu entstellen, sobald er auch nur den Verdacht hätte, sie würde sich jemandem anvertrauen. Wir kannten beide den gut gesicherten Spezialkanister, der im Keller stand und von dem er behauptete, es wäre Säure darin, die sich perfekt für einen furchtbaren Unfall im Haushalt eignen würde. Diese Art von Bedrohungen beherrschte er perfekt. Sie hatte eine Scheißangst vor ihm und seinen perfiden Methoden, war eingeschüchtert bis auf die Knochen, genau wie ich."

„Aber später … Ich meine, du wurdest erwachsen."

„Ja, das ist richtig." Jetzt sah sie, dass auch seine Augen feucht waren. „Kurz nach meinem sechzehnten Geburtstag begann ich mich zu wehren. Ungefähr ein Jahr vorher hatte ich zusammen mit Kjell und Philip Kurse in den verschiedensten Kampfsportarten belegt. Ich hatte mir körperliche Fitness und die Kraft genauso erarbeitet wie das nötige Selbstbewusstsein, um mich gegen ihn behaupten zu können. Eines Abends …" Wieder sah er auf seine Hände, schloss beide zur Faust und öffnete sie dann wieder. „Eines Abends prügelte er wieder einmal auf meine Mutter ein. Ich ging dazwischen und schlug ihn bewusstlos. Als er aufwachte, fand er sich selbst im Keller angekettet wieder." Er hielt inne, schluckte, griff nach seinem Glas und trank es in einem Zug aus. Sie sah, wie stark seine Hände zitterten. „Du wirst es kaum glauben, aber trotz allem, was er mir und meiner Mutter angetan hatte, fand ich es grauenvoll, ihn schlagen zu müssen. Andererseits wusste ich natürlich, dass etwas passieren musste, also habe ich es durchgezogen. Zwei Tage lang ließ ich ihn da unten im eigenen Saft schmoren. Kjell und Philip waren dabei, als ich ihm schließlich klare Ansagen gemacht habe. Er sollte wissen, dass ich nicht mehr allein dastand. Von dem Augenblick an hat er weder meine Mutter noch mich jemals wieder angerührt. Dass er sie allerdings weiterhin mit seelischer Grausamkeit bedachte, dagegen konnte ich nichts tun, das lag nicht in meiner Macht." Gedankenvoll schüttelte er den Kopf. „In der Zeit hätte sie ihn verlassen müssen, hat es aber nicht getan. Stattdessen hat sie sich zwei Jahre später das Leben genommen."

„Das ist alles so furchtbar", flüsterte Luisa. Langsam rückte sie ein Stück zu ihm und legte ihm die Hand auf den Arm.

Sein Blick suchte den ihren. „Das ist lange her, Kleines. Klaas ist tot."

„Ja, aber deine arme Mutter auch. Und ihr habt so unvorstellbar Schreckliches durchleben müssen."

Er neigte den Kopf ein wenig zur Seite, schüttelte ihn fast unmerklich. „Wie gesagt, ich habe nicht nachvollziehen können, dass sie ihn nicht verlassen hat, als die direkte Bedrohung vorbei war."

„Vielleicht hat sie es wegen Julia getan?"

„Kann schon sein. Irgendeinen Grund wird sie gehabt haben", entgegnete er. „Dass ich ihn damals geschlagen habe, verfolgt mich immer noch. Ich habe es damals einfach noch nicht geschafft, ihn anders zu überwältigen und festzusetzen. Die Schuld ist unerträglich, Lu. Jahrelang habe ich darunter gelitten, dass ich meiner Mutter nicht helfen konnte. Jedes Mal wenn sie Prügel bezogen hat, habe ich mit diesem unfassbaren Schuldgefühl gekämpft."

„Ein Kind ist immer ohne Schuld, Rafael. Dein Vater war schuldig, du nicht, daran solltest du immer denken."

Sein Blick wurde weich. „Du bist wunderbar, weißt du das?"

Sie registrierte sein Kompliment lächelnd und war leicht verlegen. „Kjell und Philip wussten also über dein, über euer Martyrium Bescheid?"

„Nur zum Teil, Lu. Sie wussten, dass er mich und meine Mutter regelmäßig verprügelt hat, Einzelheiten habe ich ihnen nie erzählt. Ich habe mich zu sehr geschämt." Er hob den Arm, legte ihn um sie und zog sie an sich. „Ansonsten weiß natürlich mein Therapeut davon. Und ich habe vor einigen Wochen mit Ruth darüber gesprochen, an dem Tag, als ich ihr in der Heide begegnet bin. Es fühlte sich seltsam an, als es so plötzlich aus mir herausbrach. Ruth ist schon eine spezielle Person, die sofort großes Vertrauen vermittelt, findest du nicht?"

„Oh doch. Ruth ist toll. Und man kann ihr auf jeden Fall vertrauen."

„Es war jedenfalls das erste Mal, dass ich das außerhalb der Therapie in Worte gefasst habe, und es hat mir gutgetan. Doch du, Luisa, dich liebe ich. Du bist jetzt der wichtigste Mensch in meinem Leben. Es erleichtert mich, dass du auch über mich Bescheid weißt", flüsterte er in ihr Haar.

Sie wandte den Kopf und küsste ihn leicht auf die Lippen. „Ich denke, es erklärt vieles. Du machst also eine Therapie?"

„Ich habe eine gemacht, ja, doch das ist schon einige Zeit her." Er lachte kurz und bitter auf. „Mit meiner Selbstachtung stand es eine Weile nicht zum Besten, da musste ich gegensteuern, auch wenn das nicht das Hauptproblem war. Der ganze Mist hat Spuren hinterlassen. Zum Beispiel als ich damals in die Zelle gesteckt worden bin – ich bin fast durchgedreht. Ich kann kaum beschreiben, wie ich mich gefühlt habe, als die Zellentür von außen abgeschlossen wurde. Atemnot, Übelkeit, Schüttelfrost, das volle Programm. Nachts bin ich schweißgebadet aufgewacht, weil ich Ketten an meinen Handgelenken spürte, die natürlich gar nicht da waren. Wieder eingesperrt zu sein war grauenvoll für mich."

„Nach den schrecklichen Erlebnissen in deiner Kindheit ist es wohl kaum verwunderlich, dass du damals so stark reagiert hast“, flüsterte sie ergriffen. Inzwischen hielt sie seine Hand, streichelte sie sanft. Noch immer sah sie vor ihrem inneren Auge den kleinen hilflosen Jungen. Angekettet, frierend, gedemütigt und voller Angst.

„Die Therapie habe ich später vor allem gemacht, um mit Alltagssituationen besser klarzukommen“, fuhr er fort. „Ich wollte verhindern, dass eines Tages vielleicht sogar ein stecken gebliebener Aufzug für mich zum Problem würde. In der Therapie hat sich jedoch schnell herausgestellt, dass ich von echter Klaustrophobie verschont geblieben bin.“ Er hob eine Hand und berührte ihr Haar. „Solange mich niemand fesseln und irgendwo einsperren will, kann ich normal denken. Sonst komme ich gut mit mir klar, das einzige Problem war das Haus. Ich konnte es kaum ertragen, wieder dort zu sein.“

„Ich verstehe.“

„Wirklich?“

„Ja, ich denke schon. Nach dem, was du mir heute alles erzählt hast, war das sowieso nie ein Zuhause für dich, nur eine Art … Folterkammer.“

„Anfangs war es mein Zuhause, später nicht mehr, das ist richtig. Schon als Kind war ich froh, dass es meine Freunde und Christa gab. Der Tag, an dem ich nach Lunau zurückgekommen bin … Weißt du noch?“

„Natürlich!“ Sie musste schmunzeln. „Ich sah nie besser aus.“ Es freute sie, dass auch er bei ihrer Bemerkung grinsen musste.

„Süß warst du, mein kleiner begossener Pudel.“ Er gab ihr kurz einen Kuss auf die Nasenspitze. „Als ich im Haus war, habe ich meine nassen Sachen ausgezogen und mir mal alles angesehen, auch um zu entscheiden, in welchem der Zimmer ich mich häuslich einrichten würde. Zunächst war ich erleichtert, dass Julia so viel verändert hatte. Kaum noch etwas hat an damals erinnert. Aber dann wollte ich mein Gepäck heraufholen, das noch in den beiden Motorradkoffern war. Natürlich nahm ich den direkten Zugang zur Garage …“

„Oh, du musstest dafür in den Keller.“

„Genau. Ich meinte, den Mist überwunden zu haben. Doch schon als ich die Stufen nach unten gegangen bin, ist mir speiübel geworden. Ich habe es noch nicht einmal fertiggebracht, auch nur den Kopf in die Richtung des kleineren Kellerraumes zu drehen, wo er mich immer angekettet hatte. Als ich wieder oben war, war ich voller kaltem Schweiß und beschloss, nie wieder da runterzugehen. Als ich die Mitteilung bekommen habe, dass das Haus endgültig in Schutt und Asche liegt, war es einer der besten Tage meines Lebens, das kannst du mir glauben.“

Er lehnte sich zurück, behielt sie dabei im Arm, sodass sie den Kopf an seine Schulter betten konnte. Sie hätte noch ewig mit ihm so dasitzen können.

„Lass uns bald schlafen gehen“, schlug er schließlich vor. „Ich will morgen nicht zu spät losfahren. Ein paar Dinge muss ich in Hamburg noch organisieren, wenn ich für die nächste Zeit hier bei dir bleiben will.“ Er deutete auf den Esstisch. „Stört es dich, wenn ich da mein Notebook und das Grafiktablet aufbaue, um zu arbeiten?“

„Natürlich nicht. Notfalls können wir auch hier am Couchtisch essen.“

„Das wird nicht nötig sein, die Sachen sind immer schnell weggeräumt.“ Er räusperte sich. „Nächstes Wochenende könnten wir dann zusammen nach Hamburg fahren und du schaust dir meine Wohnung an, okay?“

„Mhm.“

„Du wirst sehen, sie ist toll. Sie ist groß genug, und es gibt eine Dachterrasse, die dir bestimmt gefallen wird. Solltest du aber lieber woanders wohnen wollen, wäre das auch kein Problem für mich, Lu. Wir können uns auch etwas am Stadtrand suchen, damit du mehr Grün um dich herum hast.“

„Wir werden sehen“, antwortete sie vage. In ihrer Brust wurde es eng.

KAPITEL 8

Rafael konnte sich an keine Zeit in seinem Leben erinnern, in der er sich so rundherum wohlgefühlt hatte wie jetzt in Luisas wundervollen Gegenwart. Seit fast drei Wochen war er nun wieder in Lunau, lebte zusammen mit Luisa in dem kleinen Ferienhaus und genoss das Zusammensein mit ihr und seinen Freunden in vollen Zügen. Er war so unverschämt glücklich, dass es ihm manchmal sogar unheimlich war.

Natürlich gab es weiterhin kleine Zwischenfälle mit alteingesessenen Lunauern, aber damit kam er von Tag zu Tag besser zurecht. Die Liebe, die er für Luisa empfand, half ihm dabei, machte ihn stärker und schenkte ihm eine innere Ausgeglichenheit, wie er es noch nie erlebt hatte. Geringschätzige Blicke versuchte er, soweit es ging, zu ignorieren, und dass einige Leute die Straßenseite wechselten, sobald er ihnen entgegenkam, fand er inzwischen fast albern. Einmal hatte ein älterer Mann, den er nur vom Sehen kannte, vor ihm auf die Straße gespuckt und ihn wild beschimpft. Rafael hatte es an sich abprallen lassen. Ihm war eigentlich nur wichtig, dass Luisa nicht leiden musste, nur weil sie mit ihm zusammen war. Und zum Glück wandten sich viel weniger Lunauer von ihr ab, als er erwartet hatte. Luisa blieb bei der Mehrheit sehr beliebt, das beruhigte ihn.

Während sie in der Gärtnerei oder im Blumenladen war, arbeitete er an seinen Elfen – und er spürte, dass er niemals besser gewesen war. Luisa gelang es spielend, die besten Seiten seiner Persönlichkeit hervorzuzaubern, sie beflügelte merklich seine Kreativität. Die Ideen sprudelten nur so, und ihm fiel es so leicht wie nie zuvor, sie umzusetzen.

Es hatte ihn erleichtert, Luisa von dem Martyrium seiner Kindheit zu erzählen. Anfangs war er besorgt gewesen, dass er sie vielleicht damit überforderte, doch dann hatte er sehr schnell bemerkt, wie stark seine kleine Lu eigentlich war. Natürlich hatte sein Bericht sie mitgenommen. Sie hatte geweint, auf diese seltsam lautlose Art, die ihr eigen war. Dennoch war sie sehr gut damit umgegangen. Mit wenigen Worten hatte sie ihm das Gefühl gegeben, dass seine Schuldgefühle falsch waren. Ein Kind, hatte sie gesagt, ist immer ohne Schuld. Dieser eine Satz von ihr, so simpel und offensichtlich, hatte seine Seele berührt.

Während er den Salat für das Abendessen vorbereitete, lächelte er in sich hinein. Luisa würde in wenigen Minuten nach Hause kommen und er hatte ihr versprochen, heute für sie zu kochen, damit sie sich ausruhen konnte. Im Ofen brutzelten bereits Hühnchenfilets in einer leckeren Weißweinsoße und der Salat war nun auch fast fertig.

Rafael war gerade dabei, den Tisch zu decken, als Luisa hereinrauschte und den vertrauten Duft von Vanille und Blumen verströmte. Ihr Lächeln war bezaubernd wie immer. Als er sie sah, wurde ihm sofort warm ums Herz.

„Da bin ich. Oh, das riecht ja herrlich hier!“, rief sie.

In der nächsten Sekunde hatte er sie im Arm, küsste und drückte sie an sich. „Ich habe dich vermisst“, gestand er. „Beinahe wäre ich heute in den Laden gekommen, um Blumen für dich zu kaufen.“

Sie lachte, warf dabei den Kopf in den Nacken. „Ach, das wäre aber schön gewesen“, erwiderte sie und drückte ihm ein weiteres Mal die Lippen auf den Mund.

„Mhm, du schmeckst gut. Wollen wir wirklich schon essen?“, neckte er sie augenzwinkernd.

„Oh ja! Ich sterbe vor Hunger. Erst essen.“ Wieder lachte sie. Er liebte ihr unverfälschtes helles Lachen.

„Na dann, mach es dir bequem. Das Essen ist in einer Minute fertig.“

„Ich beeile mich. Ich mache mich nur schnell frisch und ziehe mir etwas Bequemeres an. Bin gleich zurück.“ Mit diesen Worten löste sie sich aus seiner Umarmung und verschwand im Schlafzimmer.

„Das Essen war grandios“, sagte Luisa, nachdem sie das Geschirr in die Spülmaschine geräumt hatten. „Ich habe Lust auf einen Kaffee, wie ist es mir dir?“

„Klingt gut“, erwiderte er und nickte.

„Hast du heute viel geschafft?“, wollte sie wissen.

„Ja, das habe ich tatsächlich. Offenbar inspirierst du mich.“ Er beobachtete, wie sie Kaffee machte, und erfreute sich an Luisas Anblick. So fühlt sich Glück an, dachte er.

„Wann zeigst du mir endlich, was du da eigentlich tust?“

„Du weißt doch, was ich tue. Ich zeichne Comicfiguren.“

„Aber du hast mir noch keine einzige gezeigt“, beklagte sie sich lächelnd.

„Gut, wenn du es denn unbedingt willst, dann …“ Das laute Klopfen an der Tür unterbrach ihn mitten im Satz.

„Wer kann das denn sein?“, fragte Luisa und stand auf.

Keine zwei Minuten später wähnte Rafael sich bereits in einem Albtraum. Durch das Fenster der Terrassentür sah er zwei uniformierte Polizisten, die sich dort postiert hatten. Zwei Kriminalbeamte standen im Wohnzimmer des kleinen Hauses und bauten sich vor ihm auf, hielten ihm ihre Dienstmarken unter die Nase.

„Rafael Brix?“, fragte der größere von ihnen.

„Der bin ich.“

„LKA Niedersachsen. Ich bin Hauptkommissar Strassmann und das ist mein Kollege Oberkommissar Wenzel.“

Der andere Beamte nickte ihm kurz zu.

„Aufgrund eines Tatverdachts müssen wir Sie leider vorläufig festnehmen, Herr Brix“, sagte Strassmann.

„Wie bitte?“ Entgeistert sah er Luisa an.

Ihr Gesicht wirkte plötzlich bleich, ihre Augen erschienen ihm noch riesiger als sonst. Wortlos starrte sie den Beamten an, als käme er von einem anderen Stern.

„Vor zwei Tagen ist in Lüneburg eine junge Frau brutal vergewaltigt und schwer misshandelt worden“, teilte Hauptkommissar Strassmann ihm lapidar mit.

Brennende Übelkeit stieg in Rafael auf, er spürte ein Pochen im Kopf. Einen Moment lang befürchtete er, die Besinnung zu verlieren. Das war ihm noch nie passiert.

Neben sich hörte er Luisa aufkeuchen. Er fühlte, wie sie ihre Hand in seine schob. Sofort griff er zu, als wäre sie allein der letzte Anker, der ihn vor dem Ertrinken retten konnte.

„Was habe ich damit zu tun?", fragte er und bemühte sich dabei um einen möglichst ruhigen Ton.

„Sie wurden zur fraglichen Zeit in der Nähe des Tatorts gesehen."

„Das kann nicht sein", warf Luisa ein. Sie klang kurzatmig. Er konnte ihre Angst förmlich hören.

„Wann soll das gewesen sein?", hörte Rafael sich mit heiserer Stimme fragen, nachdem er tief und sehr geräuschvoll durchgeatmete hatte.

Der Hauptkommissar schnaufte unwillig, statt auf die Frage einzugehen. „Herr Brix, wir müssen Sie bitten, uns zu begleiten."

Wieder hörte er sich scharf einatmen. Schließlich wandte er sich Luisa zu, suchte ihren Blick. „Ich habe nichts getan", flüsterte er eindringlich.

„Ich weiß, Liebling. Ich weiß das!" Sie weinte, schluchzte dieses Mal, wenn auch leise, aber es brachte ihn fast um.

„Sag Kjell Bescheid, okay? Er soll sich um einen Anwalt kümmern. Kjell wird wissen, was zu tun ist."

„Ja, mach ich." Mit zitternden Fingern berührte Luisa zärtlich sein Gesicht. „Alles wird gut", wisperte sie. „Alles wird wieder gut, hörst du?"

„Wo waren Sie am vergangenen Mittwochabend gegen einundzwanzig Uhr?", fragte Hauptkommissar Strassmann und sah Rafael düster über seinen altertümlichen Schreibtisch hinweg an.

Den größten Teil der vergangenen Nacht hatte Rafael schlaflos in einer Zelle der Polizeidirektion Lüneburg verbracht. Auch wenn es nach wie vor furchtbar für ihn gewesen war, eingeschlossen zu werden, hatte er die Zeit nutzen können und über die Vorwürfe nachgedacht. Er hatte nichts getan, also hatte er auch letztlich nichts zu befürchten, das hatte er sich immer wieder gesagt.

Seit einer halben Stunde saß er nun in dem kargen Büro und wurde von Strassmann vernommen. Oberkommissar Wenzel hockte halb hinter ihm auf der Fensterbank, hielt die Arme vor der Brust verschränkt und hörte zu, jedoch ohne sich einzubringen. Auf dem Schreibtisch lief ein Tonbandgerät, das jedes Wort der Vernehmung aufzeichnete.

„Zur fraglichen Zeit war ich auf der Autobahn und auf dem Weg zurück nach Lunau."

„Wo sind Sie hergekommen?"

„Aus Hamburg. Ich fahre ungefähr einmal in der Woche dorthin."

„Warum?"

„Vorwiegend aus beruflichen Gründen. Ich bin Geschäftsführer bei Korumart, einer Werbeagentur."

„Wir haben festgestellt, dass Sie in Hamburg gemeldet sind."

„Ja, ich wohne dort. Da meine Freundin in Lunau lebt, halte ich mich in der letzten Zeit jedoch meistens dort auf. Den überwiegenden Teil meiner Arbeit kann ich am Computer und über das Internet erledigen, deshalb ist das kein Problem."

„Sie fahren einen schwarzen Alfa Romeo Spider?"

„Das ist richtig."

„Ein ziemlich seltenes Modell, oder?"

„Auch das stimmt."

„Nicht nur Sie, auch Ihr Wagen wurde in der Nähe des Tatortes gesehen."

„Wo soll das gewesen sein?"

„Hier in Lüneburg, in der Altstadt, in der Nähe des alten Klosters."

„Zur fraglichen Zeit waren weder mein Wagen noch ich dort. Wie gesagt war ich auf der Autobahn."

„Sie standen schon einmal wegen eines vergleichbaren Deliktes vor Gericht, ist das richtig?"

Rafael konnte nicht verhindern, dass er genervt aufstöhnte. „Ja, vor gut fünfzehn Jahren. Ich wurde freigesprochen, wie Sie sicher wissen.“

„Sie wurden freigesprochen, weil man Ihnen die Tat nicht nachweisen konnte, Herr Brix. Das heißt für mich nicht zwingend, dass Sie unschuldig gewesen sind.“ Strassmann räusperte sich vernehmlich. „Kommen wir zurück zum vorliegenden Fall. Eine Zeugin hat …“

„Ach, eine Zeugin?“, unterbrach er den Beamten. „Lassen Sie mich raten, ihr Name ist Barbara Milchert.“ Er stieß ein bitteres Lachen aus, als Strassmann die blassen Augenbrauen hochzog. „Herr Hauptkommissar, Barbara Milchert ist die Frau, die mir vor fünfzehn Jahren eine Vergewaltigung anhängen wollte, aber das wissen Sie natürlich. Außerdem ist sie die ältere Schwester meiner Freundin und unsere Beziehung ist ihr ein Dorn im Auge. Sagen Sie mal, meinen Sie das Ganze hier wirklich ernst? Machen Sie die Augen auf und dann Ihre Arbeit, verdammt noch mal!“

„Mäßigen Sie sich, Herr Brix.“

„Ich habe also recht, ja?“

„Eben weil meine Kollegen und ich unsere Arbeit machen, müssen wir Hinweisen nachgehen. Eine junge Frau wurde fürchterlich zugerichtet, und ich will denjenigen finden, der dafür verantwortlich ist.“

„Dann bringen Sie mich zum Opfer. Die Frau wird Ihnen sicher sagen können, dass es ein anderer Typ war, der sie überfallen hat.“

„Die Frau liegt im Koma. Sie hat ein schweres Schädel-Hirn-Trauma“, erwiderte Strassmann und räusperte sich erneut.

„Das tut mir sehr leid. Wie ich schon sagte, dann machen Sie Ihre Arbeit und finden Sie den Scheißkerl, der ihr das angetan hat! Ich war es jedenfalls nicht.“

„Sie sollten wissen, dass ich beim Staatsanwalt um die Erlaubnis gebeten habe, Ihren Wagen zu untersuchen, und sie heute Morgen bekommen habe. Ihr Auto wird gerade abgeholt. Außerdem hätten wir gerne eine DNA-Probe von Ihnen.“

„Kein Problem, tun Sie sich keinen Zwang an. Her mit dem Wattestäbchen!“

Die Nachricht von Rafaels Festnahme ging wie ein Lauffeuer durchs Dorf. Luisa war wie gelähmt und erlebte den folgenden Tag, als würde sie neben sich stehen. Kurzerhand ließ sie den Laden geschlossen und bat Jan Bruckner, sie in der Gärtnerei zu vertreten. Von allen Seiten fühlte sie sich von mitleidigen, manchmal sogar hämischen Blicken verfolgt.

In Lunau schien es nur noch ein einziges Thema zu geben.

Alles erinnerte an damals, an die Geschehnisse vor fünfzehn Jahren. Es war furchtbar. Luisa hatte große Angst, vor allem um Rafael. Es lag auf der Hand, dass es eine Tortur für ihn war, wieder eingesperrt zu sein.

Sofort nach seiner Festnahme hatte sie Kjell angerufen, so wie Rafael es gewollt hatte. Ihre Freunde, auch Christa und Ruth, waren sofort an ihrer Seite gewesen.

Die halbe Nacht hatten sie im Ferienhaus zusammengesessen und die furchtbare Lage diskutiert, in der Rafael nun steckte. Seither hatte Luisa praktisch kein Auge zugetan.

Kjell hatte Florian Reimers eingeschaltet. Er war ein ehemaliger Schulkamerad von Rafael und Kjell und inzwischen einer der bekanntesten Anwälte Lüneburgs. Nach Beurteilung der Lage, der nötigen Akteneinsicht und einem Gespräch mit Rafael teilte der Anwalt mit, dass Rafael seiner Meinung nach spätestens am kommenden Morgen aus der Haft entlassen werden würde.

Luisa konnte nur hoffen und warten.

„Ich habe vorhin noch einmal mit Florian telefoniert. Ein DNA-Vergleich läuft. Die Kleidung des Opfers wird untersucht und so weiter. Auch der Spider wird von den Kriminaltechnikern auf den Kopf gestellt“, erzählte Kjell ihr am zweiten Abend nach Rafaels Verhaftung. Wie so oft saßen sie zusammen in Christas Küche. „Florian meinte, dass der Staatsanwalt nach Lage der

Dinge keinem Antrag auf Haftbefehl zustimmen wird, zumindest solange kein vernünftiger Haftgrund vorliegt."

Gebannt hörte Luisa zu.

„DNA-Spuren von Rafael werden sie am Opfer nicht finden und die Aussage der einzigen Zeugin steht, wie wir alle wissen, auf recht tönernen Füßen. Die Zeit ist auf unserer Seite. So haben sie jedenfalls keinen Grund, ihn noch länger festzuhalten. Florian nimmt nicht an, dass Rafael dem Haftrichter tatsächlich vorgeführt wird."

„Wie konnte Barbara das nur tun? Schon wieder!" Als Luisa erfahren hatte, dass ihre Schwester Rafael erneut beschuldigt hatte, war sie fast durchgedreht vor Zorn und Verzweiflung. Sie hatte sofort zu ihrer Schwester rennen wollen, doch Kjell und Isabell hatten sie zurückgehalten. Vermutlich war es besser so, denn Luisa wusste nicht, was sie in ihrer Wut getan hätte.

„Was haltet ihr davon, wenn ich sie mir mal zur Brust nehme?", fragte Ruth.

„Ich meine, dass es durchaus einen Versuch wert wäre", erwiderte Christa. „Du wohnst in ihrem Haus und bist damals, als sie Rafael zum ersten Mal beschuldigt hatte, noch nicht hier gewesen. Deshalb bist du neutraler. Wenn einer von uns bei ihr aufkreuzt, geht sie sicher sofort in Abwehrhaltung – wenn sie überhaupt mit uns spricht."

Luisa stieß ein lautes Seufzen aus. „Wenn ich nur wüsste, was sie gegen Rafael hat."

„Du bist dir sicher, dass sie nie ernsthaft in ihn verliebt gewesen ist, ja?", wollte Isabell wissen. „Verschmähte Liebe kann bei manchen Leuten so einiges auslösen."

„Ja, ich bin mir sicher", antwortete Luisa. „Vor der Vergewaltigung hat sie oft gesagt, dass sie ihn sexy findet und gern mit ihm ... na, ihr wisst schon. Von Liebe war nie die Rede."

„Luisa hat recht, das kann ich bestätigen", warf Kjell ein. „Barbara hat nie den Eindruck gemacht, in Rafael verliebt zu sein, dafür war sie viel zu unstet und hatte zu viele Bekanntschaften."

Plötzlich klingelte Kjells Handy. Er warf einen Blick auf das Display, nickte entschuldigend und meldete sich schließlich. „Florian, was gibt es Neues?"

Luisa hielt den Atem an, während sie jede Regung in Kjells Gesicht verfolgte. Als er mit ernster Miene aufstand und sich von ihnen abwandte, wurde ihr die Kehle eng, aber sie schluckte tapfer dagegen an.

„Ich verstehe", hörte sie ihn trocken sagen. Luisa und die anderen drei Frauen wechselten besorgte Blicke. Kjell legte auf, blieb einen Moment vor dem Fenster stehen und drehte sich erst dann wieder zu ihnen um.

„Wir haben ein Problem", sagte er mit belegter Stimme. „Besser gesagt, Rafael hat eins."

„Was ist passiert, um Gottes willen?" Luisa war inzwischen ebenfalls aufgestanden und starrte ihn voller Ungeduld an.

„Offenbar ist ein zweiter Zeuge aufgetaucht, der ihn am Tatort gesehen haben will. Außerdem hat Barbara behauptet, Rafael hätte sie erst vor wenigen Tagen bedroht. Florian meint, damit ist eventuell ein Haftgrund gegeben."

„Nein!" Alles in Luisa verkrampfte sich. „Er hat sie nicht bedroht, das ... Oh, bitte nicht! Was für ein zweiter Zeuge? Wer ...?"

„Der Staatsanwalt hat nun doch den Antrag auf einen Haftbefehl gestellt. Ohne den Haftbefehl können sie Rafael nicht mehr viel länger festhalten, deshalb wird er noch heute Abend einem Haftrichter vorgeführt werden; der trifft dann die Entscheidung."

Luisa fing an zu schluchzen, sie konnte nichts dagegen tun. „Er muss ins Gefängnis?"

Isabell ging zu ihr und nahm sie in den Arm. „Das kommt wieder in Ordnung, Lu, ganz bestimmt!"

Kjell holte hörbar Luft. „Um deine Frage zu beantworten, Lu, ja, wenn der Haftrichter dem Antrag der Staatsanwaltschaft folgt, wird Rafael in Untersuchungshaft kommen."

„Das darf nicht sein, Kjell, du weißt ..."

„Ja, ich weiß, was das für ihn bedeutet“, antwortete Kjell. Seine Miene wirkte ungewohnt starr. „Wir müssen etwas tun, und zwar so schnell wie möglich.“

„Da sind wir uns alle einig“, sagte Ruth. Ihr war anzusehen, wie angestrengt sie nachdachte. „Hat jemand einen Vorschlag?“

„Weiß Florian schon, wer der zweite Zeuge ist?“, wollte Christa wissen. „Ich finde es irgendwie eigenartig, dass da jetzt so plötzlich noch jemand auftaucht.“

Kjell holte geräuschvoll Luft. „Jan Bruckner.“

Luisa musste sich setzen, das war fast zu viel für sie. „Jan? Verdammt noch mal, ich hätte auf Rafael hören und Bruckner entlassen sollen.“

„Seine Entlassung hätte daran wohl nichts geändert, Lu“, erwiderte Kjell. „Offenbar ist Jan an dem Abend in Lüneburg mit Barbara in einem Restaurant gewesen. Er behauptet, Rafael gerade noch gesehen zu haben, als er in den Spider gesprungen und in auffallend hohem Tempo davongefahren sei.“

„Barbara und Jan? Also in meinen Ohren klingt das eher nach einer klaren und ziemlich perfiden Absprache“, warf Ruth ein. „Was sind denn das für Polizisten, dass sie das nicht bemerken?“

„Denen kannst du kaum etwas vorwerfen, Ruth“, entgegnete Kjell. „Sie machen nur ihren Job. Es ist ihre Pflicht, Hinweisen nachzugehen.“

„Unser ganzes Palaver hilft Rafael nicht weiter“, erklärte Isabell nüchtern. „Wir sollten intensiv darüber nachdenken, wie wir ihm helfen können.“

„Du hast recht, Bella“, stimmte Kjell zu.

„Wir brauchen auch Zeugen“, murmelte Luisa und wischte sich die Tränen fort. „Rafael war auf der Autobahn, auf dem Weg hierher. Sein Wagen ist auffällig. Irgendwer muss ihn doch gesehen haben.“

Sekundenlang war es absolut still in Christas Küche, bis Kjell plötzlich rief: „Genau das ist es, Lu. Großartige Idee! Wir starten einen Zeugenaufruf, noch heute Abend.“

„Gut. Hört mir zu, meine Lieben. Uns allen wird es guttun, etwas zu tun, das Rafael helfen könnte. Und wir sollten uns strategisch aufteilen.“ Christa stand auf, marschierte in die Mitte der Küche und stellte sich neben ihren Sohn. „Ruth, du knöpfst dir gleich morgen früh Barbara vor, so wie du es vorgeschlagen hast. Fühl ihr in deiner unnachahmlichen Art auf den Zahn! Isabell, Luisa und ich hängen uns ans Telefon und kümmern uns um die Zeugenaufrufe. Noch heute Abend können wir uns an alle Zeitungsredaktionen und die Radiosender wenden, die uns einfallen.“ Sie hob den Kopf und sah Kjell an. „Du hältst den Kontakt zum Anwalt und meldest dich, sobald es Neuigkeiten gibt, okay?“

Kjell nickte. „Außerdem werde ich ein Wörtchen mit Jan Bruckner wechseln.“

Luisa spürte Christas besorgten Blick und sah sie an. Kjells Mutter kam zurück zum Tisch, beugte sich vor und legte ihr die Hand sanft an die Wange. „Und du, mein Mädchen, bleibst heute Nacht bei mir, in Ordnung?“

„Danke, Christa“, brachte sie leiser als beabsichtigt hervor, dann kamen erneut die Tränen.

Haftrichter Wolfgang Martens, vor dem Rafael jetzt saß, machte einen eher mürrischen Eindruck. Offenbar war er von einer festlichen Veranstaltung geholt worden, denn er trug einen schwarzen Abendanzug und ein schneeweißes Hemd mit Biesen. Seine glänzend schwarze Seidenfliege hatte der Richter inzwischen gelöst, die breiten Enden schauten lose unter dem Hemdkragen hervor. Der Mann war an die Fünfzig, etwas übergewichtig und nahezu glatzköpfig. Die kreisrunde, goldgefasste Brille saß tief auf seiner knolligen, kurzen Nase, während er in den Akten blätterte und dabei immer wieder über den Rand der Brillenfassung blickte, um Rafael forschend ins Gesicht zu sehen.

Rafael saß auf einem der beiden schlichten Holzstühle vor einem noch schlichteren Schreibtisch und beantwortete die zunächst eher spärlich vorgebrachten Fragen des Richters. Florian Reimers stand einige Schritte neben ihm, die Hände hinter dem

Rücken verschränkt. Es war für Rafael nicht ganz leicht gewesen, Florian davon zu überzeugen, dass er es vorzog, alle Fragen des Richters freiheraus und ohne ausgeklügelte Strategie zu beantworten. Deshalb war sein Anwalt vermutlich so nervös. Er wippte auf seinen Schuhsohlen beständig vor und zurück.

„Tun Sie mir einen Gefallen, Herr Reimers, und setzen Sie sich." Der Richter stieß einen unwilligen Laut aus. „Das hält ja keiner aus."

„Oh, ich bitte um Verzeihung. Natürlich." Reimers räusperte sich und nahm auf dem Stuhl neben Rafael Platz.

„Wie ich den Vernehmungsprotokollen entnehme, behaupten Sie, zum Tatzeitpunkt nicht in Lüneburg gewesen zu sein, sondern auf der Autobahn zwischen Hamburg und Bispingen. Ihr Fahrtziel war Lunau. Ist das so richtig, Herr Brix?"

„Ja, das ist absolut richtig. Meine Freundin, also meine Lebensgefährtin, lebt zurzeit noch in Lunau. Ich war auf dem Weg zu ihr."

Nochmals vertiefte sich der Richter in die Akten. „Zum besseren Verständnis habe ich mir auch die Akten Ihres ersten Verfahrens angesehen, da es sich bei dem damaligen Opfer um dieselbe Person handelt, die im vorliegenden Fall als Zeugin auftritt. Erzählen Sie mir doch bitte von Ihrer Beziehung zu Frau Barbara Milchert", sagte er, ohne den Blick zu heben. „Und fassen Sie sich bitte möglichst kurz. Ich bin nur an den groben Fakten interessiert."

Rafael folgte der Aufforderung und schloss seine kurze Erläuterung mit den Worten: „Ich habe Frau Milchert übrigens nie bedroht. Sie selbst hat mich und meine Freundin bei unserer letzten Begegnung bewusst provoziert, worauf ich jedoch nicht eingegangen bin. Frau Milchert hat uns beide heftig beschimpft. Ich war zwar sehr wütend, habe sie jedoch lediglich aufgefordert, uns endlich in Ruhe zu lassen."

„Verstehe." Richter Martens griff nach dem Telefon auf seinem Schreibtisch und drückte eine Taste. „Wo bleiben die verdammten Ergebnisse des DNA-Abgleichs aus dem Fall Brix mit den Spuren an der Kleidung des Opfers? Die Laborratten sollen sich sputen!" Grußlos legte er den Hörer zurück auf den Apparat. Dann sah er Rafael erneut ins Gesicht.

„Der andere Zeuge, Jan Bruckner. Wie ist Ihr Verhältnis zu ihm?"

Rafael atmete tief durch und zuckte mit den Schultern. „Bruckner kenne ich eigentlich nur aus der Oberstufe des Gymnasiums, allerdings hatte ich damals eher wenig mit ihm zu tun. Als ich vor einigen Wochen wegen eines Trauerfalls nach Lunau zurückgekehrt bin, habe ich ihn zum ersten Mal wiedergesehen. Er arbeitet als Landschaftsarchitekt in der Gärtnerei, die meine verstorbene Schwester mir hinterlassen hat. Wie gesagt, ich kenne ihn kaum."

„Wissen Sie von einer Beziehung zwischen ihm und Barbara Milchert?"

„Nein, das wäre mir neu." Neben sich hörte er Florian leise aufseufzen, aber er hielt sich zurück, so wie sie es besprochen hatten.

„Sie sind Künstler?"

Verdutzt erwiderte Rafael: „Ich bin Grafiker, Geschäftsführer einer Werbeagentur und zeichne außerdem Comicfiguren für einen amerikanischen Filmkonzern."

„Aha. Dem Vernehmungsprotokoll entnehme ich, dass Ihre derzeitige Freundin die jüngere Schwester von Barbara Milchert ist?", wechselte der Richter wieder das Thema.

„Ja, das ist richtig."

Eine ganze Weile blieb es nervtötend still im Raum. Richter Martens vertiefte sich zum wiederholten Mal in die Akten und ließ Rafael mit seiner Angst allein. Schon bei dem Gedanken, dass er gleich wieder zurück in die Zelle musste, stieg beißende Übelkeit in ihm auf.

Mit wachsender Sorge beobachtete er jede kleinste Regung seines Gegenübers. Das gelegentliche Umblättern und die Atemzüge im Raum waren für eine gefühlte Ewigkeit die einzigen Geräusche, die zu hören waren. Als das Telefon klingelte, kam es Rafael fast einer Erlösung gleich.

„Ich höre“, sagte der Richter, nachdem er den Hörer abgehoben hatte. „Danke.“ Er legte auf, blätterte noch einmal durch die gesamten Unterlagen und hob schließlich den Kopf.

„Ich habe beschlossen, dem Antrag der Staatsanwaltschaft nicht nachzugeben“, sagte er und löste mit diesen wenigen Worten eine Art euphorische Erleichterung in Rafael aus. „Allerdings laufen die Ermittlungen natürlich weiter, auch gegen Sie, Herr Brix. Schließlich liegt noch immer eine junge Frau mit schweren Verletzungen im Krankenhaus. Ich möchte Sie bitten, sich weiterhin verfügbar zu halten. Des Weiteren rate ich Ihnen dringend, in der nächsten Zeit darauf zu verzichten, einen Urlaub oder Ähnliches zu buchen, das könnte einen falschen Eindruck erwecken und den Haftgrund der Fluchtgefahr heraufbeschwören. Ansonsten können Sie jetzt gehen, Herr Brix. Lassen Sie sich Ihre persönlichen Sachen aushändigen. Sie sind, vorerst, ein freier Mann.“

„Ich danke Ihnen“, brachte Rafael mit belegter Stimme hervor.

„Heißt das, es wurden keine Spuren gefunden, die meinen Mandanten belasten könnten?“, hörte er Florian Reimers fragen.

„Genau das. Hinzu kommt, dass ich keinen Haftgrund feststellen kann. Eine Bedrohung der Zeugin, wenn sie denn überhaupt stattgefunden hat – was ich nach Lage der Dinge bezweifle –, würde ohnehin nicht in eindeutigem Zusammenhang mit dem vorliegenden Fall stehen. Zudem hat der zweite Zeuge seine Aussage vor Kurzem relativiert. Für mich ist sie damit nicht mehr von Belang.“

Martens nahm seine Brille ab und rieb sich mit Daumen und Zeigefinger die Augen. „So, ich weiß zwar nicht, wie es Ihnen geht, aber ich könnte jetzt noch ein paar Stunden Schlaf gebrauchen, bevor es hell wird. Guten Morgen, meine Herren.“

Luisa konnte kaum noch stillsitzen. Inzwischen hatte sie schon dreimal mit Rafael telefoniert, der nun endlich auf dem Weg zurück nach Lunau war und in wenigen Minuten eintreffen würde.

Offensichtlich war er in der Nacht an einen umsichtigen Haftrichter geraten. Was für ein Glück! Luisas Freude war so groß wie ihre Erleichterung. Nach einer schlaflosen Nacht waren Christa und sie in aller Herrgottsfrühe aufgestanden. Kurz darauf hatte Rafael angerufen, um ihr mitzuteilen, dass er freigelassen wurde. Jetzt warteten sie im Buchladen-Café.

„Hast du was dagegen, wenn ich schon mal auf die Veranda gehe?", fragte sie Christa, die ihr sofort mütterlich zunickte.

„Natürlich nicht. Geh ruhig schon mal vor, aber nimm deine Strickjacke mit. Du hast ja nur das leichte Sommerkleid an. Ich komme nach, sobald ich das hier weggeräumt habe." Christa deutete auf das Frühstücksgeschirr.

Luisa stand auf der hübschen Holzveranda des Cafés und behielt die Straße im Auge. Sie konnte es kaum erwarten, Rafael wieder in die Arme zu schließen. Die letzten Stunden waren die Hölle gewesen; sie mochte sich kaum vorstellen, was er durchgemacht hatte, nachdem er in die Zelle gesperrt worden war.

Obwohl die Tage in Lunau meist sehr früh begannen, war es noch recht still draußen. Luisa vermutete, dass Ruth gerade mit ihrer Schwester sprach, aber darüber würde sie später nachdenken. Christa hatte jedenfalls mit Ruth telefoniert und ihr die guten Neuigkeiten mitgeteilt, sie wusste also Bescheid, das war vielleicht nicht ganz unwichtig für das Gespräch mit Barbara.

Luisa atmete tief durch. Es war noch nicht einmal sieben Uhr und in der Sonne war es noch nicht besonders warm. Fröstelnd wickelte sie sich die Strickjacke fester um den Oberkörper und verschränkte die Arme vor der Brust.

Nach und nach gesellten sich Christa, Kjell und Isabell zu ihr. Schweigend warteten sie. Dann endlich hörten sie das Geräusch eines herannahenden Autos, und schon im nächsten Augenblick bog die dunkelblaue Limousine von Florian Reimers in die Sackgasse, in der das Buchladen-Café lag. Luisa sprang von der Veranda herunter. Ihr Herz platzte fast vor Freude.

Der Wagen stand noch nicht ganz, da schnellte Rafael auch schon heraus und riss Luisa in seine Arme.

„Oh Gott, ich bin so froh, dass ich dich wiederhabe", flüsterte er und küsste sie leidenschaftlich. „Du siehst so wunderschön aus." Dann hob er sie ein Stück hoch und wirbelte sie mehrmals herum, entlockte ihr damit ein frohes und lautes Lachen, in das ihre Freunde, die inzwischen um sie herumstanden, mit einfielen.

Für Ruth Rogalski hatte sich viel zum Positiven verändert, seit sie in Lunau lebte. Fast vier Jahrzehnte lang hatte der anstrengende Klinikalltag in Hamburg sie bis an ihre körperlichen und geistigen Grenzen geführt. Dann hatte der wahre Glücksfall sie ereilt und sie hatte die freie Stelle als Arzthelferin und Krankenschwester in der Dorf- und Landarztpraxis von Dr. Kjell Loewenthal ergattert. Für eine Frau in ihrem Alter war es nicht leicht, den Arbeitsplatz zu wechseln.

Viel zu lange hatte sie sich gewünscht, ihren Beruf so ausüben zu können, wie sie es sich schon als junges Mädchen erträumt hatte. Und hier in ihrer neuen Heimat waren diese Träume wahr und sie selbst zu einem anderen Menschen geworden. Sie liebte ihre Arbeit, Lunau und seine Menschen über alles. Ihre neuen Freunde waren zu ihrer Familie geworden, eine eigene Familie war ihr selbst bis dahin nicht vergönnt gewesen. Und Rafael Brix hatte sich ohne große Anstrengung in die Reihe der Menschen eingereiht, die ihr am wichtigsten waren. Praktisch vom ersten Augenblick an hatte sie ihn in ihr Herz geschlossen.

Da war es noch allzu offensichtlich gewesen, wie unglücklich er gewesen war. Ihr Mitgefühl und ihr Helfersyndrom waren sofort erwacht, kaum dass sie ihn gesehen hatte. Generell hielt sie es nur schwer aus, wenn jemandem Unrecht widerfuhr. Vor allem das war der Grund, warum sie jetzt einer jungen und auffallend schönen Frau gegenübersaß, die schon seit Jahren für ein Unrecht sorgte.

„Meinst du nicht, dass es endlich an der Zeit ist, die Wahrheit zu sagen, Barbara?" Ruth bemühte sich um einen ruhigen und nachsichtigen Tonfall. Seit einer halben Stunde saß sie mit Barbara in deren Wohnzimmer und versuchte an ihr Gewissen und die schwesterliche Liebe zu appellieren, doch bisher ohne Erfolg. „Luisa und Rafael lieben sich. Daran wirst auch du nichts mehr ändern können. Jeder, der die beiden zusammen sieht und erlebt, erkennt das auf Anhieb."

„Was gehen mich die Belange meiner Schwester an? Luisa geht mir seit Jahren aus dem Weg", entgegnete Barbara trotzig.

„Na, dann frag dich mal, warum sie das tut, meine Liebe. Deine Schwester hat in Rafael die Liebe ihres Lebens wiedergefunden. Sie hat diesen Mann schon damals geliebt, schon immer, verstehst du? Kannst du dir auch nur im Ansatz vorstellen, was es für sie bedeuten muss, dass er ihre Liebe erwidert? Barbara! Mädchen! Rafael liebt Luisa wirklich und wahrhaftig. Das Glück deiner kleinen Schwester kann dir doch nicht gleichgültig sein! Nein, das kann ich mir einfach nicht vorstellen."

Barbara schwieg. Sie schenkte ihnen jedoch Kaffee nach und zeigte zumindest nicht, dass das Gespräch für sie beendet war.

Ruth blieb am Ball: „Was ist dir damals wirklich passiert? Was treibt dich nur dazu, Rafael Brix all diesen Hass entgegenzubringen, sodass du nicht nur ihm, sondern auch deiner Schwester das Leben so unendlich schwer machen musst? Willst du dich und dein Gewissen nicht endlich erleichtern, mein Kind?"

Es war nicht viel mehr als ein Versuch, ein Schuss ins Blaue. Ruth hatte sich schon länger ihre Gedanken zu Barbaras Anschuldigungen von damals gemacht. Und ihr war eine Erklärung durch den Kopf gegangen, die ansatzweise einen Sinn ergeben könnte. Wenn Barbara so unverrückbar an ihrer Behauptung von damals festhielt, musste es einen Grund dafür geben. Etwas, das so wichtig und einschneidend für sie war, dass sie es auch nach all den Jahren nicht fertigbrachte, endlich die Wahrheit über die Lippen zu bringen.

Nur einen Augenaufschlag später fing Barbara an zu weinen. Begleitet von lautem und sehr heftigem Schluchzen, liefen die Tränen unaufhaltsam über ihr Gesicht. Minutenlang brachte sie kein einziges Wort hervor. Es war ein klassischer Zusammenbruch.

Ruth setzte sich zu ihr, nahm die jüngere Frau in den Arm und redete ihr gut zu. In dem Moment wusste sie bereits, dass sie in Kürze alles erfahren würde.

„Du willst sicher erst einmal zum Haus, um zu duschen und ein paar Stunden zu schlafen, oder?“, fragte Luisa und strich Rafael durchs Haar. „Du siehst furchtbar müde aus.“

Florian Reimers hatte sich von ihnen verabschiedet, und nun saßen sie in Christas Küche und tranken Kaffee. Rafael hatte gerade ein großes Stück Schokoladenkuchen verspeist, das Isabell ihm mit den Worten vor die Nase gestellt hatte: „Hier, das ist das reinste Nervenwunder und stillt den ersten Hunger.“ Sie hatte recht behalten, er fühlte sich von Minute zu Minute besser.

„Wir haben wohl alle nicht viel geschlafen, wenn ich euch so angucke“, antwortete Rafael grinsend, schaute in die Runde und stand auf.

Luisa und er wollten gerade aufbrechen, als Ruth an die Tür klopfte. Sie begrüßte ihn so herzlich und voller Erleichterung, wie sie es wohl auch bei einem eigenen Kind gemacht hätte. Ihre offene Zuneigung bewegte ihn sehr.

„Setzt euch lieber noch ein paar Minuten, ich habe etwas zu erzählen, meine Lieben. Ich kann euch versprechen, dass es euch allesamt rasend interessieren wird“, kündigte sie an und lächelte vielsagend. „Doch zuerst brauche ich dringend einen vernünftigen Kaffee. Hast du für mich noch einen, Christa? Ehrlich gesagt war mir Barbaras Gebräu entschieden zu schwach.“

„Klar, für dich immer.“

Kurz darauf hatten sich alle wieder um den Tisch versammelt. Christa stellte vor Ruth einen Becher Kaffee ab, den diese auch sofort an die Lippen setzte. „Fantastisch, danke! Lu, Rafael, ich habe mit Barbara gesprochen und sie hat sich mir geöffnet. Ja, so könnte man es wohl ausdrücken.“

„Leg los!“, drängte Rafael ungeduldig. Es fiel ihm schwer, ruhig sitzen zu bleiben. Luisa schien es nicht viel anders zu ergehen. Nervös rutschte sie neben ihm auf ihrem Platz hin und her.

„Lasst mich in aller Ruhe erzählen. Ich möchte nichts vergessen oder durcheinanderbringen. Doch erst mal das Wichtigste vorweg: Rafael, mein Lieber, Barbara wird alle Anschuldigungen gegen dich zurücknehmen. Auch die von vor fünfzehn Jahren. Sie ist gerade auf dem Weg zur Polizei, um eine Aussage zu machen. Um genau zu sein, konnte sie es jetzt kaum noch erwarten, es endlich hinter sich zu bringen. Ich habe ihr natürlich angeboten, sie zu begleiten, aber das wollte sie nicht. Stattdessen hat sie mich gebeten, euch in der Zwischenzeit über alle Hintergründe zu informieren."

Am Tisch herrschte allgemeine Erleichterung. Isabell und Kjell ließen sich entspannt gegen die Lehnen sinken, Christa klatschte in die Hände.

„Endlich!", rief Luisa und küsste Rafael auf die unrasierte Wange. Er selbst fühlte sich wie gelähmt.

„Könntet ihr mal still sein, damit ich alles erzählen kann?" Ruth schüttelte den Kopf und sah von einem zum anderen.

Kjell lächelte erfreut, legte einen Arm um seine Frau und zog sie an sich. Christa strahlte ebenfalls über das ganze Gesicht.

„Rede weiter, Ruth", forderte Rafael seine mütterliche Freundin auf, nachdem er sich geräuspert hatte. Seine Stimme klang fremd in seinen Ohren. Er hatte zwar gehört, was Ruth gerade gesagt hatte, aber sein Gehirn weigerte sich noch, zu begreifen, was das insgesamt für ihn, für sein Leben bedeutete. Luisa saß dicht an seiner Seite. Ihre Hand war fest mit seiner verschlungen. Erwartungsvoll sah er Ruth an.

„Rafael, Lu, das Ganze hat mit euren Vätern zu tun."

„Mit unseren Vätern?", fragte Luisa ungläubig.

„Ja, Lu. Dein Vater und Klaas Brix waren als Heranwachsende wohl so etwas wie Freunde, stimmt das?"

„Ja, aber später hatten sie sich nicht mehr allzu viel zu sagen. In den letzten Jahren vor seinem Tod hat mein Vater kaum noch ein Wort mit Klaas gewechselt."

„Das deckt sich mit dem, was Barbara mir erzählt hat. Außerdem hat sie mir gesagt, dass sich euer Vater als Notar um einige auch sehr umfangreiche Nachlässe gekümmert hat. Sein Ruf war hervorragend, besonders in Lüneburg, wo er ja seine Kanzlei hatte. Dennoch hat er sich offenbar einmal dazu verleiten lassen, ein Testament nicht nach dem letzten Willen des schwerreichen Verstorbenen zu vollstrecken."

„Was? Nein, das glaube ich nicht", flüsterte Luisa sichtlich erschüttert. „Mein Vater war der Inbegriff von Integrität."

„Deshalb ist er letztlich damit ja auch nicht gut zurechtgekommen, aber da war das Kind schon in den Brunnen gefallen. Es gab eine Zeit, in der deine Eltern erhebliche finanzielle Probleme hatten. Jedenfalls hat er sich in seiner Not von einem der Erben bestechen lassen, dessen Erbteil ausgeweitet und das Testament entsprechend geändert, also gefälscht. Er selbst hat dafür eine größere Summe eingestrichen und so seine Geldsorgen gelöst. Das Problem bestand in seinem schlechten Gewissen. Du weißt wahrscheinlich, dass dein Vater in seinen letzten Jahren schwer getrunken hat. Ich würde behaupten, jetzt kennst du auch den Grund dafür. Lange Rede, kurzer Sinn … Eines Abends hat er sich besonders heftig betrunken, Klaas Brix stand am Tresen neben ihm. Und so nahm das Unglück seinen Lauf."

„Sag nicht, er hat Klaas davon erzählt." Rafael stöhnte auf.

„Leider hat er genau das getan."

Ruth sah das wilde Flackern in Rafaels Augen. Wahrscheinlich stellte er sich gerade die schlimmsten Szenarien vor. „Ich kann nicht glauben, dass er sich von allen Menschen auf der Welt gerade Klaas Brix ausgesucht hat, um sein Gewissen zu erleichtern", sagte er.

„Wie ich schon sagte, leider doch." Sie griff nach ihrem Becher und nippte erneut an dem Kaffee. „Er hat Klaas sogar erzählt, warum er das Testament gefälscht hatte. Es war nämlich so … Lu, du solltest jetzt noch mal tief durchatmen, das ist wirklich keine schöne Geschichte."

Luisa lächelte, wenn auch ein wenig schief. „Mach dir keine Sorgen um mich, Ruth. Im Augenblick ist für mich nur noch wichtig, dass Rafael nach all den Jahren endlich von der Schuld reingewaschen wird. Mit den Hintergründen kann ich mich auch noch später auseinandersetzen. Das kommt sowieso von ganz allein."

„Gut, aber es ist auch deine Familie, um die es hier geht. Ich wollte dich nur vorwarnen."

„Erzähl schon weiter!", forderte Christa sie auf. „Das Mädchen hält das aus. Sie ist viel stärker, als man annehmen würde."

„Das kann ich bestätigen", stimmte Rafael zu. Er legte einen Arm um Luisas Schultern und hielt sie fest an seine Seite gedrückt. Selig lächelte sie zu ihm auf.

Ruth wurde warm ums Herz. Die Liebe und Luisa! Insgeheim war es genau das, was sie Rafael so sehr gewünscht hatte. Seufzend fuhr sie fort: „Okay, ich rede dann nicht mehr länger drum herum. Lu, deine Schwester ist in Hamburg an den falschen Kerl geraten und für ihn auf den Strich gegangen. Nach einigen Wochen hat sie eure Eltern angerufen und um Hilfe gebeten. Um es kurz zu machen: Dein Vater musste eine ziemlich hohe Summe zahlen, damit der Zuhälter sie gehen ließ."

Luisa wurde blass, hielt sich jedoch tapfer. „Ich habe mir damals schon gedacht, dass da in Hamburg nicht alles rundgelaufen ist. Als Barbara zurück nach Hause gekommen ist, wirkte sie eine Zeit lang ziemlich mitgenommen."

„Um sie freizukaufen, musste dein Vater sämtliche Register ziehen. Er hat sich bis über beide Ohren verschuldet. Tja, und dann kam passenderweise das Angebot von dem Mann, der unbedingt der Alleinerbe eines großen Familienunternehmens werden wollte."

„Eigentlich hat Papa es also für Barbara getan", flüsterte Luisa. „Das ist so traurig. Er war ein grundehrlicher Mann, und er hat seinen Beruf geliebt. Es muss schrecklich für ihn gewesen sein."

„Richtig schrecklich wurde es sicher erst, nachdem er sich Klaas Brix anvertraut hatte", warf Rafael mit düsterer Miene ein.

„Das stimmt", bestätigte Ruth und sah wieder Luisa an. „Allerdings hat er sich Barbara als Opfer ausgesucht, nicht euren Vater."

„Oh mein Gott!" Luisa schluckte hörbar.

„Er hat Barbara erpresst, und zwar sozusagen in doppelter Hinsicht. Einerseits hat er damit gedroht, den Betrug eures Vaters auffliegen zu lassen. Andererseits wollte er ihre Vergangenheit als Prostituierte öffentlich machen."

„Sie musste mit ihm ins Bett, nehme ich an", folgerte Kjell trocken.

Ruth nickte. „Ja, aber nicht nur das. Klaas hat sie vor allem benutzt, um alles über Rafael zu erfahren." Ihr Blick glitt zurück zu Rafael. „Offenbar wollte er dich kontrollieren. Es hat zu seinem Plan gehört, dass sie dich verführen sollte, verstehst du?"

Rafael hielt es jetzt nicht mehr auf seinem Stuhl. Er strich Luisa über die Wange, dann erhob er sich, ging um den Tisch herum und marschierte durch Christas Küche. „Tut mir leid, Leute, aber ich muss mich einfach bewegen. Ich denke, jetzt wird es richtig dreckig. Hab ich recht, Ruth?"

Wieder nickte sie. „Wie Barbara mir gesagt hat, war es für sie anfangs nicht so schlimm, mit Klaas zu schlafen. Doch dann wurde das Zusammensein mit ihm immer unangenehmer. Sie hat mir erzählt, dass Klaas' Interesse immer absurdere Formen annahm. Er wollte immer alles wissen …"

„Schon okay", erwiderte er, obwohl es in ihm brodelte. „Ich weiß leider, wie dieser gottverdammte Mistkerl getickt hat."

„Nicht aufregen, Rafael, das ist so lange her", wisperte Luisa und hustete.

„Das macht es nicht besser. Dieses perverse Schwein!" Rafael schnaufte wütend und strich sich mit den Fingern durchs Haar.

„Offenbar wurde im Laufe der Zeit immer deutlicher, wie sehr er dich gehasst hat", fuhr Ruth fort. „Barbara hatte manchmal das Gefühl, dass er richtig besessen von diesem Hass war. In der Nacht, als dann das Schreckliche geschehen ist, hat er euch beobachtet."

„Er hat … uns zugesehen?", fragte Rafael sichtlich aufgewühlt.

„Ja. Sie hat mir erzählt, dass Kjell und Julia euch, also dich, Barbara und euren Freund Philip von Hoven an dem Abend vorne an der Gärtnerei abgesetzt hatten. Als auch Philip weg war, habt ihr zwei euch hinter einen Geräteschuppen der Gärtnerei verdrückt und hattet Sex."

„So weit, so schlecht", brummte Rafael.

„Vielleicht war er zufällig da, jedenfalls hat er euch gesehen. Er hat wohl auch eure kleine Meinungsverschiedenheit mitbekommen und wie du danach wütend abgerauscht bist."

„Stimmt, ihr habt euch ja gestritten", warf Kjell ein und runzelte die Stirn. „Daran habe ich gar nicht mehr gedacht."

„Es war ja auch keine große Sache. Barbara hatte eine blöde Bemerkung über Julia gemacht, da bin ich sauer geworden und habe sie dort stehen gelassen."

Ruth seufzte auf. „Tja, kaum warst du weg, hat sich Klaas Barbara geschnappt."

„Klaas!" Rafael schrie fast. „Klaas ist das gewesen? Er hat sie so zugerichtet?"

„So ist es."

Christa lächelte ihr milde zu.

„Er hat sie gedemütigt und wie wild auf sie eingeschlagen."

Eine Weile blieb es still im Raum. Rafael stand mit geballten Fäusten mitten in der Küche. Luisa ging zu ihm und legte ihm die Arme um die Taille. Sofort zog er sie an sich.

„Warum hat sie dann all die Jahre mich beschuldigt?", fragte Rafael mit heiserer Stimme.

„Kannst du dir das nicht denken? Natürlich, weil er es von ihr verlangt hat", antwortete Ruth ruhig. „Er hat sie bedroht und erpresst. Barbara wollte ihren Vater, ihre gesamte Familie schützen. Sie sah keinen anderen Ausweg, als sich Klaas Brix zu fügen. Allerdings hat sie kurz darauf von ihm verlangt, sie ein für alle Mal in Ruhe zu lassen, was er überraschenderweise auch tat."

„Aber spätestens nach Klaas' Tod hätte sie es doch richtigstellen können! Ich verstehe meine Schwester nicht", murmelte Luisa.

„Sie hat sich fast zu Tode geschämt, hat sie gesagt. Außerdem hatte sie noch immer furchtbare Angst, dass der Betrug eures

Vaters und ihre Vergangenheit in die Öffentlichkeit gezerrt werden würden. Zu dem Zeitpunkt war sie bereits jahrelang bei der Lüge geblieben, sodass sie irgendwann zu Barbaras eigener Wahrheit wurde. Sie begann selbst daran zu glauben. Wahrscheinlich sorgt eine angeschlagene Psyche dafür, damit man besser mit allem zurechtkommt."

Ruth strich mit der flachen Hand über den Tisch. „Der Prozess war schleichend, und sie hat begonnen, Rafael tatsächlich zu hassen. Ich glaube, ich habe heute wohl einen Schlüsselsatz gesagt oder einfach den richtigen Ton getroffen. Ich habe ihr dringend geraten, sich professionelle Hilfe zu suchen, sobald sie bei der Polizei alles zu Protokoll gegeben hat."

„Oh Gott, sie ist doch meine Schwester. Und ich hätte nie geahnt, dass sie ... Ähnlich wie Rafael muss sie durch ihre eigene Hölle gegangen sein, selbst wenn sie daran nicht unschuldig war. Ich glaube, da kommt noch einiges auf uns zu", stellte Luisa leise fest. „Der Betrug von unserem Vater muss schließlich auch aufgearbeitet werden. Herrje, nach all den Jahren! Keine Ahnung, wie das alles gehen soll."

„Darum werden sich nach und nach die Behörden kümmern, Lu. Es hängt bestimmt viel davon ab, wie viel Barbara belegen kann. Falls es überhaupt noch Unterlagen über die Erbschaft gibt. Aber das ist Sache der Behörden und nicht deine", versicherte Christa ihr. „Du hast mit alldem nichts zu tun und bist damals noch ein halbes Kind gewesen."

„Ja, sicher wird sich alles schon irgendwie fügen", stimmte Luisa zu und atmete tief durch. „Wichtig ist jetzt erst einmal, dass Rafael endlich von den furchtbaren Anschuldigungen befreit wird." Sie sah zu ihm auf. „Jetzt wird alles gut. Endlich!"

Wieder legte sich Schweigen über den Raum, dann räusperte sich Rafael. Er hauchte Luisa einen kurzen Kuss auf die Lippen und löste sich von ihr. „Bitte nicht böse sein, Kleines, aber ich würde jetzt gerne ein paar Minuten allein sein. Nur ganz kurz! Wir reden später noch einmal über alles. Mir ist klar, dass du auch eine ganze Menge zu verarbeiten hast, schließlich geht es hier auch um deine Familie. Geh doch ruhig schon mal vor. Ich komme nach, okay?" Erneut neigte er seinen Kopf und flüsterte ihr etwas ins Ohr.

Luisa warf ihm einen zärtlichen Blick zu und nickte. „Okay, ich warte dort auf dich. Mach dir um mich keine Sorgen, wir kümmern uns später um alles. Und ... ich liebe dich auch, Rafael."

Rafael kam zu Ruth, zog sie an den Schultern hoch und drückte sie an sich. „Danke", murmelte er und küsste sie anschließend auf beide Wangen.

„Wir sehen uns", sagte er in die Runde.

Er nickte Kjell kaum merklich zu, schenkte Luisa noch einen langen liebevollen Blick, doch dann griff er nach seiner Lederjacke und ging. Ruth war offensichtlich tief bewegt von seiner Reaktion.

Sie lächelte Luisa an. „Du bist einzigartig, Lu. Es war genau richtig, ihn jetzt gehen zu lassen. Er braucht Zeit für sich. Glaub mir, du wirst noch genug Gelegenheiten haben, um für ihn da sein zu können."

Luisas Blick ging zu Kjell. „Das bezweifle ich nicht. Ich denke, er möchte mich einfach schützen, das ist schon in Ordnung. Trotzdem glaube ich, dass er heute noch einen guten Freund braucht. Großer, ich würde vorschlagen, du gehst ihm in ein paar Minuten nach."

„Das hätte ich sowieso getan", erwiderte Kjell ernst. „Und Ruth hat recht, du bist großartig. Ich bin unendlich froh, dass du jetzt an seiner Seite bist." Noch während er sprach, stand auf und ging hinüber zum Fenster. Er schob die Gardine ein Stück beiseite und sah hinaus. „Ah, er geht zum Feldweg, das habe ich mir schon gedacht."

„Dann werde ich dich ein Stück begleiten, Lu", ergriff nun Isabell das Wort. „Ein bisschen frische Luft wird uns allen guttun."

„Ja, und ich muss auch los", sagte Ruth lachend. „Irgendwer muss ja arbeiten."

KAPITEL 9

Wie selbstverständlich überquerte Rafael die Straße und schlug den Weg ein, der direkt neben Kjells und Isabells Haus lag und in die Heide führte. Er ging langsam, Schritt für Schritt, atmete die frühsommerliche Luft bewusst ein und versuchte dabei zu verarbeiten, was er von Ruth erfahren hatte. Als er weit genug von den Häusern entfernt war, lehnte er sich an eine alte vertraute Eiche und blickte hinaus in die Weite. Er war schon früher immer wieder in die Heide gegangen, sobald ihn etwas umtrieb. Hier hatte er von jeher die Einsamkeit und die seltsame Anspruchslosigkeit genossen, die sich vor ihm ausbreitete. Eine kleine Flucht aus der Realität, das war der Anblick dieser weiten Landschaft schon immer für ihn gewesen. Ein meist etwas karger, merkwürdig schöner und friedlicher Ort, der sich dennoch wie aus dem Nichts und nur für einige Wochen im Jahr in ein Meer von Farbe verwandeln konnte. Wie er diesen Anblick vermisst hatte!

Am liebsten wollte er jetzt auf der kleinen verwitterten Bank sitzen, dort wo er erst vor wenigen Wochen Ruth begegnet war. Doch der Weg war ihm heute zu weit. Viel zu weit entfernt von Luisa. Sie fehlte ihm, obwohl er sie erst vor wenigen Minuten gesehen hatte. Ein merkwürdiges Gefühl, fand er, denn den kurzen Moment der Einsamkeit hatte er trotzdem gebraucht, und er war dankbar, dass sie ihn verstand. Wahrscheinlich wusste sie genau, dass seine Sehnsucht ihn von nun an immer wieder zu ihr führen würde. Denn ohne Luisa wollte er nicht mehr sein, so viel stand fest.

Aber er war frei! Nach all den Jahren war er endlich frei von allem, was sein Leben in den vergangenen Jahren belastet, seine Persönlichkeit und seinen Umgang mit anderen Menschen, auch mit den Frauen in seinem Leben, geprägt hatte. Er wusste, dass er einige Herzen gebrochen hatte, jedoch war es jedes Mal unabsichtlich geschehen. Er war schlicht nicht in der Lage gewesen, es zu verhindern.

Viel zu oft hatte er sich auf einem Pfad bewegt, der direkt in einen tiefen dunklen Abgrund führte, sobald er nur den kleinsten falschen Schritt tat. Manchmal war er in die Dunkelheit hinabgestürzt, doch er war ihr auch stets aus eigener Kraft entronnen. Seinen Mitmenschen war er fortwährend voller Misstrauen begegnet, hatte sich selbst das Leben mit aufwühlender Rebellion und einer tief verwurzelten Wut schwer gemacht. Der Zorn hatte ihn niemals ganz verlassen. Die Wut auf das Schicksal, das ihm so übel mitgespielt hatte, auf Barbara Milchert und auf den Mann, den seine Mutter einst geheiratet und der dann die Unschuld seiner Kindheit zerstört hatte. Vor allem aber hatte ein grenzenloser Zorn auf sich selbst in ihm getobt, den er nur schwer begründen konnte und der wohl in erster Linie die Hilflosigkeit zum Ausdruck brachte, die ihn noch bis vor Kurzem völlig beherrscht hatte.

Bis er nach Lunau zurückgekommen war.

Nein, bis er Luisa begegnet war! Nicht etwa der kleinen Lu von damals, sondern der zauberhaften Frau, die ihn ganz nebenbei dazu gebracht hatte, seine Wut Stück um Stück loszulassen. Er hatte noch nicht einmal wahrgenommen, dass er es tatsächlich getan hatte. Und doch war er in ihrer Nähe jeden Tag ein bisschen gelassener geworden.

Allein Luisa, die ihn stets durch die Augen ihrer unerschütterlichen Liebe betrachtete, hatte das geschafft. Seine Luisa! Sie hatte das Lachen, die Freude und das Glück zurück in sein Leben gebracht. Auf einmal war er gar nicht mehr zornig auf sein Schicksal, sondern empfand tiefe Dankbarkeit und fühlte ein paar Tränen der Erleichterung und des Glücks in sich aufsteigen. Er wollte zu ihr.

In der Sekunde, als er sich vom Baumstamm abstieß, um sich auf den Heimweg zu machen, sah er Kjell einige Meter von sich entfernt stehen.

„Hab gedacht, du brauchst vielleicht einen Freund“, sagte er mit ernster Miene.

„Es war so klar, dass du mir folgen würdest, Großer.“ Rafael musste unweigerlich schmunzeln. Ohne Scham wischte er sich die wenigen Tränen vom Gesicht. „Du kannst nicht aus deiner Haut, was? Der große Helfer und Retter, so warst du schon immer.“

„Mach dich ruhig lustig“, entgegnete Kjell und grinste nun ebenfalls.

„Mach ich nicht. Ich bin verdammt froh, dass es dich gibt, mein Freund. Zugegeben, ich habe mich schon immer viel sicherer gefühlt, wenn ich dich irgendwo in meiner Nähe wusste.“ Freundschaftlich boxte er Kjell gegen den beeindruckenden Bizeps. „Aus den verschiedensten Gründen.“

„Na dann … Das kannst du gerne wieder täglich haben, Angel. Denk drüber nach. Vor allem für Lu.“

Rafael nickte. „Das habe ich schon. Ich hatte in den letzten beiden Nächten genug Zeit, um über alles nachzudenken. Ruths Erkenntnisse haben es nur noch leichter gemacht. Luisa gehört hierher nach Lunau. Hier in der Heide ist sie glücklich, und ich bin es auch, wäre es überall, solange sie nur bei mir ist. Ich hätte es wahrscheinlich ohnehin nicht fertiggebracht, sie von hier wegzubringen. In Hamburg wäre sie mir eingegangen wie eine Primel nach der Blüte, das ist mir längst klar geworden.“

„Du liebst sie also wirklich?“

„Ja, ich liebe sie. Mit Haut und Haaren! Ein Leben ohne Luisa kommt für mich nicht mehr infrage. So, und jetzt will ich zu ihr, um ihr genau das zu sagen, Kjell. Wir sehen uns sicher bald wieder. Ich denke, das kann ich dir jetzt sogar versprechen.“

Luisa sah ihm entgegen. Sie stand auf der kleinen Terrasse des Ferienhauses. Rafael lächelte, als er näher kam, zog sie sofort in seine Arme und presste sie an sich.

„Danke, dass du mir den Moment gewährt hast, mein Kleines.“

„Och, ich bin es gewohnt, auf dich zu warten, mein Liebster“, erwiderte sie schmunzelnd.

„Lass uns reingehen. Ich bin völlig fertig.“

„Ja, wir sollten endlich ein paar Stunden Schlaf nachholen.“ Sie nahm seine Hand und zog ihn in das kleine Haus.

„Egal, wie kaputt ich bin, ich muss dringend duschen. Der Mief der Zelle klebt noch an mir.“

„Okay, lass dir Zeit“, erwiderte sie. Sie sah ihm nach, wie er im Schlafzimmer verschwand, um sich mit frischer Wäsche zu versorgen, und dann ins Bad ging.

Seufzend ließ Luisa sich auf einen der Stühle am Esstisch sinken. Ihr Blick fiel auf den Laptop, der noch immer auf dem Tisch stand. Sie lauschte auf die Geräusche aus dem Bad, fühlte sich erschöpft, aber restlos glücklich. Kurz dachte sie an ihre Schwester, verdrängte den Gedanken aber wieder. Damit würde sie sich später befassen. Vielleicht morgen, vielleicht auch erst in den nächsten Tagen. Nichts auf der Welt war jetzt so wichtig wie Rafael.

Er trug schwarze Boxershorts und ein eng anliegendes dunkelgraues T-Shirt, als er aus dem Badezimmer zurückkam und sie voller Wärme anlächelte. Sekundenlang stockte Luisa der Atem, so umwerfend sah er aus. Ernst sah er sie an, setzte sich mit an den Tisch und rieb sich mit beiden Händen über das Gesicht. Die Erschöpfung war ihm deutlich anzusehen.

„Er hat so viel kaputt gemacht.“ Luisa wusste sofort, wen er meinte. „Er hat … Seelen auf dem Gewissen“, fuhr er leise fort. „Die von meiner Mutter, Barbaras und auch meine. Ich will gar nicht wissen, wie viele es vielleicht noch sind.“

„Tut Barbara dir jetzt leid?“, fragte sie.

Nachdenklich wiegte er den Kopf hin und her. „Das ist schwer in Worte zu fassen. Ein wenig vielleicht, aber für mehr reicht es nicht. Sie hat mir zu viel angetan, mein Leben zu stark beeinträchtigt. Jetzt, wo ich die Hintergründe kenne, weiß ich zwar, dass sie auch ein Opfer gewesen ist. Aber sie hatte viele Jahre Zeit, reinen Tisch zu machen, und hat es so lange nicht getan. Auch wenn ich weiß, dass sie höchstwahrscheinlich in einer psychologischen Falle saß, nehme ich ihr das übel. Trotzdem glaube ich, dass ich ihr vielleicht irgendwann verzeihen kann. Für dich würde ich es tun."

„So etwas darfst du nicht für mich tun, Rafael. Das muss allein aus deinem Herzen kommen, sonst wird es nicht funktionieren." Ein lautes Seufzen entwich ihr. „Wenn es um Barbara geht, mach dir bitte keine Gedanken um mich. Ja, sie ist meine Schwester, aber ich bin genauso hin und her gerissen wie du, weißt du. Ich habe immer gewusst, dass du unschuldig bist. Und ich habe sie jahrelang dafür verabscheut, dass sie dir das angetan hat. Im Augenblick empfinde ich nur noch große Erleichterung, weil es endlich vorbei ist. Ob sie und ich jemals wieder zu einem einigermaßen normalen Umgang finden werden, muss sich erst noch zeigen. Wichtig sind erst einmal nur wir beide, findest du nicht?"

„Ich weiß schon, warum ich mich so rettungslos in dich verliebt habe", sagte er augenzwinkernd. „Du setzt einfach immer die richtigen Prioritäten und bist verdammt weise für dein zartes Alter."

Weil sie ein bisschen verlegen war, glitt ihr Blick zur Seite und fiel noch einmal auf seine Arbeitsutensilien. „Eigentlich wolltest du mir zeigen, woran du arbeitest, als die Polizisten hier aufgetaucht sind", fiel ihr wieder ein.

Er lachte dunkel auf. „Willst du das wirklich jetzt sehen?"

„Unbedingt", entgegnete sie und lachte ebenfalls. „Schlafen können wir immer noch."

„Okay. Mein Hauptcharakter ist eine niedliche Elfe, aber das habe ich dir ja schon erzählt." Er setzte sich auf den Stuhl neben ihrem und klappte seinen Laptop auf. Nach einigen Klicks erschien seine Elfe – und um ein Haar hätte Luisa laut aufgeschrien. Ihr blieb fast das Herz stehen, als sie sah, was, oder besser: wen er da gezeichnet hatte.

„Aber …" Ihr fehlten die Worte. Die kleine Elfe, die er gezeichnet hatte, war wirklich entzückend anzusehen. Doch das

Erstaunlichste an ihr war, dass braune Korkenzieherlöckchen unter ihrer breiten Hutkrempe hervorlugten – und dass sie *ihr* Kostüm trug. Das Kleid, das sie vor so vielen Jahren auf ihrer allerersten Party getragen hatte. Rafaels drollige Elfe trug das rosafarbene Schäferinnenkostüm, das einst ihre Mutter für sie genäht hatte! Nur die Maske fehlte. Luisa konnte kaum glauben, was sie da sah.

Sie spürte, dass er sie erwartungsvoll und auch etwas verunsichert ansah. Zögernd löste sie den Blick von der kleinen Elfe und schaute Rafael an.

„Was ist los? Gefällt sie dir nicht? Ich weiß, sie ist ein bisschen … albern, aber das war …"

„Sie ist gar nicht albern, Rafael. Und sie gefällt mir sogar außerordentlich." Sie beugte sich zu ihm und küsste ihn sanft auf den Mund. „Würdest du mir einen Gefallen tun?", fragte sie ihn. „Einen wirklich großen Gefallen."

„Jeden."

„Ich weiß, dass du sehr müde bist, aber könntest du dich trotzdem noch einmal anziehen? Ich möchte dir etwas zeigen, und dafür müssen wir noch mal nach draußen. Es ist wirklich wichtig."

Sie sah ihm die Verwunderung an, doch er hielt nur kurz inne. „Ich bin gleich wieder bei dir", sagte er, stand auf und verschwand ein weiteres Mal im Schlafzimmer, nur um kurz darauf vollständig angezogen zu ihr zurückzukommen. „Wohin soll es gehen?"

Voller Vorfreude stand Luisa auf, zog sich ihre Strickjacke über und griff nach seiner Hand. „Komm einfach mit. Es ist nicht weit."

Schon nach kurzer Zeit erkannte Rafael, dass Luisa auf die alte Scheune zuhielt. Dort führte sie ihn um das Gebäude herum, bis sie im Holundergarten standen.

„Sieh mal, inzwischen sind schon die meisten Blüten aufgegangen", sagte sie und deutete auf die hohen und teilweise sehr alten Holunderbüsche.

„Ja, er blüht, aber … Kleines, der blüht noch ein paar Wochen, da …"

„Ich bin nicht wegen der Blüten mit dir hierhergekommen. Das heißt … eigentlich ist es sehr passend, dass der Holunder gerade wieder so herrlich zu duften beginnt. Komm!"

Sie zog ihn um den Pavillon herum, bis sie auf der Rückseite angekommen waren. Dann schlang sie die Hände um seinen Nacken und zog ihn zu sich herunter, um ihn zu küssen. Sie küsste ihn voller Leidenschaft, voller Inbrunst und spürte, dass sein Begehren sofort erwachte. Er wurde hart, drückte sie an sich und strich leidenschaftlich mit den Händen über ihren Körper, bis auch sie leise zu stöhnen begann. Doch sie löste sich wieder von ihm, gebot ihm Einhalt und sah ihm direkt in die Augen. Eindringlich, tief, voller Gefühl. Und plötzlich wusste er es, konnte kaum fassen, was ihm soeben klar geworden war. Sie sah es ihm an.

„Du!", flüsterte er. „Du warst es!"

„Ja", stieß sie atemlos hervor. „Ich war es."

„Oh Himmel! Meine kleine Schäferin! Das zuckersüße Mädchen, das mich fast um den Verstand gebracht hat mit ihren unschuldigen und doch so hungrigen Küssen."

„Ich konnte es eben kaum fassen, als ich deine Elfe gesehen habe", gab sie lachend zu.

„Ja, der Auftraggeber wollte Elfen und keine Schäferin … Ach, ist ja auch egal. Mein Gott, Luisa! Ich … habe dich damals nicht erkannt! Du warst doch noch ein kleines Mädchen, Herrgott noch mal! Um ein Haar hätte ich dich verführt."

„So klein war ich nun auch nicht mehr", murrte sie. „Immerhin war ich fast schon sechzehn."

Über ihren zuckersüßen Schmollmund musste er lachen. „Ich … Warte, ich muss dir auch etwas zeigen." Er griff in die Gesäßtasche seiner Jeans und zog seine Geldbörse heraus.

„Willst du mir einen Penny für meine Gedanken geben? Die kennst du doch schon."

Vielsagend wackelte er mit den Augenbrauen, bevor er aus einem der hinteren Fächer seines Portemonnaies eine kleine pinkfarbene Feder zog und sie Luisa unter die Nase hielt. „Das hier wollte ich dir zeigen."

Sprachlos starrte sie auf die Feder, sah ihn wieder an. „Ist die etwa von der Maske, die ich damals getragen habe?"

„Treffer!"

„Du hast das Ding aufbewahrt? All die Jahre?"

„Ja."

„Das ist …" Offensichtlich amüsiert beobachtete er, wie sie nach den richtigen Worten suchte. „Das ist wirklich unglaublich … süß von dir", brachte sie schließlich strahlend hervor.

„Ich war ziemlich vernarrt in die kleine heiße Schäferin, weißt du. Ich konnte sie nie ganz vergessen." Er musste schlucken, weil ihm plötzlich die Kehle eng wurde. „Als wir das letzte Mal zusammen hier gewesen sind, hatte ich plötzlich ein ganz eigenartiges Gefühl. Es war, als ob mir etwas einfallen müsste, aber dann habe ich das Gefühl verdrängt. Luisa, es ist fast, als ob sich ein Kreis geschlossen hätte. Ich kann es kaum glauben."

„Und ich kann nicht fassen, dass du tatsächlich immer noch die Feder mit dir herumträgst." Sie sah zu ihm auf, sah ihn für einen Moment sehr ernst an, dann brach sie in lautes Gelächter aus. „Oh mein Liebling, und du willst mir erzählen, du hättest nichts mit meinen Liebesromanhelden gemein? Sagtest du nicht, du wärest überhaupt nicht romantisch veranlagt? Jahrelang bewahrst du diese Feder auf, Rafael! Na, wenn das nicht romantisch ist."

Einen Moment lang verstand er nicht, worauf sie anspielte. Bis er sich an die Rede erinnerte, mit der er sie, aber vor allem wohl sich selbst davon hatte überzeugen wollen, dass sie nicht miteinander ins Bett gehen sollten. „Vielleicht hatte ich einfach Angst vor den Konsequenzen. Ich wollte dich auf keinen Fall verletzen, weißt du."

„Ja, ich weiß", erwiderte sie, jetzt wieder ernst.

„Ich möchte dir etwas sagen." Er nahm ihre Hände und legte sie zurück an seinen Nacken, griff um ihre Taille und hob Luisa hoch. Instinktiv schlang sie die Beine um seine Hüften.

Er hielt sie fest, trug sie so in den Pavillon und ließ sich zusammen mit ihr auf die Bank sinken, sodass Luisa rittlings auf seinem Schoß saß. Sie lachte, warf den Kopf zurück, und ihre Ausgelassenheit steckte ihn an.

„Du hast mich immer geliebt, nicht wahr?", fragte er, als sie sich beruhigt hatten und sie ihm tief in die Augen sah. Ihr verlockender Mund war so nah, aber Rafael beherrschte sich.

„Ja, immer! Solange ich denken kann", gestand sie.

„Aus heutiger Sicht ist das etwas ... seltsam für mich."

„Warum?"

„Na ja, weil du es all die Jahre deswegen wohl nicht leicht mit mir hattest und ich nicht die geringste Ahnung hatte." Wieder musste er lachen. „Das klingt merkwürdig, oder?"

„Nein, gar nicht. Ich glaube, ich weiß, was du meinst." Sie kam näher und küsste ihn sehr sanft auf die Lippen, bewegte sich dabei ein wenig auf ihm und entlockte ihm ein leises Keuchen. „Oh, ich fühle ..."

„Ich bin schon hart, seit du mich vorhin geküsst hast, ignoriere das, wenn möglich." Er grinste. „Auch wenn das in dieser Position für uns beide nicht unbedingt leicht ist."

„Okay, vielleicht sollten wir trotzdem zusehen, dass wir nach Hause kommen", hauchte sie und lächelte verführerisch.

„Gleich."

„Soll ich lieber von dir runtergehen?"

„Untersteh dich!" Sicherheitshalber legte er seine Hände an ihre Hüften und hielt sie fest. „Ich liebe dich, Luisa." Er sah, wie ihr Blick weich wurde.

„Ich liebe dich auch, Rafael." Wieder bewegte sie die Hüften.

„Sagte ich nicht, du sollst stillsitzen und das ignorieren?"

„Ah, es gibt wieder Anweisungen", erwiderte sie amüsiert.

„Sei still, halt still, Herrgott noch mal!" Aber auch er konnte nicht ernst bleiben.

„Na, was willst du mir denn so Wichtiges sagen?"

Er strich ihr sanft über die Wange. „Ich möchte, dass du weißt, dass es von nun an keine andere Frau mehr für mich geben wird.

Du wirst immer die Einzige sein, Luisa. Du bist meine Luisa, meine Frau. Für immer! Und natürlich werden wir hier in Lunau leben, da gibt es gar keine zwei Meinungen. Das Haus, das dort hinten gerade gebaut wird, wird unser Zuhause werden. Du und ich, wir gehören hierher – zusammen."

„Rafael, das ist …"

„Hör zu, ich bin kein Freund von allzu schnellen Heiratsanträgen, deshalb mache ich dir jetzt auch noch keinen. Aber ich möchte, dass du weißt, dass ich es eines Tages tun werde, und zwar genau hier im Holundergarten. Sei also auf der Hut, sobald ich dich wieder hierherführe, okay?" Als sie ihn nur schweigend aus ihren übergroßen Silberaugen ansah, wusste er, dass sie überwältigt war. Schon wieder löste sie dieses überschäumende Glückgefühl in ihm aus. Was für eine unglaubliche Empfindung!

„Es könnte auch sein, dass das schon sehr bald passieren wird. Ich wollte dich nur vorwarnen", fuhr er fort. „Also, wenn du vermeiden willst, dass ich dir demnächst einen Antrag mache, komm lieber nicht mehr mit mir hierher."

Sie tat nichts, außer ihn wieder und wieder zu küssen. Leidenschaftlich, wild und heiß, so wie er es am liebsten hatte. Ihm fiel es zunehmend schwerer, sich zu beherrschen. Dass sie ein Kleid trug, das er leicht hochschieben konnte, stellte eine übermächtige Versuchung dar. Seine Hände glitten wie von selbst unter ihren Rock und über die nackten Oberschenkel nach oben.

„Es ist heller Tag", flüsterte Luisa schwer atmend an seinem Mund. „Hier kann jeden Moment jemand vorbeikommen. Lass uns gehen, Liebster … bevor ich vor Lust zu schreien beginne."

„Du hast recht. Deine Lustschreie gehören allein mir", antwortete er und hob sie von sich hinunter. „Zwei Minuten, Lu! Gib mir noch zwei Minuten zum Durchatmen, damit ich wieder laufen kann, ja?"

EPILOG

Luisa platzierte die Platte mit dem Rinderbraten auf ihrem neuen Esstisch und setzte sich zu den anderen. „Lasst es euch schmecken", rief sie lachend in die laute Runde und freute sich daran, dass sich kurz darauf alle mit Appetit bedienten.

„Süße, du hast dich selbst übertroffen", lobte Christa wenig später und hob ihr Weinglas.

„Ja, meine Luisa ist nun einmal ein Allroundtalent", hörte sie Rafael neben sich sagen. Er neigte sich ihr zu und küsste sie zärtlich auf die Wange.

„Euer Haus ist ganz wundervoll geworden!" Isabell seufzte und lächelte sonnig, wie es ihre Art war. „Das habt ihr ganz toll hinbekommen. Diese schneeweiße Landhausküche und die traumhaften Bäder. Ihr habt wirklich Geschmack bewiesen."

„Hey, nur kein Neid, Bella", warf Kjell ein. „Wir haben schließlich auch ein schönes Haus."

„Natürlich haben wir das, Doc." Isabell lachte und drückte ihrem Mann einen Kuss auf die glattrasierte Wange. „Das Bild dort drüben über dem Sofa ist übrigens der Wahnsinn. Das sieht genauso aus wie der Pavillon im alten Holundergarten. Wo habt ihr das eigentlich her?"

Luisa musste lachen, als sie sah, wie Rafael sich bei Isabells Frage ein wenig in die Brust warf und sie herausfordernd angrinste.

„Das hat Rafael mir gemalt", erklärte Luisa. „Und ja, es ist der Holundergarten hinter der Scheune. Unser Holundergarten."

„Sie hatte noch ein Bild bei mir gut", warf Rafael schmunzelnd ein und schob sich ein weiteres Stück Fleisch in den Mund.

„Mal was anderes. Ich habe gehört, Jan Bruckner hat die Gärtnerei verlassen?", fragte Kjell.

Luisa nickte. „Das stimmt. Er und Barbara sind tatsächlich seit einiger Zeit zusammen. Er begleitet sie nach Süddeutschland."

„Deine Schwester packt schon seit Tagen. Gestern wurden einige Kisten abgeholt. Hat sie sich denn von dir verabschiedet?“, wollte Ruth wissen.

„Im Grunde schon. Zumindest hatten wir noch einmal ein langes Gespräch. Natürlich war sie vor allem froh darüber, dass die Sache von damals inzwischen verjährt ist, so braucht sie sich nicht mehr wegen der falschen Beschuldigung vor Gericht zu verantworten.“ Luisa senkte den Blick.

„Und was ist mit der Behauptung, sie hätte dich in Lüneburg gesehen, als das arme Mädchen vergewaltigt wurde? Kommt da noch was auf sie zu?“ Fragend sah Kjell Rafael an.

„Die Zeugenaussage hat sie ja noch am gleichen Tag widerrufen, an dem ich wieder auf freien Fuß gekommen bin. Ich kann mir kaum vorstellen, dass sie deshalb vonseiten der Staatsanwaltschaft ein Nachspiel zu erwarten hat. Wahrscheinlich hätte ich ihr jetzt das Leben schwer machen können, aber was soll das noch bringen?“

Liebevoll strich er Luisa über die Schulter. „Wir sind einfach nur froh, dass das alles endlich vorbei ist. Sie verlässt Lunau, und gut ist es. Übrigens, ob sie oder Jan für die Schmierereien auf dem Garagentor und dem Schaufenster verantwortlich waren, wird wohl immer ihr Geheimnis bleiben. Jedenfalls streiten sie es beide ab.“

„Ja, es ist richtig, dass Barbara den Job in dem Hotel in München annimmt“, ergriff Luisa noch einmal das Wort. „Hier wäre sie ohnehin nicht mehr glücklich geworden. Jan hat ebenfalls eine neue Anstellung gefunden und hat sich vor einigen Tagen verabschiedet. Barbara wird morgen abreisen.“

„Ich halte es auch für richtig, dass sie Lunau verlässt. Nachdem die Zeitungen so ausführlich über die Sache berichtet haben, war es die richtige Entscheidung, Norddeutschland den Rücken zu kehren“, bekräftigte Kjell. „Du hast nicht noch einmal mit ihr geredet, oder?“

„Nein.“ Rafael schüttelte den Kopf. „Nachdem sie sich offiziell, auch schriftlich bei mir entschuldigt hat, habe ich ihre

Entschuldigung zwar angenommen, sie aber gebeten, mir ... na sagen wir mal, möglichst aus dem Weg zu gehen, was sie ja jetzt auch tut, indem sie von hier verschwindet." Er räusperte sich und griff nach seinem Bierglas. „Ich bin froh, dass sie endlich die Wahrheit gesagt hat. Und ich habe ihr verziehen. Trotzdem wäre es für mich nicht angenehm gewesen, ihr ständig über den Weg zu laufen. Ehrlich gesagt bin ich erleichtert, dass sie sich für München entschieden hat."

„Das kann dir jeder hier nachfühlen", sagte Ruth und lächelte ihm zu. „Verzeihen ist eine Sache, vergessen eine andere. Sagt mal, was wird denn nun eigentlich mit deinem Elternhaus, Lu? Willst du die untere Hälfte jetzt auch vermieten?"

„Das weiß ich noch nicht so genau, Ruth. Möchtest du vielleicht lieber nach unten ziehen? Du musst es nur sagen."

Ruth winkte ab. „Eigentlich bin ich in der Mansarde ganz glücklich. Ich wollte nur wissen, ob ich in der nächsten Zeit mit neuen Nachbarn rechnen muss."

„Nein, im Augenblick nicht. Mal sehen, was die nächste Zeit so bringt."

„Ach, bevor ich es vergesse ...", warf Kjell ein. „Der gute alte Phil hat mich gestern aus den Staaten angerufen. Stellt euch vor, er wird endlich zurückkommen, um dem alten Baron unter die Arme zu greifen. Er konnte es kaum fassen, dass du auch wieder hier gelandet bist, Rafael. Als ich ihm erzählt habe, dass du und Lu jetzt ein Paar seid, war das natürlich erst recht eine Überraschung. Aber eine schöne. Ich soll euch herzlich grüßen und euch sagen, dass er sich riesig darauf freut, euch alle wiederzusehen."

„Oh, wie schön!" Christa strahlte über das ganze Gesicht. „Dann sind die drei Musketiere von Lunau ja schon bald endlich wieder vereint. Wenn das kein Grund zum Feiern ist."

„Philip kommt nach Hause? Das ist ..." Rafael schluckte hörbar. „Das freut mich richtig. Großer, erinnerst du dich noch an unser Gespräch? Dass wir drei irgendwann als alte Männer nebeneinander auf einer Bank sitzen werden, um unseren Enkelkindern beim Spielen zuzusehen?" Er lachte. „Ich glaube, daraus könnte eines Tages tatsächlich etwas werden, mein Freund."

„Um Enkelkinder zu bekommen, braucht man allerdings erst einmal Kinder, Liebster", sagte Luisa lächelnd.

„Ah ja, stimmt, da war ja noch was." Rafael beugte sich zu ihr, um sie zu küssen. Nachdem seine Lippen sich von ihren gelöst hatten, wandte er sich wieder den anderen zu. „Sagt mal, meine lieben Freunde, wie lange wolltet ihr bleiben?"

Wie alle anderen am Tisch lachte auch Luisa über Rafaels Bemerkung. Glücklich sah sie ihn an. Im grünen Feuer seiner stürmischen Augen waren das Verlangen und die Liebe deutlich zu erkennen. Jeden Tag aufs Neue schenkte er ihr diese besonderen Blicke. Und sie wusste, dass sich daran niemals etwas ändern würde. Er gehörte ihr, für immer.

– ENDE –

HOLUNDERBLÜTENSIRUP

Ca. 30 Holunderblütendolden
zwei Liter stilles Mineralwasser
ca. 4 süße unbehandelte Orangen
2 unbehandelte Zitronen
3 kg Zucker oder Rohrzucker
etwas frische Minze
50 g Zitronensäure

Das Wasser in einem passenden Topf aufkochen und den Zucker darin auflösen. (Das dauert eine Weile und es muss gut gerührt werden!)
Topf vom Herd nehmen, Zitronen und Orangen in dünne Scheiben schneiden und zusammen mit den leicht zerpflückten Holunderdolden, der Zitronensäure und der Minze hineingeben und umrühren. Dann den Topf verschließen und 3–5 Tage in kühler Umgebung ziehen lassen.
Danach nochmals kurz aufkochen, um evtl. Bakterien abzutöten und Schimmelbildung zu vermeiden. Anschließend durch ein feines Sieb oder ein Tuch abgießen.
Den Sirup in abgekochte Flaschen mit Schraubverschluss füllen, kurz auf den Kopf drehen und auskühlen lassen. Fertig!
Der Holundersirup eignet sich wunderbar als Geschmacksgeber für kühle und sehr erfrischende Limonaden. Etwas Sirup ins Glas, ein paar Eiswürfel hinein und mit Mineralwasser auffüllen. Ein sommerlicher Genuss!

HOLUNDERBLÜTEN-BOWLE

Ca. 5 Holunderblütendolden
500 g Erdbeeren
einige Blätter frische Minze
2 Esslöffel Holunderblütensirup (siehe oben)
1 unbehandelte Zitrone
1 Flasche Sekt
2 Flaschen Weißwein (trocken)
1–2 Esslöffel Zucker

Die Holunderblüten gut ausschütteln (nicht waschen! Deshalb nicht an einer Straße pflücken!) und anschließend mit einer Flasche Wein übergießen. Den Sirup, Zucker, Minze und die in Scheiben geschnittene Zitrone dazugeben und mindestens zwei Stunden lang im Kühlschrank ziehen lassen.
Die Erdbeeren in mundgerechte Stücke schneiden und ebenfalls in den Ansatz der Bowle geben. Die Holunderdolden können jetzt ganz oder zum Teil entfernt werden. Kurz vor dem Servieren mit dem restlichen Wein und dem Sekt auffüllen. Evtl. schön geformte Eiswürfel mit hineingeben. Vorsicht, süffig!

HOLUNDERBLÜTEN-ERDBEER-KONFITÜRE

Mindestens 40 Holunderblütendolden
2 kg Erdbeeren
100 ml Holunderblütensirup (siehe ganz oben)
2 cl Orangenlikör (nicht unbedingt notwendig, verleiht dem Ganzen aber eine besondere Note!)
200 ml Zitronensaft
2,5 kg Gelierzucker

Die Hälfte der Erdbeeren sehr klein schneiden und die Holunderblüten von den dickeren Stielen streichen, sodass nur noch die kleineren Blüten übrig bleiben. Die Früchte zusammen mit den Blüten in einem Topf mit ca. 1 Liter Wasser gründlich aufkochen. Den entstandenen Fruchtbrei über Nacht abkühlen und ziehen lassen.
Am nächsten Tag den Brei durch ein Sieb streichen. Den Sirup, den Zitronensaft und die restlichen Erdbeeren dazugeben und nochmals gut aufkochen. Anschließend den Gelierzucker einrühren.
Die Konfitüre in ausgekochte Schraubgläser geben, danach kurz auf den Kopf stellen. Fertig! Lecker!

ZUSÄTZLICHE TIPPS:

Der Holunderblütensirup eignet sich auch hervorragend zur Herstellung von diversen Likören, Desserts und erfrischenden Fruchtsuppen für den Sommer. Der Fantasie sind keine Grenzen gesetzt. Geschmacklich passt der Holunder nicht nur ausgezeichnet zu Erdbeeren, sondern auch besonders gut zu Pfirsichen und Nektarinen.

Luisas Holundersekt: Dafür wird der Holundersirup mit Sekt aufgegossen und zusammen mit einem kleinen Zweig frischer Minze und ein wenig zerstoßenem Eis in ein hohes Kelchglas gegeben.

Ich habe mich hier ausschließlich auf die Blütendolden des Holunders beschränkt, aber natürlich gibt es auch unzählige Möglichkeiten, um die ausgesprochen vitaminreichen Holunderbeeren (in einigen Landstrichen auch Fliederbeeren genannt) zu verarbeiten.

ANMERKUNG UND DANK DER AUTORIN

Liebe Leser,
vor allem bei Ihnen möchte ich mich von ganzem Herzen bedanken. Manchmal kann ich es immer noch nicht glauben, dass meine Geschichten tatsächlich gelesen und gemocht werden. Die vielen Zuschriften, die ich bekomme, überraschen mich immer wieder aufs Neue und machen mich sehr glücklich. Sie, meine lieben Leser, sind es, die diese wunderbaren Momente möglich machen. DANKE!

Ich hoffe, Sie freuen sich zusammen mit mir auf den nächsten Roman der Lunau-Reihe, an dem ich bereits mit großer Begeisterung arbeite.

Bedanken möchte ich mich auch bei meinen fabelhaften Lektorinnen Daniela Peter und Bettina Lahrs. Beide haben mit großer Umsicht, der Liebe zum Genre und natürlich mit umfassender Kompetenz meinen Romanen den letzten Schliff verpasst.

Danke an das gesamte Team von MIRA-Taschenbuch, sowohl in Hamburg als auch in Köln! Ihr seid großartig!

Danke an Sylvia, die mir über viele Jahre immer wieder vor Augen führt, was echte Freundschaft bedeuten und bewegen kann. Diese Erkenntnisse waren stets von großer Bedeutung für mich, aber auch für die vielen Geschichten, die sich immer wieder in meinem Kopf Raum verschaffen.

Ein besonders tiefer Dank geht erneut an meine Familie, die mich in so vielen Bereichen des Lebens unterstützt und mir liebevoll zur Seite steht.

Peter, Du bist und bleibst mein Fels!

Susanne Schomann

Eine Spur von Lavendel

Kriminalkommissar Alexander Hellberg fühlt sich magisch zu Linda hingezogen. Aber sie ist die Witwe seines ehemals besten Freundes, der ermordet wurde …

Band-Nr. 25691

8,99 € (D)

ISBN: 978-3-86278-769-2

eBook: 978-3-95576-210-0

448 Seiten

Susanne Schomann

Sophies Melodie

Sophie bekommt die Chance ihres Lebens: Sie soll ein Buch über den berühmten Sänger und Songwriter Constantin Afra schreiben! In Schottland. Denn nach dem Tod seiner Frau hat er sich in die Einsamkeit der Highlands zurückgezogen …

Band-Nr. 25620

8,99 € (D)

ISBN: 978-3-86278-462-2

eBook: 978-3-86278-939-9

368 Seiten